NICHOLAS BLAKE
ist das Pseudonym des Autors Cecil Day-Lewis (1904–1972). Er war ein irisch-britischer Akademiker, arbeitete eine Zeit lang beim Verlag Chatto & Windus, wurde von der Queen zum Hofdichter ernannt und brauchte irgendwann Geld, weshalb er begann, unter Pseudonym äußerst erfolgreiche psychologische Kriminalromane zu schreiben.

Nicholas Blake

DAS GEHEIMNIS DER SILVESTERNACHT

Aus dem Englischen
von Dorothee Merkel

KLETT-COTTA

MIX
Papier | Fördert gute Waldnutzung
FSC® C083411
FSC
www.fsc.org

Klett-Cotta
www.klett-cotta.de
Die englische Originalausgabe erschien unter dem Titel
»The Sad Variety« im Verlag Collins Crime Club, Glasgow

Cover: Anzinger und Rasp Kommunikation GmbH, München
unter Verwendung einer Abbildung von
Dieter Braun Illustration, Hamburg
Gesetzt von Dörlemann Satz, Lemförde
Gedruckt und gebunden von CPI – Clausen & Bosse, Leck
ISBN 978-3-608-98695-2
EBook ISBN 978-3-608-12186-5

INHALT

Kapitel 1

PRÄLUDIUM IN WEST LONDON

»Aber ich verstehe nicht, warum –«

»Warum was?«, sagte der Mann namens Petrow barsch.

Paul Cunningham starrte ihn an und blinzelte, als hätte er gerade ein Blatt aufgehoben und dabei feststellen müssen, dass es sich in Wirklichkeit um einen Skorpion handelte. Er war es eher gewohnt, bei anderen für Disziplin zu sorgen, als selbst diszipliniert zu werden. »Warum müssen wir überhaupt Kinder mit reinziehen? Es wäre doch viel naheliegender, sich –«

»Sich direkt an die Person zu wenden, um die es eigentlich geht?« Petrow lachte vergnügt. »Mein lieber Mr. Cunningham, ich habe es Ihnen bereits erklärt – der Professor ist eine harte Nuss, die wahrlich nicht leicht zu knacken ist. Selbst wenn es uns gelänge, ihn außer Landes zu schmuggeln, lässt sich unmöglich sagen, wie lange es dauern würde, ihn weichzuklopfen, mögen unsere Methoden noch so effizient sein. Und es muss schnell gehen, das ist absolut entscheidend. Nein, er ist eine harte Nuss – aber diese Nuss hat eine Schwachstelle.« Er strahlte Paul Cunningham an. »Wir wissen, wie sehr Sie sich für die Jugend einsetzen, mein Lieber. Aber für persönliche Gefühle ist hier kein Platz. Solche Dinge sind nicht von Bedeutung, wenn –«

»Es gefällt mir trotzdem nicht.«

»Ich fürchte, Sie haben keine andere Wahl.«

Paul errötete. Es kam ihm so vor, als wäre er in die Fänge einer Boa constrictor geraten. Zunächst hatte es sich fast wie eine liebevolle Umarmung angefühlt, doch jetzt zogen sich die Windungen des Schlangenleibs immer enger zusammen. Nein, keine Schlange, eher die Pranken eines Bären. Petrow erinnerte viel mehr an einen Bären, mit seinem klobigen Körper und seinen hängenden Schultern. Paul hatte das Gefühl, ihm würde die Luft abgeschnürt.

»Noch eine Tasse Kaffee, Genosse?«, fragte Annie Stott. Sie war eine farblose Frau von achtunddreißig Jahren mit schmalen Lippen, spärlichen Haaren, Augen wie Kieselsteinen und dem Blick einer Fanatikerin. Paul war ihr vor diesem Abend noch nie begegnet, denn bei den ersten sondierenden Gesprächen war sie nicht dabei gewesen. Er schätzte sie als ein Parteimitglied der alten Garde ein, mit so unerschütterlichen Überzeugungen, dass nicht einmal der ungarische Volksaufstand seine Spuren darin hinterlassen hatte. Alles, was er über sie wusste, war, dass sie dieses kleine Apartment hier in Acton bewohnte und in einer nahegelegenen Handelsfirma für Elektrogeräte arbeitete.

»Ich nehme an, sie wird als meine Politkommissarin mitkommen«, sagte er an Petrows breiten Rücken gewandt.

»Miss Stott ist eine intelligente und findige Person«, antwortete Petrow, ohne sich umzudrehen, und fuhr mit seiner eingehenden Betrachtung von Annie Stotts Bücherregal fort. »Sie wird dafür sorgen, dass Sie nicht vom rechten Weg abkommen ... Hier stehen nur die richtigen Bücher. So wie es sich gehört. Marx, Engels, Lenin, Palme Dutt. Und zur Entspannung ein bisschen Jack London. Eine ernste Person ... Und hier ist eine dunklere Stelle an der Wand, wo früher die Werke des kürzlich verstorbenen Genossen Joseph Stalin standen. Ausgezeichnet!« Petrow ließ erneut sein vergnügt polterndes Gelächter hören.

»Eine seltsame Methode, um seine politischen Ansichten zu verschleiern.« Die Demütigung, die ihm gerade widerfuhr, hinterließ einen säuerlichen Geschmack auf Pauls Zunge. Von der Gefahr, die ihm in Zukunft drohte, ganz zu schweigen.

»Eine Tarnung kann viele Gesichter haben, mein Freund. Ah, hier kommt der Kaffee.« Petrow trank und schmatzte dabei genüsslich. »Köstlich!«

»Für Sie auch?« Annie Stott knallte unfreundlich eine Tasse vor Paul hin.

»Nein, danke, Genossin. Instant-Gerichte aller Art sind mir zuwider.«

Sie sah ihn verächtlich an. »Was haben Sie denn erwartet? Beste brasilianische Bohne? Ist Ihnen klar, dass man letztes Jahr auf Befehl der Firmenbosse 20000 Tonnen Kaffee ins Meer geschüttet hat?«

»Mir brauchen Sie daran nicht die Schuld zu geben. Ich bin kein Kapitalist.«

Petrow klatschte in seine riesigen Hände. »Sehr gut! Wunderbar! Ganz wie Bruder und Schwester! Eine herrische Schwester und ihr schmollender kleiner Bruder. Ich sehe schon, ich muss Ihnen Ihre Rollen gar nicht mehr beibringen.«

Die abscheuliche Miss Stott sollte sich also als seine Schwester ausgeben, dachte Paul. Zwei oder drei Wochen lang, in einem abgelegenen Cottage im Südwesten Englands. Das würde garantiert unerträglich werden. Er sah sich in der Wohnung um. Sämtliche Einrichtungsgegenstände waren gewöhnlich, langweilig und betont nüchtern. Wie anders sah da doch sein gemütliches Zimmer auf dem Universitätscampus aus. Von seinem exotischen kleinen Versteck in Pimlico ganz zu schweigen. Er starrte ungehalten auf den Aktenschrank neben dem elenden kleinen Gaskamin und erschauderte. Die zweckgebundene Hässlichkeit dieses Dings wurde nur noch von seiner Besitzerin übertroffen. Der Raum roch nach Staub, Druckerschwärze, Handzetteln und Engstirnigkeit.

»Was haben wir doch für ein Glück«, sagte Petrow begeistert und klatschte mit den Handflächen auf seine dicken Oberschenkel, »dass Mr. Cunningham ein so angesehener Mann ist ... Mögen wir noch lange etwas davon haben!«

»Reden Sie da gerade von dem piekfeinen College, an dem er unterrichtet?«, fragte Miss Stott unfreundlich.

»Ich rede insbesondere von seinen Beziehungen zu den Mächtigen. Es ist ein ziemlicher Glücksfall, dass er so gut mit dem Rektor eines Oxforder Colleges bekannt ist und dessen Cottage für die Weihnachtsferien mieten kann. Sehr praktisch. Schön nah an unserem Einsatzgebiet. Ja, ein wahres Geschenk des Himmels.«

»Achtung! Miss Stott verzieht angewidert das Gesicht. Sie glaubt weder an Gott noch an den Himmel.«

»Das war doch nur eine Redewendung, Paul. Und da sie ja nun mal Ihre Schwester ist, sollten Sie besser direkt damit anfangen, sie Annie zu nennen.«

Paul wurde erneut rot. »Also gut.«

»Fassen wir also zusammen. Sie werden die Ausrüstung hier abholen und am 18. Dezember zum Smugglers' Cottage fahren. Den nötigen Proviant nehmen Sie mit. Etwa hundert Meter den Hügel hinunter gibt es einen Bauernhof, dort können Sie Milch und Butter kaufen. Ihre werte Schwester wird zusammen mit dem Kind den Zug nehmen und am 21. Dezember um 18:23 am Bahnhof von Longport eintreffen. Sie werden die beiden dort abholen. Vor deren Eintreffen sollten Sie sich jedoch mit den Leuten vor Ort bereits bekannt gemacht und ihnen von dem angeblichen Grund Ihres Aufenthaltes erzählt haben. Sie brauchen Ruhe und Frieden, um ein Buch zu schreiben. Was für eine Art von Buch«, fuhr Petrow fort, ohne dass sich der Sprachrhythmus seiner polternden Stimme auch nur im Geringsten verändert hätte, »schreiben Sie eigentlich?«

»Ich ... nun, ich habe noch nicht –«

»Aber, aber, Paul, so geht das nicht! Ein bisschen mehr Detailtreue, bitte schön. Sie müssen sich nicht nur überlegen, was für ein Buch Sie schreiben wollen, sondern auch tatsächlich damit anfangen. Eine einzige Schwachstelle, und Ihre gesamte Tarnung könnte auffliegen.«

»O Gott! Ich finde diese ganze absurde Aktion –«

»Der Genosse interessiert sich nicht dafür, was Sie finden«, sagte die Frau.

»Sie mögen das für absurd halten, Paul, aber Ihr Leben – und viel Wichtigeres als Ihr Leben – wird davon abhängen. Sie und Annie müssen zunächst bei den Nachbarn, denen Sie begegnen werden, den unzweifelhaften Eindruck hinterlassen, dass Sie Bruder und Schwester sind. Geschwister, die zusammen Urlaub machen, und zwar mit dem Kind einer weiteren Schwester, das vor kurzem krank war und dringend Landluft braucht. Bevor Sie fahren, wird Annie Sie über alle notwendigen Fakten unterrichten, die Ihnen bekannt sein müssen: über Ihre Familie, Ihre Erziehung, Ihre Karriere und so weiter. Sie dürfen nicht vergessen, dass die Leute auf dem Land äußerst neugierig sind, was Fremde anbelangt. Es darf keinerlei Unstimmigkeiten geben, die für Gerede oder Argwohn sorgen könnten.«

Paul Cunningham saß in dem stickigen Zimmer und hörte zu, wie Petrow mit seinem polternden Brummbass immer weiterredete. Es hatte etwas Hypnotisierendes. Vielleicht fühlte es sich genau so an, wenn man einer Gehirnwäsche unterzogen wurde ... Das Telefon im Cottage dürfe nach dem Coup nur noch in äußersten Notfällen benutzt werden, erklärte Petrow gerade. Es gebe eine öffentliche Telefonzelle etwa eine halbe Meile den Hügel hinunter, in einem Dorf namens Eggarswell ... London würde die Anrufe an die Zielperson durchstellen, Annie würde alle anderen Gespräche entgegennehmen. Den ersten Coup in dem fünf Meilen entfernten Gästehaus würden sie beide zusammen ausführen ... Wie lange es dauern würde, um die Zielperson mürbe zu machen, sei ungewiss –

»Aber er wird doch sicher sofort die Polizei rufen«, protestierte Paul. »Und dann sind wir erledigt.«

»Wir werden ihm klar machen, dass das nicht ratsam wäre. Er ist vollkommen vernarrt in das Kind. Er würde auf keinen Fall wollen, dass ihm irgendetwas zustößt.«

»Aber selbst, wenn er mit allem herausrückt, wird das Kind ihm sagen, wo wir waren. Ich musste das Cottage schließlich unter meinem richtigen Namen mieten.«

»Das Kind wird im Dunkeln dort hingebracht werden. Den Blick aus dem Fenster wird es später wohl kaum wieder –«

»Letztendlich läuft es doch darauf hinaus, dass es Ihnen vollkommen egal ist, was danach mit mir passiert«, brüllte Paul. »Sie und Annie werden dann schon längst das Land verlassen haben.«

»Sicher, Sie gehen ein Risiko ein. Aber wir gehen ein noch größeres Risiko ein. Und vergessen Sie nicht: Wenn Sie dieses Wagnis nicht eingehen, sind Sie auf jeden Fall ruiniert. Wir sind das alles doch schon einmal durchgegangen.« Petrow reckte seine mächtigen Arme über den Kopf und gähnte. »Außerdem ist das Kind entbehrlich.«

Das Feuer im Gaskamin knackte und zischte. Der muffige kleine Raum schien sich immer enger um Paul zusammenzuziehen. »Also hören Sie mal, Sie können damit doch unmöglich meinen, dass –« Ihm brach die Stimme.

Annie Stott schniefte. »Paul glaubt anscheinend immer noch, dass wir hier Ringelreihen spielen. Mein armer kleiner Bruder, niemand verlangt von *dir*, den Henker zu spielen.« Sie klopfte auf den billardgrünen Tisch. »Kannst du das nicht endlich in deinen Kopf kriegen, dass hier äußerst wichtige Dinge auf dem Spiel stehen? Wragby ist ein bedeutender Durchbruch gelungen, der den westlichen Mächten auf dem Gebiet der Raketenabwehr fünf Jahre Vorsprung vor uns verschaffen könnte. Unser Scheitern würde bedeuten, dass die Imperialisten in diesem Zeitraum gegen jegliche Angriffe immun wären. Glaubst du allen Ernstes, das Pentagon würde der Versuchung widerstehen, Russland anzugreifen? Und das würde den Tod hunderttausender Kinder bedeuten und nicht nur den eines einzigen.«

»Ich bin nur einfach nicht damit einverstanden, dass –«

»Wir verschwenden unsere Zeit«, unterbrach ihn Petrow. »Wenn Mr. Cunningham aussteigen möchte, kann er Ihnen das Cottage untervermieten, Annie, und wir finden einen anderen Assistenten für Sie. Aber Sie kennen die Konsequenzen, mein Freund. Sie stecken schon zu tief in der Sache drin.«

Paul wusste das nur zu gut. Er dachte an seine eigene Kindheit, die er mit seiner verarmten, verwitweten Mutter verbracht hatte, dachte an seine jetzige Arbeitsstelle, die so gut zu ihm passte, dachte an die Annehmlichkeiten seines Lebens und an den strengen südafrikanischen Onkel, der ihm ein Vermögen hinterlassen würde, falls – ja, falls Paul nicht in einen Skandal verwickelt wurde. All dies könnte Petrow mit einer einzigen Handbewegung auslöschen.

Er verbannte den Gedanken an Professor Wragbys Kind in die hinterste Ecke seines Kopfes. »Ich will ja gar nicht aussteigen. Ich will nur –«

»Schon besser.« Petrow legte seinen Arm um Pauls Schultern und zog ihn in seine Bärenarme. »Ich hatte Sie auch nicht für einen ängstlichen Burschen gehalten.«

Paul fing den skeptischen Blick auf, den Annie Stott ihm zuwarf. Diese Hexe. Diese senfgesichtige Hexe mit ihrem lächerlichen kommunistischen Jargon und ihrer politischen Paranoia. »Ich will damit nur sagen, dass Wragby seine Formel, oder worum auch immer es da geht, nicht einfach so preisgeben wird, ohne uns mit Hilfe der Polizei eine Falle zu stellen.«

»Mein lieber Paul, Sie sind in diesen Dingen noch ein Kind. Wragby wird feststellen müssen, dass er uns auf keinen Fall hintergehen kann.«

»Wieso nicht?«

»Wir werden einen - einen Freund in das Gästehaus einschleusen.«

»Du liebe Güte! Sie sind aber gründlich, das muss man Ihnen lassen. Um das Telefon abzuhören, meinen Sie?«

»Um etwaige schurkische Tricks seitens des guten alten Professors zu verhindern.«

Paul spürte, wie er von einer plötzlichen Schwäche für diesen Mann erfasst wurde. Petrow war so männlich. Vielleicht genau die Vaterfigur, die Paul so gefehlt hatte.

»Und um wem handelt es sich da?«

»Oh, das brauchen Sie gar nicht erst zu fragen. Das weiß sogar Annie nicht. In diesem Spiel gilt: Je weniger die Figuren übereinander wissen, desto besser.«

»Also sind wir für Sie nur ein paar kleine Bauern auf einem Schachbrett?«

»Alle Menschen sind Schachfiguren, die von der Hand der historischen Notwendigkeit über das Spielfeld gerückt werden«, sagte die Frau ungeduldig.

»Und die historische Notwendigkeit wird in diesem Fall vom Genossen Petrow verkörpert?«

»Nein, nicht doch, Paul. Ich bin nicht Gott. Ich bin auch nur eine Figur auf dem Schachbrett.«

»Aber eine mächtige Figur. Ein Turm vielleicht?«

»Hervorragend! Absolut hervorragend!«, sagte Petrow mit jungenhaftem Enthusiasmus. »Wie finden Sie mich als Turm, Annie? Sähe ich nicht prächtig aus, mit ein paar Zinnen auf dem Kopf und einer Hängebrücke vor meiner Wampe?«

Miss Stott schaffte es irgendwie, ihr dünnes Lächeln gleichzeitig devot und missbilligend wirken zu lassen.

»Das finde ich alles sehr faszinierend«, sagte Paul. »Woher wussten Sie, dass die Wragbys in dem Gästehaus in Downcombe absteigen würden?«

»Ganz einfach. Wragby hat schon letzte Weihnachten dort verbracht, zweifellos, um ein wenig Abstand von dem Institut zu gewinnen, in dem er arbeitet. Und nach einer kleinen Recherche fand ich heraus, dass er auch diese Weihnachten dort verbringen würde. Darüber hinaus haben wir einen Agenten in seinem Institut, wenn auch nicht in besonders hoher Stellung.«

»Und diese Person ist es auch, die Sie in das Gästehaus einschleusen werden?«

»Ganz bestimmt nicht. Sie sind wirklich sehr naiv, Paul.« Petrow lächelte, als würde er sich über einen Witz amüsieren, der nur ihm selbst bekannt war, und zeigte dabei seine riesigen Zähne, die mit mehreren Goldplomben gespickt waren. Er dachte gerade daran, wie herrlich akkurat der Prozess verlaufen war, durch den sie die Person gefunden hatten, die sie über Wragbys Aktivitäten im Gästehaus informieren würde. Das hatte sich alles wunderbar zusammengefügt. Petrow mochte es, wenn die Dinge akkurat verliefen – keine linkische Herumprobiererei, keine Löcher im Plan. Er schaute zu Annie Stott hinüber, die am Tisch saß und dabei die Hände im Schoß verschränkt hielt. Eine exzellente Arbeiterin, diszipliniert und einigermaßen intelligent. Man hatte sie bisher noch für keinerlei verdeckte Einsätze benutzt, und sie war bei der britischen Spionageabwehr nicht aktenkundig, von ihrer Parteimitgliedschaft einmal abgesehen. Der junge Mann war da etwas völlig anderes. Er war clever, keine Frage, aber man konnte sich nicht auf ihn verlassen. Er war ein Schwächling, vor allem in moralischer Hinsicht, und das war auch – abgesehen von dem Kontakt zu dem Besitzer des Cottage – der Grund dafür, dass man ihn für diese Sache verpflichtet hatte. Doch er würde keinen Versuch wagen, die ihm auferlegten Fesseln abzuschütteln, auch wenn er gerade zum Schein Widerstand geleistet hatte. Trotzdem wäre es vielleicht eine gute Idee, die Daumenschrauben noch ein wenig fester anzuziehen.

»Es gab da schon einen Moment, wo wir Probleme hatten«, sagte er. »Wir mussten nämlich feststellen, dass während der Weihnachtstage in dem Gästehaus kein einziges Zimmer mehr frei war. Glücklicherweise hatte dann aber einer der Gäste, der für diesen Zeitraum dort gebucht hatte, einen Unfall.«

Petrow sah zu, wie sich Paul Cunninghams Gesichtsausdruck von argwöhnischem Interesse zu wachsendem Entsetzen wandelte. »Sie verstehen, was ich damit sagen will, mein lieber Paul. Es war kein tödlicher Unfall. Was aber durchaus nicht heißen soll, dass tödliche Unfälle nie vorkommen.«

Was für ein Kinderspiel, dachte Annie Scott. Dieser junge Tölpel glaubt aber auch alles. Eine bürgerliche Erziehung, gepaart mit einer exzessiven James-Bond-Lektüre und den dazugehörigen Phantasien. Selbst ihm sollte doch wohl bekannt sein, dass die Partei individuelle Gewalt verbietet. Natürlich gab es Gelegenheiten, bei denen Gewalt vonnöten war – um eine konterrevolutionäre Bewegung zu zerschlagen oder die Sowjetunion auf Augenhöhe mit den imperialistischen Mächten zu halten – aber solche Aktionen mussten von der Partei auf höchster Ebene abgesegnet werden.

Seit Miss Stott als Kind in einem Elendsviertel von Salford von ihren Schulkameraden gequält worden war, hatte sie nie wieder eine gewalttätige Auseinandersetzung mitansehen müssen. Ihr Kopf war mit Abstraktionen, Slogans, Diagrammen und Statistiken bevölkert. Es war eine Gedankenwelt, in der alles - sogar die Entführung eines kleinen Kindes - entpersonalisiert wurde. Sie würde diese Einschätzung zwar selbst niemals akzeptieren, noch begriff sie, dass sie genau wegen dieser Charaktereigenschaften für die bevorstehende Aufgabe ausgewählt worden war: Der Einsatz einer Frau war für den Plan unverzichtbar gewesen, aber es musste eine Frau sein, die sich von dem Flehen eines Kindes nicht erweichen lassen würde.

»Also gut. Sonst noch etwas?«, fragte sie brüsk.

Paul fuhr aus seiner Benommenheit hoch. Seit dem Moment, in dem man ihm die Beweise vorgelegt hatte, die ihn ruinieren konnten, hatte eine giftige Wolke aus Angst und Unwirklichkeit über seinem Leben gehangen. Obwohl er versucht hatte, so zu tun, als gäbe es diese ganze entsetzliche Geschichte nicht - schließlich hatte vor dem heutigen Abend niemand versucht, ihn zu erpressen - war er doch von einer stetigen Beklommenheit erfüllt gewesen. Und an diesem Abend hatte sich dann alles zugespitzt. Er hörte vage, wie Petrow und Annie eine kurze Unterhaltung führten. Die banalen Details, die dabei besprochen wurden, verstärkten das Gefühl der Unwirklichkeit, das ihn erfasst hatte, als wären es nicht Worte, die aus ihren Mündern kamen, sondern ektoplasmische Fäden, die sich wie Nebel in dem stickigen Raum ausbreiteten, ihre Fühler nach ihm ausstreckten und ihn in einen Kokon einwickelten.

»Also gut, Paul, wir sehen uns«, sagte Petrows Stimme mit

ihrem leichten amerikanischen Akzent in seinen Albtraum hinein.

»Nur noch eines«, sagte Paul. »Ich möchte einen Moment lang mit Ihnen unter vier Augen sprechen.«

»Sie haben doch wohl keine Mikrophone in Ihrem Treppenhaus installiert, Annie?«, scherzte Petrow, lachte wiehernd, packte Paul mit brutalem Griff am Oberarm und zog ihn nach draußen. Im Treppenhaus war es stockdunkel. Unten im Flur roch es nach räudigen Katern und Karbol.

»Also, was ist?«

»Die Photographien. Wann bekomme ich sie wieder?«

»Sie können sie jetzt haben.« Petrow zog einen Umschlag aus einer Tasche seines voluminösen Mantels. »Na los. Sie können sie sich gerne ansehen, wenn Sie mir nicht glauben. Es sind die richtigen, stimmt's?«

Hastig und verschämt sah Paul in dem gelblichen Gaslicht des Flures die Photographien durch. Petrow lugte ihm über die Schulter. »Also ehrlich, das sind ja hübsche Eskapaden!«

Paul fuhr sich mit der Zunge über die Lippen und sagte: »Was ist mit den Negativen?«

»Man wird sie Ihnen nach dem Einsatz zurückgeben. Es wäre für uns wohl kaum ratsam –«

»Nein, natürlich nicht. Aber wie kann ich sicher sein, dass ich sie auch tatsächlich zurückbekomme?«

Der gewaltige Mann presste Pauls Oberarm so heftig zusammen, dass es schmerzte. »Das können Sie nicht. Oder Sie könnten sie zwar zurückbekommen, aber dann könnte es trotzdem noch Negativkopien der Negative geben. Sie müssen dem guten alten Petrow einfach vertrauen. Schließlich vertrauen wir ja auch Ihnen. Na, na, nun machen Sie sich mal nicht solche Sorgen, wir werden schon aufpassen, dass Ihnen nichts zustößt. Sie sind ein guter Kerl. Ich habe Sie mittlerweile tatsächlich ein bisschen ins Herz geschlossen.«

Die Vaterfigur verließ mit leichten Schritten das Haus und trat auf die Straße hinaus. In düsterer Stimmung stieg Paul wieder die Treppe hinauf. Annie Stott saß immer noch in derselben Haltung am Tisch wie eben. Das Feuer im Gaskamin gab ein lautes Zischen von sich.

»Du solltest mir jetzt die nötigen Anweisungen geben. Wir müssen uns beeilen. Mein Zug geht um 21:50 Uhr.«

Die Frau saß reglos da. Paul wurde plötzlich von der Vorstellung heimgesucht, Petrow könnte sich, nachdem er ihn zur Wohnungstür hinausgezogen hatte, rasch umgedreht und sie mit einer schallgedämpften Pistole erschossen haben.

»Alles in Ordnung? Annie?« Seine Stimme zitterte ein wenig.

»Natürlich ist alles in Ordnung. Ich habe nur nachgedacht. Also, Paul, die erste Sache, die du auf keinen Fall vergessen darfst, ist, ein Glas mit französischem Senf mitzubringen. Ich kann englischen Senf nicht ausstehen.«

Kapitel 2

DAS GÄSTEHAUS

27. DEZEMBER

Es war der Donnerstag nach Weihnachten. Lucy Wragby wachte von allen Besuchern des Gästehauses als Erste auf. Sie stand gern früh auf, denn kein Tag war lang genug, um all die Dinge tun zu können, die sie tun wollte. Die neue Uhr, die auf dem Kaminsims stand und deren Minutenzeiger ein Clown war, der sich in einem endlosen Kreislauf an einer horizontalen Stange hochzog, zeigte 7:10 Uhr an. Andere Weihnachtsgeschenke lagen überall in dem kleinen Zimmer verstreut: Der blaue Anorak, den ihr Vater ihr geschenkt hatte, hing zusammen mit einem Paar schwarzer Strumpfhosen von Elena über einer Stuhllehne, und eine hübsche Puppe in einem altertümlichen Eiskunstläuferkostüm lag mit dem Gesicht nach unten auf der Fensterbank. Lucys Interesse für Puppen hatte voriges Jahr einen plötzlichen Tod erlitten, als sie mit sieben Jahren zum ersten Mal Reitunterricht erhalten hatte. Auf dem Nachttisch lagen eine Schachtel mit Wachsmalstiften, ein Haufen Süßigkeiten und ein Schulheft mit den ersten Kapiteln eines neuen Romans, den sie zu schreiben begonnen hatte.

Lucy löste ihre Zöpfe, schüttelte den Kopf, sodass ihr die langen schwarzen Haare über die Schultern herabfielen, und stieg rasch aus dem Bett. Als Erstes schaltete sie den Heizstrahler ein und zog dann die Vorhänge auf. Draußen begann es bereits, hell zu werden. Die Ulmen jenseits der Rasenfläche plauderten schlaftrunken mit ein paar unsichtbaren Krähen, und zwischen den Baumstämmen blinkten vereinzelte Lichter des dahinter gelegenen, allmählich erwachenden Dorfes herüber. Der Rasen schien im Mondschein zu leuchten, und es dauerte ein paar Sekunden, bis Lucy begriff, dass es gar nicht das Mondlicht war. Es hatte geschneit! Oh, wie herrlich!, dachte sie: Schlitten fahren! Der Plan für den heutigen Tag musste komplett überarbeitet werden.

Ihr erster Impuls war, sofort nach nebenan zu laufen und ihren Eltern die wunderbaren Neuigkeiten zu erzählen, damit ihr Vater sich sofort an die Arbeit machen und entweder einen Schlitten selbst bauen oder einen kaufen gehen konnte. Aber dann wurde ihr klar, dass es sogar während der Ferien gewisse Erwachsenenregeln gab, die befolgt werden mussten.

Es war kalt in der Nähe des Fensters. Lucy schaltete das Deckenlicht ein und betrachtete sich auf dem Weg zurück ins Bett für einen kurzen Moment lang im Spiegel. Ein vertrautes Gesicht. Schmal, mit blasser Haut, grauen, recht weit auseinanderliegenden Augen und langen, dunklen Wimpern. »Hallo, du!«, sagte sie. Und fügte dann hinzu: »Na, also dieses Mädel ist ja eine richtige Schönheit!« Damit wiederholte sie eine von ihr aufgeschnappte Bemerkung, die der alte Admiral an dem Tag nach ihrer Ankunft gemacht hatte. Es war ein wenig peinlich gewesen, als der Admiral dann mit den Worten fortfuhr: »Kommt ganz nach der Mutter, was?«, woraufhin Elena hatte erklären müssen, dass sie nur Lucys Stiefmutter war.

Elena war ohne Frage eine ganz großartige Stiefmutter – kein bisschen so wie diese bösen Stiefmütter in den Märchen – und Lucy gab ihren Schulfreundinnen gegenüber ziemlich oft mit ihr an. Elena war in Ungarn eine berühmte Schauspielerin gewesen und hatte, als es dort eine Rebellion gegeben hatte, etwas sehr Mutiges getan. Dann war es ihr gelungen, aus dem Land zu fliehen und nach England zu kommen, und ein paar Jahre später hatte Vater sie dann geheiratet. Lucy fiel noch etwas anderes ein, das sie mitgehört hatte, damals, bei der Hochzeit. Einer der Gäste hatte zu einem anderen Gast gesagt: »Sie sieht Caroline ziemlich ähnlich, nicht wahr?« Und der andere hatte geantwortet: »Ja, stimmt. Ich könnte mir denken, dass Alfred sie genau deswegen geheiratet hat. Er hat sie sehr geliebt, die arme Carol.« Caroline, Lucys Mutter, war gestorben, als Lucy erst drei Jahre alt gewesen war.

Lucy dachte über all das nach, als sie wieder in ihrem warmen Bett lag. Soweit es sie selbst betraf, hatte Elena noch nie etwas falsch gemacht. Sie hatte nicht versucht, sich bei ihr einzuschleimen, hatte niemals nach Komplimenten gefischt, war ihr weder mit Kälte begegnet, noch hatte sie sie jemals zornig angefahren, und sie hatte niemals versucht, vertrauliche Informationen über ihre Mutter oder ihren Vater aus ihr herauszupressen. Sicher, Elena konnte manchmal recht launisch sein. Lucy hatte gelernt, auf diese düsteren Stimmungen zu achten und ihr in einem solchen Fall aus dem Weg zu gehen. Vater hatte ihr einmal erklärt, dass diese Stimmungen zum Teil auf Elenas schauspielerisches Temperament zurückzuführen seien und zum Teil auf ein paar furchtbare Dinge, die ihr in Ungarn widerfahren waren.

Was sie auch schön fand, war, dass Papa und Elena sich so gut verstanden. Wenn Elena zur Hochform auflief, konnte sie wunderbar fröhlich sein. Sie hatte dafür gesorgt, dass Papa viel mehr aus sich herausging als früher - wie Lucy es sich selbst gegenüber in ihrer besten Erwachsenenmanier formulierte. Papa konnte schrecklich streng sein oder unnahbar oder sogar unfair - Männer waren so - aber Lucy wusste, wie sehr er sie liebte, und nahm ihm seine gelegentlichen Wutausbrüche nie lange übel. Was sie aber nicht ertragen konnte, war, wenn sich die Erwachsenen stritten. Papa und Elena taten das fast nie, soweit sie das beurteilen konnte, weshalb es umso schlimmer gewesen war, als sie vor zwei Monaten einen Streit hatten, in den Lucy aus Versehen mitten hineingeplatzt war. Es war ein dummer Streit gewesen, über eine eingerahmte Photographie von Lucys Mutter, die Papa stets auf seinem Schreibtisch stehen hatte. Elena hatte die Photographie wegräumen wollen. Man konnte ihren Standpunkt durchaus verstehen: Keine zweite Ehefrau mag es, wenn die erste Ehefrau sie immer zornig anstarrt, sobald sie das Arbeitszimmer ihres Gatten betritt. Andererseits war es seltsam, dass Elena so lange mit der Bitte gewartet hatte, er möge das Bild wegräumen. Die Photographie stand mittlerweile nicht mehr auf seinem Schreibtisch, und Lucy hatte die Wut und die Tränen, die dieser Streit mit sich gebracht hatte, so tief in ihrem Gedächtnis vergraben, wie sie nur konnte.

Doch sie hatte den unbestimmten Eindruck, dass sich die Atmosphäre seitdem auf mysteriöse Weise verändert hatte und nicht mehr so gut war wie zuvor. Sie wusste, dass ihr Vater im Institut sehr hart arbeitete, und daraus, wie empfindlich und geistesabwesend er war, konnte sie schließen, dass er mit irgendeinem wichtigen Problem kämpfte. Doch Elenas düstere Stimmungen schienen nun länger anzuhalten, und als Papa eines Tages mit einem triumphalen Leuchten in den Augen heimkam, hatte irgendetwas in Elenas Reaktion gefehlt. Sie hatte nicht von ganzem Herzen Anteil genommen, das hatte Lucy gespürt.

Lucy verdrängte all diese Gedanken und begann, über ein neues Kapitel in ihrem Fortsetzungsroman nachzudenken, in dem die Heldin (sie selbst) zusammen mit ein paar finsteren Gestalten in einem Gästehaus eingeschneit wurde, bis ihr schließlich auf einem Schlitten die Flucht gelang und sie die Polizei zurück zum Ort des Geschehens führte, damit diese die gesamte Bande festnehmen konnte.

Im Nebenraum erwachte Elena Wragby aus einem unruhigen Schlaf und vergrub den Kopf in der Schulter ihres Ehemanns, als wollte sie vor dem Licht des frühen Morgens Schutz suchen. Es waren ihr ein paar Minuten des Vergessens vergönnt, während sie und ihr Ehemann zärtlich miteinander schliefen, doch dann begannen ihre Gedanken wieder aufs Neue, unaufhaltsam durch die abscheulichen Rinnen zu fließen, die sie sich selbst gegraben hatten.

Alfred Wragby lehnte sich im Bett zurück. In seinem Kopf herrschte absolute, kristallene Klarheit, während er einmal mehr den Triumph auskostete, den er zusammen mit seinem Team errungen hatte. Während der Woche, die unmittelbar auf den Durchbruch gefolgt war, war er vollkommen erschöpft und von einem Gefühl stumpfer Enttäuschung erfüllt gewesen. Aber jetzt war er wieder der Alte. Es würde in Zukunft sicher noch weitere Probleme geben, aber in dieser

Woche - oder auch ein bisschen länger - konnte er seine gesamte Energie darauf verwenden, der kleinen Lucy perfekte Ferien zu bescheren.

Lance Atterson wachte neben Cherry auf, die im Gästebuch des Hotels offiziell als »Mrs. Atterson« eingetragen war. Er schob sich die Haare aus der Stirn und rieb dem Mädchen mit seinem Bart übers Gesicht. Sie schlief weiterhin tief und fest. Lance schielte zu seiner Gitarre hinüber, die auf einem Haufen von Cherrys Kleidern lag, die sie auf den Boden geworfen hatte. Er überlegte kurz, ob er sie mit einem lauten, jähen Akkord aus dem Schlaf reißen sollte, entschied sich dann aber dagegen. Je weniger Aufmerksamkeit sie beide in dieser miesen Absteige auf sich zogen, desto besser. In diesem Moment fiel ihm auf, dass er, soweit er wusste, zum ersten Mal in den fünfundzwanzig Jahren seines Lebens neben einer Erbin aufgewacht war. Er stützte sich auf einen Ellenbogen auf, um dieses Phänomen eingehend zu betrachten. Ein rundes, totenblasses Gesicht mit grünen Schlieren unter den Augen, verquollene Lider, ein Wirrwarr aus strähnigen, gelblichen Haaren und Lippen so bleich wie Kabeljau. So viel stand fest: Eine Brigitte Bardot war sie nicht gerade. Er zog die Decke ein wenig herunter und studierte die breiten Brüste, die aussahen wie zwei Hefebrötchen, die nicht richtig aufgegangen waren.

Das Problem war: Sie sah so unschuldig aus. Sie war noch jung, aber so jung nun auch wieder nicht, verdammt nochmal. Wie ein frühreifes Kind. Zwischen dem Frauenkörper und dem Kindergesicht schien überhaupt kein Zusammenhang zu bestehen. Das hieß aber nicht, dass sie sich im Bett nicht einigermaßen passabel anstellte. Naja, dachte Lance, schließlich ist es nicht meine Schuld, wenn sie sich mir unbedingt an den Hals werfen will. Wer bin ich denn, ihr den Spaß zu verderben?

»Komm schon, du meine Altersrente, wach auf!« Er schüttelte die mit Babyspeck gepolsterten Schultern des Mädchens. »Raus aus den Federn, Dickerchen!«

Admiral Ffrench-Sullivan streckte seine Hand zum Nachttisch aus und setzte sein Gebiss ein. In dem zweiten Bett lag seine Frau Muriel und schnarchte. Was von ihrem Gesicht oberhalb der Bettdecke und unterhalb der Gesichtsmaske sichtbar war, erinnerte an einen gereizten Mops. Der Admiral wandte den Blick ab. Er öffnete das von einem indischen Mystiker verfasste Buch, das er sich gegenwärtig zur Lektüre auserkoren hatte, aber die heitere Gelassenheit der Seele, die ihm das Buch eigentlich hätte vermitteln sollen, wollte sich nicht einstellen. »Weltliche Besitztümer«, verkündete der weise Mann darin, »sind nichts als Schatten des Ewigen.« Zweifellos, dachte der Admiral. Aber ich könnte durchaus noch ein paar mehr dieser Schatten gebrauchen. Sobald seine Frau aufwachte, würde sie ihn sofort wieder mit denselben Themen quälen: der fehlenden Dienerschaft, den Lebenshaltungskosten, der Notwendigkeit, den Schein zu wahren, und den desaströsen Spekulationen, die den Admiral sein gesamtes Vermögen gekostet hatten, von seiner spärlichen Militärrente einmal abgesehen. Seine Frau war eine geborene Querulantin und Nörglerin, worunter der Admiral tagtäglich zu leiden hatte. Und doch hatte er sie immer noch gern. Sie war früher einmal eine so lebenslustige Person gewesen. Er warf die Weisheit des Orients auf den Boden und begann erneut, über Mittel und Wege nachzudenken, wie er sein Einkommen aufbessern könnte. Dabei ließ er sich insbesondere die Andeutungen durch den Kopf gehen, mit denen dieser seltsame Kerl um sich warf, den seine Frau hartnäckig als »den großen Unbekannten« bezeichnete.

In einem der Zimmer neben den Wragbys, welches er zu seinem großen Glück trotz der eher kurzfristigen Anfrage hatte buchen können, setzte sich Mr. Justin Leake im Bett auf, verschränkte die Arme hinter dem Kopf und gratulierte sich zu seinem Scharfsinn. Die einzigen Fragen, die sich jetzt noch stellten, waren, wann der beste Zeitpunkt und was die beste Methode war, um den nötigen Druck auszuüben. Zunächst war eine leichte Hand vonnöten, damit das Opfer nicht in Panik geriet und kontraproduktive Maßnahmen ergriff. Später konnte man dann mit wachsendem Nachdruck vorgehen. Natürlich unterschied sich dieser Fall sehr von seinen üblichen Unternehmungen. Es war überhaupt nicht sein Ding, sich mit einer Person beschäftigen zu müssen, die noch nicht mündig war. Und dieses Mal war er auch nicht ganz sein eigener Herr.

Nigel Strangeways verließ den Raum, während Clare Massinger sich ankleidete, und trat auf den Rasen hinaus, um vor dem Frühstück noch eine kleine Runde zu drehen. Der Ostwind, der schon seit Tagen wehte, war so schneidend wie eh und je. Die dünne Schneedecke könnte sich als nützlich erweisen, dachte Nigel, auch wenn es schwer vorstellbar war, dass er seine Talente würde ins Spiel bringen müssen.

Die Abteilung für Innere Sicherheit, für die er in der Vergangenheit den einen oder anderen Auftrag ausgeführt hatte, war vor ein paar Wochen an ihn herangetreten. Es handelte sich lediglich darum, ein Auge auf Professor Alfred Wragby zu haben, während dieser seine Weihnachtsferien in Downcombe verbrachte. Im Privathaus des Professors, in dem er sich normalerweise aufhielt, gab es hinreichende Vorkehrungen zu seinem Schutz. Wragbys Kopf barg ein wichtiges Geheimnis, das die Gegenseite nur zu gern herausfinden würde. Weil die Abteilung gegenwärtig knapp an Personal und vollkommen überlastet war, konnte man für diese kurzfristige Überwachungstätigkeit niemanden erübrigen. Es handelte sich um eine reine Routineangelegenheit: Wragby war ein absolut verlässlicher Bursche, im Gegensatz zu ein paar anderen Eierköpfen, und war es auch gewohnt, auf sich selbst aufzupassen – wie zum Beispiel bei mehreren Sondereinsätzen während des Krieges. Es wäre also für Mr. Strangeways ein netter entspannter Urlaub, der ihn zudem nichts kosten würde.

»Aber du musst diskret vorgehen, alter Junge«, hatte der Leiter der Abteilung gesagt. »Wragby hat ein hitziges Temperament, und es würde ihm gar nicht gefallen, dass man ihm ein Kindermädchen zugeteilt hat. Es besteht also keine Notwendigkeit, ihm deine zwielichtige Identität zu offenbaren. Es sei denn, natürlich –«

»Wie sieht es mit seiner Familie aus?«, hatte Nigel gefragt.

»Eine Ehefrau – seine zweite. Eine Tochter. Acht Jahre alt.«

»Wie ist die Ehefrau denn so?«

»Ehemalige Schauspielerin. Ziemlich überspannte Person. Eingebürgerte Britin.«

»Und vorher?«

»Ungarin.«

»Du liebe Güte!«

»Aber, aber, Nigel, jetzt reg dich nicht auf. Wir haben unsere Nachforschungen über diese Frau angestellt, und die sind zu unserer Zufriedenheit ausgefallen. Sie hat während des Aufstands gegen die Regierung gekämpft – und ich meine *gekämpft* im wahrsten Sinne des Wortes. Sie hat sich mit einer Maschinenpistole auf die Barrikaden gestellt. Hat es dann geschafft, über die Grenze nach Österreich zu fliehen, nachdem die Russen einmarschiert sind.«

»Aber hat sie dort nicht noch Familie?«

»Vater und Mutter sind mittlerweile gestorben. Keine Geschwister. Es gab da ein kleines Kind, von ihrem ersten Ehemann, der während der Kämpfe ums Leben kam. Tragische Geschichte. In dem Chaos an der Grenze wurde sie von ihrem Baby getrennt. Sie hatte es einem Kameraden gegeben, einem Mann, der mit dem Kind im Arm über den Streifen Niemandsland rennen sollte. Es wurde auf die beiden geschossen. Als sie selbst auf die andere Seite gelangte, schaute sie sich um und sah den Mann auf der Erde liegen. Er war tot. Das Baby lag neben ihm. Die Gruppe, mit der sie unterwegs war, musste sie mit Gewalt aufhalten – sie wollte zurücklaufen und das Baby holen. Die arme Frau hat beinahe den Verstand verloren. Sie hörte dann später, dass Kind sei etwa einen Monat danach ebenfalls gestorben.«

»Nun, dann hat das ja wohl seine Richtigkeit.«

»Mach dir keine Sorgen, Nigel. Wir haben sie mehrfach auf Herz und Nieren geprüft ...«

Nigel dachte an dieses Gespräch, während er über den Rasen spazierte. Wie das Gästehaus dort drüben in dem kalten, sonnigen Licht aufragte, erweckte es den Eindruck, als könnte es auf der ganzen Welt keinen sichereren Aufenthaltsort geben. Es handelte sich um ein Herrenhaus aus dem siebzehnten Jahrhundert, das den Abstieg von der Residenz, als die es zahlreichen Generation von Gutsherren gedient hatte, zu seinem gegenwärtigen Status als Hotel mit Würde gemeistert hatte. Seine sieben Zimmer wurden für gewöhnlich von der »richtigen Sorte von Leuten« bewohnt. Der Inhaber, ein gewisser Mr. Chalmers, schien die Gabe zu besitzen, diese mit schlafwandlerischer Sicherheit anhand irgendeiner geheimnisvollen Osmose auszuwählen. Diesmal war ihm jedoch mit dem jungen Atterson und diesem absurden Groupie-Mädel, das ihn begleitete, ein Schnitzer unterlaufen, dachte Nigel. Aber vielleicht war es ja auch gar kein Fehler. Cherry hatte eine gewisse Ausstrahlung, die sie nicht ganz verbergen konnte, mochte sie sich auch noch so anstrengen, mit ihrer linkischen Art und ihren skandalösen Bemerkungen. Sie machte trotz allem den Eindruck, als hätte sie eine gute Kinderstube genossen.

Während des Frühstücks sah Nigel zu dem Tisch hinüber, an dem Cherry zusammen mit Lance Atterson und Justin Leake saß. Man war im Gästehaus darum bemüht, den Standard früherer Zeiten aufrechtzuerhalten, als das Haus noch als Residenz einer hochgestellten Familie gedient hatte, und benutzte daher für das Mittag- und Abendessen einen einzigen, langgestreckten Tisch. Doch diese Regelung wurde dadurch aufgelockert, dass man für das Frühstück separate Tische aufstellte, denn zu dieser Tageszeit war der Großteil der Gäste nicht unbedingt gewillt, sich mit wildfremden Leuten zu unterhalten. Cherrys leichenblasses Gesicht schwebte über einem riesigen schwarzen Pullover, an den sie einen Button mit dem Symbol des CND, der Kampagne für nukleare Abrüstung geheftet hatte.

»Oh, aber ich bin durch und durch verdorben. Ich werde später bestimmt mal als Psychopathin enden«, verkündete sie als Antwort auf eine von Leakes Bemerkungen. Ihre durchdringende und gleichzeitig merkwürdig leblose Stimme fiel wie ein Holzplanke mitten in die Stille hinein.

Mrs. Ffrench-Sullivan zog ein Gesicht, als hätte ein Wildfremder sie während der heiligen Kommunion in den Po gekniffen.

»Das Problem ist: Wenn Cherry nicht aufpasst, wird sie genau das werden«, murmelte Clare, an Nigel gewandt.

Der Admiral hustete. Seine sanfte, lispelnde Stimme ließ sich mit den Worten hören: »Da kommt noch mehr Schnee auf uns zu. Liegt in der Luft. Der Wind hat sich gelegt. Schlechtes Zeichen.«

»Oh, Papa, wäre das nicht toll? Ich werde einen Schneemann bauen. Und könntest du mir nicht einen richtigen Schlitten besorgen? Ich bin noch nie Schlitten gefahren.«

»Ich denke schon. Aber eins nach dem anderen, mein Schatz. Wir sind noch eine ganze Woche hier.« Wragby hatte eine recht sonore Stimme, in der man – vor allem in den Vokalen – noch eine Spur seiner Herkunft aus Yorkshire erkennen konnte.

Der Admiral lehnte sich zu dem Tisch der Wragbys hinüber. »Könnte gut sein, dass du auch noch ein bisschen länger Zeit hast, Lucy. Als es hier das letzte Mal starken Schneefall gab – das war 1947 – war dieses Tal für ganze zwei Wochen unpassierbar.«

Das kleine Mädchen sah ihn mit funkelnden Augen an. »Wäre das nicht großartig, Elena?«, sagte es dann zu seiner Stiefmutter. »Papa könnte nicht zurück zur Arbeit, und wir wären alle für eine ganz lange Zeit zusammen.«

Mrs. Wragbys mit leiser Stimme gegebene Antwort war akustisch nicht zu verstehen. Aber Nigel konnte sehen, wie ein Zucken über ihr Gesicht ging, das einen tiefen Schmerz oder eine große Unruhe widerzuspiegeln schien. Würde es ihr jemals gelingen, jene fürchterliche Hetzjagd über die Grenze und die beiden Körper, die im Schnee lagen, zu vergessen? Sie besaß ein bemerkenswert charakteristisches und unverwechselbares Gesicht, doch der Kummer hatte seine verheerenden Spuren darin hinterlassen. Es war dünn, mit hohen Wangenknochen und ausgeprägten Ringen unter den Augen, ihre Haare waren weiß geworden, und ihre Augen ähnelten zwei tiefen Brunnen. Aber es war Elena Wragbys Stimme gewesen, die Nigel als Erstes beeindruckt hatte - eine tiefe, volltönende Altstimme mit einem melancholischen Unterton.

Während ihres ersten Abends im Gästehaus hatte Nigel gesehen, wie Clares Blick unverwandt auf Mrs. Wragby ruhte. Er konnte geradezu spüren, wie ihr die Bildhauerfinger zuckten.

»Das wäre doch ein großartiges Sujet für dich«, sagte er später.

»Oh ja. Ob sie mir wohl Modell sitzen würde?«

»Frag sie doch. Für eine Portraitbüste?«

»Nein, ich würde gerne eine Ganzkörper-Skulptur machen. Die weinende Niobe.«

Nigel fand ihre Hellsichtigkeit unheimlich. Während er im Dienst war, durfte er Clare nichts erzählen. Sie wusste also nichts von Elenas totem Kind.

Als der Tee serviert wurde, zeigte es sich, dass die Vorhersage des Admirals unzutreffend gewesen zu sein schien. Es hatte ein leichtes Tauwetter eingesetzt, und der Schnee auf der gewundenen Dorfstraße begann, matschig zu werden.

In den Höhenlagen oberhalb von Eggarswell, fünf Meilen vom Ort entfernt, lag noch eine etwa vier oder fünf Zentimeter tiefe Schneeschicht. Auf dem Pfad, der vom Dorf an Mr. Thwaites Bauernhof vorbei zum Smugglers' Cottage führte, waren Paul Cunningham und Annie Stott unterwegs, zusammen mit einem Jungen, den sie Evan nannten. Seinem Körperbau nach sah er jünger aus als die neun Jahre, die er zählte, doch sein Gesicht wirkte sehr viel älter. Es war ein blasses, schmales Gesicht, das man fast verschrumpelt hätte nennen können. Sein kugelförmiger Kopf wurde von stoppeligen, flachsblonden Haaren gekrönt, die er offenbar seit kurzem wieder ein wenig nachwachsen ließ.

Evan war ein höflicher Junge, wenn auch recht schweigsam. Er bereitete seinem »Onkel« und seiner »Tante« keinerlei Ärger. Zwar war es seltsam, nach einer langen Reise in ein unbekanntes Land zwei vollkommen fremden Personen übergeben zu werden, doch Evans Leben war bisher ohnehin ziemlich ungewöhnlich verlaufen. Er war es gewohnt, wie ein unerwünschtes Paket behandelt zu werden, auf das man immer wieder neue Etikette klebt, um es von einem Ort zum nächsten zu schicken. Er hatte auf die harte Tour gelernt, dass es besser war, keine Fragen zu stellen. Im Moment dachte er an ein Versprechen, das man ihm gemacht hatte - ein Versprechen, das ihm die unglaublichsten Aussichten eröffnete. Er hob die Hand zu seinem kratzigen, blauen Wollpullover und tastete nach dem geheimen Gegenstand, den er dort verborgen hielt, seinem Talisman, dem einzigen Ding, das ihm sagen konnte, wer er war.

Ein Schneeball traf ihn ins Genick. »Komm schon, Evan, wach auf, alter Junge!«, rief Onkel Paul.

Evan starte ihn an und klopfte sich den Schnee aus dem Kragen. »Aber gehört sich das denn, Schneebälle zu werfen?«, fragte er verwirrt. Sein Akzent klang nahezu perfekt englisch – man hatte ihn gut unterrichtet.

»Ob es sich gehört? Du liebe Güte, aber sicher. Vielleicht nicht in den Volksdemokratien, aber hier in diesem gottverlassenen imperialistischen Land ist es absolut in Ordnung.«

Evan bückte sich ein wenig skeptisch, formte einen Schneeball und schleuderte ihn auf Onkel Paul. Sie gingen am Bauernhof vorbei. Die vollbusige Mrs. Thwaite lächelte, als sie den beiden vom Fenster aus zusah, wie sie sich gegenseitig bombardierten. Ein netter junger Bursche, dieser Mr. Cunningham, dachte sie. Aber seine Schwester, diese Dr. Everley, ist ein ziemlicher Drachen. Schrecklich hochnäsig! Da will die doch diesen armen kleinen Jungen nicht mit meinen Kindern spielen lassen. Hat behauptet, er hätte eine schlimme Krankheit durchgestanden und müsste sich noch eine Weile schonen. Was für eine blöde gelbgesichtige Kuh. Die kann es nicht ertragen, wenn Kinder ihren Spaß haben. Die armen Patienten, die von der behandelt werden!

»Lass es besser mal gut sein, Paul«, rief die gelbgesichtige Kuh in diesem Moment. »Wir wollen ja nicht, dass Evan sich überanstrengt!«

Sie durchquerten das Hoftor. Smugglers' Cottage lag ein

kleines Stück weiter den Hang hinauf. Es war ein recht einsam gelegenes zweigeschossiges Gebäude, dessen Fenster im Obergeschoss im gotischen Stil gehalten waren und aus denen man weit in die Landschaft hinausschaute. Das Grundstück war in den Hang hineingeschnitten worden, sodass knapp hinter dem Haus der Hügel steil nach oben stieg und auf diese Weise jegliche Aussicht versperrte. Im Inneren des Cottage herrschte eine behagliche Atmosphäre, auch wenn die Ausstattung recht nüchtern gehalten war, so wie es sich für den Rektor eines Oxforder Colleges geziemte. Im Wohnzimmer loderte ein Holzfeuer. Auf der gegenüberliegenden Seite des Hauses erhob sich eine Reihe von Eschen, die das Cottage vor dem Ostwind schützten.

»Was würdest du morgen gerne unternehmen?«, fragte Annie, während Paul den Tee zubereitete. »Es ist dein letzter Tag. Du solltest das Beste draus machen.«

»Was kann ich denn unternehmen?«, fragte der Junge mit seiner leisen, rauen Stimme. Und dann fragte er kühn: »Könnte ich ins Kino gehen?«

»Ich fürchte nein, mein Lieber. Weißt du, auf dem Land gibt es nur Abendvorstellungen, und dein Zug fährt schon um zehn nach sechs.«

»Und dann fahre ich zurück nach London und treffe –«

»Ja, Evan. Aber Du solltest dir nicht zu viel davon versprechen.«

»Nein, Dr. Everley«, warf Paul sarkastisch ein. »Auf gar keinen Fall sollte er sich zu viel versprechen!« In seiner Stimme schwang eine derartige Bitterkeit mit, dass Annie Stott irritiert die Augenbrauen hochzog. Es hatte immer die Gefahr bestanden, dass Paul zimperlich werden könnte, aber sie hatte nicht damit gerechnet, dass das schon so früh im Verlauf der Unternehmung geschehen würde.

»Nimm noch ein Rosinenbrötchen, Evan«, sagte sie.

Im Gästehaus hatte man soeben die Teemahlzeit beendet. Elena Wragby und ihr Ehemann waren nach oben gegangen, um ihre Korrespondenz zu erledigen, und der Rest der Gesellschaft hatte sich in dem großen holzgetäfelten Salon versammelt. Dort war zunächst ein diskretes Gerangel um die Plätze in der Nähe des Holzfeuers entstanden, wobei Mrs. Ffrench-Sullivan, Lance Atterson und Cherry sich ein Kopf-an-Kopf-Rennen geliefert hatten.

»Andere Leute hätten es auch gern warm, Mr. Atterson«, sagte die Frau des Admirals von ihrem Sessel aus.

»Na klar, Lady. Das ist ein Drang, der die Menschheit schon seit Urzeiten beschäftigt. Und der Erste, der ihn befriedigt hat – so heißt es in den Legenden – war ein gerissener Intrigant namens Prometheus.«

»Ich habe keine Ahnung, wovon Sie da reden«, entgegnete die angesprochene Dame hochmütig. Dann drehte sie sich demonstrativ zu Cherry um. »In meiner Jugend hat man jungen Leuten noch beigebracht, ihren Platz immer den älteren Personen anzubieten.«

»Oh, Sie haben mein vollstes Verständnis«, sagte Cherry mit ihrer tonlosen, schleppenden Sprechweise. »Ich persönlich fühle mich älter als die Steine, auf denen ich sitze.«

Daraufhin mischte sich Justin Leake in das Gespräch ein. Er war ein unscheinbarer Mann mit dem aufmerksamen, aber desillusionierten Gebaren eines Journalisten. »Das dürfte wohl kaum zutreffen, Mrs. Atterson. Sie haben ein so entzückend jugendliches Aussehen. Und das meine ich durchaus als Kompliment.«

»Den Teufel tun Sie«, brummte Lance in seinen schwarzen Bart, über dem seine Zähne weiß aufblitzten.

Mr. Leake ließ nicht locker. »Ich bin sicher, dass ich Ihr Gesicht schon einmal irgendwo gesehen habe. Könnte es auf einer Photographie gewesen sein? In der Presse?«

»Wie schon der eine Ägypter zum anderen sagte: ›Ich erinnere mich nicht an deinen Namen, aber dein Kamel kommt mir bekannt vor‹«, murmelte Lance. Lucy, die auf dem Teppich lag und ein Bild malte, lachte sprudelnd.

»Mein Mann und ich hatte einen wirklich bezaubernden Aufenthalt in Ägypten, kurz vor dem Krieg. Er war in Alexandria stationiert«, ließ Mrs. Ffrench-Sullivan verlauten.

»Und haben Sie dort auch einen Bauchtanz gesehen?«, fragte Cherry.

»Nein, meine Liebe. Ich glaube nicht, dass es dort eine Balletttruppe gab.«

Lance Atterson verdrehte die Augen. »Aber Sie hatten viele Sklaven?«

»Diener. Gewiss. Die Kerle dort haben kein Rückgrat. Man braucht sich nur anzuschauen, was dieser Nasser macht – aber ich habe immer gesagt, dass sie exzellente Diener abgeben. So aufmerksam, mit so guten Manieren!«

»Wohingegen hier in diesem Land –?«

»Ganz genau, Mr. Leake. Die Leute aus der Unterschicht sind heutzutage vollkommen verdorben. Daran ist natürlich der Wohlfahrtsstaat schuld. Niemand will mehr als Dienstbote arbeiten. Der Admiral und ich mussten aus unserem wunderschönen Haus in Stoke Trenton ausziehen, und das nur, weil wir kein Personal finden konnten. In London hat man es da bestimmt wesentlich leichter, nicht wahr, Mrs. Strangeways?«

»Nein, eigentlich nicht. Und übrigens, ich heiße nicht Strangeways, sondern Massinger.«

»Ein Name, der Wunder wirkt«, sagte Mr. Leake und half Mrs. Ffrench-Sullivan damit über ihre Verwirrung hinweg. »Clare Massinger gehört zu den herausragendsten Bildhauerinnen unseres Landes. Ich gehöre zu den größten Bewunderern Ihrer letzten Ausstellung, Miss Massinger.«

»Wie freundlich von Ihnen.« Clare konnte sich nicht ganz erklären, warum dieser Mann ihr unheimlich war. Doch es wäre grausam gewesen, eine so harmlos wirkende Person zu brüskieren. »Was hat Ihnen denn am besten gefallen?«

Mr. Leake zögerte. »Nun, ich kann mich gerade nicht ganz an den Titel des Werks erinnern, doch es –«

»Dann beschreiben Sie das Ausstellungsstück doch einfach«, warf Lance ein und grinste ihn an.

»Nun, da gab es diese Darstellung einer nackten Frauengestalt«, begann Mr. Leake unbehaglich.

»Ich glaube, Sie sind überhaupt nicht auf dieser Ausstellung gewesen«, verkündete Cherry mit ihrer durchdringenden, monotonen Stimme.

Die Frau des Admirals wandte sich an Clare. »Machen Sie diese modernistischen Sachen aus Draht? Ich persönlich finde dieses Zeugs absolut lächerlich. Ich kann darin keine Kunst erkennen.«

»Nein.«

»Aber ich nehme an, Ihre Sachen liegen im Trend? Bringen sie Ihnen viel Geld ein?«

»Clare meißelt ganz kolossale, wunderbare Nacktfiguren aus Stein oder Marmor. Damit verdient sie einen Haufen Geld«, sagte Nigel.

»Was? So wie diese schrecklichen Epstein-Dinger?« Mrs. Ffrench-Sullivans Gesichtsausdruck wirkte verdrießlich, hatte jedoch zugleich etwas Gieriges.

»Nein, nicht gerade«, antwortete Clare.

»Ich mochte diese Jungfrau-mit-Kind-Skulptur, die er im Cavendish Square gemacht hat«, lispelte der Admiral. »Aber im Allgemeinen sind Henry Moores Arbeiten eher nach meinem Geschmack.«

»Gratuliere«, sagte Clare.

»Diese fürchterlichen Dinger mit all diesen Löchern«, murmelte Lance.

In diesem Moment betrat Professor Wragby den Raum und setzte sich still in eine Ecke. Die Frau des Admirals wechselte so abrupt das Thema, dass es einem so vorkam, als hätte sie mit einem hässlichen Knirschen in den falschen Gang geschaltet.

»Was ist das für ein Abzeichen, das Sie da immer tragen, Mrs. Atterson? Das Abzeichen eines Fahrradclubs?«

»Nein. CND.«

»CND?«

»Die Kampagne für nukleare Abrüstung.«

Mrs. Ffrench-Sullivan zuckte zusammen, als hätte Cherry etwas schrecklich Unanständiges gesagt. »Also wirklich! Wollen Sie damit sagen, dass Sie auf nassem Asphalt rumsitzen und an diesen abscheulichen Märschen teilnehmen? Und das auch noch am Karfreitag? Das ist Blasphemie!«

Cherrys Stimme wurde plötzlich ungewohnt lebhaft.

»Also, ich finde, es ist Blasphemie, Pläne zu schmieden, bei denen Millionen von Menschen auf der ganzen Welt umgebracht werden sollen.«

»Wollen Sie denn Ihr eigenes Land nicht verteidigen? Ich muss schon sagen!«

»Die Atombombe wird nicht zur Verteidigung gebaut. Sie ist zum Angriff auf andere Länder gedacht.«

»Sie glauben nicht, dass sie der Abschreckung dienen könnte?«, fragte der Admiral freundlich.

»Also wären Sie lieber rot als tot?«, warf Justin Leake ein und betrachtete das Mädchen eingehend mit seinen starren, aufmerksamen Augen.

»Ja, natürlich. Wer denn nicht? Auf jeden Fall wäre ich lieber rot, als dass ich dafür verantwortlich wäre, Millionen unschuldiger Menschen zu töten, seien sie nun weiß, rot oder schwarz.«

»Cherry ist eine Fanatikerin«, sagte Atterson und lächelte zynisch in seinen Bart.

»Ich glaube nicht daran, dass diese Waffen irgendjemanden abschrecken werden – jedenfalls nicht lange«, fuhr das Mädchen hartnäckig fort.

»Aber bisher scheint es doch funktioniert zu haben, Cherry«, meinte der Admiral, während seine blassblauen Augen sie freundlich und besorgt anblinzelten. Sie merkte, dass ihr von dieser Seite eine gewisse Sympathie entgegengebracht wurde, und rief:

»Ich möchte Ihnen ja gar nicht zu nahe treten, Admiral, ganz ehrlich, das liegt nicht in meiner Absicht. Soldaten und Matrosen – naja, die haben eine Aufgabe zu erfüllen, und –«

»Es steht uns nicht zu, das zu hinterfragen, meine Liebe?«, sagte er, ein Anti-Kriegs-Gedicht von Tennyson zitierend, und lächelte sie an.

»Sie sind ein Schatz! Nein, das, was mich ganz krank macht, das sind die verdammten Wissenschaftler, die anscheinend nie hinterfragen, warum sie das alles tun.«

»Still, mein Dickerchen!«, sagte Lance. »Es sind Wissenschaftler anwesend.«

Lucy schaute besorgt zu ihrem Vater hinüber, aber sie kannte die Zeichen, die darauf hinwiesen, dass er jeden Moment explodieren würde, und für den Augenblick war alles gut. Der Professor schlenderte zum Kamin hinüber. Er war ein hochgewachsener, breitschultriger Mann mit rötlichen Haaren und einer leicht gebeugten Haltung.

»Also gut, junge Dame, das sollten Sie besser ein wenig näher ausführen.«

»Tut mir leid, ich wusste nicht, dass Sie hier sind.«

»Machen Sie sich darüber mal keine Gedanken. Ich werde Sie nicht beißen. Reden Sie nur weiter.«

Das Mädchen verschränkte krampfhaft die Finger. »Also gut. Ihr Wissenschaftler macht mit euren Theorien und Experimenten einfach blind immer weiter und haltet nie inne, um euch einmal zu fragen, welche Konsequenzen euer Tun hat – für die Menschheit, meine ich.«

»Sie wollen damit sagen, dass wir nicht einfach nur Wissenschaftler, sondern auch Propheten *und* moralische Zensoren unserer eigenen Arbeit sein sollten.«

Cherry wurde rot, hielt jedoch mutig an ihren Argumenten fest. »Man muss kein Prophet sein, um zu wissen, dass man, wenn man eine Atombombe baut, eben nichts anderes tut als eine Waffe herzustellen, die zahllose Menschen vernichten wird.«

»Die Kernspaltung war eine vollkommen neutrale Entdeckung. Man kann sie für zerstörerische Zwecke *und* für produktive Zwecke nutzen. Das werden Sie doch wohl nicht abstreiten? Hätten Sie die Erfindung des Verbrennungsmotors verhindert, nur, weil Automobile Menschen töten können?« Der Ton des Professors war keineswegs aggressiv, doch schwang darin auch eine gewisse pädagogische Arroganz mit.

Jetzt ergriff Clare das Wort: »Also haben Wissenschaftler keinerlei moralische Verantwortung für das Endprodukt ihrer Forschungen?«

»Der reine Wissenschaftler nicht. Aber der Technologe natürlich schon.«

»Als reiner Wissenschaftler haben Sie keine Verantwortung. Schön und gut. Aber Sie sind darüber hinaus auch ein menschliches Wesen.«

»Als Mensch muss ich mich natürlich damit auseinandersetzen, Miss Massinger. Da gebe ich Ihnen recht. Das kann zu einem sehr realen Konflikt führen.«

»Aber warum sollte es da überhaupt einen Konflikt geben?«, fragte Justin Leake. »Gehört es nicht zu den wichtigsten Prinzipien der Wissenschaftsethik, jede neue Entdeckung zu veröffentlichen und der gesamten Menschheit zugänglich zu machen?«

»Theoretisch schon, ja. Aber in der Praxis führt die Veröffentlichung einer Entdeckung lediglich dazu, das Konfliktfeld noch zu vergrößern. Damit meine ich, dass die Verantwortlichen sowohl des eigenen als auch eines jeden anderen

Landes entscheiden müssen, in welcher Weise diese Entdeckung einzusetzen ist.«

»Aber es gibt Wissenschaftler, die sich an dieses Prinzip gehalten haben«, sagte Leake. »Diejenigen, die vom Rest der Gesellschaft als Verräter bezeichnet werden. Billigen Sie deren Verhalten?«

»Das hängt von dem jeweiligen Individuum ab. Ich würde es nicht billigen, wenn der Betreffende sein Wissen nur deswegen preisgibt, weil er einer anderen Macht bei der Verfolgung ihrer gegen sein eigenes Land gerichteten Ziele behilflich sein will.«

»Auch nicht, wenn er durch seine Handlung das Kräftegleichgewicht wiederherstellt?«, fragte Nigel. »Basiert das Prinzip der Abschreckung nicht darauf, dass beide Seiten über eine etwa gleich große Stärke verfügen?«

Alfred Wragby lachte und warf die Hände in die Luft. Die Frau des Admirals war in ihrem Sessel eingeschlafen.

»Dieses ganze Gequassel ist furchtbar langweilig«, bemerkte Lance Atterson und gähnte. »Und außerdem bauen ja auch nicht alle Wissenschaftler irgendwelche Bomben. Was ist Ihr Spezialgebiet, Professor?«

»Ich bin in der mathematischen Physik tätig.«

»Das erklärt ja schon alles«, murmelte Lance säuerlich. Nigel vermutete, dass der junge Mann sich darüber ärgerte, dass Cherry sich so mutig für ihre Überzeugung eingesetzt hatte, während es ihm selbst nicht gelungen war, auch nur ein einziges Wort beizutragen.

»Wir beim Militär haben da mehr Glück«, sagte der Admiral. »Unser Horizont beschränkt sich auf die Erfüllung unserer Pflicht, und die ist im Allgemeinen sehr deutlich erkennbar. Finde den Feind, greife ihn an und zerstöre ihn. Keinerlei moralische Konflikte.«

»Oh, ihr Matrosen seid schlimme Eskapisten, hab ich recht?«, sagte Cherry.

Der Admiral sah sie an und lachte. »Ah, da kommt ja Mrs. Wragby. Na, dann los, kleine Briefträgerin!« Er stupste Lucy mit seinem Fuß an.

Sie sprang auf, zog den blauen Anorak und die Regenmütze an, die Elena mit nach unten gebracht hatte, und nahm von ihr ein Bündel Briefe entgegen. An den meisten Tagen seit ihrer Ankunft war Lucy den Zufahrtsweg hinuntergelaufen, um die allabendliche Briefkastenleerung abzupassen. Sie war ein sehr selbstständiges kleines Mädchen und machte sich gern allein auf den Weg.

»Schau, dass du unterwegs nicht trödelst, mein Schatz«, sagte der Professor. »Es ist sehr kalt draußen.«

Nigel wartete ein paar Sekunden und folgte Lucy und ihrer Stiefmutter dann unauffällig in die Eingangshalle. Er hörte, wie Mrs. Wragby mit raschen Schritten die Treppe hinauflief und wie sich die Eingangstür schloss. Mittlerweile war ihm hinreichend klargeworden, dass Lucy die Schwachstelle des Professors war. Er war davon überzeugt, dass feindliche Agenten, sofern ihnen überhaupt irgendetwas über Wragbys Verhältnisse bekannt war – wovon man ausgehen konnte – keinen Frontalangriff wagen würden. Sie würden wissen, dass das viel zu riskant war. Andererseits konnte Nigel unmöglich Tag und Nacht in Lucys Nähe herumstehen. Die Abteilung für Innere Sicherheit hatte ihn schließlich angehalten, seine Überwachung auf keinen Fall auf offensichtliche Weise durchzuführen. Die Wahrscheinlichkeit, dass man einen Angriff auf Lucy plante, war verschwindend gering. Dennoch hatte Nigel das Mädchen, ohne dass die anderen etwas mitbekommen hatten (so hoffte er zumindest), jeden Abend, an dem es hinunter zum Briefkasten ging, nicht aus den Augen gelassen.

Heute hatte er es jedoch mit erschwerten Bedingungen zu tun. Der Mond stand im letzten Viertel und wurde zudem von dichten Wolken verdeckt. Mit dem wenigen vorhandenen Licht spielte der Schnee seltsame Streiche. Nigel ging weiter den Hügel hinunter, als er das für gewöhnlich tat. Am Fuß des Hügels, etwa hundert Meter vom Gästehaus entfernt, mündete der Zufahrtsweg am westlichen Ende des Dorfes in die Straße. Genau an der T-Kreuzung stand der Briefkasten, auf den aus einem Fenster des um die Ecke befindlichen Postamts ein wenig Licht fiel. Nigel war jetzt nur noch etwa fünfzig Meter entfernt und erkannte in diesem Augenblick, dass es sich bei dem dunklen Schatten, der dem Briefkasten gegenüber lag, in Wahrheit um ein Auto mit ausgeschalteten Scheinwerfern handelte. Er beschleunigte seine Schritte. Im nächsten Moment versetzte ihm jemand mit einem schweren Schraubenschlüssel einen Schlag auf den Hinterkopf, und die Welt löste sich in einem Funkenregen auf.

Paul Cunningham wälzte den Körper in den Graben und hastete dann lautlos den Zufahrtsweg hinab. Währenddessen gratulierte er sich selbst dazu, dass er auf die Idee gekommen war, sich im Dunkeln auf die Lauer zu legen, um jedwede Person aufzuhalten, die Lucy möglicherweise aus dem Gästehaus hierher folgen könnte. Darüber hinaus stellte er erfreut fest, dass er offenbar über genügend Mut verfügte, einer anderen Person auf so effiziente Weise eins über den Kopf zu ziehen.

Annie Stott, die im Auto sitzen geblieben war, sah Lucy herankommen und lehnte sich aus dem Fenster. »Kannst du mir sagen, in welche Richtung ich fahren muss, wenn ich nach Longport will?«, fragte sie und schaltete gleichzeitig die Scheinwerfer an, um jeden zu blenden, der sich ihnen möglicherweise entlang der Dorfstraße nähern könnte. Dann stieg sie aus dem Auto.

»Da müssen Sie hier rechts abbiegen. Aber –« Lucy hatte keine Zeit, noch mehr zu sagen. Die Frau riss ihr die Briefe aus der Hand, warf ihre eine schwere Wolldecke über den Kopf, wickelte sie darin ein, verfrachtete sie auf den Rücksitz und setzte sich neben sie. Im selben Moment traf Paul am Auto ein, nahm aus Annies ausgestreckter Hand die Briefe entgegen, warf sie in den Briefkasten, sprang ins Auto, knallte die Tür zu und fuhr über die Straße Richtung Longford davon.

Das Ganze hatte weniger als zehn Sekunden gedauert. Lucy strampelte wild auf dem Rücksitz, wie ein Fisch im Netz, aber sie konnte sich nicht aus Annies festem Griff befreien, und die Wolldecke erstickte ihre Schreie. Die Decke roch nach Paraffin. Paul drehte den Kopf ein wenig nach hinten und sagte über die Schulter: »Da war so'n Typ, der ihr gefolgt ist. Ich hab' ihm eine verpasst.«

»Aha«, bemerkte Annie unbeeindruckt. »Halt an, sobald wir den Wald erreicht haben.«

Eine halbe Meile die menschenleere Landstraße hinunter bremste Paul so heftig, dass das Auto auf dem schneebedeckten Asphalt gefährlich ins Schleudern geriet. Dann nahm er eine Injektionsspritze aus dem Handschuhfach und reichte sie nach hinten.

»Taschenlampe!«, befahl Annie.

Er schaltete die Lampe ein. Annie hob die Decke hoch, packte Lucys Arm, schob den Ärmel ihres Anoraks hoch und stach ihr die Nadel unter die Haut, während Paul das Kind mit seiner freien Hand festhielt.

»Aufhören! Das hat wehgetan!«, schrie Lucy. »Was tun Sie da?«

»Wir nehmen dich auf eine nette, ausgedehnte Fahrt mit«, sagte Paul, der plötzlich von einer geradezu manischen Aufregung erfasst worden war.

Annie Stott wickelte Lucy wieder in die Decke ein, und Paul fuhr weiter. Das Wimmern hörte schon sehr bald auf.

Kapitel 3

SMUGGLERS' COTTAGE

28. DEZEMBER

Professor Wragby zog seinen Mantel an und ging nach draußen. Es war fast zehn Minuten her, dass Lucy zum Briefkasten hinuntergegangen war. Sicher, sie trödelte manchmal, wenn sie sich in einem dieser verträumten Zustände verlor, über die ihre Lehrer immer so ungehalten wurden, aber der Professor war plötzlich von einer gewissen undefinierbaren Unruhe erfasst worden. Zehn Minuten, in einer so kalten Nacht. Lucy kehrte normalerweise schon nach drei oder vier Minuten zurück.

Aus dem Graben zu seiner Rechten war ein Stöhnen zu hören. Er richtete den Strahl seiner Taschenlampe in diese Richtung. Dort lag ein dunkler, schneebespritzter Klumpen.

»Du liebe Güte, Strangeways, sind Sie verletzt?«

Nigel kletterte mit Wragbys Hilfe aus dem Graben, fiel auf die Hände und Knie und übergab sich in den Schnee. Es schmerzte entsetzlich, den Kopf zu heben, aber er tat es dennoch, sobald er sich dazu in der Lage fühlte.

»Lucy«, keuchte er. »Ist sie zurückgekehrt?«

»Nein. Was zum Teufel ist passiert?«

»Wie lang ist es her, dass sie das Haus verlassen hat?«

»Etwa zehn Minuten. Aber –«

»Telefonieren Sie! Im Gästehaus! Ich fürchte, man hat sie entführt. Schnell!« Nigel rappelte sich mühsam auf. Während Wragby ihm den Hügel zum Haus hinaufhalf, wurde sein Kopf allmählich wieder klar, und er erzählte Lucys Vater, was er gesehen hatte, bevor man ihn bewusstlos geschlagen hatte.

»Sagen Sie Chalmers Bescheid. Niemandem sonst. Rufen Sie die Polizei von seinem privaten Telefon an.«

»Warten Sie, Sie haben gerade etwas ziemlich Schlimmes durchgemacht. Können Sie denn da sicher sein? Vielleicht ist Lucy ja nur auf einen kurzen Besuch bei Emma vorbeigegangen.«

»Jemand hat mich niedergeschlagen. Das ist der Beweis.« Nigel tastete ungeschickt nach seiner Brieftasche, die in seiner Hosentasche steckte, und zog sie heraus. »Man hat mich nicht beraubt.« Er zog seine Legitimation hervor. »Hier. Lesen Sie das, bevor Sie telefonieren. Und erzählen Sie es *niemandem* außer der Polizei.«

Das Licht der Lampe neben der Eingangstür fiel auf das Gesicht des Professors. Er sah noch benommener aus als Nigel.

Eine Minute später tastete Clare mit ihren Fingern Nigels Hinterkopf ab.

»Ich denke nicht, dass etwas gebrochen ist«, sagte sie und versuchte, das Zittern in ihrer Stimme zu unterdrücken.

»Natürlich ist nichts gebrochen«, antwortete er gereizt. »Sonst würde ich mich jetzt nicht mit dir unterhalten. Wasch es einfach aus und mach Desinfektionsmittel drauf. Da hab ich ja ordentlich Mist gebaut, verdammt nochmal. Wo ist Wragby?«

»Er ist telefonieren gegangen.«

Nachdem sie die Wunde ausgewaschen, desinfiziert und einen Verband um seinen Kopf gewickelt hatte, fragte Nigel mit drängender Stimme: »Clare, Liebes, als ich nach draußen ging, ist mir da jemand gefolgt?«

Sie nahm sich für ihre Antwort Zeit. »Wir waren alle im Salon. Außer Mrs. Wragby, die zusammen mit Lucy den Raum verlassen hatte.«

»Ja, sie ist die Treppe hinaufgerannt. Und dann?«

»Dann hat Mr. Leake den Raum verlassen, recht bald nach dir.«

»Wie bald?«

»Oh, fast sofort. Und Cherry und Lance Atterson sind ungefähr zur selben Zeit gegangen. Es war eine Art allgemeiner Aufbruch. Danach blieben nur der Admiral, seine Frau und ich übrig. Aber jetzt sag schon, was ist denn hier überhaupt los?«

»Lucy ist gekidnappt worden.«

»Oh, Nigel! Nein! Woher weißt du –«

Professor Wragby betrat mit großen Schritten den Raum. »Der Dorfpolizist ist auf dem Weg. Und ich habe auch den Arzt angerufen. Wie geht es Ihnen?«

»Ziemlich übel. Und was zum Teufel nützt uns ein Dorfpolizist? Wir brauchen das Polizeihauptquartier der Grafschaft«, bemerkte Nigel grantig.

»Er wollte sich sofort mit denen in Verbindung setzen.« Der Professor hielt seine Gefühle mit eiserner Strenge im Griff. »Zu schade, dass Sie keinen besseren Blick auf das Auto bekommen konnten.«

»Ja.«

»Aber nicht, dass Sie denken, ich würde Ihnen das zum Vorwurf machen, Strangeways.«

»Sie hätten jedes Recht dazu.«

Wragby gab ihm die Legitimation der Abteilung für Innere Sicherheit zurück. »Hier haben Sie diesen Wisch wieder zurück. Warum zum Teufel haben die mir ihre Befürchtungen nicht selbst mitgeteilt?«

»Haben Sie es schon Ihrer Frau erzählt?«

»Nein. Um ehrlich zu sein, habe ich ein wenig Angst davor. Sie liebt Lucy abgöttisch. Und ich möchte sie nicht in Besorgnis versetzen, bevor wir es nicht mit absoluter Sicherheit wissen – schließlich ist es immer noch möglich, dass Lucy Emma besuchen gegangen ist oder irgendjemand anderen im Dorf.«

»Hätten Sie etwas dagegen, wenn Clare es Ihrer Frau erzählen würde?«

»Nein, überhaupt nicht. Ich wäre Ihnen dankbar, Miss Massinger. Elena wird sich furchtbare Sorgen machen.«

Nigel nickte Clare zu, und sie huschte aus dem Zimmer. Er wusste, dass er sich auf ihre Beobachtungsgabe verlassen konnte.

Er verzog schmerzvoll das Gesicht, als er zu Alfred Wragby hochschaute, der unverwandt aus dem Fenster starrte, als könnte er jeden Moment eine kleine Gestalt in einem blauen Anorak entdecken, die fröhlich den Zufahrtsweg heraufhüpfte.

»Ich kann das einfach noch immer nicht fassen. Diese dreckigen Schweine!« Wragby wurde von Wut erfasst, auf eine Weise, wie sie für einen Mann aus Yorkshire typisch war – erst schleppend und dann heftig. »Wenn Ihre Leute den Verdacht hatten, dass so etwas passieren könnte –«

»Sie hielten die Chance für äußerst gering.«

»Trotzdem hätte man mich warnen können.«

»Ja, vielleicht hätten sie das tun sollen. Aber selbst dann hätten Sie Ihre Tochter nicht Tag und Nacht bewachen können.«

Wragby starrte ihn an, ohne etwas zu sehen. Nach einem Moment des Schweigens fragte er: »Was wollen die denn, diese Kerle, die –«

»Die Entdeckung, die Sie kürzlich gemacht haben.«

»Ja. Natürlich. Das war mir ja eigentlich auch schon klar.« Er schluckte. »Werden diese Leute mir meine Tochter zurückgeben, wenn ich ihnen meine Entdeckung überlasse?«

Das war genau die Frage, die Nigel gefürchtet hatte. Doch die Antwort darauf blieb ihm erspart, denn in diesem Moment betrat der Dorfpolizist den Raum, zusammen mit dem Inhaber des Gästehauses, der ihm den Weg gezeigt hatte. Zum Letzteren sagte Nigel: »Mr. Chalmers, bitte seien Sie so gut, uns umgehend mitzuteilen, falls einer Ihrer Gäste versuchen sollte, das Haus zu verlassen.«

Der Mann sah verwirrt aus, nickte jedoch zum Zeichen seines Einverständnisses und ging wieder hinaus.

»Entschuldigen Sie, Wachtmeister. Lassen Sie mich erklären. Dies ist Professor Wragby. Mein Name ist Strangeways. Die kleine Tochter des Professors ist in einem Auto entführt worden, als sie zur Straße hinunterging, um ein paar Briefe in den Briefkasten zu werfen. Seit sich die Familie Wragby hier aufhält, ist das Mädchen jeden Abend ungefähr um dieselbe Zeit zum Briefkasten gegangen. Die Kidnapper können das eigentlich nur gewusst haben, wenn sie hier im Gästehaus einen Komplizen haben, der ihnen die entsprechende Information zukommen ließ. Nur deshalb konnten sie ihre Pläne entsprechend ausrichten. Also, was unternimmt das Polizeihauptquartier?«

Der Wachtmeister gehörte glücklicherweise nicht zu der Sorte von Polizisten, die sich einzig und allein dadurch auszeichnen, dass sie ständig ihre Notizbücher durchblättern und auf ihren Bleistiften kauen. Er hatte die Dringlichkeit in Wragbys Stimme erfasst und war mit lobenswerter Schnelligkeit in Aktion getreten. Das Hauptquartier der Grafschaft war sofort in Kenntnis gesetzt worden. Während der Viertelstunde, die verstrichen war, bevor der dortige Kommissar entsprechende Maßnahmen in die Wege leiten konnte, hätte sich das Auto der Kidnapper auf den gefährlichen, kurvenreichen Straßen dieser Gegend höchstens zwölf Meilen von Downcombe entfernen können. Man errichtete auf allen Straßen, die aus dem Tal hinausführten, in einer Entfernung von etwa zwanzig Meilen von Downcombe Straßensperren, und darüber hinaus wurde gerade eine zusätzliche äußere Absperrkette gebildet. An den Straßensperren wurde jedes Auto angehalten und durchsucht. Die Verkehrspolizei befand sich in einem Radius von fünfzig Meilen in Alarmbereitschaft und man hatte sämtliche Bahnhöfe informiert. Eine Beschreibung von Lucy war telefonisch an jede Polizeistation in diesem Teil von England gegangen, und der regionale Service des BBC würde sie in seiner nächsten Nachrichtensendung verlesen.

»Nun, das klingt für mich, als hätten Sie sehr gute Arbeit geleistet«, sagte Wragby.

»Oh ja, wir sind in hier in der Gegend nicht so verschlafen, wie so manch einer behauptet«, bemerkte der junge Wachtmeister. »Tom Oaks vom Gasthaus ›Lion‹ hat eine Suchmannschaft zusammengestellt, nur für den Fall, dass sich das kleine Mädchen hier in der Nähe verirrt haben sollte.«

»Damit ist nicht zu rechnen, fürchte ich«, sagte Nigel.

»Das dachte ich mir, Sir. Nicht, nachdem mir der Professor erzählt hat, wer Sie sind und was Ihnen gerade passiert ist. Trotzdem war es ziemlich mühsam, den Hauptkommissar zu überzeugen. Aber er wird in spätestens einer Stunde hier sein.«

»Sie haben hervorragende Arbeit geleistet. Ich schlage vor, Sie gehen jetzt zu der Kreuzung hinunter, an der der Zufahrtsweg auf die Straße trifft. Sorgen Sie dafür, dass sich niemand der Stelle nähert, auf der das Auto gestanden hat. Es wird dort Reifenspuren und Fußspuren geben, die der Hauptkommissar untersuchen sollte. Und schauen Sie sich auch die Stelle an, wo dieser Mistkerl mich niedergeschlagen hat. Vielleicht hat er ja dort irgendeine Art von Visitenkarte hinterlassen. Der Professor wird Ihnen die Stelle zeigen.« Man musste Wragby unbedingt etwas zu tun geben, ganz gleich was. Der Ausdruck versteinerter Verzweiflung, der auf seinem Gesicht lag, führte Nigel sein eigenes Scheitern umso stärker vor Augen.

In der Zwischenzeit war Clare gegangen, um nach Elena Wragby zu schauen. Als sie an der Tür der Wragbys klopfte, rief Elena: »Lucy! Wo um alles in der Welt bist du die ganze Zeit gewesen?«

Clare trat ein. Im Schein der Nachttischlampe wirkte Elena Wragbys Gesicht geradezu verstört. »Oh, Sie sind es. Was ist passiert? Ist etwas mit Lucy?« In ihrer Stimme schwang eine heftige Gemütsregung mit. Schauspielerinnen, dachte Clare, können nicht anders als jeden dramatischen Moment noch hochzuspielen, selbst wenn es sich um ein reales Drama handelt. Sie sagte:

»Es tut mir leid, meine Liebe.«

Elena durchquerte den Raum mit drei fulminanten Schritten und kam auf sie zu. »Ist sie – hat es einen Unfall gegeben?« Clare ergriff Elenas ausgestreckte Handgelenke. »Nein, keinen Unfall. Sie ist nicht zurückgekehrt. Versuchen Sie, ruhig zu bleiben. Sie ist entführt worden. Man hat sie gekidnappt.«

»Nein! Aber das ist unmöglich!« Der Blick ihrer großen Augen brannte sich in Clares Gesicht. »Die kleine Lucy? Gekidnappt? Aber warum? Wir sind nicht reich. Ich verstehe das nicht.« Nach und nach bahnte sich das Entsetzen seinen Weg durch die Fassungslosigkeit, die sich zunächst auf Elenas Gesicht ausgebreitet hatte. »Ja, Sie meinen das vollkommen ernst. Aber sagen Sie mir – woher wissen Sie das?«

Clare erzählte ihre das Wenige, das zu erzählen sie in der Lage war. Elena hatte sich auf das Bett fallen lassen und war in sich zusammengesackt. In dem abgedunkelten Licht sah ihr Gesicht jetzt fast marmorn aus, als hätte der Kummer sie versteinert. Niobe, dachte Clare. Rachel weint um ihre Söhne, weil sie nicht mehr sind. Dann löste sich der Marmor auf, die Lippen begannen zu zittern, und der dünne Körper wurde von einem ungestümen Schluchzen geschüttelt.

»Ich gehe Ihren Mann holen. Er spricht gerade mit Nigel. Sie sollten sich nicht so schrecklich ängstigen. Wir werden sie wiederfinden.«

Elena wand sich krampfhaft in Clares Umarmung. »Nein, noch nicht. Bleiben Sie bei mir. Ich mag ihm nicht gegenübertreten.«

»Aber, meine Liebe –«

»Wenn ich sie nicht zum Briefkasten geschickte hätte, dann wäre sie nie – Ich wollte sie zur Selbstständigkeit erziehen. Bei einem Einzelkind kann es so schnell passieren, dass – Oh, ich weiß gar nicht mehr, was ich sage. Ich bin vollkommen verwirrt. Es tut so weh. Sie war wie meine eigene Tochter.« Das tränenüberströmte Gesicht bekam einen wilden Ausdruck. »Sie hatten nie Kinder, oder?«

»Nein.«

»Ich hatte eins. Ein eigenes. Sie haben es getötet. Und jetzt haben sie mir auch Lucy weggenommen.«

In jener windstillen Nacht schneite es heftig und lautlos. Der Schnee verbarg alle Spuren, schien sich mit seiner schweren Decke sogar über den Schlaf der Menschen zu legen. Er schlich sich in ihre Träume, sodass sie, als sie am nächsten Morgen aufwachten, – noch bevor sie aus dem Fenster schauten – unwillkürlich ahnten, dass sich irgendetwas verändert hatte.

Lucy Wragby hatte unter dem Einfluss des Betäubungsmittels bis zehn Uhr geschlafen. Als sie halbwach die Augen öffnete, fühlte sich ihr Kopf seltsam an – so wie damals, als sie eine heftige Grippe gehabt hatte und es ihr so vorgekommen war, als sei ihr Kopf eine dünne Schale, die man mit Watte vollgestopft hatte – unnatürlich leicht und gleichzeitig so, als könnte er jeden Moment platzen. Es war ihr vage bewusst, dass es da etwas gab, an das sie sich nicht erinnern wollte. Also versuchte sie, wieder einzuschlafen. Doch das ging nicht lange gut. Schließlich kletterte sie mit schweren Gliedern aus dem Bett und zog die Vorhänge auf. Erst in diesem Moment wurde ihr klar, dass sie sich nicht in ihrem eigenen Zimmer im Gästehaus befand. An der unteren Hälfte des Fensters war ein Gitter angebracht, wie man es manchmal bei dem Fenster eines Zimmers für Kleinkinder installierte. Draußen war es hell - blendend hell. Das Einzige, was sie durch das Gitter sehen konnte, war eine gleißende weiße Wand und der Himmel darüber. Dann stürmte von einem Moment auf den anderen die Erinnerung an die letzte Nacht auf sie ein: der verschneite Fahrweg, der Briefkasten, das Auto, die Frau, der Stich in ihrem Arm, die Wolldecke, die nach Paraffin roch.

Sie sah ihren Unterarm an und stellte fest, dass sie nicht wie gewohnt ihr Nachthemd, sondern Pyjamas trug.

»Ich bin Lucy Wragby«, hörte sie sich selbst sagen. »Ich bin Lucy Wragby.« Als hätte daran irgendein Zweifel bestanden.

Immer, wenn sie verwirrt war, hatte sie die Angewohnheit, sich eine ihrer langen, dunklen Haarflechten in den Mund zu stecken und darauf herumzukauen. Sie hob automatisch die Hand an den Kopf und tastete nach den Haaren, die ihr den Rücken herab hätten hängen sollen. Doch da waren keine Haare. Lucy strich sich über den Kopf. Er schien voller Borsten zu sein.

»Aber ich *bin* Lucy Wragby.«

Ihre Stimme klang jetzt ängstlich und weinerlich. Sie starrte mit wildem Blick im Zimmer umher, entdeckte einen Spiegel, der auf einer Frisierkommode stand, und stolperte hinüber. Es war der schlimmste Moment ihres Lebens. Bei weitem der schlimmste. Das Gesicht, das ihr aus dem Spiegel entgegenstarrte, war nicht ihr eigenes. Es war das Gesicht eines Jungen mit kurzen blonden Haaren und blonden Augenbrauen. Das Gesicht im Spiegel starrte sie entsetzt an und begann dann loszuheulen.

Lucy lief zum Bett hinüber, zog sich die Bettdecke über den Kopf und schluchzte, als wollte ihr das Herz brechen …

Eine Etage tiefer, im Erdgeschoss des Smugglers' Cottage, war Annie Stott gerade damit beschäftigt, ein Frühstück für das Kind vorzubereiten. Allem Anschein nach war es noch nicht aufgewacht, sonst hätte sie bestimmt gehört, wie es losheulte. Bis jetzt war alles nach Plan verlaufen. Letzte Nacht waren sie ohne jeden Zwischenfall hier eingetroffen und hatten Genosse Petrow über den Kurzwellensender über die Lage in Kenntnis gesetzt. Der nächste Schritt lag bei ihm. Danach hatte Annie Lucys lange Haare abgeschnitten und das, was davon übriggeblieben war, blond gefärbt. Die abgeschnittenen Haare hatte sie im Ofen verbrannt. Sie ging ins Wohnzimmer und legte im Kamin ein wenig Holz nach. Draußen war alles unter einer dichten Schneedecke begraben. Sie sah, dass der Schnee Paul Cunningham fast bis zu den Knien reichte, während er zusammen mit Evan zum Bauernhof ging, um Milch zu holen. Falls noch mehr Schnee fiele, könnte es schwierig werden, aber der Himmel schien klar zu sein. Annie starrte grimmig das Panorama der sanften, in gleißendes Weiß getauchten Hügellandschaft an. Sie hatte Evans langweilige und Pauls irritierende Gesellschaft nun schon seit einer Woche ertragen müssen.

Auf dem Bauernhof unterhielt sich Paul Cunningham mit Mr. Thwaite, während dieser ihm seine Milchkanne füllte und Evan gelangweilt ein paar Hühner anstarrte, die im Hof nach Körnern scharrten.

»Und was meinen Sie? Müssen wir mit noch mehr Schnee rechnen?«

»Würde mich nicht überraschen«, antwortete der Bauer. »Haben Sie Schneeketten für Ihr Auto? Möglich, dass Sie welche brauchen.«

»Ich fürchte nein.«

»Ich glaube, ich habe noch irgendwo ein paar Ersatzketten.«

»Das ist sehr nett von Ihnen.«

»Bleiben Sie noch länger?«

»Naja, wir sollten wohl spätestens am Samstag nach London zurück. Aber …« – Paul senkte die Stimme – »der kleine Evan scheint mir nicht ganz auf dem Damm zu sein. Ich hoffe, er hat sich nicht irgendwas eingefangen. Er ist ein bisschen anfällig, wissen Sie. Ich würde es ungern riskieren zu reisen, wenn er –«

»Dann ist es ja ein Glück, dass Sie eine Ärztin dabeihaben, sozusagen.«

»Was? Oh, ja, meine Schwester ist eine sehr fähige Ärztin. Sie hat zwar ihre Praxis aufgegeben, als sie geheiratet hat, aber –«

»Hier haben Sie Ihre Milch.«

Paul rief Evan zu sich, und sie gingen zusammen zum Cottage zurück. Paul ärgerte sich, dass er so kopflos losgebrabbelt hatte, um den Schnitzer zu übertünchen, der ihm unterlaufen war. Immerhin war es ihm gelungen, das Wichtigste zu vermitteln – gesetzt den Fall, Thwaites Bauerngehirn war in der Lage, es auch zu erfassen …

Lucy war mit der Unverwüstlichkeit eines Kindes gesegnet, das zeit seines Lebens nur Liebe und Geborgenheit erlebt hat. Darüber hinaus verfügte sie über die beneidenswerte Gabe, jedes dramatische Ereignis, in das sie verwickelt wurde, mit leidenschaftlicher Begeisterung auszukosten. Ihr Vater, für den sie eine Art Heldenverehrung empfand, hatte einmal zu ihr gesagt: »Hab niemals Angst vor der Wahrheit. Sieh den Tatsachen ins Auge. Halte sie ins Licht und betrachte sie genau. Wenn du es geschafft hast, sie als das zu akzeptieren, was sie sind – insbesondere die bösen, hässlichen Tatsachen – dann hast du die Schlacht schon halb gewonnen.«

Sie konnte seine Worte jetzt besser verstehen als in dem Moment, in dem er sie ausgesprochen hatte. Sie setzte sich im Bett auf. Die Tatsachen sahen so aus: Sie war gekidnappt worden und wurde nun in einem ihr unbekannten Haus gefangen gehalten. Oder etwa nicht? Lucy sprang aus dem Bett und drehte am Türknauf. Die Tür war verschlossen. Und sie würde sich auch nicht durch die obere Hälfte des Fensters über dem Gitter zwängen können. Ihre Entführer hatten ihr die Haare abgeschnitten und gefärbt. Warum? Damit ein Polizist, der möglicherweise ins Haus kam, sie nicht als das Mädchen erkannte, über dessen Verschwinden sicherlich längst in der Zeitung und im Radio berichtet worden war. Wie absurd, dass sie vor dem veränderten Gesicht im Spiegel erschrocken war. Lucy betastete die Narbe unter ihrem Ohr, die von der Entfernung einer Warze zurückgeblieben war, und zog das Pyjama-Oberteil hoch, um den Leberfleck links von ihrem Bauchnabel zu betrachten. Beides bewies, dass sie Lucy Wragby war.

Wer auch immer ihre Entführer waren, sie konnten unmöglich so sein wie die, die man aus dem Fernsehen kannte. Man hatte sie weder in einen schimmeligen Speicher gesperrt, noch gezwungen, auf einem Haufen dreckiger Lumpen zu liegen, während ein paar unrasierte Männer mit fettigen Haaren in einer Ecke Karten spielten, andauernd fluchten und an ihren Pistolen herumfingerten. Stattdessen befand sie sich in einem ordentlichen, wenn auch relativ karg eingerichteten Raum mit buntgemusterten Vorhängen. Der Fußboden war so gut poliert, dass er glänzte, und es gab jede Menge warme Bettdecken. Die Wandpaneele, die mit Enten und Gänsen dekoriert waren, bestätigten die Vermutung, dass es sich hier früher einmal um ein Kinderzimmer gehandelt hatte. Im Regal standen ein paar zerfledderte Kinderbücher, und als sie einen Schrank öffnete, entdeckte sie ein paar Spielsachen. Das einzig Merkwürdige war, dass man aus jedem Buch die Seite herausgerissen hatte, auf der der Name des Besitzers gestanden hatte.

Lucy merkte, dass sie Hunger hatte. Und Durst hatte sie noch viel mehr. Zur selben Zeit wurde sie sich einer schleichenden Angst bewusst. Sie wollte auf keinen Fall diese scheußliche Frau wiedersehen, die sie ins Auto gezogen hatte. Nie wieder. Sie kämpfte etwa zehn Minuten lang mit dieser Angst. Sieh den Tatsachen ins Auge. Diese widerliche alte Kuh ist eine Tatsache. Also sieh ihr ins Auge. Lucy konnte fast hören, wie ihr Vater das zu ihr sagte. Im nächsten Moment hörte sie Geräusche von unten. Lucy rüttelte am Türgriff und schrie. Erst war es nur ein heiseres Krächzen, aber dann wurden ihre Schreie lauter. Sie sprang zurück ins Bett und blieb zitternd liegen. Vielleicht würde es ja nicht dieselbe Frau sein.

Aber es war dieselbe Frau. Ein abscheuliches senfgelbes Gesicht, dessen Farbe sich mit dem rosafarbenen Pullover darunter biss wie in einem ohrenbetäubenden Missklang. Ein Rock, der an den Knien ausgebeult war. Die Frau stellte ein Tablett auf Lucys Bett, auf dem zwei gekochte Eier, etwas Brot und Butter und ein Becher Milch standen, und ging dann genauso wortlos, wie sie hereingekommen war, wieder zur Tür. Sie war bestimmt taubstumm, dachte Lucy – eine Vermutung, die sie der Lektüre reißerischer Romane zu verdanken hatte. Nein, natürlich ist sie nicht taubstumm, du Esel – sie hat dich ja schließlich nach dem Weg nach Longport gefragt.

»Einen Moment«, sagte das kleine Mädchen ängstlich.

Die Frau zögerte. »Ja?«

»Und wenn ich mal aufs Klo muss?« Doch das war es überhaupt nicht gewesen, was Lucy hatte sagen wollen.

»Hinter dem Vorhang ist ein Waschbecken, und unter dem Bett steht ein Nachttopf.«

»Aber ich – ich kann doch nicht alles in den Topf machen.«

»Du kannst und du musst.«

Die kieselsteinartigen Augen der Frau starrten über Lucys Schulter hinweg.

»Wie heißen Sie?«, fragte Lucy.

»Du kannst mich Annie nennen. Tante Annie.«

»Aber Sie sind nicht meine Tante.«

»Und du heißt Evan. Vergiss das nicht.«

Lucy war überzeugt, es mit einer Wahnsinnigen zu tun zu haben. Eine Phantasievorstellung sprudelte ihr im Kopf hoch – über eine Frau, die einen Jungen namens Evan verloren hatte, darüber wahnsinnig geworden war und deshalb ein kleines Mädchen geklaut hatte, um ihn zu ersetzen.

»Und? Möchtest du denn nicht frühstücken?«, fragte die verrückte Frau.

Lucy trank ein paar Schluck Milch und begann, eines der Eier zu essen.

»Ich vermute, Sie haben mich gestohlen«, sagte sie in einem möglichst beschwichtigenden Tonfall.

»Du kannst vermuten, was du willst.«

»Wo befindet sich dieses Haus?«

Auf diese Frage hin wurde Tante Annie geradezu geschwätzig. »Wir sind in meinem Cottage in Buckinghamshire. Etwa dreißig Meilen von London entfernt. Wir sind letzte Nacht sehr weit mit dir gefahren. Du hast auf dem ganzen Weg geschlafen.«

»Wie lange werde ich hierbleiben?«

»Das kommt drauf an.«

»Das ist ein sehr leckeres Ei.« Es ärgerte Lucy, dass sie keinen Blickkontakt mit der Frau herstellen konnte, aber sie nahm an, dass das eben zu dem Verhalten einer Wahnsinnigen dazugehörte.

»Wenn du mit dem Frühstück fertig bist, dann zieh diese Kleider hier an. Sie sollten dir passen.« Die Frau ging zu einer Kommode hinüber und holte einen Jungenpullover, kurze Hosen, Socken, eine Unterhose und ein Unterhemd daraus hervor. Die Kleider sahen alle ein wenig schäbig aus, dachte Lucy. Wahrscheinlich hatten sie dem armen Kind gehört, das die Frau verloren hat. Die Frau verließ das Zimmer und schloss die Tür hinter sich ab. Lucy klopfte das zweite Ei auf und während sie es aß, dachte sie darüber nach, ihren neuen Fortsetzungsroman radikal umzuschreiben. Vielleicht sollte sie die bereits fertiggestellten Kapitel alle verwerfen und noch einmal ganz von vorn anfangen. Schließlich gab es jetzt ein echtes Abenteuer, über das sie schreiben konnte. Sie dachte an das Schulheft, das auf ihrem Nachttisch im Gästehaus lag. Papa und Elena machten sich bestimmt Sorgen um sie. Armer, lieber Papa. Lucy fiel es plötzlich schwer, ihren Bissen Ei herunterzuschlucken. Ein Gefühl der Verzweiflung schlich sich in ihr Herz …

»Wie geht es ihr?«, fragte Paul Cunningham ein Stockwerk tiefer.

»Sie ist wach. Und isst ihr Frühstück. Ein seltsames kleines Mädchen, das muss ich schon sagen.«

»Wie meinst du das? Warum seltsam?«

»Sie nimmt das alles sehr ruhig hin«, antwortete Annie Stott.

»Wäre es dir denn lieber, sie hätte einen hysterischen Anfall?«

Annie kräuselte die dünnen Lippen, sodass sie der Rinde einer bitteren Frucht ähnelten. Sie betrachtete ihren Reisegefährten. Sein Gesicht und seine Kopfform hatten etwas von einem Faun, was ihm eine entfernte Ähnlichkeit mit einem gewissen russischen Balletttänzer verlieh, der vor kurzem aus seiner Balletttruppe geflüchtet und zu den Kapitalisten übergelaufen war – eine Ähnlichkeit, die ihn bei Annie keineswegs beliebter machte als zuvor.

»Das arme Kind«, sagte er.

»Wenn sie dir so leidtut«, blaffte Annie, »dann kannst du ja hoch gehen und ihr Kindermädchen spielen.«

»Auf keinen Fall«, entgegnete er kühl. »Die Vereinbarung war, dass sie nur dich zu Gesicht bekommt und niemanden sonst. Wenn sie mich jetzt sieht, könnte sie mich womöglich wiedererkennen, wenn wir uns später einmal zufällig begegnen. Oh, ich vergaß. Natürlich schlitzt du ihr die Kehle auf, wenn das alles hier vorbei ist.«

»Sei nicht so dumm. Das Kind glaubt, es befände sich in Buckinghamshire. Solange sie später nichts über uns verraten kann –«

»Über mich, meinst du. Du wirst ja längst in Sicherheit sein und dich im erquicklichen Klima der Krim sonnen.«

»– wäre Gewalt durchaus unangebracht. Sobald ich die Informationen weitergegeben habe und man sie überprüft hat, werde ich dem Kind eine zweite Spritze in den Arm geben, und du kannst dann mit ihr losfahren und sie irgendwo rauslassen, wo auch immer du willst. Es gibt für dich also überhaupt keinen Grund zur Panik«, fügte die Frau verächtlich hinzu.

»Das würde ja stimmen, wenn ich tatsächlich auch nur ein Wort von dem glauben könnte, was ihr Leute mir erzählt.«

»Was ist denn jetzt schon wieder los?«

»Das weißt du ganz genau.« Pauls Stimme wurde ein wenig schrill. »Ich möchte mich durchaus nicht als Tugendbold aufspielen, aber wenigstens biege ich mir die Wahrheit nicht immer genau so zurecht, wie es mir gerade passt, so wie du und deine verdammte Partei das tun.«

»Du brauchst mich deswegen nicht anzubrüllen. Wo ist Evan?«

»Er schaufelt den Schnee vor dem Garagentor fort. Thwaite hat gesagt, er würde mir ein paar Schneeketten leihen.«

»Schön. Dann solltest du besser bald gehen und sie anbringen. Mein Termin ist schon zur Mittagszeit.«

»Lass dich nicht erwischen, liebe Schwester. Ich werde

das Auto heute Abend brauchen, um Evan zum Bahnhof zu bringen. Aber hast du denn gar keine Angst, dich mitten ins Wespennetz zu stürzen? In Belcaster wird es heute vor Polizisten nur so wimmeln.«

»Nicht, wenn Wragby sich an die Anweisungen hält.«

»Und wenn er das nicht tut?«

»Umso schlimmer für ihn.«

»Und für dich.«

»Oh nein. Man wird mich sofort informieren, falls er versuchen sollte, uns auszutricksen.«

»Glaubst du, das wird er?«

»Keine Ahnung. Vielleicht ein einziges Mal. Aber auf keinen Fall ein zweites Mal. Jedenfalls nicht, nachdem wir den Druck erhöht haben.«

»Du meinst, du hackst Lucy einen Finger ab und schickst ihm den mit der Post?«, fragte Paul scherzhaft. Doch als die Frau keine Antwort gab, fügte er in schockiertem Tonfall hinzu: »Guter Gott, ich glaube, das würdest du tatsächlich tun.«

»Du solltest mal deine Lektüre des Einsatzplans auf den aktuellen Stand bringen«, sagte Annie. »Was glaubst du denn, warum wir ein Tonbandgerät dabeihaben?«

»Ich dachte, du wolltest das benutzen, um irgendwelche langweiligen politischen Reden zu üben.«

Annie wollte etwas entgegnen, wurde jedoch dadurch unterbrochen, dass über ihren Köpfen jemand auf den Boden hämmerte. »Bist du sicher, dass Evan draußen ist? Er darf auf keinen Fall wissen, dass außer uns noch jemand anderes im Haus ist.«

»Keine Panik, Genossin.« Paul ging zum Fenster hinüber

und schaute zur Seite. »Ja, da ist er. Und schaufelt wie der Wahnsinnige.«

Als Annie von oben wieder herunterkam, fragte Paul. »Was wollte sie denn?«

»Einen Stift und Papier.«

»Will sie einen Brief nach Hause schreiben?«

»Nein. Sie will eine Geschichte schreiben. Das wird sie ablenken. Wo sind denn die Papierbögen, auf denen du angeblich deinen Roman schreibst?«

Paul ging zu dem Schreibtisch, der in der Ecke stand, suchte ein paar Blätter zusammen und nahm auch einen Bleistift mit. Während Annie nach oben lief, war der Motor eines Traktors zu hören. Paul ging nach draußen. Bauer Thwaite stand auf dem Trittbrett, während einer seiner Männer am Steuer saß. Er hielt Paul ein paar rostige Schneeketten hin. »Können Sie die selbst anbringen oder soll Jim hier Ihnen dabei helfen?«

»Das ist unglaublich nett von Ihnen. Wenn Sie ihn einen Moment entbehren können –«

»Kein Problem. Ich räume gerade auf dem Feldweg den Schnee ein wenig weg, bis zum Dorf hinunter, sonst schafft es der Milchwagen nicht bis zu uns hoch.«

Jim kletterte von dem riesigen Traktor herunter, der Paul mit seinem überdachten Fahrerhaus weit überragte. Die Gummireifen waren so breit wie sein Unterarm lang war. Am hinteren Ende hatte der Traktor eine Seilwinde. Jim klopfte darauf. »Damit können wir Sie ganz leicht rausziehen, wenn Sie mal steckenbleiben, Mr. Cunningham.«

Gerade in dem Moment, als der Bauer losfahren wollte, kam Annie Stott aus dem Haus gerannt. »Wo ist Evan? Oh, guten Morgen, Mr. Thwaite. Evan! Komm sofort her. Du solltest nicht draußen sein. Ich habe dir doch heute morgen gesagt –«

»Aber mir ist ganz warm, danke! Und Onkel Paul hat gesagt –«

»Ganz egal, was er gesagt hat. Paul, bring den Jungen ins Haus.« Sie legte Evan die Hand auf die Stirn und schob ihn dann zur Haustür hinüber. Über den Krach hinweg, den der in den Leerlauf geschaltete Motor des Traktors verursachte, sagte sie zu Mr. Thwaite: »Ich weiß, ich bin ein bisschen überfürsorglich. Aber er ist das einzige Kind meiner Schwester, und es ist gefährlich für ihn, wenn er sich überanstrengt. Ich muss unbedingt noch einmal seine Temperatur messen.«

Der Traktor wendete und fuhr langsam davon. Paul ging mit Jim zur Garage. Annie sagte dem Jungen, er solle sich neben das Kaminfeuer ins Wohnzimmer setzen und mit seinem Spielzeugauto spielen. Sie selbst begann zu stricken, während sie darauf wartete, dass nebenan das Telefon klingelte und man ihr eine Nachricht vom Gästehaus übermittelte. Zehn Minuten später hörte sie es klingeln.

Kapitel 4

HAUPTPOSTAMT

28. DEZEMBER

Auch Professor Wragby wartete darauf, dass das Telefon klingelte. Es passierte schon bald nach dem Frühstück. Er nahm den Anruf im Büro des Inhabers entgegen. Nigel stellte sich hinter ihn und hörte alles mit an.

»Ist dort Professor Alfred Wragby?«, fragte die Stimme von der Vermittlung. »Ich habe ein Gespräch für Sie aus London.«

Es folgten ein paar Klickgeräusche. Dann hörte man eine Männerstimme, deren Sprachmelodie Nigel alsbald als slawisch erkannte. Der Mann hatte darüber hinaus einen leichten amerikanischen Akzent – offenbar stammte sein erster Sprachlehrer aus diesem Land –, doch dann hatte anscheinend ein längerer Aufenthalt in Großbritannien dazu geführt, dass der amerikanische von einem englischen Akzent überlagert wurde.

»Spreche ich mit Professor Wragby, dem Mitglied der Royal Society?«, fragte die Stimme.

»Ja. Hier spricht Wragby. Wer sind Sie?«

»Meinen Namen werden Sie nicht erfahren. Ich habe Neuigkeiten von Ihrer Tochter.«

Der Professor packte den Hörer so fest, dass seine Fingerknöchel weiß wurden. Doch seine Stimme blieb teilnahmslos.

»Ich nehme an, Sie sind die Person, die sie mir geraubt hat.«

»Sagen wir doch lieber ›ausgeliehen‹, Professor. Es geht ihr gut, und sie wird Ihnen bald zurückgegeben werden, falls unsere Transaktion von Erfolg gekrönt ist.«

»Wo ist sie?«

»In London.«

»Ich will mit ihr sprechen.«

»Ich fürchte, das ist nicht möglich. Ich bin in einer öffentlichen Telefonzelle. Allein.«

»Also gut. Was soll das für eine Art von Transaktion sein, von der Sie da eben sprachen?«

»Sie haben etwas, das meine Freunde brauchen, Professor Wragby. In Ihrem Kopf. Wir haben etwas, das Sie brauchen. Ich schlage einen Austausch vor.«

»Das kann ich mir vorstellen. Ihre Geschäftsmethoden sind verachtenswert, aber das hatte ich auch nicht anders erwartet.«

»Ihre Worte können mich nicht verletzen, mein Lieber.« Die Stimme klang ruhig, fast jovial. »Für Sie lautet die Frage ganz einfach, wie viel Ihnen Ihre Tochter wert ist.«

»Halten Sie mir keine Vorträge. Kommen Sie zum Punkt.«

»Falls Sie sich dazu entschließen, die Transaktion durchzuführen, werden Sie sich heute um zwölf Uhr mittags im Hauptpostamt in Belcaster einfinden. Sobald Sie das Amt betreten, werden Sie zu Ihrer Linken einen langgestreckten hohen Tisch an der Wand finden, der zum Schreiben von Telegrammen gedacht ist. An dem Ende, das dem Eingang am nächsten gelegen ist, ist an der Wand über dem Tisch ein Fach mit Formularen für Prämiensparbriefe angebracht. Sie werden ein Blatt Papier, auf das Sie Ihre Informationen geschrieben haben, ganz hinten hinter diese Formulare stecken und das Postamt sofort wieder verlassen.«

»Und dann bekomme ich Lucy zurück?«

»Zu gegebener Zeit. Natürlich müssen wir erst sicherstellen, dass Sie uns auch die korrekte - ähm - Formel gegeben haben. Sind Sie gewillt, den Handel unter diesen Bedingungen abzuschließen, Professor Wragby?«

»Nun, es sieht so aus, als wäre -«, begann Wragby nach einem kurzen Schweigen. Nigel machte mit der Hand eine abbremsende Bewegung. Der Feind durfte nicht den Eindruck gewinnen, dass Wragby zu schnell nachgab. »Es sieht aus, als wäre dies eine Patt-Situation. Wenn ich mich weigere, stehen Sie wieder am Anfang. Wenn ich zustimme, habe ich keine Garantie, meine Tochter zurückzubekommen.«

»Sie haben unser Wort darauf.«

»*Ihr* Wort!« Die Verachtung in Wragbys Stimme war vernichtend.

»Sie weigern sich also?«

Wragby spielte auf recht überzeugende Weise die Rolle eines Mannes, dessen Widerstand bricht. »Woher weiß ich, dass Lucy nicht längst tot ist? Angenommen, ich stelle im Nachhinein fest, dass ich ein überaus wichtiges Geheimnis für ein totes Kind ausgetauscht habe?«

»Aber, aber. Wir töten niemanden, wenn es nicht absolut notwendig ist. Ich persönlich habe Kinder sehr gern. Natürlich kann ich nicht für meine Freunde bürgen, die das Kind in London gerade in ihrer Obhut haben. Das sind recht ungeduldige Leute. Es gibt so viele Dinge, die man mit einem Kind machen kann, ohne es zu töten. Sie ist ein hübsches kleines Ding, habe ich mir erzählen lassen.«

Wragby sog mit einem schluchzenden Geräusch den Atem ein. Diesmal musste er nicht schauspielern. »Also gut, also gut! Sie versprechen, dass Sie ihr nichts antun werden?«

»Das verspreche ich Ihnen, mein Freund.« Seltsamerweise glaubte Nigel, dass er das ernst meinte – zumindest vorerst.

»Dann werde ich tun, was Sie verlangen.«

»Das ist sehr klug von Ihnen, Professor. So ist das im Krieg – einmal hat der eine Glück, einmal der andere.« Die freundliche Stimme wurde plötzlich hart. »Aber versuchen Sie keine dummen Tricks. Ich konnte nicht verhindern, dass Sie das Verschwinden Ihrer Tochter überall bekanntgegeben haben. Die Polizei wird damit rechnen, dass Sie von den Entführern Ihrer Tochter hören. Sie dürfen ihnen auf gar keinen Fall von dem Inhalt dieser Unterhaltung berichten und auch nicht, dass Sie unserem Handel zugestimmt haben. Ihrem einfallsreichen Gehirn wird es sicher gelingen, sich irgendeine Geschichte auszudenken, mit der Sie sie abwimmeln können. Diese Leute sind schließlich nicht besonders schlau – sie konnten es nicht einmal verhindern, dass wir das Kind nach London gebracht haben. Sollten allerdings die Leute von Ihrer Sicherheitspolizei den Fall übernehmen, könnte es schwieriger für uns werden. Deshalb müssen wir diese Transaktion sofort durchführen. Sie werden das Postamt in Belcaster natürlich allein betreten. Jeder Versuch, unserem dortigen Agenten eine Falle zu stellen, wird für Sie in einer Katastrophe enden. Auf Wiederhören.«

Professor Wragby sah Nigel an. Das Gesicht unter den rötlichen Haaren war weiß geworden.

»Was soll ich tun?« Seine Stimme war starr vor Angst.

»Wir müssen auf Zeit spielen. Tun Sie, was er Ihnen gesagt

hat. Aber schreiben Sie irgendwelche Formeln auf, Symbole, was auch immer, die plausibel aussehen, aber in Wahrheit irreführend sind. Können Sie das tun?«

»Ja, aber –«

»Ich werde bei den übrigen Gästen Andeutungen machen, dass die Kidnapper einen Agenten hier im Gästehaus haben. Er könnte derjenige sein, der Ihre Informationen im Postamt abholen wird, vielleicht tut es aber auch ein anderer. Wenn es uns gelingt herauszufinden, um wen es sich bei dem Agenten hier im Haus handelt, haben wir ein Ende des Fadens in der Hand. Ich werde mich mit dem Hauptkommissar der Kriminalpolizei dieser Grafschaft in Verbindung setzen und ihn bitten, das Postamt von der Mittagszeit an unauffällig beobachten zu lassen. Er soll einen seiner Männer hinter dem Türgitter positionieren, um nach der Person Ausschau zu halten, die das Blatt mit Ihren Informationen abholen wird. Und nein, wir werden diese Person nicht sofort verhaften. Man wird ihr oder ihm folgen, und die Spur könnte uns dann an den Ort führen, an dem sich Lucy aufhält – immer gesetzt den Fall, bei diesem Agenten handelt es sich nicht um einen der hiesigen Gäste.«

»Aber, guter Mann, Lucy ist doch in London. Denken Sie denn –«

»Da bin ich mir gar nicht so sicher.« Nigels blassblaue Augen starrten ein abscheuliches Bild an, das über Wragbys Kopf hing und ein Liebeswerben im 18. Jahrhundert darstellen sollte. »Ich bezweifle das. Unser Freund am Telefon hat sein Möglichstes gegeben, um uns davon zu überzeugen, dass man sie nach London gebracht hat. Er will, dass man sich bei der Suche auf diesen Ort konzentriert.«

»Sie könnte also sehr viel näher sein?« Diese Möglichkeit allein sorgte schon dafür, dass Wragbys verzweifelter Gesichtsausdruck sich ein wenig aufhellte.

»Man *könnte* mit ihr gestern Nacht durch die beiden Polizeiabsperrungen geschlüpft sein. Aber ich vermute, dass die Entführer sich von hier aus gesehen irgendwo in einem Radius von zwanzig Meilen versteckt halten.«

»In diesem Fall sollten wir doch bald etwas erfahren. Es sind Beschreibungen von ihr in den Zeitungen und Nachrichtensendungen. Irgendjemandem wird doch gewiss etwas aufgefallen sein, das –«

»Versprechen Sie sich nicht zu viel! Es gibt mehr als genug einsame Häuser auf dem Land. Man könnte sie in einem von ihnen eingeschlossen haben, ohne dass irgendjemand etwas davon mitbekommen hätte.«

»Ich muss zu Elena hoch. Ich möchte sie ungern zu lange allein lassen. Sie ist schrecklich verzweifelt. Sie werden Ihr Bestes tun, das weiß ich.« Die hochgewachsene, leicht gebeugte Gestalt verließ mit hastigen Schritten den Raum.

Und was für ein elendes »Bestes« es bis hierhin gewesen war, dachte Nigel. Die Chancen, Lucy lebendig zurückzubekommen, standen eins zu tausend. Ihre Entführer würden zu viel Angst davor haben, dass Lucy sie später wiedererkennen könnte. Natürlich war es in ihrem Interesse, sie am Leben zu halten, solange sie Wragbys Informationen noch nicht besaßen und deren Gültigkeit noch nicht geprüft hatten – oder ihn zumindest glauben zu lassen, dass sie immer noch am Leben war. Ein alter Kidnapper-Trick.

Der Hauptkommissar hatte letzte Nacht auf der dem Briefkasten gegenüberliegenden Straßenseite Fußstapfen und

Reifenspuren gefunden. Die Fußstapfen stammten von zwei Paar Gummistiefeln. Diejenigen, die offenbar Nigels Angreifer gehörten, waren sehr viel größer als die der Person, die aus dem Auto ausgestiegen war. Wahrscheinlich eine Frau. Während die anderen Abdrücke nahmen, war einer der Polizisten der Autospur der beiden Kidnapper in Richtung Westen gefolgt. An einem Punkt hatte das Auto angehalten und war dann weitergefahren, bis sich die Spuren an der Stelle, an der die Nebenstraße in eine Hauptverkehrsstraße mündete, in den zahllosen anderen Spuren verloren. Die Richtung, die das Auto anschließend eingeschlagen hatte, schien eine nordwestliche zu sein, aber der Fahrer könnte diese Richtung auch nur gewählt haben, um die Verfolger zu täuschen, kurz darauf zu drehen und Richtung London zu fahren. Der hiesige Landkreis war ein wahres Labyrinth aus kleinen, gewundenen Wegen, und der Schnee hatte im Verlauf der Nacht jegliche weiteren Spuren zugedeckt.

Aber der Schnee konnte ihnen möglicherweise auch von Nutzen sein. Falls es noch weitere Schneefälle gäbe - heftig genug, um die Straßen, die aus dem Tal hinausführten, komplett zu blockieren und womöglich auch die Telefonleitungen zu unterbrechen - würde es für den Professor unmöglich sein, sich zu weiteren Treffen einzufinden. Das würde die Gegenseite einsehen müssen. Und das wiederum würde bedeuten, dass Wragby - und, so stand zu hoffen, auch Lucy - kostbare Zeit gewinnen würde.

Nachdem er mit dem Hauptkommissar der Kriminalpolizei der Grafschaft telefoniert hatte, stand Nigel auf und ging in den Salon hinüber. Dort waren außer den Wragbys sämtliche Gäste versammelt.

»Du liebe Güte!«, rief die Frau des Admirals. »Was ist denn mit Ihnen passiert?«

»Jemand hat mich letzte Nacht niedergeschlagen. Der Arzt sagte, es sei ein amateurhafter Schlag gewesen. Wenn der Kerl seine Sache richtig gemacht hätte, wäre ich jetzt tot. Der Arzt schien es recht ärgerlich zu finden, dass ich es nicht bin.«

»Für den gibt es hier in der Gegend nicht genug Dramen«, gähnte Lance Atterson.

»Das war bestimmt irgendein Wegelagerer«, bemerkte Mrs. Ffrench-Sullivan wissend.

Nigel wandte sich an Mr. Leake. »Haben Sie ihn zufällig gesehen?«

»Wen gesehen?« Justin Leake sah verwirrt aus.

»Den … Wegelagerer.«

»Nein, habe ich nicht, mein Lieber. Wo ist es denn passiert?«

»Etwa auf halber Strecke den Zufahrtsweg hinunter.«

»Letzte Nacht? Da habe ich das Haus überhaupt nicht verlassen. Warum fragen Sie *mich?*«

»Weil Sie den Raum gleich nach mir verlassen haben.«

»Jetzt hören Sie mal, Mr. Strangeways, dieser Katechismus gefällt mir ganz und gar nicht.«

»Das ist eine gute Übung für Sie, Mr. Leake. Wenn die Polizei Zeit dafür findet, wird man Sie alle hier dazu befragen, wo Sie sich zur Zeit des Angriffs aufhielten.«

Justin Leakes aufmerksamer Blick war fest auf Nigel geheftet.

»Wenn die Polizei Zeit dafür findet? Ist sie denn im Augenblick aus irgendeinem Grund überarbeitet?«

»Ja. Aber Sie wissen doch sicher, warum?«

»Ich habe nicht die leiseste Idee.«

»Seltsam. Sie haben bisher auf mich den Eindruck gemacht, als wären Sie ein außergewöhnlich scharfer Beobachter.«

Nigels Tonfall hatte eine Schärfe, die die übrigen Anwesenden dazu veranlasste, sich vorzulehnen und ihn verunsichert anzuschauen.

»Es ist Ihnen also nicht aufgefallen«, fuhr Nigel fort, »dass Lucy Wragby verschwunden ist?«

»Ich habe die ganze Familie heute früh noch nicht gesehen«, entgegnete Justin Leake. »Außer den Professor für einen kurzen Moment in der Eingangshalle. Er wirkte besorgt.« Allmählich schien dem Mann mit dem unscheinbaren Gesicht ein Licht aufzugehen.

»Verschwunden? Sie meinen doch nicht etwa –?«

Nigels Blick machte langsam die Runde, während er sagte: »Ja. Sie ist letzte Nacht gekidnappt worden. Hört denn niemand von Ihnen die BBC-Nachrichten?«

»Das Radio ist kaputt«, sagte Cherry.

Dies kam für Nigel nicht überraschend, denn schließlich war er selbst es gewesen, der dafür gesorgt hatte, dass das Gerät nicht funktionierte. Er hatte die ersten Reaktionen auf die Nachricht von Lucys Entführung mit eigenen Augen sehen wollen.

»Sie werden alles darüber nachlesen können, sobald die Zeitungen eingetroffen sind. Der heftige Schneefall hat verhindert, dass diese zur üblichen Zeit ausgeliefert werden konnten.«

Justin Leake schien sich in sich selbst zurückgezogen zu haben wie eine Schnecke in ihr Schneckenhaus. Cherry machte ein ungläubiges Gesicht, Lance wirkte plötzlich, als sei ihm unbehaglich, und die Frau des Admirals war offenbar empört.

»Daran besteht kein Zweifel?«, fragte der Admiral.

Nigel schüttelte den Kopf.

»Wie furchtbar! Die arme kleine Lucy. Wer um alles in der Welt würde denn so etwas –«

»Sei doch nicht absurd«, attackierte ihn seine Frau. Nigel konnte sich in diesem Moment lebhaft vorstellen, wie sie die Ehefrauen untergebener Offiziere terrorisierte. »Es liegt doch auf der Hand, dass das ein Komplott der Kommunisten ist. Diese Teufel sind zu allem fähig.«

»Aber meine werte Dame«, sagte Justin Leake. »Warum sollten die ein kleines Mädchen entführen wollen?«

Mrs. Ffrench-Sullivans Mopsgesicht wurde immer lebhafter. »Das ist doch vollkommen offensichtlich. Sie wollen Lucys Vater unter Druck setzen.«

»An allen schlimmen Dingen, die in diesem Land passieren, gibt man immer den Kommunisten die Schuld«, bemerkte Cherry und zog ein finsteres Gesicht.

»Und mit Recht, mein liebes Kind. Und ich sage Ihnen noch etwas – wenn Sie mich fragen, hat der Professor irgendeine wissenschaftliche Entdeckung gemacht, die diese Leute nun für sich haben wollen.«

»Ist das eine Vermutung, Madam, oder haben Sie interne Informationen?« Mr. Leakes Tonfall war zwar absolut höflich, doch seine Worte klangen gleichzeitig wie ein Fangfrage.

»Natürlich nicht. Ich benutze nur meinen Verstand. Ich hoffe, dass das die Polizei ebenfalls tun wird, Mr. Strangeways. Was hat man bisher unternommen?«

»Man könnte genauso gut fragen«, warf Justin Leake mit aalglatter Stimme ein, »warum Mr. Strangeways über solch interne Informationen verfügt.«

Nigel ignorierte diese Bemerkung und gab der versammelten Gesellschaft einen stark zensierten Bericht über die Maßnahmen, die die Polizei bisher ergriffen hatte. Und weil er es immer genoss, ins Wespennest zu stechen – gesetzt den Fall, er war auch anwesend, um das Resultat zu sehen – fügte er hinzu:

»Eines scheint jedoch durchaus wahrscheinlich zu sein: dass nämlich die Kidnapper einen Komplizen hier im Haus haben. Es könnte sein, dass die Polizei sich darauf konzentriert herauszufinden, wer von uns es ist.«

»Natürlich einer vom Personal«, sagte die Frau des Admirals.

»Die stehen alle schon seit mehreren Jahren hier im Dienst. Ich fürchte, das ist sehr unwahrscheinlich.«

»Papperlapapp«, entgegnete die Dame. »Bedienstete sind heutzutage notorisch unzuverlässig.«

»Und wieder einmal erhebt das Problem der Dienerschaft sein hässliches Haupt«, murmelte Lance. Cherry kicherte.

Nigel brachte das Gespräch mit ein paar energischen Worten wieder unter seine Kontrolle. »Wir werden alle sehr eingehend befragt werden. Ich hoffe, dass keiner von uns – von dem unbekannten Komplizen einmal abgesehen – irgendetwas zu verbergen hat. Die polizeilichen Ermittlungen machen vor nichts Halt, das sollte Ihnen klar sein.«

Seine Worte riefen im Raum eine erstaunlich intensive Atmosphäre des Unbehagens hervor, doch er konnte unmöglich sagen, von welchen oder von wie vielen Gästen diese

Atmosphäre ausging. Selbst der unverwüstliche Lance Atterson hatte plötzlich einen ungewöhnlich nachdenklichen Gesichtsausdruck.

In diesem Moment betrat Professor Wragby den Raum. Sämtliche Anwesende gaben ein teilnahmsvolles Gemurmel von sich. Als der Admiral sich nach Mrs. Wragby erkundigte, antwortete der Professor, sie sei aufgestanden und in diesem Moment unterwegs ins Dorf, um sich im Postamt danach zu erkundigen, ob letzte Nacht zu dem Zeitpunkt, an dem Lucy verschwunden war, irgendjemand etwas gesehen oder gehört hatte. Er wusste zwar, dass die Polizei bereits ihre Ermittlungen in diese Richtung angestellt hatte, aber er dachte, das Gefühl, selbst etwas zu unternehmen, würde seiner Frau guttun.

Es entstand ein unbehagliches Schweigen. Dann fragte die Frau des Admirals auf ihre unverblümte Art: »Haben sich diese Schurken denn schon mit Ihnen in Verbindung gesetzt?«

»Ja. Man hat mich angerufen. Sie haben behauptet, Lucy gehe es gut.«

»Was wollen sie? Geld?«, fragte Justin Leake.

Alfred Wragby warf Nigel einen kurzen Blick zu und antwortete dann auf dessen fast unmerkliches Nicken hin: »Nein. Etwas, das sie für sehr viel wertvoller halten.«

»Aber das werden Sie ihnen doch sicher nicht geben?« Mrs. Ffrench-Sullivan riss weit die Augen auf.

»Etwas, das wertvoller für Sie ist als Lucy?« Cherrys tonlose, gedehnte Sprechweise ließ die Bemerkung umso schockierender klingen.

Ein Zucken ging durch Wragbys Gesicht und er legte sich

einen Moment lang die Hand über die Augen. »Ohne Gegenwehr gebe ich ihnen gar nichts, Mrs. Ffrench-Sullivan«, antwortete er schließlich.

»Sie meinen, Sie werden diesen Narren eine Falle stellen, wenn sie kommen, um sich das - was auch immer es ist - zu holen?« Lance Attersons Zähne blitzten über seinem schwarzen Bart und verliehen ihm einen nervösen, fast durchtriebenen Ausdruck.

»Aber würde das nicht - ich meine, wenn Sie versuchen, diese Leute auszutricksen, würden die dann Lucy nicht irgendetwas Schreckliches antun?«, fragte Cherry mit stockender Stimme.

»Lucy ist für diese Leute nur von Wert, solange sie am Leben ist. Ansonsten könnten sie sie nicht mehr als Waffe gegen mich benutzen.« Wragbys Stimme klang kalt und unpersönlich.

»Mein Gott! Seien Sie doch mal menschlich!«, rief Cherry. »Tut mir leid, das habe ich nicht so gemeint, aber -«

»Dann halten Sie gefälligst Ihren Mund, Kind«, sagte die Frau des Admirals. »Sie verstehen nichts davon. Es stehen unglaublich wichtige Dinge auf dem Spiel.«

»Ach, das ist doch Unsinn!«, brach es aus Lance hervor. »Was ist schon ein mickriges kleines Geheimnis gegen das Leben eines Kindes?«

»Sie haben zweifellos keine andere Wahl als wie ein pubertäres Kind zu denken, aber Sie sollten wenigstens lernen, nicht wie eins zu reden, junger Mann.« In der lispelnden Stimme des Admirals schwang eine Spur vom Achterdeck mit.

»Nun, ich nehme an, wir haben alle unsere kleinen Geheimnisse«, sagte Justin Leake. Falls er damit die Wogen hatte glätten wollen, scheiterte er kläglich. Das Einzige, was er damit erreichte, war eine Art stürmische Stille.

Wragby hatte den Plan, den sie im Vorfeld gefasst hatten, recht erfolgreich durchgeführt, dachte Nigel. Der Agent des Feindes, der sich im Gästehaus aufhielt - wer auch immer es war - wusste nun, dass sich der Professor nicht ohne jede Gegenwehr in die gestellten Forderungen ergab und dass man ihnen in Belcaster wahrscheinlich eine Falle stellen würde. Der Agent würde sich nun wahrscheinlich sofort mit der Person in Verbindung setzen, die dazu ausersehen worden war, Wragbys Informationen im Postamt abzuholen, und diese warnen, sich fernzuhalten. Falls er es vermied, das Telefon zu benutzen - wie es jeder einigermaßen kompetente Agent jetzt tun würde -, musste er sich mit dem anderen Agenten in Belcaster treffen und ihn persönlich warnen oder vermittels einer vorab ausgemachten Methode, wie etwa, indem er mit Kreide ein Symbol auf eine Wand oder einen Briefkasten malte. Natürlich gab es auch noch eine dritte Möglichkeit: dass es sich nämlich bei dem Agenten im Gästehaus und dem Agenten, der die Information abholen würde, um ein und dieselbe Person handelte. Nigel hielt dies aus verschiedenen Gründen für unwahrscheinlich. Und selbst wenn es so wäre, müsste der Agent seine Auftraggeber in London früher oder später kontaktieren, um ihnen zu berichten, dass der erste Versuch gescheitert war, und sich weitere Anweisungen zu holen. Falls er dies über das Telefon versuchen sollte, würde seine Identität auffliegen.

In der Zwischenzeit hatte man immer noch das Problem mit Lucy zu lösen. Nigel dachte an das schmale, lebhafte kleine Gesicht unter der Regenmütze, die langen dunklen

Haare und den blauen Anorak, und sein Herz wurde krank vor Sorge ...

Im Smugglers' Cottage war Lucy gerade damit beschäftigt, eine Partie Solitär auf einem Spielbrett auszutragen, das sie in dem Schrank mit den Spielsachen gefunden hatte. Das letzte Mal war es ihr gelungen, am Ende nur noch drei Murmeln übrig zu haben. Wenn ich es schaffe, dass nur noch eine übrigbleibt, sagte sie zu sich selbst, wird alles gut werden: Diese Leute werden mich gehen lassen oder ich werde einfach wieder in meinem Zimmer im Gästehaus aufwachen.

Annie Stott betrat den Raum. Sie brachte ein Tonbandgerät mit und schien ziemlich übel gelaunt zu sein. Vielleicht hatte sie über das Telefon schlechte Nachrichten erhalten – Lucy hatte es vor fünf Minuten schellen hören. Annie schloss die Tür ab, stellte den Apparat auf den Tisch und öffnete ihn.

»Weißt du, was das ist?«

»Ja. Es ist ein Tonbandgerät. Werden wir damit spielen?«

Die senfgesichtige Frau zog ein Blatt Papier aus ihrer Handtasche und faltete es auseinander. »Ich nehme an, du kannst lesen?«

»Natürlich kann ich lesen. Seien Sie doch nicht albern.«

»Also gut. Ich will, dass du das, was hier steht, in das Mikrophon sprichst. Es ist eine Nachricht an deinen Vater – nur, um ihm zu sagen, dass man sich gut um dich kümmert.«

»Sie werden ihm diese Aufnahme schicken?«

»Wir – wir werden sie ihm zukommen lassen.«

»Aber warum kann ich nicht mit ihm reden? Am Telefon?«

»Unterbrich mich nicht andauernd. Du musst nur diese

Wörter hier vorlesen und sonst nichts. Als würdest du mit ihm reden. Verstehst du? Und dort, wo drei Punkte stehen, machst du eine Pause. Das wird dir garantiert Spaß machen. Als würden wir ein Hörspiel aufnehmen. Also lass es uns mal üben.«

Lucy hatte sich mittlerweile daran gewöhnt, einfach das zu tun, was diese verrückte Frau wollte. Sie begann, den mit Schreibmaschine geschriebenen Text, der auf dem Papier stand, vorzulesen.

»Hallo, Daddy. Ich bin es – Nein, das geht gar nicht.«

»Wie meinst du das, das geht nicht?«

»Ich nenne ihn nie ›Daddy‹. Papa oder Vater.«

»Schön, dann ändere das eben.«

Lucy begann von vorn. »Hallo, Papa. Ich bin es. Lucy ... Ja, es geht mir sehr gut, und die Leute, die sich um mich kümmern, sind nett zu mir. Ich habe ganz viel zu essen und ein schönes Zimmer mit vielen Spielsachen und Büchern ... Nein, ich darf nicht sagen, wo ich bin. Es ist irgendwo in London. Geht es Elena gut –?«

»Nein, Kind.« Miss Stott unterbrach sie. »Du liest es ja vor, als wäre es ein Bilderbuch. *Sag* es. Erfüll es mit Leben. Hast du denn auf der Schule nie Theater gespielt?«

»Aber wie soll das gehen? So wie Sie das geschrieben haben, klinge ich, als wäre ich erst sechs Jahre alt«, sagte Lucy vorwurfsvoll. Miss Stott erinnerte sie an eine ihrer Lehrerinnen, und zwar die, die sie am wenigsten mochte.

»Verschwende nicht meine Zeit«, blaffte die Frau und wurde rot. »Fang noch einmal von vorn an. Tu so, als würdest du mit ihm telefonieren. Benutze deine Phantasie, du dummer kleiner Junge.«

Lucy blinzelte die Tränen fort, die ihr bei der Vorstellung, mit ihrem Vater zu telefonieren, in die Augen gestiegen waren, und versuchte es noch einmal. Nach mehreren Versuchen gab sich Miss Stott endlich zufrieden, schob Lucy vor das Mikrophon und machte eine Tonbandaufzeichnung für einen Lautstärketest.

Lucy versuchte verzweifelt, sich eine Methode einfallen zu lassen, wie sie eine geheime Nachricht für ihren Vater in den Text schmuggeln könnte. Oder wie wäre es, wenn sie am Ende der Nachricht einfach um Hilfe rief? Aber das würde natürlich überhaupt nichts nutzen. Doch ihre Phantasievorstellung sollte schon sehr bald zur Realität werden, denn als sie sich dem Ende der Aufnahme näherte, schaute Lucy von dem Text auf und sah, dass Annie eine Injektionsspritze in der Hand hielt. Lucy fing an zu schreien ...

Wenige Minuten später verließ Miss Stott das Cottage, ging zum Auto und fuhr vorsichtig über die schneebedeckten Straßen nach Longport, von wo aus sie ein kleines Paket nach London schickte. Dann wendete sie den Wagen und fuhr Richtung Belcaster. Mittlerweile war es 11:25 Uhr ...

Alfred Wragby fuhr auf den städtischen Parkplatz und drehte sich zu Elena um.

»Warte hier, Liebes. Das Postamt ist nur ein paar Minuten entfernt. Ich komme sofort wieder zurück. Hallo, was ist das denn – ist das nicht Leakes Auto, das da drüben steht?«

Die tragischen Augen seiner Frau hielten seinen Blick einen Moment fest. »Ich wünschte, du hättest dich nicht dazu entschlossen, auf diese Weise vorzugehen«, sagte sie.

»Aber das haben wir doch jetzt schon mehrfach durchgesprochen. Selbst wenn ich ihnen geben würde, was sie haben wollen, ist das noch keine Garantie, dass wir Lucy zurückbekommen. Du weißt doch am besten, wie diese Leute sind.«

»Ja«, antwortete sie nahezu unhörbar. »Aber –«

»Die einzige Hoffnung – verstehst du das denn nicht? – besteht darin, dem Kerl zu folgen, der meine Informationen abholen soll. Er könnte uns dorthin führen, wo Lucy ist. Das habe ich dir doch erklärt – Strangeways glaubt, sie ist ganz in der Nähe.«

Er ließ Elena zurück, die mit versteinertem Gesicht vor sich hinstarrte. Die Turmuhr des Rathauses aus dem 18. Jahrhundert schlug zwölf, als er das Hauptpostamt betrat. Er zog ein zusammengefaltetes Blatt Papier aus seiner Brieftasche, steckte es ganz hinten in das Fach mit den Prämiensparbriefen über dem hohen, langgestreckten Tisch und ging sofort wieder nach draußen.

Der Polizist in Zivil, der hinter dem Gitter auf der anderen Seite des Postamts stand, sperrte wachsam die Augen auf.

In einer Nebenstraße stand ein Polizeiwagen und wartete. Entlang der Hauptstraße am Stadtrand waren weitere Polizeiautos unterwegs, deren Funker nur auf ihren Einsatz warteten. Ein Lieferwagen, der ebenfalls mit Funk und zudem mit einem hochgetrimmten Motor ausgestattet war, parkte etwa dreißig Meter von der Hauptstraße entfernt. Sein Fahrer schlief nur scheinbar, und die übrigen Insassen waren von draußen nicht zu sehen. Alle fünf waren bewaffnet. Dieser Lieferwagen würde die Verfolgung übernehmen, sobald man eine Beschreibung der zu verfolgenden Person erhalten hatte.

Als die Uhr zwölf schlug, stand Nigel in einer Buchhandlung, von dessen Schaufenster aus man freie Sicht auf das gegenüberliegende Postamt hatte, und blätterte in einem

Buch. Ein Mann war damit beschäftigt, die Briefkästen zu polieren, die an der Wand des Postamts hingen. Er konnte durch eines der Fenster seinen Kollegen im Innern des Gebäudes sehen. Sobald dieser ihm ein Zeichen gab, würde er wissen, dass die Informationen abgeholt worden waren und dass der feindliche Agent wieder auf dem Weg nach draußen war.

Eine pummelige, gelbgesichtige Frau betrat die Buchhandlung. Sie nahm ein Buch, begann es durchzublättern und trat dann näher ans Fenster, als wollte sie besseres Licht zum Lesen haben. Nigel spürte, dass sie ihn einen Augenblick lang beobachtete, aber er schenkte ihr keine besondere Beachtung, denn ein paar Sekunden später sah er, wie Justin Leake in das Postamt schlenderte – eine so unscheinbare Gestalt, dass man fast hätte meinen können, sie würde einen Tarnumhang tragen. Während er dort in dem dämmrigen, stillen Geschäft stand, wurde Nigel plötzlich von einer außergewöhnlichen Spannung erfasst. Er merkte, dass das Buch bebte, das er in der Hand hielt, und legte es hin, während sein Blick unverwandt auf die Tür des Postamtes gerichtet war. Justin Leake. Es könnte ein Zufall sein, aber wenn man ihn aufgefordert hätte, unter allen Besuchern des Gästehauses einen Geheimagenten zu bestimmen, dann hätte er Leake gewählt. Der Mann kam ihm irgendwie nicht ganz koscher vor.

Es vergingen ein paar Minuten. Dann trat Leake wieder aus dem Postamt heraus und ging in Richtung Parkplatz. Nigel verließ gemächlichen Schrittes die Buchhandlung. Aber der Mann, der die Briefkästen säuberte, gab kein Signal.

Es war ein Moment bitterer Enttäuschung. Ein Wort mit dem Polizisten in Zivil, den sie hinter dem Schalter platziert hatten, bestätigte, dass Leake zu keinem Zeitpunkt auch nur in die Nähe des Fachs mit den Prämiensparbriefen gekommen war. Er hatte ganz harmlos ein paar Briefmarken gekauft und dann ein Telegramm geschrieben, das er am Schalter einreichte. Nigel bat den Polizisten in Zivil, er möge sofort in die Wege leiten, dass der Hauptkommissar eine Kopie des Telegramms zu Gesicht bekam, und wartete dann auf die Rückkehr des Mannes, während er das Fach mit den Prämiensparbriefen keinen Moment aus den Augen ließ.

Leute betraten mit trampelnden Schritten das Postamt, um sich den Schnee von den Gummistiefeln zu schütteln. Autos fuhren auf der Hauptstraße vorbei und verwandelten den Schnee in Matsch, sodass er so aussah wie brauner Zucker. Ein Lastwagen kam langsam die Straße entlanggefahren. Auf seiner Ladefläche standen mehrere Männer und schaufelten von dort aus Splitt auf die Fahrbahn. Ein kleiner Junge auf einem brandneuen Kinderfahrrad rutschte aus und stürzte heulend auf den Bürgersteig. Seine Mutter hob ihn auf und schüttelte ihn wütend, als hätte er irgendeine peinliche Schandtat begangen. Es schien, als sei der kleine Marktflecken immer noch von einer Art nachweihnachtlicher Lethargie erfasst. Ein beißender, nordwestlicher Wind erhob sich, der Nigel bis in die Knochen drang und seinen Verstand betäubte, während er die Straße entlanglief. Er kam an dem Denkmal irgendeines längst vergessenen städtischen Würdenträgers vorbei, auf dessen Zylinder ein Schneehäubchen lag, und betrat schließlich das Polizeihauptquartier.

»Ich dachte schon, der Fisch hätte angebissen«, sagte er zu Sparkes. »Aber er ist offenbar gar nicht in die Nähe des Köders gekommen. Ein Kerl namens Leake, der im Gästehaus logiert. Eine recht undurchsichtige Person.«

»Es bleibt uns immer noch mehr als genug Zeit, Mr. Strangeways. Hier, trinken Sie eine Tasse Tee – Sie sehen ja halb erfroren aus.«

»Danke, gern. Ich habe das dumpfe Gefühl, dass sich der Kerl hübsch fernhalten wird.«

»Sie meinen, man hat ihn vom Gästehaus aus gewarnt, dass Professor Wragby nicht mitspielt? Da könnten Sie recht haben. Aber heute Morgen hat niemand von dort aus telefoniert, jedenfalls gab es keine Anrufe, die irgendwie verdächtig waren.«

»Leake könnte hierhergekommen sein, um die Warnung persönlich zu überbringen.«

»Meine Leute hatten keinerlei Anweisung, ihn besonders im Auge zu behalten«, sagte der Hauptkommissar in leicht vorwurfsvollem Ton.

»Ich gebe Ihnen ja gar keine Schuld an der Sache. Schließlich können Ihre Leute nicht jeder einzelnen Person auf Schritt und Tritt folgen. Was hat er denn in diesem Telegramm geschrieben? Haben wir diese Information bereits?«

Der Hauptkommissar reichte Nigel ein Blatt Papier.

Sir James Allenby. The Red House, Altringham, Surrey. Bisher nichts zu berichten, bin jedoch auf einer möglichen Spur. Leake.

»Wer ist denn dieser Kerl, dieser Allenby?«, fragte Nigel.

»Ein Großindustrieller, glaube ich. Ich meine, mich erinnern zu können, letztes Jahr irgendetwas über ihn in der Zeitung gelesen zu haben. Die Tochter ist auf die schiefe Bahn geraten, oder? War da nicht so etwas? Ich kann mich nicht genau erinnern.«

»›Mögliche Spur‹?«, grübelte Nigel. »Naja, er sieht durchaus wie ein zwielichtiger Privatdetektiv aus. Wie auch immer, ich nehme an, das ist für uns nicht relevant.«

Der Hauptkommissar spreizte die Finger seiner gewaltigen Hände, die auf dem Schreibtisch lagen. »Ich würde gern irgendjemandem erwürgen. Haben Sie Kinder, Mr. Strangeways?«

»Nein. Aber ich weiß, was Sie meinen. Und Lucy ist ein echter Schatz.« Nigel merkte, wie er ein Gedichtzitat vor sich hinmurmelte: »Wie rasch war Lucys Weg zu End'.«

»Das ist von Wordsworth, nicht wahr? Hab' ich in der Schule gelernt. Wir sollten nicht den Mut verlieren, Sir.«

»Es ist diese Warterei.«

»Wie im Krieg. Neunundneunzig Prozent Warten gegenüber einem Prozent Handeln.«

»Ja, wir sind im Krieg. Das kann man wohl sagen.«

Die beiden Männer diskutierten die weitere Vorgehensweise. Die Polizeibeamten der Grafschaft würden an jedem einsam gelegenen Hof und jedem Cottage vorbeischauen und die Leute befragen, auf die Möglichkeit hin, dass Nigel mit seiner Vermutung recht hatte und man Lucy nicht durch die Polizeiabsperrungen hindurch nach London geschmuggelt hatte. Was das Postamt in Belcaster betraf, so würden Beamte in Zivil den ganzen Tag dort verbleiben und auch genauestens beobachten, wie die Belegschaft am Abend das Gebäude verließ, für den Fall, dass sich der feindliche Agent in ihren Reihen befand.

Es war so, als würde man den Brunnen trockenlegen, bevor das Kind hineingefallen war. Der anonyme Anrufer hätte Wragby wohl kaum angewiesen, das Blatt mit den geforderten Informationen um Punkt zwölf zu deponieren, wenn man nicht vorgehabt hätte, es schon sehr bald darauf abzuholen. Während der Nachmittag verstrich, ohne dass vom Postamt Alarm geschlagen wurde, sah es mehr und mehr danach aus, als wäre die Person, die das Blatt abholen sollte, gewarnt worden. Aber wie? Nigel las die Mitschrift der abgehörten Telefongespräche durch, die an diesem Morgen vom Gästehaus getätigt worden waren. Es waren nur wenige, und sie machten allesamt einen sehr harmlosen Eindruck. Der Kommissar legte jedoch eine dieser Mitschriften beiseite, um sie näher in Augenschein zu nehmen. Und er musste unbedingt herausfinden, ob vor der Mittagszeit außer den Wragbys und Justin Leake noch andere Gäste von Downcombe aus nach Belcaster gekommen waren.

Nigel verließ die Stadt und fuhr zurück nach Downcombe, während der wild durch die Luft wirbelnde Schnee sich in Klumpen auf seine Windschutzscheibe legte und die Scheibenwischer mit einem hässlichen Quietschen hin- und herflogen. Unterwegs blinzelte ihn plötzlich aus der Dunkelheit ein gelbes Zyklopenauge an. Es war das Licht des Schneepflugs, der sich einen Weg durch eine Schneewehe bahnte, die sich auf einem besonders exponierten Teil der Straße gebildet hatte. Er fuhr an den Straßenrand und ließ das Ungetüm vorbei.

»Wie weit fahren Sie noch?«, schrie ihm der Fahrer des Schneepflugs zu.

»Downcombe.«

»Das geht in Ordnung. Sehr viel weiter würden Sie nicht kommen. Dahinter ist das Tal unpassierbar.«

Kapitel 5

SCHNEESTURM

28.–29. DEZEMBER

Eine halbe Stunde bevor Nigel dem Schneepflug begegnete, war Paul Cunningham zusammen mit dem Jungen, den sie Evan nannten, nach Longport aufgebrochen. Er hatte den Jungen von Kopf bis Fuß in eine Decke eingewickelt und auf den Rücksitz verfrachtet. Es war überaus wichtig, dass niemand seinen Passagier zu Gesicht bekam, während sie auf der Straße zur Longporter Kreuzung unterwegs waren. Der Junge hatte Pauls Erklärung, dass er sich wegen der Kälte so einmummen müsse, ohne Widerspruch hingenommen, so, wie er auch alle anderen seltsamen Vorkommnisse der letzten Woche mit dem phlegmatischen Fatalismus akzeptiert hatte, den ihn sein kurzes Leben bisher gelehrt hatte. Natürlich fror er kein bisschen, denn er trug etwas im Herzen, das genügte, um seinen gesamten Körper aufzuwärmen – und jetzt würde es nur noch wenige Stunden dauern, bis dieses herrliche, wundersame Ereignis geschehen würde. Er tastete unter den zahlreichen Kleiderschichten nach dem Talisman auf seiner Brust.

Paul Cunningham starrte in die Schneeflocken hinaus, die im Licht der Scheinwerfer tanzten und wirbelten. Gott sei Dank würden sie diesen Jungen nun endlich loswerden. Evan hatte nicht besonders viel vorzuweisen, was ihn liebenswert gemacht hätte, mit seinen rotblonden Haaren und seiner verhaltenen Art. Genauso gut hätte er ein kleiner, stämmiger Automat sein können, der immer alle Fragen höflich beantwortete und nur sehr selten eigene Fragen stellte - ein Kind, das tatsächlich nie um irgendetwas bat, außer, dass man ihm einen Tritt gab und es wieder woandershin beförderte. Der Junge schien keinerlei Temperament oder Lebhaftigkeit zu besitzen. Er war so starr wie ein Stück Holz. Mit ihm zu tun zu haben, war ganz ähnlich wie dieses seltsam tote Gefühl, das man beim Steuern eines Autos mit Schneeketten an den Hinterreifen bekam.

Das Klirren der Schneeketten hallte von den Mauern des Bauernhofs wider, als Paul daran vorbeifuhr. Der Traktor hatte eine einigermaßen befahrbare Spur auf der unasphaltierten Straße freigepflügt. Noch eine halbe Meile weiter, und sie würden auf die Landstraße treffen, die durch das Dorf führte. An manchen Stellen hatte der Wind den Schnee unter den Weidegattern hindurchgeweht und ihn auf der Straße zu halbinselförmigen Barrieren aufgeschichtet, die die Fahrt erheblich verlangsamten, während sich das Auto dort hindurchkämpfen musste. Paul gratulierte sich dazu, für die Fahrt nach Longport vierzig Minuten eingerechnet zu haben, obwohl der Ort weniger als vier Meilen entfernt war.

Es war eine raue, hügelige Landschaft, durch die sie fuhren. Etwa eine Meile entfernt, im Nordosten ragte ein etwas höher gelegener Bergkamm auf, der dem darunter liegenden Tal Schutz bot. Paul hatte nun die Wahl zwischen zwei unterschiedlichen Routen. Er konnte auf der Straße, auf der er sich gegenwärtig befand, weiterfahren, den Bergkamm überqueren und nach etwa einer halben Meile in das nächstgelegene

Tal hinuntergelangen, in dem sich Longport befand, oder er konnte nach ein paar hundert Metern links auf die Hauptstraße abbiegen, auf dieser etwa eine Meile weiterfahren und dann nach rechts in eine kleinere Landstraße abbiegen, die den Bergkamm in einer längeren Schleife umging und ihn nach weiteren zwei Meilen nach Longport bringen würde. Paul hatte vor ein paar Tagen beide Routen ausgekundschaftet. Sein Instinkt sagte ihm, die Hauptverkehrsstraßen zu meiden. Es wäre eine Katastrophe, wenn ihn jemand anhalten und den Jungen auf dem Rücksitz entdecken würde. Also folgte Paul seinem Instinkt, überquerte die Hauptstraße und fuhr die lange, kurvenreiche Steigung bis zur Spitze des Bergkamms hinauf.

Erst, als er schon fast die Spitze erreicht hatte, wurde ihm klar, wie heftig der Schneesturm tobte. Hier oben, wo die Straße nicht mehr von Bäumen geschützt war, fuhr er in etwas hinein, das ihm zunächst so vorkam wie eine rasend schnell heranfliegende Nebelwand. Doch es war Schnee, den der Nordostwind mit einer solchen Gewalt von der Höhe herabblies, dass die Scheinwerfer die vor dem Auto aufwirbelnde weiße Gischt nicht zu durchdringen vermochten. Paul verlangsamte seine Fahrt zum Schritttempo und öffnete das Fenster auf der Fahrerseite, um besser sehen zu können. Sofort stürmte der wild wirbelnde Schnee ins Innere und traf sein Gesicht wie ein Hammer, den man in eiskalte Watte gepackt hat. Der Aufprall war so heftig, dass er unwillkürlich das Steuer herumriss, woraufhin sich das Auto mit den Vorderrädern in eine Schneewehe hineingrub, die sich links von der Straße gebildet hatte.

Paul stieg aus und ging ein paar Schritte vorwärts. Sofort

steckte er bis zu den Knien im Schnee. Vor ihm fegte das Schneetreiben in wild brodelnden Wolken über die Straße und versperrte ihm die Sicht. Er schaute nach den Rädern: Alle vier steckten tief im Schnee, wobei die beiden Hinterräder in einen flachen Graben gerutscht sein mussten, denn das Auto hatte Schlagseite nach links. Er hatte zwar eine Schaufel im Kofferraum, aber bis er es schaffte, die Hinterräder auszugraben, rückwärts den Hügel hinunterzurollen, auf die Hauptstraße abzubiegen und den langen Umweg bis nach Longport zu fahren, hätten sie womöglich den Zug verpasst. Und dieser Zug war heute Abend der letzte, der noch nach London fuhr.

Paul stieg wieder in das Auto ein. Der Junge hatte sich auf dem Rücksitz zusammengekauert, unbeweglich, still, fast leblos, wie eine fürchterliche Last auf Pauls Gewissen, die er irgendwie abschütteln musste, ganz gleich wie. Paul spürte, wie ihn eine gewaltige Panik erfasste.

»Wir stecken fest. Wir müssen zu Fuß gehen. Der Bahnhof ist nur eine halbe Meile entfernt. Mehr als genug Zeit. Dauert höchstens zehn Minuten. Dann steig mal aus, Evan.«

Der Junge stieg gehorsam aus dem Auto, nahm seine billige Segeltuchtasche in eine Hand und ergriff mit der anderen nach einem kurzen Moment des Zögerns eine von Pauls Händen. Die beiden stolperten durch die Schneewehe zur Spitze des Hügels hinauf. Hier war die Straße für eine kleine Strecke etwas leichter begehbar, und als der Sturm eine kurze Pause einlegte, konnte sie unten im Tal die Lichter von Longport sehen. Im nächsten Moment schloss sie die weiße Hölle wieder ein. Sie kämpften sich etwa fünfzig Meter weiter die Straße entlang.

Paul merkte bald, dass das Fortkommen auf dieser exponierten Seite des Hügels sehr viel schwerer fiel. Wenn er den Jungen bis zur Bahnhofseinfahrt brachte, würde er diesen verdammten Hügel wieder hinaufklettern müssen, und bei der Schnelligkeit, mit der sich der Schnee auftürmte, war es gut möglich, dass er es dann nicht mehr schaffte, das Auto freizuschaufeln. Wenn er die Nacht darin verbringen musste, würde das ihren Plan ruinieren - niemand durfte wissen, dass er überhaupt Richtung Longport gefahren war. Zwischen dem Jungen, der in Longport in einen Zug gestiegen war, und dem »Jungen«, der sich in diesem Moment im Smugglers' Cottage befand, durfte auf keinen Fall irgendeine Verbindung hergestellt werden.

Pauls Feigheit - seine Angst davor, auf der Hauptstraße angehalten zu werden - hatte ihn dazu veranlasst, diese verhängnisvolle Abkürzung zu nehmen. Und jetzt veranlasste ihn dieselbe Feigheit zu einem noch viel schlimmeren Verrat. Der schneidende Wind und das schauerliche Wirbeln des Schnees hatten ihm den wenigen Mut geraubt, der ihm noch geblieben war. Er zog seine Hand aus der Umklammerung des Jungen. »Ich muss jetzt umkehren«, brabbelte er. »Das Auto ausgraben. Kann nicht länger damit warten. Du wirst schon klarkommen. Folge einfach der Straße. Ist nur noch eine Viertelmeile.« Er drehte sich um und hechtete wieder den Hügel hinauf. Das Einzige, was er fühlte, war eine selige Erleichterung, dass ihm dieser teuflische Wind nicht länger ins Gesicht blies.

»Auf Wiedersehen«, sagte der Junge unsicher, aber sein Begleiter war längst im nächtlichen Sausen und Wirbeln verschwunden. Der Junge zitterte, denn er trug nur einen sehr schäbigen Mantel. Dann machte er sich wieder auf den Weg.

Er durfte diesen Zug nicht verpassen. Aber er hatte viel Zeit. Das hatte Onkel Paul gesagt. Sein Gesicht schmerzte nicht mehr so fürchterlich - es war schon ein wenig taub geworden. Der Schnee schien mit jedem Schritt tiefer zu werden. Er stolperte durch eine hüfthohe Schneewehe, mit den schwerfälligen Bewegungen eines Badenden, der durch die Wellen ins Meer hinausschreitet. Einen Moment lang erhaschte er wieder einen Blick auf die Lichter des Ortes, sie waren jetzt etwas näher, aber längst nicht nahe genug. Und jetzt traf er in einer Senke der Straße auf die größte Schneewehe von allen. Sie war so gewaltig, dass der Junge es nicht schaffte, sie zu durchqueren. Er sammelte all seine Kräfte und Entschlossenheit und kletterte die Böschung am Straßenrand hoch, mit der Absicht, hinter der Schneewehe wieder auf die Straße zu treffen.

Aber nun verlor er - betäubt von dem peitschenden Wind - jegliche Orientierung und stolperte im Kreis über das unwegsame Feld, bis er schließlich von der Böschung herab in die Schneewehe auf der Straße fiel, genau an derselben Stelle, an der er die Straße verlassen hatte. Er kämpfte sich noch ein paar Meter weiter, hatte jedoch nun nicht einmal mehr die Kraft, um Hilfe zu rufen. Dann stürzte er und blieb liegen. Der Schnee fühlte sich jetzt gar nicht mehr kalt an. Ein Federbett. Auf dem man sich schlafen legen konnte.

Der Junge steckte die Hand unter seine Kleidung, legte sie auf seine Brust und umfasste das medaillenförmige Ding, das er dort versteckt hielt. Er seufzte und war schon bald eingeschlafen. Im Schlaf träumte er einen wunderschönen Traum, von der Person, die ihn in London abholen würde. Nicht lange, nachdem der Traum vorbei war, starb er. Der Schnee wehte ihm ins Gesicht, legte sich in die Winkel seines lächelnden Mundes, dann über seinen Kopf, seinen Körper und über die billige Segeltuchtasche mit dem Reißverschluss, die er immer noch mit der anderen Hand umklammert hielt …

»Meine Güte«, sagte Paul und klang dabei wie jemand, der eine heroische Anstrengung unternommen und dadurch eine gewaltige Herausforderung bewältigt hat. »Da draußen tobt ein unglaublich heftiger Schneesturm. Ich hätte es fast nicht geschafft, das Auto aus der Schneewehe zu befreien, in die wir hineingefahren sind.« Er hielt die Hände vor das Holzfeuer und rieb sie aneinander, um sie aufzuwärmen.

»Hat er den Zug noch erreicht?«, fragte Annie Stott unbeeindruckt.

»Oh, bestimmt. Ich habe ihn so lange begleitet, bis wir nur noch etwa hundert Meter vom Bahnhof entfernt waren. Dann musste ich umkehren und das Auto ausgraben, bevor es völlig eingeschneit war.«

»Du hättest ihn den ganzen Weg bringen sollen.«

»Um dann während der Nacht dort draußen zu erfrieren?«

»Ach, jetzt hör doch mal auf, dich immer so dramatisch aufzuspielen, Paul.«

»Du weißt eben nicht, was da draußen auf den Höhenlagen los ist. Und du scheinst bei deiner eigenen Aufgabe ja auch nicht gerade durchschlagenden Erfolg gehabt zu haben«, fügte er gehässig hinzu.

»Ich habe es dir doch schon erklärt – Wragby wollte ein doppeltes Spiel mit uns treiben. Es wäre nicht besonders klug gewesen, mitten in eine Polizeifalle zu tappen, nur um ein Blatt mit gefälschten Informationen abzuholen, meinst du nicht?«

»Und was machen wir jetzt?«

»Petrow wird Druck ausüben. Und dann führen wir Plan B aus.«

»Wenn es in diesem Tempo weitergeht, wird es ein Fünfjahresplan. Hast du denn noch immer nicht begriffen, dass wir bald eingeschneit sein werden und dass das Gleiche auch für Wragby gilt? Dann haben wir eine Pattsituation. Oder wird Petrow, das Superhirn, mit einem Geschwader von Schneepflügen hier auftauchen?«

Annie Stott warf ihm einen verächtlichen Blick zu und ging in die Küche, um etwas zum Abendessen zu kochen. Paul goss sich ein zweites Glas Whisky ein. Er dachte einen Moment lang über das kleine Mädchen nach, das oben eingeschlossen war, schüttelte dann jedoch den Kopf, um diesen unbequemen Gedanken zu verscheuchen. Die abscheuliche Annie hatte ihm im Verlauf der letzten beiden Wochen schon mehrfach einen Eskapisten gescholten. Aber wer würde denn nicht versuchen, aus diesem Albtraum zu entkommen, den er hier gerade durchlebte?

Nach dem Abendessen schalteten sie das Radio ein, und unmittelbar darauf wurden die Regionalnachrichten gesendet. Annie ließ die Stricknadeln ruhen, während Paul sich angespannt aufrichtete.

»... Lucy Wragby, das achtjährige Mädchen, das letzte Nacht aus dem Gästehaus in Downcombe verschwand, wird immer noch vermisst. Man befürchtet nun, dass sie gekidnappt wurde. Die Polizei stellt überall in der Grafschaft Nachforschungen an und wird sich dabei besonders auf einsam gelegene Häuser in einem Radius von fünfzig Meilen um Downcombe konzentrieren. Als Lucy zum letzten Mal gesehen wurde, trug sie einen blauen Anorak und eine Regenmütze und darunter ein Kleid mit einem blaugrünen Schottenmuster. Sie hat lange dunkle Haare, ein schmales, blasses Gesicht, graue Augen und eine Operationsnarbe unter dem linken Ohr. Die Polizei hält es jedoch für möglich, dass man versucht hat, ihr Aussehen zu verändern. Wer in seiner Nachbarschaft ein Kind gesehen hat, auf das diese Beschreibung passt, oder davon gehört hat, dass sich ein Kind, für dessen Anwesenheit es keine Erklärung gibt, dort aufhält, wird dringend gebeten, sich mit der örtlichen Polizei in Verbindung zu setzen oder mit dem Hauptkommissariat in Belcaster: Belcaster 390. Ich wiederhole …«

Paul Cunningham starrte Annie an und versuchte, seine Beklemmung hinter einem lockeren Tonfall zu verbergen. »Also werden uns bald die Bullen auf den Pelz rücken. Hat der unfehlbare Petrow diese Entwicklung miteinberechnet?«

Annie runzelte ihre gelbliche Stirn. »Ich verstehe das nicht. Es ist ihm anscheinend nicht gelungen, Wragby davon zu überzeugen, dass man das Kind nach London gebracht hat. Trotzdem – es ist ja noch kein Schaden entstanden. Die Thwaites können unmöglich wissen, dass wir sie für Evan ausgetauscht haben, also befindet sich in diesem Cottage kein Kind, für dessen Anwesenheit es keine Erklärung gibt.«

»Aber wenn ein Polizist kommt und das Haus durchsucht –«

»Dann findet er einen Jungen, der krank im Bett liegt. Einen rotblonden Jungen, der schon seit zwei Wochen hier wohnt. Die Thwaites werden das bestätigen. Wir haben ihnen gesagt, dass Evan eine zarte Gesundheit hat. Morgen werde ich ihnen erzählen, dass wir ihn doch nicht nach London schicken konnten, weil er schon wieder krank geworden ist. Du darfst jetzt nicht die Nerven verlieren.«

»Und wenn der Polizist ein Kind in dem Bett findet, das eine Operationsnarbe unter dem linken Ohr hat, meinst du nicht, dass er dann ein bisschen misstrauisch werden könnte?«

»Er wird keine Narbe finden. Das Kind wird betäubt sein, und ich werde ihm ein Tuch um den Hals wickeln.«

»Du denkst aber auch an alles, was?«, sagte Paul mürrisch.

»Irgendjemand muss das ja schließlich tun.«

»Außer an die Gefühle dieses Kindes. Hast du auch nur einen Moment lang darüber nachgedacht, wie sich das Mädchen gerade fühlen muss? Und jetzt tisch mir nicht dieses Geschwätz auf, von wegen, wenn es um wichtige politische Belange gehe, seien persönliche Gefühle unwichtig.«

»Wenn es dir so auf der Seele liegt, warum gehst du dann nicht hoch und tröstest die Kleine - liest ihr etwas vor oder so?«

»Du weißt ganz genau, dass -«

»Weil du nur daran interessiert bist, deine eigene Haut zu retten, deshalb. Du wagst es nicht, ihr dein Gesicht zu zeigen, für den Fall, dass du ihr später nochmal begegnest und sie dich wiedererkennen könnte.«

Im Raum nebenan schrillte das Telefon. Paul fuhr zusammen. »Wer zum Teufel ruft uns denn um diese Uhrzeit noch an?«

Als Annie Stott zurückkehrte, zog sie ein düsteres Gesicht und presste die Lippen zusammen. »Das war Petrow. Er ist wahnsinnig wütend. Evan ist nie am Waterloo-Bahnhof angekommen.«

»Aber er muss angekommen sein.«

»Jetzt red nicht herum. Warum hast du ihn nicht bis zum Bahnhof gebracht?«

»Das habe ich dir doch erklärt –«

»Du hast wegen eines bisschen Schnees die Nerven verloren. Mein Gott, was bist du nur für ein verdammter Idiot! Offenbar hat der Junge den Zug verpasst und hat dann im Haus irgendwelcher Leute Zuflucht gesucht. Und zweifellos hat er denen jetzt alles über dich und mich und das Smugglers' Cottage erzählt. Du hast alles ruiniert!«, fuhr sie wütend fort. »Ich habe Petrow gewarnt, dass er sich nur Schwierigkeiten einhandelt, wenn er so einen feigen Schlappschwanz wie dich ins Boot holt.«

»Wag es ja nicht, so mit mir zu reden, du krötengesichtige Hexe!« Pauls Stimme stieg plötzlich in ein schrilles Falsett hinauf.

Annie verpasste ihm mit aller Kraft eine Ohrfeige. Paul packte sie, schüttelte sie und schleuderte sie in einen Sessel, von wo aus sie wütend zu ihm hochstarrte.

»Ich dachte, die Partei würde individuelle Gewalt verbieten«, höhnte er.

Die Frau starrte ihn an. Sie keuchte ein wenig.

»Dich hat wohl noch nie ein Mann angerührt, was? Da fühlst du dich direkt richtig sexy, nicht wahr?«

»Noch nie ein *was* angerührt?«

Dann stapfte Annie ohne ein weiteres Wort aus dem Zimmer und ging zu Bett.

Am nächsten Morgen wurde Lucy um acht Uhr von der irren Frau geweckt.

»Zieh deinen Morgenmantel an und komm mit.«

Annie führte sie in das Schlafzimmer auf der gegenüberliegenden Seite des Hauses, am anderen Ende des Flurs. Es war der Raum, in dem Evan geschlafen hatte. Sie wies auf das Bett, das in der Nähe des Fensters stand. Die Vorhänge waren zugezogen. »Rein mit dir.«

Lucy kletterte in das Bett. Sie zitterte ein wenig, denn sie hatte noch sehr genau im Gedächtnis, was gestern Vormittag passiert war.

»Jeden Moment kommt der Mann, der die Milch bringt. Wenn ich es dir sage, wirst du die Vorhänge öffnen und dein Gesicht an die Fensterscheibe drücken. Du wirst ihm zuwinken und ›Hallo, Jim!‹ rufen. Und denk daran, dein Name ist – wie ist dein Name?«

»Lucy Wragby.«

»O nein. Versuch's noch einmal.«

»Tut mir leid. Evan.«

»Das ist schon besser. Jim wird wahrscheinlich so etwas zurückrufen wie ›Hallo, Evan, wie geht's dir?‹ Etwas in der Richtung.«

»Und was sage ich dann?«

»Lächle einfach nur und winke noch einmal. Dann werde ich die Vorhänge schließen. Ein leichtes Spiel, nicht wahr?«

Annie wickelte Lucy einen Verband um den Hals. »Mehr darfst du nicht sagen. Und natürlich auch keinen Unsinn machen, wie zum Beispiel um Hilfe rufen.«

»Ich verstehe«, sagte Lucy leise.

»Sonst wäre ich gezwungen, wieder das hier zu benutzen.« Die Frau zog die Injektionsspritze aus ihrer Tasche. »Du weißt doch, dass ich auch immer meine, was ich sage, oder?«

»Ja.« Lucy duckte sich erschrocken weg. Sie hatte Angst,

aber das hielt sie nicht davon ab, rasch nachzudenken. Sie musste versuchen, sich einzuprägen, was sie durch das Fenster sehen würde, sobald die Vorhänge aufgezogen wurden, und es dann in ihre Geschichte über das entführte Kind einfließen zu lassen. Sie hatte die vage Hoffnung, dass es ihr irgendwie gelingen könnte, diese Geschichte ihrem Vater zukommen zu lassen, und dass ihm das dann einen Hinweis darauf geben würde, wo sie gefangen gehalten wurde. Und dass er dann kommen würde, um sie zu retten.

Ein paar Minuten später hörte sie draußen Stimmen. »Tante Annie« zog die Vorhänge auf. Unten standen ein Mann mit einem Melkeimer – das musste Jim sein – und ein anderer Mann, von dem sie nur den oberen Teil des Kopfes sehen konnte. Das musste der Mann sein, den sie letzte Nacht mit Annie hatte streiten hören. Da war ihr zum ersten Mal klargeworden, dass sich außer ihr und Annie noch mindestens eine weitere Person im Haus aufhielt. Die Aussicht aus dem Fenster war gewaltig: unzählige schneebedeckte Hügel, von denen einer besonders auffiel, weil auf seiner Spitze eine Baumgruppe wuchs, und ein Stück weiter rechts ein Bauernhof. Mehr konnte sie nicht in sich aufnehmen, denn die Frau neben ihr sagte: »Nun mach schon.«

Lucy klopfte ans Fenster. Der Mann namens Jim schaute hoch, grinste sie an und rief: »Hallo, Evan! Tut mir leid zu hören, dass es dir nicht so gut geht.« Lucy lächelte zurück und winkte ihm zu. Tante Annie schloss die Vorhänge wieder.

»Jetzt kannst du wieder zurück in dein eigenes Zimmer gehen. Ich bringe dir bald das Frühstück.«

»Habe ich das gut gemacht?« Lucy hatte beschlossen, dass es am besten war, einfach mitzuspielen, wenn diese verrückte

Frauensperson sie so behandelte, als sei sie erst sechs Jahre alt.

»Ja, Evan. Ich bin froh, dass du jetzt vernünftig bist.«

Während Lucy im Bett saß und Eier und Toast frühstückte, nahm sie ein Blatt Papier und schrieb rasch alles auf, was sie während der fünfzehn Sekunden oder so, während derer die Vorhänge geöffnet gewesen waren, gesehen hatte und an das sie sich erinnern konnte. Es war wie dieses Spiel mit den Gegenständen auf einem Tablett. Erst fiel ihr nur sehr wenig ein, aber dann kamen ihr sogar Dinge in den Sinn, von denen sie eigentlich gar nicht bemerkt hatte, dass sie sie gesehen hatte.

Sie zog sich an und holte sich das Blatt Papier. Im ersten Kapitel war die Heldin namens Cinders (ein Spitzname, den ihr Vater manchmal benutzte) gekidnappt und in ein einsames Haus gebracht worden, dessen einzige Bewohnerin eine Verrückte mit einem senffarbenen Gesicht war. Lucy nickte beifällig, während sie das erste Kapitel durchlas. Das war ihr richtig gut gelungen. Sie nahm den Bleistift zur Hand.

ZWEITES KAPITEL. WO BIN ICH?

Am nächsten Morgen kam die Wahnsinnige, die Cinders »Tante Annie« nennen musste, und nahm sie in einen Raum mit, der an der Vorderseite des Hauses lag. Sie ließ Cinders, die sie aus irgendeinem verrückten Grund Evan nannte, aus dem Fenster schauen. Unten stand ein Mann namens Jim. Er hatte etwas Milch gebracht. Es gab noch einen anderen Mann, aber Cinders konnte ihm nur von oben auf den Kopf sehen, denn er stand im Türrahmen der Haustür. »Ich nehme an, er wohnt in diesem Haus und ist Annies Irrenarzt«, dachte Cinders. Jim winkte ihr zu und sie winkte zurück. Er hatte Gummistiefel und einen alten Armeemantel an und auch eine rote Wollmütze mit einem Bommel oben drauf. »Wag es bloß nicht, um Hilfe zu rufen«, zischte die Wahnsinnige, »oder ich werde diese Innjickzionsspritze in dich hineinstechen.« Also ließ Cinders das bleiben. Sie hasste es, gepikst zu werden, weil sie als kleines Kind einmal schrecklich krank gewesen war.

Das Pannerama aus dem Fenster war wirklich specktakuler. Überall lagen schneebedeckte Hügel wie gefrorene Wellen in einem unruhigen Meer. Ein Hügel auf der linken Seite erregte ganz besonders ihre Aufmerksamkeit: Er war kegelförmig, mit einer Gruppe von vier oder fünf Bäumen auf der Spitze. Das Haus, in dem sie sich befand, stand am Rand eines Abhangs, jedenfalls senkte sich der Boden zum Tal hinunter. Cinders aufmerksamer Blick bemerkte einen Bauernhof mit mehreren Gebäuden, der ziemlich nah zu ihrer Rechten lag, ich nehme an, da kam auch die Milch her. Außer dem Hof war kein anderes Gebäude in Sicht. Das Fenster, aus dem sie schaute, hatte eine Art Bogen über der oberen Hälfte und ein weißes Holzgitter, das die Aussicht in vier Teile schnitt. Mehr konnte Cinders nicht sehen, weil die Wahnsinnige den Vorhang wieder schloss und ihr mit einem hässlichen Fluch befahl, sich von dannen zu schären und in ihr eigenes Zimmer zurückzukehren. Cinders schärte sich von dannen, aber nicht bevor sie noch eine Photegraphi gesehen hatte, die an der Wand hing, von einem bärtigen Mann mit einem Hut und einer Robe, wie sie ihr Vater manchmal trug.

Lucy begann, auf ihrem Bleistift herumzukauen. In diesem Moment öffnete sich die Tür. Die »Wahnsinnige« kam in den Raum geschlurft, um das Frühstückstablett zu holen. Sie warf einen Blick über Lucys Schulter. Es war ein scheußlicher Moment. Lucy musste mit aller Gewalt den Impuls unterdrücken, das Blatt Papier zu verdecken, denn das hätte sie verraten. Die Frau ging wieder hinaus und verschloss die Tür. Lucy versteckte das Blatt Papier, auf das sie gerade ihre Geschichte geschrieben hatte, in einer der Schubladen unter dem Schrankpapier, mit dem sie ausgekleidet war. Dann hatte sie eine noch bessere Idee. Sie holte das Blatt wieder heraus, schrieb das Ganze auf ein zweites Blatt ab und versteckte dieses zweite Blatt in der Schublade. Falls Tante Annie die Geschichte fand und zerstörte, würde sie nie darauf kommen, dass es noch eine Kopie davon gab.

Aber wie sollte sie die Geschichte jemals ihrem Vater schicken? Und selbst wenn sie das irgendwie schaffte, woher sollte er wissen, wo sich dieses Haus befand? Die Wahnsinnige hatte ihr erzählt, sie seien in Buckinghamshire, etwa dreißig Meilen von London entfernt – eine Unterhaltung, die Cinders wortgetreu in Kapitel eins wiedergegeben hatte. Es musste in England Millionen von kegelförmigen Hügeln mit einer Baumgruppe obendrauf geben. Dann kam ihr plötzlich ein brillanter Gedanke: Die Briefmarke würde ihrem Vater sagen, in welcher Gegend sie sich ungefähr befand. Du dämlicher Schafskopf, hielt sie sich selbst sofort entgegen, wie willst du es denn schaffen, diesen Brief auf die Post zu geben? Du hast weder einen Briefumschlag noch eine Briefmarke und selbst wenn du sie hättest, würden sie es niemals zulassen, dass du den Brief aufgibst – sie lassen dich ja nicht einmal aus diesem Zimmer. Andererseits: Vor dem Frühstück hatten sie genau das getan. Und du hast Jim gesehen. Er bringt die Milch. Wenn du einmal allein in dem Zimmer wärst, wenn er vorbeischaut, nur für einen winzigen Augenblick, dann könntest du das Blatt auf seinen Kopf fallen lassen – vielleicht, nachdem du ein Papierflugzeug daraus gebastelt hast ...

»Was ich nicht begreife, ist, warum sie sich diesen ganzen umständlichen Kram ausgedacht haben – dass ich die Informationen im Postamt hinterlassen soll. Ich hätte erwartet, sie würden von mir verlangen, das Ganze in einen Briefumschlag zu stecken und auf die Post zu geben – an irgendeine private Adresse in London – oder dass ich es ihnen über das Telefon diktiere.«

Professor Wragbys Stimme klang ganz rau vor lauter Schlaflosigkeit. Er, seine Frau und Nigel saßen nach dem Frühstück im Büro des Hotelbesitzers und warteten auf den Telefonanruf, mit dem sie eigentlich schon vor Stunden gerechnet hatten.

»Was denken Sie, Mrs. Wragby? Sie kennen diese Leute besser als wir«, sagte Nigel.

Seine Frage schien sie zu überraschen. »Diese Leute? Aber – Ach, Sie meinen die Kommunisten? Natürlich, sie trauen sich gegenseitig nicht über den Weg. Das können sie sich nicht leisten. Vielleicht liegt es ja daran.« Elenas faszinierende Altstimme verlieh auch der banalsten Bemerkung eine dramatische Note.

»Was meinst du damit?«, fragte ihr Mann.

»Wer auch immer gestern von London aus mit dir telefoniert hat, war bestimmt nicht der Anführer. Seine Vorgesetzten könnten ihn verdächtigen, ein Doppelagent oder ein Gegner zu sein, der die Informationen dann an den Höchstbietenden verkauft.«

»Also können sie es nicht riskieren, dass er die Informationen direkt in die Hände bekommt?«

»Nein, nicht, wenn es sich um ein so wertvolles Geheimnis handelt wie das meines Mannes. Sie würden jemand absolut

Verlässliches damit beauftragen, die Information abzuholen und diese dann an die eigentlichen Drahtzieher weiterzuleiten. Diese Leute achten darauf, dass jeder Agent nur minimalen Kontakt mit dem gesamten Netzwerk hat. Das gehört zu den wichtigsten Regeln der Spionage.«

Elena ging mit ihren elegant fließenden Schauspielerinnenschritten im Raum hin und her und lehnte sich dann gegen die Tür, während sie die Handflächen an die Schläfen presste, als wollte ihr der Kopf zerspringen.

»O Gott! Ich dachte, ich hätte all diese entsetzlichen Dinge zurückgelassen, als ich aus meinem Land geflohen bin«, rief sie voll Bitterkeit aus.

»Nun komm schon, Liebes, du musst versuchen, es dir nicht so zu Herzen zu nehmen. Du trägst nicht die geringste Schuld an dem, was mit Lucy passiert ist.«

Elena starrte ihren Mann an, als sei er ein Fremder. »Wozu soll das gut sein, mir so etwas zu sagen?«, brach es leidenschaftlich aus ihr hervor. »Wir sitzen hier rum und reden, und die kleine Lucy –«

»Natürlich gibt es noch eine andere Möglichkeit«, unterbrach Nigel sie mit ruhiger Stimme. Elena verstummte. »Man könnte Lucy als Köder benutzen, um Sie zu fangen, Professor Wragby. Sie selbst wären diesen Leuten sogar noch nützlicher als diese eine besondere Information.«

»Gute Güte, Mann, wollen Sie damit sagen, diese Leute könnten versuchen, mich zu ergreifen und aus dem Land zu schmuggeln?«

»Man könnte Sie dazu bewegen, es zu verlassen.«

»Alfred würde nie überlaufen. Er würde sein Land nie verraten«, sagte Elena.

»Das glaube ich. Aber wir müssen darauf vorbereitet sein, dass sie es mit einer neuen Taktik probieren könnten. Nehmen wir mal an, die würden Sie anrufen und Ihnen sagen, Sie sollten allein an einen bestimmten Ort gehen, an dem Sie dann Lucy finden würden, was würden Sie tun?«

»Ich würde hingehen«, antwortete Wragby.

»Und schnurstracks in eine Falle laufen?«

»Wenn es auch nur die geringste Chance gäbe, dass ich auf diese Weise Lucy wiederfinden und sie befreien könnte, dann ja. Ich kann auf mich selbst aufpassen.«

»Oh, Alfred, du kennst diese Leute nicht«, rief Elena.

»Ich lerne sie allmählich kennen«, sagte der Professor grimmig. »Vergiss nicht, ich habe während des Krieges selbst ein wenig Spionage betrieben. Und im schlimmsten Fall habe ich immer noch meine Zyankali-Kapsel.«

Das Telefon klingelte. Nigel rannte zu dem Gerät in der Eingangshalle und hörte mit.

»Ich habe einen Anruf aus London für Professor Wragby.«

»Wragby am Apparat.«

»Sprechen Sie, London. Ihr Anruf wird jetzt durchgestellt.«

»Ist dort Lucys Vater?«

»Ja.«

»Sie haben sich gestern nicht an unsere Anweisungen gehalten. Das war dumm von Ihnen. Sie haben nicht nur die Polizei informiert, sondern auch versucht, uns ein gefälschtes Dokument anzudrehen. Das darf nicht noch einmal passieren«, sagte die polternde Stimme.

»Aber das wird es.«

»Dann wird Ihre Tochter für Ihre Sturheit bezahlen müssen. Und zwar sehr schmerzhaft bezahlen müssen.«

»Ich glaube Ihnen nicht. Ich bin mir nämlich ziemlich sicher, dass Lucy längst tot ist.«

Nigel riss weit die Augen auf, als der Professor mit diesen Worten derart weit von dem vorher vereinbarten Text abwich. Es gab ein kurzes Schweigen. Dann sagte die Stimme:

»Da irren Sie sich, Professor. Sie befindet sich mit mir hier im Raum. Lucy, komm und sprich mit deinem Vater.«

Wieder ein kurzes Schweigen. Dann hörte man eine Kinderstimme durch die Leitung.

»Hallo, Papa. Ich bin es, Lucy.«

»Mein Gott! Lucy, mein Schatz! Geht es dir gut?«

»Ja, es geht mir sehr gut, und die Leute, die sich um mich kümmern, sind nett zu mir. Ich habe ganz viel zu essen und ein schönes Zimmer mit vielen Spielsachen und Büchern.«

»Aber wo bist du, mein Schatz?«

»Nein, ich darf nicht sagen, wo ich bin. Es ist irgendwo in London. Geht es Elena gut?«

Bevor Wragby antworten konnte, schlug die Kinderstimme plötzlich um. Sie begann zu wimmern. »Nein, nicht das noch einmal! Bitte nicht! Nicht dieses Ding! Nehmen Sie das weg!« Sie schrie.

Lucys Stimme war nur noch als ein leises Wimmern im Hintergrund zu hören. Jetzt kam wieder die Männerstimme ans Telefon.

»Sehen Sie, Professor? Lucy ist am Leben. Aber dieses Leben könnte für sie sehr schmerzhaft werden, und es wird noch viel schlimmer, wenn Sie weiterhin so stur bleiben. Sie werden sich für weitere Anweisungen bereithalten. Auf Wiederhören.«

Der Hörer fiel Wragby aus der Hand und landete mit einem lauten Poltern auf dem Tisch. Elena, die unmittelbar neben ihm gesessen und ihr Ohr mit an den Hörer gehalten hatte, biss sich in die Fingerknöchel, als Nigel den Raum betrat.

»Das ist etwas mehr, als ich zu ertragen vermag«, sagte der Professor schließlich mit aschfahlem Gesicht. Elena stolperte weinend aus dem Zimmer.

»War es Lucy?«

»Ja, der arme kleine Schatz. Also ist sie doch in London«, sagte Wragby matt.

»Das bezweifle ich.«

»Wie meinen Sie das? Der Anruf kam aus London.«

»Es klang nicht normal, so, wie sie sprach.«

»Wer zum Teufel würde unter diesen Umständen denn normal klingen?«

»Sie redet nicht in dieser gekünstelten Weise. Es klang eher so, als würde sie eine Lektion wiederholen oder etwas laut vorlesen.«

»Um Himmels willen, Mann, wollen Sie damit sagen, dass es diesen Vorfall am Ende des Telefonats gar nicht wirklich gegeben hat?«

»Nein, ich fürchte, das war echt. Aber haben Sie nicht das leise Surren gehört, kurz bevor sie zu reden anfing?«

»Ich befand mich nicht in einem Zustand, in dem ich –«

»Das war ein Tonbandgerät. Die ganze Sache war vorgetäuscht. Daran besteht kein Zweifel.«

»Wie auch immer, es heißt, dass sie noch lebt.«

Jedenfalls in dem Moment, als man sie gezwungen hat, die Aufnahmen zu machen, dachte Nigel. Mehr wissen wir nicht. Laut sagte er: »Ja. Sie lebt. Derjenige, der sie gefangen hält, wird die Aufnahme nach London geschickt haben. Diese Leute versuchen, Ihren Mut zu brechen und uns gleichzeitig zu suggerieren, dass Lucy sich in London aufhält.«

Allmählich begann der Verstand des Professors wieder zu funktionieren. »Werden alle hier eingehenden Anrufe überwacht?«

»Ja.«

»Wissen Sie, Strangeways, ich kann mir nicht vorstellen, dass jemand ein Tonbandgerät mit in eine öffentliche Telefonzelle nehmen würde. Er müsste das Gerät an die Sprechmuschel halten und dann auf den Startknopf drücken. Das ist ziemlich schwer zu bewerkstelligen, und er würde damit garantiert die Aufmerksamkeit irgendwelcher Passanten auf sich ziehen.«

Nigel rief den Hauptkommissar in Belcaster an und bat ihn herauszufinden, woher der Anruf gekommen war. Wenige Minuten später meldete sich der Kommissar zurück. Die Nummer stammte aus der Telefonvermittlung in Acorn und nicht von einer öffentlichen Telefonzelle.

»Das liegt in Richtung Acton«, sagte Nigel. »Vielleicht machen wir jetzt endlich mal Fortschritte. Würden Sie sich bitte an deren Kommissariat wenden und den dortigen Inspektor bitten, die Adresse des zuletzt unter dieser Nummer registrierten Nutzers zu finden und das Haus dann zu durchsuchen. So schnell wie möglich. Wir wurden soeben von dort angerufen. Mit noch mehr Drohungen.«

»Ich sorge dafür, dass man dort keinen Stein auf dem anderen lässt«, sagte der Hauptkommissar.

Kapitel 6

FRAGEN SIE MICH WAS LEICHTERES

29. DEZEMBER

Schnee spritzte gegen die Windschutzscheibe, als das Polizeiauto die Büsche an der Auffahrt zum Gästehaus streifte, deren windgebeugte Zweige unter einer schweren Schneelast begraben waren. Das Auto hielt vor dem Hotel, und Hauptkommissar Sparkes stieg aus, gefolgt von einem Sergeant. Der Kommissar bewegte sich mit der Bedächtigkeit eines Mannes, dessen Vorfahren in dieser Gegend schon seit Jahrhunderten das Land bestellten. Er blieb stehen, wechselte ein paar Worte mit der Gruppe von Journalisten, die sich in der Eingangshalle versammelt hatten, und ging weiter in das Büro des Inhabers, wo Nigel Strangeways ihn schon erwartete.

»Ein ziemlicher Albtraum, der Weg hierher«, sagte der Hauptkommissar und schälte sich aus seinem Mantel. »Die Schneepflüge konnten auf der Straße durchs Tal lediglich eine einzige Fahrspur freiräumen. Das hier ist Sergeant Deacon. Und hier haben wir Mr. Strangeways. Die Hauptstraße nach London ist unpassierbar. Sieht aus, als könnte es ein schlimmerer Winter werden als 1947. Wann sind diese Zeitungsfritzen hier eingetroffen?«

»Gestern Abend. Die aus London haben den Zug nach Longport genommen und sich dort ein Auto gemietet.«

»Wo sind die denn alle abgestiegen? Hier ist doch sicher kein Platz mehr, oder?«

»Oh, die hat man alle im Dorf untergebracht. Downcombe ist ganz begeistert, dass man den Ort in den Nachrichten erwähnt hat. Die Journalisten sind gerade alle damit beschäftigt, ihre Hintergrundberichte ein wenig aufzuplustern.«

»Tja, im Vordergrund gibt's ja grad nicht besonders viel zu holen. Wie war das mit diesem letzten Telefonanruf?«

Nigel gab ihm eine kurze Zusammenfassung. Sparkes ballte die Fäuste, als er den letzten Teil hörte. »Diese Bastarde! Ein Kind auf diese Weise zu benutzen, um –«

»Was wir jedenfalls daraus schließen können, ist, dass der Agent, der das Papier mit den Informationen hätte abholen sollen, gewarnt wurde, und zwar nicht nur dahingehend, dass die Polizei ihm eine Falle stellen würde, sondern auch, dass es sich bei dem Papier um fehlerhafte oder unvollständige Informationen handelte. Der Kerl, der angerufen hat, sagte: ›Sie haben nicht nur die Polizei informiert, sondern auch versucht, uns ein gefälschtes Dokument anzudrehen.‹«

»Wer von den Leuten hier würde das wissen?«

»Wragby. Seine Frau, nehme ich an. Und ich selbst.«

»Keiner der anderen Gäste?«

»Ich wüsste nicht, wie. Wragby hat nach dem Frühstück zu ihnen gesagt, dass er sich nicht kampflos geschlagen geben wird. Das ist alles. Natürlich ist es auch möglich, dass es einfach nur gut geraten war.«

Der Hauptkommissar zündete sich seine Pfeife an und betrachte Nigel nachdenklich.

»Sie denken nicht, dass der Professor hier selbst irgendein schräges Spiel spielt?«

»Nein. Da bin ich mir so sicher, wie man nur sein kann.«

»Bleibt nur noch seine Frau. Sie stammt aus Ungarn, sagten Sie.«

»Ja. Sie wurde von der Abteilung für Innere Sicherheit gründlich durchleuchtet, als sie ins Land kam. Dort behauptet man, sie sei über jeden Verdacht erhaben.«

»Würde sie dabei mitmachen, dass ihre eigene Tochter gekidnappt wird? Das ist schwer zu glauben.«

»Stieftochter. Aber ja, ich stimme Ihnen zu. Sie ist jedoch gestern nach dem Frühstück ins Dorf gegangen. Zum Postamt. Vor dem Amt steht eine öffentliche Telefonzelle. Ich habe Miss Massinger gebeten, das mal zu überprüfen. Anscheinend hat Mrs. Wragby die Postmeisterin um etwas Wechselgeld gebeten, weil sie einen Anruf tätigen wollte.«

»Aber sie würde das doch wohl kaum so unverhohlen tun, wenn – trotzdem, wir sollten sie wohl besser fragen. Sergeant, bitte gehen Sie doch einmal Mrs. Wragby holen.«

»Haben Sie etwas von Lucy gehört?«, fragte Elena atemlos, als sie den Raum betrat.

»Ich fürchte nein, Mrs. Wragby. Aber verlieren Sie nicht den Mut. Ich habe heute den größten Teil meiner Truppe dazu abgestellt, nach ihr zu suchen. Und es gibt auch eine mögliche Spur in London.«

»Wenn es nur irgendetwas gäbe, was ich tun könnte!«, rief sie.

Sparkes tätschelte ihre Schulter und bat sie dann, sich hinzusetzen. »Vielleicht können Sie das ja, Madam. Es tut mir leid, Ihnen noch mehr Fragen stellen zu müssen, aber vielleicht können Sie uns ja behilflich sein.«

»Oh, natürlich! Ich tue alles.«

Sparkes warf dem Sergeanten einen Blick zu, der daraufhin ein Notizbuch und einen Bleistift zückte. »Also, Madam, haben Sie gestern früh mit Ihrem Mann, bevor er nach Belcaster fuhr, über die Forderungen des Kidnappers gesprochen?«

»Nun, die hatten bis dahin noch gar nicht angerufen – ich meine, als wir uns darüber unterhielten. Während wir auf unserem Zimmer gefrühstückt haben.«

»Er hat Ihnen erzählt, dass er sich ihren Forderungen widersetzen würde?«

»Ja. Ich fürchte, wir haben uns ein wenig darüber gestritten. Wissen Sie, ich konnte an nichts anderes denken als daran, Lucy zurückzubekommen.«

»Das ist nur verständlich. Hat der Professor gesagt, wie genau er sich zu den Forderungen der Kidnapper verhalten wollte, sobald diese gestellt wurden?«

»Oh ja. Er wollte versuchen, Zeit zu gewinnen. Er würde ihnen etwas geben, das so aussehen würde wie die Informationen, die sie haben wollten, aber wenn sie es überprüfen, würden sie dann feststellen, dass es keinen Sinn ergibt.«

»Und er hat auch gesagt, dass er die Polizei informieren würde, sobald sich die Kidnapper mit ihm in Verbindung gesetzt hatten?«

»Ja. Ich hielt das für unklug. Aber Alfred ist ein sehr sturer Mann.«

»Als der Anruf kam, hat er Ihnen sofort davon erzählt?«

»Ja.«

»Das war um kurz nach zehn Uhr morgens. Danach sind Sie dann allein zu Fuß ins Dorf gegangen?« Der Tonfall des Hauptkommissars war geradezu schläfrig, wie Honig, den man mit einem Betäubungsmittel durchsetzt hat, dachte Nigel. »Ihr Mann meinte, Sie hätten am Postamt nachfragen wollen, ob irgendjemandem etwas gesehen oder gehört hat, zu dem Zeitpunkt, als Lucy gekidnappt wurde.«

»Ja. Ich musste einfach irgendetwas tun. Verstehen Sie das denn nicht?« Sie ballte ihre schmalen Fäuste.

»Natürlich. Aber Sie haben nichts Neues herausgefunden.«

»Nein. Ihre Männer hatten bestimmt längst genau dieselben Fragen gestellt.«

»Und dann«, sagte Sparkes, »haben Sie telefoniert?«

Elenas große, traurige Augen betrachteten ihn nachdenklich. »Ja.«

»Ein privater Anruf, nehme ich an?«

»Oh, es macht mir nichts aus, wenn Sie darüber Bescheid wissen. Es war mir einfach nur eingefallen, dass wir in Lymouth bei ein paar Freunden zum Lunch eingeladen waren – das hatte ich vollkommen vergessen. Ich war so verzweifelt – also wollte ich ihnen nur erklären, warum wir nicht kommen konnten.«

»Das ist jetzt reine Routine, diese Bitte – aber könnte ich wohl den Namen und die Nummer dieser Freunde haben?«

»Aber sicher. Mrs. Ellaby. Lymouth 263.«

Sparkes nickte seinem Sergeanten fast unmerklich zu, woraufhin der Mann in die Eingangshalle hinausging, um zu telefonieren.

»Sie glauben mir nicht?«, rief Elena mit einem Blitzen ihrer Augen, das Nigel daran erinnerte, dass sie eine Heldin des ungarischen Volksaufstands gewesen war. »Sie glauben allen Ernstes, ich würde mich an diesem schmutzigen Plan beteiligen, gegen –«

»Beruhigen Sie sich, Madam. Ich muss herausfinden, wer gestern früh die Kidnapper gewarnt hat und wie ihm das gelungen ist.«

Elenas Gesicht bekam einen verschlossenen Ausdruck. Sie begann, an einer Strähne ihrer dichten weißen Haare zu kauen. Als sie spürte, dass Nigels Blick auf ihr ruhte, sagte sie zu ihm: »Ich weiß. Das ist eine kindische Angewohnheit. Und Lucy hat sich von mir anstecken lassen.«

Sergeant Deacon kehrte zurück. »Hat alles seine Richtigkeit, Sir.«

Sparkes schenkte Mrs. Wragby sein typisch bedächtiges Lächeln. »Das wäre erledigt. Hat nicht besonders wehgetan, oder? Also, dann sind Sie zusammen mit Ihrem Mann nach Belcaster gefahren. Sie haben auf dem Parkplatz gewartet. Haben Sie dort irgendeinen anderen Gast aus dem hiesigen Gästehaus gesehen?«

»Ich habe Mr. Leakes Auto gesehen. Aber es war niemand drin. Und dann fiel mir noch ein junges Paar auf, das auf der gegenüberliegenden Seite der Straße vorüberging. Die beiden sahen so aus wie Mr. und Mrs. Atterson, aber auf diese Entfernung konnte ich nicht sicher sein. Ich fürchte, ich habe meine Umgebung nicht besonders aufmerksam wahrgenommen.«

»Nur zu verständlich. Und Ihr Mann, wann kehrte er zurück?«

»Nach etwa vier oder fünf Minuten. Dann sind wir wieder hierher zurückgefahren.«

»Und Sie haben niemanden sonst gesehen, den Sie kannten?«

»Nein, Herr Hauptkommissar.«

Nachdem sie gegangen war, sagte Nigel: »Damit ist sie wohl nicht mehr verdächtig.«

Der Hauptkommissar zündete sich seine Pfeife wieder an, die in der Zwischenzeit erloschen war, und antwortete dann mit einer, wie Nigel fand, geradezu aufreizenden Bedächtigkeit: »Da bin ich nicht sicher. Sie könnte mit Person X ausgemacht haben, dass sie sich auf dem Parkplatz treffen.« Paff paff paff. »Oder sie könnte einen zweiten Telefonanruf getätigt haben, während sie hier im Dorf in der Telefonzelle stand.«

»Hat ihre Empörung Sie denn nicht überzeugt?«

»Sie war schließlich früher einmal eine professionelle Schauspielerin, Mr. Strangeways. Die werden dafür bezahlt, das Publikum zu überzeugen. Und sie ist – soweit uns das bekannt ist – die einzige Person in dieser ganzen Geschichte mit einem kommunistischen Hintergrund. Sehen wir doch mal, was diese Attersons zu sagen haben. Deacon, mein Junge, holen Sie mir doch bitte einmal Mr. Atterson her.«

Der bärtige Lance zog Nigel gegenüber grüßend seinen Hut und sah dann mit einer Mischung aus Unbehagen und aufgesetzter Tapferkeit den Hauptkommissar an. »Wie hübsch – das ist das erste Mal, dass ich es mit der Polizei zu tun bekomme«, sagte er und setzte sich auf die Lehne eines breiten Sessels. Sparkes blätterte ein paar Dokumente durch und schien Attersons Anwesenheit eine halbe Minute lang gar nicht zu bemerken.

»Mr. Atterson?«, sagte er schließlich. »Ich bin Hauptkommissar Sparkes, der Beamte, der die Ermittlungen in diesem Fall leitet.«

»Nun, ich hätte auch nicht gedacht, dass Sie der Erzbischof

von Canterbury sind«, entgegnete Lance und sah sich frech um, als hätte er eine Horde von Teenagern vor sich, die es zu amüsieren galt.

»Es handelt sich hier um einen äußerst ernsten Fall, und ich würde mit meinen Ermittlungen gerne vorankommen –«

»Na klar, sicher doch.«

»– ohne dass Sie mich mit weiteren Beispielen Ihres Humors behelligen. Ich habe hier vor mir die erste Aussage liegen, die Sie gegenüber der Polizei gemacht haben. Sie sind achtundzwanzig Jahre alt. Sie wohnen in Chelsea. Sie haben Mrs. Atterson vor einer Woche auf einem Standesamt geheiratet. War es das Standesamt in Chelsea?«

»Nein.«

»Welches dann?«

»Warum ist das denn überhaupt von Bedeutung? Ich dachte, Sie wollten mit Ihren Ermittlungen vorankommen.«

»Auf welchem Standesamt?«

»Ach, nun stellen Sie sich doch nicht dumm, Mann. Cherry und ich mussten als Ehepaar posieren, oder wie auch immer Sie das nennen wollen –«

»Warum?«

»Warum? Wegen der ganzen Spießer in diesem Schuppen hier.«

»Also unverheiratet. Sie sind professioneller Jazz-Sänger?«

»Das können Sie laut sagen.«

»Erfolgreich?«

»Naja, man hat so seine Aufs und Abs.«

»Nicht erfolgreich«, sagte Sparkes und machte sich eine Notiz.

»He! Ich habe nie gesagt, dass –«

»Wer hat das arrangiert, dass Sie die Weihnachtstage in diesem Gästehaus verbringen?«

»Arrangiert? Worauf wollen Sie hinaus?« Lance setzte ein unbehagliches Grinsen auf.

»Wer hat das Zimmer gebucht?«

»Oh, jetzt verstehe ich. Das hat Cherry getan.«

»Und sie wird auch die Rechnung bezahlen, wenn Sie beide abreisen?«

»Jetzt hören Sie mal. Dieses Gespräch hier geht mir echt auf den Sack.«

»Dann frage ich sie eben selbst. Warum sind Sie heute nach Belcaster gefahren?«

»Cherry und ich hatten einfach mal ein bisschen Lust auf Stadt und Leute.«

»Wie sind Sie dorthin gekommen?«

»Dieser Typ, Leake, hat uns in seinem Auto mitgenommen.«

»Waren Sie die ganze Zeit in seiner Gesellschaft? Ich möchte, dass Sie mir sehr genau beschreiben, was Sie dort getan haben.«

»Naja, also Leake hat seine Karre auf dem Parkplatz abgestellt. Dann sind wir mit ihm zusammen einen Kaffee trinken gegangen. Danach haben wir uns so etwa fünf oder zehn Minuten in den Geschäften herumgetrieben.«

»Er war immer noch bei Ihnen?«

»Wir konnten ihn nicht loswerden. Der Typ ist echt ein total nerviger Langweiler.«

»Fahren Sie fort.«

»Schließlich meinte er dann, er müsse ein Telegramm aufgeben, und hat mit uns ausgemacht, dass wir uns fünf Minuten später auf dem Parkplatz treffen.«

»Während der gesamten Zeit, in der er sich in Ihrer Gesellschaft befand, hat Mr. Leake da mit irgendjemandem sonst geredet?«

»Nur mit der Braut, die uns unseren Kaffee gebracht hat.«

»Hätte er dort eine Nachricht hinterlassen können? Zum Beispiel auf der Rechnung? Oder hätte er auf der Straße irgendwo mit Kreide ein Zeichen an eine Wand malen können? Sowas in der Richtung?«

»Auf der Rechnung nicht, die hat Cherry bezahlt. Mit Kreide ein Zeichen malen? Das ist doch so Spionagezeugs! Das ist ja der Knüller! Schon möglich, dass er das getan hat. Aber ich habe nichts dergleichen gesehen.«

»Danke. Das ist vorläufig alles. Deacon, bitten Sie doch die junge Dame herein. Mrs. Atterson - Miss Cherry - wie lautet ihr wirklicher Name?«

»Smith«, antwortete Lance Atterson und glitt noch vor dem Sergeanten rasch aus dem Raum.

Der Hauptkommissar zog die Augenbrauen hoch. »Dieser junge Mann ist geradezu prädestiniert dafür, in Schwierigkeiten zu geraten.«

»Wenn die beiden Leake so schrecklich langweilig finden, warum verbringen sie dann so viel Zeit in seiner Gesellschaft?«

»Oder er in der ihren? Fragen Sie mich was Leichteres.«

»Sie könnten Cherry fragen.« Nigel starrte abwesend ins Leere. »Ich interessiere mich für das Telegramm, das Leake verschickt hat.«

»Ich rechne jeden Moment mit einer Antwort der Polizei

von Surrey. Ein paar Kollegen wollten heute zu Sir James Allenby fahren. Aber das wird sich nur als eine weitere Sackgasse herausstellen, fürchte ich.«

Cherry betrat den Raum. Ihr Kopf und der Großteil ihres Gesichts waren von einem Seidenschal verdeckt, den sie jetzt abnahm und auf den Tisch warf. Nigel erhob sich.

»Ah, Miss Allenby. Ich glaube, Sie haben Hauptkommissar Sparkes noch nicht kennengelernt. Er leitet die Ermittlungen in diesem Fall.«

Cherry blieb stocksteif stehen und starrte ihn an. Dann fuhr sie sich mit der Zunge über die Lippen. »Allenby? Was soll das alles hier?«, fragte sie schließlich.

»Ist das nicht Ihr Name?«

»Natürlich nicht. Ich heiße Mrs. Atterson.«

»Mr. Atterson sagt da aber etwas anderes.«

»Diese miese Ratte! Was für ein Idiot! Ich –«

»Wie lautet denn Ihr Mädchenname?«, fragte Sparkes.

»Smith.«

»Das lassen wir für den Moment mal so stehen. Wie lange kennen Sie Mr. Leake schon?«

»Seit wir hier in diesem Gästehaus angekommen sind.«

»Was hat Sie bewogen, diesen Ort als Unterkunft für die Weihnachtsfeiertage zu wählen?«

»Oh, Lance hat den Namen in irgendeiner Zeitschrift gesehen«, antwortete sie vage.

»Sie und Ihr – Mr. Atterson – scheinen Mr. Leakes Gesellschaft ja ziemlich zu genießen.«

»Genießen? Er klebt an uns wie eine Klette. Das macht mich wahnsinnig.«

»Was will er denn von Ihnen?«

Cherrys lethargische Stimme klang plötzlich fast lebhaft. »Oh, ich nehme an, er würde uns gern erpressen.«

»Du lieber Gott! Mit was denn?«

»Weil wir in Sünde leben, nehme ich an.«

»Hat er denn tatsächlich versucht, Sie zu erpressen?«

»Nein, eigentlich nicht. Aber er lässt immer wieder irgendwelche finsteren Andeutungen fallen. Sie wissen schon. Und er ist fürchterlich neugierig. Versucht andauernd, sich wie so ein Wurm in unser Vertrauen zu schleichen. Ganz ehrlich, ich finde diesen Kerl total widerlich.«

Deutlicher war die seltsame Mischung aus Debütantin und Musik-Groupie, die Cherry charakterisierte, noch nie zutage getreten.

»Har er jemals versucht, Sie zu etwas zu nötigen? Sie zu zwingen, etwas für ihn zu tun? Zum Beispiel gestern Vormittag eine Nachricht für ihn weiterzuleiten? Hat er jemals irgendwelche merkwürdigen Vorschläge gemacht?«

»Nein, ich kann mich an nichts dergleichen erinnern.«

Der Hauptkommissar ging mit ihr den gestrigen Ausflug nach Belcaster durch. Ihr Bericht stimmte mit der Aussage Attersons überein. Sie hatte nichts Verdächtiges bemerkt. »Aber wissen Sie«, fügte sie in einem ihrer Anflüge von verheerender Offenherzigkeit hinzu, »ich würde auch einen Eisbären nicht bemerken, der über die Straße läuft, es sei denn, man würde ihn mir direkt vor meine Nase schieben. Ich bin neurotisch, müssen Sie wissen. Ich habe so eine Art eingewachsenes Ego, wissen Sie? So ähnlich wie einen eingewachsenen Zehnagel.«

»Erzählen Sie mir bei alledem die Wahrheit, Miss – äh – Smith?«

»Oh ja, ich erzähle eigentlich immer die Wahrheit. Nur manchmal langweilt es mich, die Wahrheit zu sagen, und dann versuche ich zur Abwechslung mal etwas zu erfinden.«

Hauptkommissar Sparkes wird wohl selten ein so unkonventionelles Verhör geführt haben, dachte Nigel. Cherrys gelegentliche haarsträubende Ehrlichkeitsausbrüche schienen den Kommissar zu verwirren. Er hantierte mit seinen Unterlagen herum, während sie wie ein schwerfälliger Klumpen dasaß und vor sich hinstarrte wie ein begriffsstutziges Kind in der Schule.

»Haben Sie ein Register, Miss Smith?«

»Oh, na klar! Ich habe zum Beispiel sehr viele Platten, da finde ich mich ohne ein Verzeichnis gar nicht zurecht. Lance hat es vor ein paar Jahren mal in die Top Ten geschafft, da habe ich mir natürlich seine Aufnahme gekauft. Aber eigentlich höre ich viel lieber das klassische Zeug.«

»Ich meinte ein polizeiliches Register. Sind Sie vorbestraft?«

»Naja, ich war jedenfalls noch nicht im Gefängnis. Ich habe einmal ein Bußgeld bezahlen müssen, weil ich mich zusammen mit ein paar anderen auf den Trafalgar Square gesetzt habe. Das war eine der Aktionen von diesem ›100-Picknicks-Komitee‹.«

»Aha. Sie treten für einseitige Abrüstung ein?«

»So wie jeder vernünftige Mensch.« Cherry holte tief Luft und wollte sich gerade in einen ausführlichen politischen Vortrag stürzen, als Sparkes ihr zuvorkam.

»Würden Sie sagen, dass es für die Sache der nuklearen Abrüstung förderlich wäre, wenn man einer feindlichen Macht geheime Dokumente zukommen lassen würde, die dem eigenen Land gehören?«

Cherrys teigiges Gesicht wurde rot. »Das hängt ganz davon ab. Aber wenn Sie damit meinen, ob ich etwas mit Lucys Entführung zu tun habe – nein, das habe ich nicht! Ich finde das absolut verabscheuungswürdig!«

Sparkes stellte ihr noch einige weitere Fragen, aber der Umstand, dass Cherry sich so seltsam friedlich verhielt und überhaupt nicht wehrte, hatte seinem Verhör die Schärfe genommen. Als sie sich vor dem Gehen wieder den Schal um den Kopf wickeln wollte, sagte Nigel:

»Sie brauchen Ihr Gesicht nicht mehr zu verstecken. Die Reporter sind alle zurück ins Dorf gegangen.«

Cherry warf ihm einen erstaunten Blick zu und schlich sich davon. Sparkes sah Nigel an und hob fragend die Augenbrauen. Nigel erklärte: »Sie wollte nicht erkannt werden. Also ist in der Vergangenheit schon einmal in den Nachrichten über sie berichtet worden. Vielleicht ist sie ja noch nicht volljährig und ihre Eltern versuchen, sie ausfindig zu machen, um ihre Beziehung zu diesem absurden Atterson zu beenden. Womöglich haben sie Leake engagiert, um sie zu suchen, und Leake spielt irgendein doppeltes Spiel – siehe sein Telegramm: ›Bin auf einer möglichen Spur‹. Ich könnte mir denken, dass sich ihr Unterhalt auf eine gewaltige Summe beläuft und sie bei Volljährigkeit mit einer noch sehr viel größeren Summe rechnen kann. Gut möglich, dass Leake sich da eine nette Ausbeute verspricht, die er sich in die eigene Tasche stecken kann.«

»Sie sollten Romane schreiben, Mr. Strangeways«, sagte der Hauptkommissar lächelnd. »Falls Leake versuchen sollte, dieses Frauenzimmer da zu erpressen, kann er mir nur leidtun. Übrigens, ist Ihnen aufgefallen, dass sie gesagt hat, Lance hätte dieses Gästehaus hier ausgewählt? Deacon, mein Junge, wir versuchen es als Nächstes mal mit Mrs. Ffrench-Sullivan.«

Sparkes fasste die Frau des Admirals zunächst nur mit Samthandschuhen an. Sie behandelte ihn hingegen wie einen Dienstboten, wenn auch einen der gehobenen Klasse. Dabei bemühte sie sich, ihrem verlebten Mops-Gesicht einen befehlshaberischen Ausdruck zu verleihen, den Nigel sowohl aberwitzig als auch erbärmlich fand.

»Nun, Mr. Sparkes, was unternimmt die Polizei gegen diese abscheuliche Schandtat?«

»Wir tun unser Bestes, Madam.«

»Was ist bloß aus diesem Land geworden, wenn diese elenden Kommunisten einfach ein kleines Mädchen direkt vor der Nase seiner Eltern entführen können!«

»Das sind in der Tat schockierende Zustände«, stimmte ihr der Hauptkommissar zu. »Wen haben Sie im Verdacht? Die Kidnapper müssen eine Kontaktperson hier im Haus haben, wissen Sie.«

»Es ist ganz offensichtlich dieser grauenhafte Kerl namens Atterson.«

»Was veranlasst Sie zu dieser Vermutung?«

»Er ist ein Schuft. Der würde für Geld alles tun. Wir Soldatenfrauen kennen solche Männer. Aber in der Marine Ihrer Majestät findet man sie Gott sei Dank sehr selten.«

»Was ist mit Mr. Leake? Haben Sie sich über diesen Herrn schon eine Meinung gebildet, Madam?«

Mrs. Ffrench-Sullivans Blick war plötzlich ein wenig misstrauisch. »Mr. Leake? Er scheint mir eine wohlerzogene Person zu sein, wenn auch nicht gerade ein Gentleman. Natürlich hatte ich bisher nichts mit ihm zu tun.«

»Zu tun? Was sollten Sie auch mit ihm zu tun haben?«

Die Frau des Admirals wirkte nervös. »Ich habe doch gerade gesagt, dass ich *nichts* mit ihm zu tun hatte. Ich meine, abgesehen von einer kleinen Unterhaltung hier und da. Man muss schließlich höflich sein. Aber er gehört durchaus nicht unserer gesellschaftlichen Klasse an.«

»Ich verstehe. Also haben Sie keinen Grund, ihn wegen irgendetwas zu verdächtigen, von seiner minderwertigen sozialen Herkunft einmal abgesehen?«, fragte Sparkes trocken.

»Nun, da war diese eine Sache.«

»Ja?«

»Ich hege eine starke Abneigung gegen alles, was auch nur im Entferntesten nach Klatsch und Tratsch aussehen könnte.«

»Sämtliche Mitteilungen, die Sie gegenüber der Polizei machen, werden vertraulich behandelt, Madam«, versicherte Sparkes ihr respektvoll, auch wenn seine Bemerkung nicht gerade der Wahrheit entsprach.

»Das hätte ich auch nicht anders erwartet. Also, an dem nächsten Morgen nach Lucys Verschwinden bin ich auf dem Weg zum Frühstück um kurz vor neun Uhr morgens an Leakes Zimmertür vorbeigekommen. Wissen Sie, was ich da gehört habe?« Sie legte eine dramatische Pause ein. »Ich habe gehört, wie da drinnen eine *Frau* redete.«

»Tatsächlich? Haben Sie die Stimme erkannt?«

»Ich fürchte nein.«

»Oder haben Sie etwas von dem verstehen können, was sie gesagt hat?«

»Nein. Selbstverständlich bin ich sofort weitergegangen.«

»Selbstverständlich.«

»Sie klang ziemlich verzweifelt. Oder vielleicht auch wütend.«

»Nun, das könnte eine nützliche Information für uns sein«, sagte Sparkes und warf Nigel einen desillusionierten Blick zu. Dann sah er die Papiere durch, die auf dem Schreibtisch lagen. »Noch eine Frage, Madam – Sie verstehen, das ist eine reine Formsache – Sie haben gestern Vormittag telefonisch ein Telegramm nach Belcaster durchgegeben. Lassen Sie mich mal schauen – ah, ja, hier ist es: *Angebot auf keinen Fall akzeptieren, werde schreiben.* Könnten Sie erklären –«

»Das ist eine unglaublich unverschämte Einmischung in meine privaten Angelegenheiten! Wie können Sie es wagen, ein von mir aufgegebenes Telegramm abzufangen!« Das Gesicht der Frau war pfingstrosenrot geworden.

»Sie weigern sich also, sich zu dem Inhalt dieses Telegramms zu äußern?«

»Natürlich weigere ich mich! Und Sie können sich darauf verlassen, dass der Polizeichef von dieser Unverschämtheit erfahren wird!« Nach diesen Worten stürmte die Frau des Admirals zur Tür hinaus, dicht gefolgt von Deacon.

Nigel grinste. »Da haben Sie sich aber ordentlich die Finger verbrannt, Kollege. Worum ging es denn da?«

Das Telegramm, erklärte ihm Sparkes, sei an eine gewisse Mrs. Hollins gegangen, die in Belcaster ein Kleidergeschäft unterhielt. Es war nichts Negatives über sie bekannt, außer, dass ihr Unternehmen auf etwas wackligen Füßen stand. Als Mrs. Hollins von der Polizei befragt wurde, sagte sie, sie könne sich ohne das Einverständnis ihrer Kundin nicht zu dem Inhalt des Telegramms äußern.

»Im Gegensatz zu Miss Cherry Wie-auch-immer-sie-heißt,

hat Mrs. Ffrench-Sullivan einen Eintrag im Vorstrafenregister – oder sollte ihn zumindest haben.«

»Du liebe Güte, weswegen denn?«, fragte Nigel. »Hat sie einen Politiker der Labour-Partei mit einem Regenschirm angegriffen?«

»Ladendiebstahl. In der benachbarten Grafschaft. Während des Krieges. Der Admiral war gerade im Mittelmeer stationiert. Womöglich hat er nie davon erfahren. Ihre hochwohlgeborenen Freunde haben ihren Einfluss geltend gemacht, und so wurde die ganze Geschichte unter den Teppich gekehrt. Es ist nie zu einer Verurteilung gekommen. Aber ein Freund von mir, der mit dem Fall betraut war, hat mir erzählt, dass eigentlich gar kein Zweifel an ihrer Schuld bestanden habe. Es war noch eine weitere Frau darin verwickelt, glaube ich mich erinnern zu können, aber die hat einen falschen Namen und eine falsche Adresse angegeben und kam daher ungeschoren davon –«

»Und ihr richtiger Name war vielleicht Hollins?« Nigel betrachtete nachdenklich den Druck mit der Jagdszene, der an der Wand hing. »Wissen Sie, Mrs. Ffrench-Sullivan kommt mir ohnehin etwas zu blaublütig vor, um eine echte Aristokratin zu sein. Sie ist ein Snob. Aber sie ist auch gierig und kann sich die Dinge, die sie gerne hätte, nicht unbedingt leisten. Der Ladendiebstahl bestätigt das. Sie gehört zu der Sorte Menschen, die die Gegenseite ganz leicht unter Druck setzen könnte: Sie brauchen nur diese eine winzige Sache für uns zu tun, und dann zahlen wir Ihnen fünfzig Pfund, aber wenn Sie sich weigern, werden wir Ihren scheußlichen Ausrutscher von damals an die große Glocke hängen, und was würden da Ihre Nachbarn sagen?«

»Wo zum Teufel ist dieser Sergeant hin verschwunden? Könnten Sie ihn auftreiben und ihm sagen, er soll den Admiral herbringen?«

Nigel fand das Ehepaar Ffrench-Sullivan im Salon. Sergeant Deacon stand etwas hilflos daneben. Er hatte die Anweisung erhalten, keine der Personen, die bereits befragt worden waren, dürfe sich mit einer Person unterhalten, die noch nicht befragt worden war. Aber das autoritäre Auftreten des Admirals, gepaart mit der unstillbaren Flut wütender Beschwerden, die seine Frau gerade über ihren Gatten ausschüttete, hatten Deacon an der Ausübung seiner Pflicht gehindert.

»Da haben Sie wohl meine Frau ordentlich auf die Palme gebracht, was?«, sagte der Admiral, nachdem Sparkes sich vorgestellt hatte.

»Ich begreife nicht, warum sie so verstimmt ist, Sir. Ich habe sie lediglich gebeten, mir ein wenig mehr über das Telegramm zu erzählen, das sie gestern Vormittag von hier aus aufgegeben hat. Dies ist eine Kopie davon.«

Der Admiral setzte seine Lesebrille auf und nahm das Blatt Papier entgegen. »Mrs. Hollins? Nun, das könnte die Witwe meines ersten Offiziers sein. Der arme Kerl ist im Mittelmeer ums Leben gekommen. Muriel und seine Frau waren während des Krieges ziemlich gut befreundet, die zwei haben sich sogar eine Weile in Devon ein Cottage geteilt. Nach 1945 haben wir die Frau dann aus den Augen verloren. Ich persönlich mochte sie nie besonders. Also wohnt sie jetzt in Belcaster?«

»Falls es sich tatsächlich um ein und dieselbe Person handelt, Sir. Sie führt ein Kleidergeschäft. Könnten Sie mir einen

Grund nennen, Sir, warum Ihre Frau wegen dieser Sache so aufgebracht ist?«

»Können *Sie* mir sagen, was diese Geschichte mit dem Fall zu tun hat, in dem Sie ermitteln, Herr Hauptkommissar?«

»Ich bin gerade damit beschäftigt, jeden einzelnen Anruf zu überprüfen, der gestern früh von hier aus getätigt wurde. Die Kidnapper haben eine Kontaktperson hier im Haus. Diese Person hat sie gewarnt und von unseren Plänen in Kenntnis gesetzt. Es geht hier nur darum, alle übrigen, nicht schuldigen Gäste von der Liste der Verdächtigen zu streichen.« Sparkes ging so vorsichtig vor, als durchquerte er ein Minenfeld.

»Ich verstehe. ›Angebot auf keinen Fall akzeptieren.‹ Ja, das könnte tatsächlich einen recht ominösen Eindruck erwecken.« Der Admiral lächelte sanft, wie es seine Art war. »Ich kann Ihnen jedoch versichern, dass meine Frau keine feindliche Agentin ist. Ein Kleidergeschäft, sagen Sie? Würden Sie das, was ich Ihnen jetzt sagen, vertraulich behandeln, sofern es für den Fall nicht von Belang ist?«

»Selbstverständlich, Sir.«

»Natürlich ist das jetzt nur eine Vermutung von mir, aber es könnte sich um Muriels Nerz handeln.«

»*Muriels Nerz?*«, stammelte Sparkes vollkommen entgeistert.

»Ja. Den habe ich in letzter Zeit nicht mehr gesehen. Vielleicht hat sie diese Mrs. Hollins gebeten, den Nerz von privater Hand für sie zu verkaufen. Muriel würde einen solchen Verkauf ungern publik machen wollen, verstehen Sie? Es ist ihr ungemein wichtig, ihre gesellschaftliche Position nicht zu verlieren ... Um ehrlich zu sein: Ich habe eine Menge Geld verloren – ihres und meines – als ich während der Fünfziger ein wenig spekuliert habe, und wir waren gezwungen, unsere Segel ziemlich drastisch zu reffen. Das ist für eine Frau nur sehr schwer zu ertragen, wissen Sie? Für mich ist das etwas ganz anderes. Mir hat es noch nie etwas ausgemacht, auf Komfort zu verzichten.«

Nigel hatte den nahezu unwiderstehlichen Drang, den alten Kerl zu umarmen. Der Mann schien mit großer Milde, Würde und Anstand gesegnet zu sein.

Der Hauptkommissar befragte ihn nun zu den anderen Gästen. Nein, er habe nichts Verdächtiges gehört oder gesehen, sagte der Admiral. »Da sind Sie an den falschen Mann geraten, Herr Hauptkommissar«, lispelte er. »Ich habe heutzutage eigentlich immer den Kopf in den Wolken, sozusagen. Ich bin kein so aufmerksamer Beobachter mehr wie früher. Das kommt davon, wenn man so viele Bücher von diesen fernöstlichen Mystikern liest. Haben Sie es schon einmal mit dem Buddhismus versucht, lieber Freund?«

»Nein, Sir, das habe ich nicht.«

»Warten Sie, bis Sie so alt und nutzlos sind wie ich. Vielleicht sollte ich ja die Idee von diesem Leake aufgreifen und eine Klatschkolumne schreiben.«

Sparkes sah aus, als wäre er von einem Torpedo getroffen worden. »Eine *Klatschkolumne?*«

»Ja. Naja, vielleicht nicht gerade selbst schreiben. Aber ein paar Sachen einschicken. Leake kennt da so einen Journalisten, der genau so eine Kolumne herausgibt. Der holt sich seine Geschichten von überall. Die *bezahlen* sogar dafür. Jedenfalls für alles, was sie dann auch benutzen. Und gar nicht mal so übel. Fünf oder zehn Pfund vielleicht.« Die blassblauen Augen des Admirals strahlten sie an. »Dieser Zeitungsfritze da unten hat anscheinend niemanden, der ihm aus unserer Gegend Berichte schickt. Und ich kenne die ganzen Leute in der Grafschaft und so weiter. Wie denken Sie darüber, Strangeways?«

Nigel dachte, dass man sich leicht vorstellen konnte, wie dieser liebenswerte, treuherzige Mann sein ganzes Vermögen verloren hatte. Der Admiral fuhr nicht ohne Begeisterung fort:

»Ein wenig zusätzliches Geld, das wäre schon sehr willkommen, wissen Sie? Das Problem ist nur: Die würden die ganzen schmutzigen Geschichten hören wollen. Affären. Schlüpfrige Einzelheiten. Skandale aus der Gegend. Ich glaube nicht, dass ich das könnte – auch wenn ich natürlich mehr als genug solcher Geschichten kenne. Was meinen Sie?«

»Ich würde mich an Laotse halten«, antwortete Nigel. »Aber treffen Sie noch keine endgültige Entscheidung. Halten Sie Mr. Leake noch eine Weile hin.«

»Weil er dann vielleicht sein Angebot erhöht? Ha! Ein sehr guter Rat.«

»Und erzählen Sie ihm nicht, dass Sie die Sache mit uns besprochen haben.«

»Nein? Nein, natürlich nicht.« Der Admiral bedachte Nigel mit einem listigen Augenzwinkern und verließ dann den Raum.

Nigel wandte sich an Sergeant Deacon. »Sobald Mr. Sparkes seine Sprache wiedergefunden hat, wird er wahrscheinlich Mr. Justin Leake befragen wollen.«

Sparkes, der die Stirn in der Hand vergraben hatte, nickte nur.

»Was sind das nur immer für Leute in der Marine?«

»Jane Austen fand die auch alle ganz wunderbar«, sagte Nigel.

»Captain Wentworth ist meine Lieblingsfigur. Ein unerschütterlicher Bursche, und dann auch noch intelligent! Erinnern Sie sich an die Stelle, an der –«

Die beiden steckten mitten in einer lebhaften Diskussion über Jane Austens Roman *Anne Elliot*, als Justin Leake den Raum betrat. Der Hauptkommissar, der seine Taktik wie ein guter Rugbyspieler jedes Mal änderte, plante offenbar, diese Partie mit verdeckter Hand zu spielen und den Mann auch nicht andeutungsweise wissen zu lassen, welch merkwürdige Aussagen die vorherigen Zeugen über ihn getroffen hatten. Vor- und Zuname? Adresse? Beruf?

»Ich leite ein Ermittlungsbüro«, war die Antwort.

»Was für eine Art von Ermittlungsbüro, Sir?«

»Ermittlungen, die die Leute nicht der Polizei übergeben wollen. Die Suche nach vermissten Personen, zum Beispiel. Und natürlich ein paar Scheidungsfälle. Herumschnüffeln halt.« Justin Leake sagte dies auf seine übliche tonlose Weise, ohne jede Spur von Verlegenheit oder eines Rechtfertigungsversuchs.

»Ich nehme an, bei dem Telegramm, das Sie an Sir James Allenby geschickt haben, handelte es sich demnach um einen Sachverhalt, der mit Ihrem Beruf zusammenhängt?«

»Gewiss.«

»Und was genau ist das für ein Sachverhalt, Mr. Leake?«

»Das ist eine vertrauliche Angelegenheit, die nur mich und meinen Klienten etwas angeht.«

»Sie haben ihm geschrieben, dass Sie möglicherweise eine Spur gefunden haben.«

»Ja.«

»Von einem Verwandten, der vermisst wird?«

»Meine Klienten würden jegliches Vertrauen zu mir verlieren, Mr. Sparkes, wenn ich ihre privaten Angelegenheiten ausplaudern würde. Ich wäre sehr rasch meinen Job los, wenn ich diesbezüglich mein Schweigen brechen würde.«

»Ich verstehe.« Der Kommissar ließ von seiner gegenwärtigen Fragestellung ab – zu Leakes nicht besonders gut kaschierter Erleichterung – und begann, mit ihm die Einzelheiten des gestrigen Besuchs in Belcaster durchzugehen.

Nigel betrachtete den Zeugen eingehend. Zweifellos ein kaltblütiger Kerl. Fast unmenschlich. Der Kopf wuchs kerzengerade aus dem Rücken in die Höhe, ohne jede Wölbung. Eine kahle Stelle oben. Unauffälliger dunkler Anzug, Ärmelbündchen ein wenig schmuddelig, tabakverfärbte Finger. Nahezu tonlose Stimme. Und dann dieser aufmerksame und gleichzeitig seltsam neutrale Blick.

Ein Ermittler, dachte Nigel, hätte sicherlich unzählige Gelegenheiten zur Erpressung. Und im Spionage-Milieu war Erpressung mittlerweile zu einem berüchtigten Druckmittel geworden. Falls Leake nicht selbst die Person X war, nach der sie suchten, könnte er diese Person auch gezwungen haben, den Teil des Kidnapping-Plans zu organisieren, der im Gästehaus stattgefunden hatte. Aber falls dem tatsächlich so sein sollte, war es unwahrscheinlich, dass Leake hier persönlich auftauchen würde. Es sei denn, er wollte mehrere Fliegen mit einer Klappe schlagen. Wer also könnte diese Person X sein? Cherry? Lance? Die Frau des Admirals?

Leakes Bericht von seinem Besuch in Belcaster stimmte mit dem der Attersons überein. Der Kommissar gab seine bisherige, auf Sicherheit ausgelegte Taktik plötzlich auf. »Haben Sie die Attersons bei diesem Kidnapping im Verdacht der Mittäterschaft?«

»Die Attersons? Nicht besonders. Warum?«

»Sie verbringen recht viel Zeit mit ihnen. Daher sind Sie eher in der Lage als ich, irgendwelche Äußerungen aufzuschnappen, die die beiden vielleicht aus Versehen ausplappern. Und Sie sind ein gut ausgebildeter Beobachter. Sind Sie sicher, dass die Attersons während ihres Aufenthaltes in Belcaster mit niemandem sonst kommuniziert haben?«

»Soweit ich das beurteilen kann, ja. Ich habe sie aber nicht die ganze Zeit beobachtet.«

»Es gab nichts Ungewöhnliches in ihrem Verhalten? Eine gewisse Aufregung, die sie versuchten, geheim zu halten? Nervosität?«

»Ich kann nicht sagen, dass mir so etwas aufgefallen wäre.«

»Gestern Morgen vor dem Frühstück – wer war die Frau, mit der Sie sich in Ihrem Schlafzimmer unterhalten haben?«

Zum ersten Mal schien Justin Leake etwas lebendiger zu werden. »Eine Frau? Ich habe keine Frauen in meinem Zimmer. Wie um alles in der Welt kommen Sie denn auf diese Idee?«

»Eine Information, die wir erhalten haben, Sir.«

»Eine verdammt unzuverlässige Information. Aber Moment, warten Sie mal, ich hatte eine kurze Unterhaltung mit einem Zimmermädchen, das mir meinen Morgentee aufs Zimmer gebracht hat. Um acht Uhr. Könnte es das gewesen sein?«

»Nein. Es war um kurz vor neun Uhr.«

»Das ist absurd. Zu dieser Zeit befand sich niemand außer mir in meinem Zimmer.«

»Nichts, das diesen Hinweis erklären könnte? Sie haben nicht vielleicht gerade Radio gehört? Oder ein Tonband?«

»Ach, du liebe Güte, das hatte ich ja ganz vergessen. Ja, ich habe ein Transistorradio dabei. Ich glaube, ich hatte es eingeschaltet, während ich mich ankleidete.«

»Welches Programm? BBC Home oder BBC Light?«

»Daran kann ich mich wirklich nicht mehr erinnern. Ich habe auch ohnehin nicht richtig zugehört. Es war das Light-Programm, glaube ich.«

Tatsächlich, das glaubst du also, dachte Nigel. Das Light-Programm sendete um 8:55 immer einen Wetterbericht, der für Mrs. Ffrench-Sullivans Ohren unmöglich wie eine Frauenstimme geklungen haben konnte, und erst recht nicht wie eine »ziemlich verzweifelte« oder »wütende« Stimme.

»Aber Sie können sich doch sicher daran erinnern, ob die Sendung, die Sie gehört haben, eine Frauenstimme enthielt?«

»Frauenstimmen gibt es in den meisten Sendungen. Tut mir leid, ich habe dem Radio keine besondere Beachtung geschenkt. Ich bin ein Hintergrund-Hörer, sozusagen.«

Eine sehr zutreffende Bezeichnung, dachte Nigel, für diese unauffällige, undurchsichtige Person.

»Also gut. Vielen Dank für Ihre Hilfe, Mr. Leake. Wir sehen uns später noch einmal.«

»Wann wird man uns denn gestatten, diesen Ort zu verlassen, Herr Hauptkommissar?«

»Wie lange hatten Sie denn vor, hier zu bleiben, Sir?«

»Oh, nur noch ein paar Tage.«

»Ihr Ermittlungsbüro kommt ohne Sie klar?«

»Ich habe einen sehr fähigen Assistenten und eine Sekretärin.«

»Dann ist es ja gut. Natürlich kann ohnehin niemand von hier fort, solange die Hauptstraße nach London unpassierbar ist. Einen guten Morgen wünsche ich Ihnen.«

Sparkes wartete, bis der Mann den Raum verlassen hatte, und sagte dann: »Diesen Mann sollte man auf keinen Fall als Seismographen verwenden.«

»Oh?«

»Er ließe sich noch nicht einmal durch ein Erdbeben erschüttern.«

»Wer erzählt nun die Wahrheit, was die Frauenstimme in seinem Schlafzimmer anbelangt?«

»Das werden wir herausfinden«, antwortete Sparkes grimmig. »Besorgen Sie ein Radioprogramm, Deacon, mein Junge, und schauen Sie nach, was gestern früh gesendet wurden. Und überprüfen Sie, ob er auch tatsächlich ein Transistorradio besitzt ... Hören Sie, Mr. Strangeways, wir kommen kein bisschen voran. Und es ist ja schließlich nicht so, als hätten wir Zeit im Überfluss.«

Kapitel 7

KLEINES MÄDCHEN VERMISST

29. DEZEMBER

Um 10:30 Uhr am selben Vormittag stapfte Wachtmeister Hardman von dem Dorf Eggarswell auf den Hügel zum Hof der Thwaites und zum Smugglers' Cottage hinauf. Er lief in einer der Furchen, die der große Traktor des Bauernhofes durch den Schnee gepflügt hatte. Währenddessen warf er ab und zu einen Blick zum Himmel, denn sein Instinkt als Landbewohner sagte ihm, dass weiterer Schneefall drohte. Kleine Vögel drängten sich in den schneebeladenen Hecken zusammen und plusterten ihr Gefieder auf. Sie waren offenbar derart verfroren und mutlos, dass sie nicht einmal mehr die Kraft hatten, alarmiert aufzufliegen, als der Wachtmeister vorüberkam. Über ihm ragte der Bergkamm auf wie der seitlich liegende Körper einer Frau, die man mit einer weißen Decke zugedeckt hatte.

Als Wachtmeister Hardman sich dem Bauernhof näherte, hörte er zwei Explosionen, gefolgt von wildem Flügelgeflatter. Es war Jim Stocks, der in roter Wollmütze, Gummistiefeln und Armeemantel dastand und auf eine Horde ausgehungerter Tauben geschossen hatte, die sich über das Rosenkohlfeld seines Arbeitgebers hermachten.

Der Gewehrknall schreckte Paul Cunningham hoch. Seit

sie in den Nachrichten gehört hatten, dass die Polizei alle abgelegenen Gebäude in der Grafschaft durchsuchen würde, hatten er und Annie Stott sich tagsüber damit abgewechselt, an einem der Fenster im Obergeschoss Ausschau zu halten. Sollte der Besuch während der Nacht erfolgen, lautete der Plan, dass Paul die Polizei im unteren Stockwerk in ein Gespräch verwickeln sollte, während Annie oben die nötigen Vorkehrungen traf.

Paul sah jetzt, wie ein Polizeiwachtmeister durch das Hoftor des Bauernhofs trat, und lief rasch nach unten, um Annie Stott Bescheid zu geben. Dreißig Sekunden später befand sich Annie bereits in Lucys Zimmer und hielt dem Kind ein Glas Orangensaft hin. Lucy trank begierig. Das Betäubungsmittel, das Annie in das Getränk gemischt hatte, wirkte fast sofort. Annie zog das bewusstlose Kind aus, zog ihm Pyjamas an, trug es in das Zimmer, das Evan bewohnt hatte, steckte es unter die Bettdecke, tränkte ein Tuch mit Kampferöl, legte es ihm um den Hals, befestigte es mit Sicherheitsnadeln und legte dann noch ein weiteres, mit Öl getränktes Tuch unter dem Pyjamaoberteil auf die Brust des Kindes. Lucy hatte jetzt eine fiebrige Röte im Gesicht und atmete schwer.

Bevor Annie die Vorhänge zuzog, schaute sie sich noch einmal rasch im Zimmer um. Es schien alles in Ordnung zu sein. Nein, für das Zimmer eines Kranken war es viel zu kalt hier drin. Sie hätte den Heizstrahler die ganze Zeit anlassen sollen. Die in ihrer Kindheit erlebte Armut hatte sie dazu erzogen, niemals Energie zu verschwenden, das war das Problem. Sie schaltete beide Brennstäbe der Heizung ein und wurde noch im Nachhinein leichenblass wegen des Fehlers, der ihr beinahe unterlaufen wäre. Sie durften den Polizisten auf keinen Fall in dieses Zimmer lassen, bevor es hier nicht wärmer geworden war.

Annie Stott war sich der Tatsache bewusst, dass sich ihre Situation seit Evans Verschwinden drastisch geändert hatte. Es hatte keinerlei Berichte über ihn gegeben, weder im Radio noch in den Zeitungen. Das könnte natürlich bedeuten, dass der elende Kerl alles ausgeplaudert hatte und dass die Polizei jetzt seinetwegen hier war, um sie zu verhören, und nicht, um nach Lucy zu suchen. Die Sorge und Ungewissheit, von der Annie vereinnahmt wurde, führten dazu, dass ihr Verstand nicht mehr ganz so scharf arbeitete wie sonst. Sie zog immer wieder die Vorhänge auf und zu, lugte zu den Gebäuden des Bauernhofs hinüber und vergaß dabei vollkommen, dass das Bett in Lucys Zimmer noch nicht gemacht war.

Wachtmeister Hardman betrat die Küche des Bauernhofs. »Guten Morgen, Mr. Thwaite. Noch so eine schlimme Geschichte. Und? Haben Sie in letzter Zeit irgendwelche Kinder gekidnappt?«

»Das können Sie glatt vergessen, Bert. Ich habe selbst genug. Aber das ist eine sehr hässliche Geschichte, keine Frage.«

»Wann wird denn dieses Wetter endlich mal umschlagen? Meine Frau hat es ganz schlimm mit Frostbeulen zu tun. Die machen ihr echt das Leben schwer.«

»Wenn Sie mich fragen, wird es noch eine ganze Weile dauern, bevor sich da was ändert. He, Frau!«

Mrs. Thwaite kam hereingeeilt. »Dacht' ich's mir doch, dass ich Ihre Stimme gehört habe, Mr. Hardman. Was ist los? Hat mein Mann seine Formulare wieder falsch ausgefüllt?«

»Gib Bert eine Tasse Tee, Frau, er sucht nach diesem Kind, das entführt worden ist.«

»Na, hier wird er es nicht finden, das arme kleine Ding. Das ist wirklich eine entsetzliche Geschichte, ganz entsetzlich. Drei Stück Zucker, Mr. Hardman?«

»Vielen Dank.« Hardman schlürfte den Tee geräuschvoll durch seinen zotteligen Schnurrbart. »Und Ihre Kinder haben auch niemanden gesehen, auf den die Beschreibung des vermissten Kindes passen würde?«, fragte er gewichtig.

»Wenn es so wäre, hätten Sie das auf jeden Fall von uns erfahren«, antwortete Mrs. Thwaite ein wenig scharf. »Wollen Sie unser Haus durchsuchen?«

»Die Frage ist nicht, was ich will, Missus. Die Frage ist, wie meine Befehle lauten.«

»Jetzt reg dich nicht auf, Frau, Bert tut schließlich nur seine Pflicht.«

»Es ist so eine Art Ausleseprozess, wissen Sie«, erklärte Hardman und plusterte seinen Schnurrbart auf. »Ich schau mich gleich nur rasch ein bisschen um, ja? Was ist mit den Leuten im Smugglers' Cottage?«

»Die haben nicht viel mit uns am Hut«, antwortete Mrs. Thwaite. »Diese Dr. Everley – die ist eine richtige Hexe. Meine Kinder sind ihr nicht gut genug, um mit ihrem Neffen zu spielen.«

»Aber, aber, Frau. Evan hat eben eine zarte Gesundheit. Liegt heute schon wieder krank im Bett, sagt Jim.«

»Sind die schon lange hier?«

»Seit zwei Wochen. Der junge Mr. Cunningham – das ist ihr Bruder – der ist zuerst hergekommen, und ein paar Tage später kam dann Dr. Everley mit dem Neffen. Der Bruder ist ein netter Herr, ein richtiger Gentleman, der auch ziemlich vornehm spricht. Man mag gar nicht glauben, dass er und dieses sauergesichtige Geschöpf aus demselben Ei geschlüpft sind.«

»Sie sind also Zwillinge, die beiden?«, fragte Bert, der immer alles sehr wörtlich nahm.

»Nein. Aber Sie wissen, was ich meine. Er sieht ihr überhaupt nicht ähnlich.«

»Ah. Das Erbgut. Jaja. Das ist schon eine seltsame Geschichte, manchmal, mit dem Erbgut, Mrs. Thwaite. Schauen Sie sich nur mal unseren Dudley und unsere Marlene an – man würde im Leben nicht drauf kommen, dass sie Bruder und Schwester sind, nicht wahr?«

»Na, hat euch da einer ein Kuckucksei ins Nest gelegt, Bert?«, fragte der Bauer vergnügt. Seine Frau machte ein schockiertes Gesicht. Bert Hardman schüttelte sich stumm vor Lachen. »Wissen Sie noch, als ich grad neu bei der Polizei war, da gab es doch diesen Charlie Pearce – der früher den Knowhill-Hof bewirtschaftet hat – der hat doch eine der Töchter des alten Gutsherrn geheiratet. Das war ein recht flatterhaftes Ding. Und, naja ...« Die Anekdote zog sich eine Weile in die Länge und wurde schließlich recht umständlich und mühsam zu Ende geführt. Danach erhob sich der Wachtmeister widerstrebend. »Danke für den Tee, Missus. Ich schau mich nur kurz hier um und geh dann zum Smugglers' Cottage hoch.«

»Da verschwenden Sie Ihre Zeit, Mr. Hardman«, sagte Mrs. Thwaite säuerlich. »Sir Henry würde sein Cottage doch wohl kaum an eine Bande von Kidnappern vermieten, oder?«

»Man weiß ja nie. Was man heutzutage so in der Zeitung liest, da könnte man meinen, dass ein paar von diesen hohen Tieren in Oxford und Cambridge kaum besser sind als die Bolschewiken.«

»Na, jetzt hör sich mal einer den Bert an!« Mrs. Thwaite kicherte boshaft. »Vielleicht werden Sie ja jetzt endlich mal befördert, Bert!«

Wachtmeister Hardmans Intelligenzquotient war nicht gerade der höchste. Aber er besaß eine für Landbewohner typische Fähigkeit, die ihm während seiner eher durchschnittlich verlaufenen Karriere oft nützlich gewesen war - nämlich die, gewisse Menschentypen und deren Verhalten instinktiv richtig einzuschätzen. Er hatte kaum mehr als eine Minute in Pauls und Annies Gesellschaft verbracht, als sein Instinkt ihm sagte, dass die beiden vor irgendetwas Angst hatten, und dass zwar Mr. Cunningham durchaus ein Gentleman war, aber Dr. Everley keineswegs das war, was er eine Lady nennen würde. Andererseits wusste er aus Erfahrung, dass es sogar bei Leuten von Adel - insbesondere, was deren jüngere Mitglieder anbelangte -, vorkommen konnte, dass sie in Gegenwart eines Gesetzeshüters nervös wurden.

Er baute sich in der Wohnstube mit stoischer Ruhe vor ihnen auf, lehnte das ihm angebotene Getränk ab und zückte sein Notizbuch.

»Ich ziehe Erkundigungen über ein kleines Mädchen namens Lucy Wragby ein, das vor kurzem als vermisst gemeldet wurde. Sie haben sicher davon gehört -«

»Oh ja, das war ja in den Nachrichten.«

»Ist nur eine Routineangelegenheit. Dürfte ich Ihre Namen und Adressen erfahren?«

Paul gab ihm seine tatsächliche Adresse, Annie nannte die einer Ärztin namens Everley, die sie im Ärzteverzeichnis gefunden hatte.

»Wohnen hier außer Ihnen noch weitere Personen?«

»Ja«, antwortete Paul. »Unser Neffe, Evan. Wir haben ihn hierher mitgenommen, damit er sich ein bisschen erholen kann. Er hatte eine schlimme Bronchitis.«

»Und jetzt ist er leider schon wieder krank«, sagte Annie. »Ich mache mir ein wenig Sorgen, dass es sich eventuell zu einer Pleuritis auswachsen könnte. Wir hatten ihn eigentlich gestern zu seinen Eltern zurück nach London schicken wollen, aber ich habe entschieden, ihn jetzt besser noch hier zu behalten.«

Also deshalb machen sich die beiden Sorgen, dachte Hardman. Gar nicht wegen der Polizei. Trotzdem fuhr er mit seiner Befragung fort.

»Ich habe mir sagen lassen, dass Sie dieses Cottage von Sir Henry gemietet haben?«

»Ja, er ist der Rektor meines ehemaligen Colleges in Oxford. Ich habe den Brief irgendwo, falls Sie -« Paul machte eine Geste in Richtung Schreibtisch, ärgerte sich jedoch im nächsten Moment schwarz, dass er so mitteilsam gewesen war, obwohl dazu gar kein Anlass bestanden hatte.

»Ja, gut, Sir, nur damit wir alles ordentlich geklärt haben.«

Während Paul Cunningham in der Schublade nach dem Brief suchte, schaute Wachtmeister Hardman zu Dr. Everley hinüber. Sie hockte zusammengekrümmt auf ihrem Stuhl, wie eines dieser verhungerten Vögelchen in dem Gebüsch, an dem er auf dem Weg hierher vorbeigekommen war. Ein sehr säuerlich wirkendes Frauenzimmer, kein Zweifel. Er las den Brief, den Paul ihm reichte, sorgfältig durch. Sir Henry hatte ihn mit »Lieber Paul« begonnen - eine Formulierung, die auf den Wachtmeister einen positiven Eindruck machte.

»Also gut. Sir, Madam – haben Sie etwas dagegen, wenn ich mich jetzt mal im Haus umsehe?«

»Überhaupt nicht«, antwortete Paul. »Tun Sie das.«

»Ich denke, das geht wohl in Ordnung«, sagte Annie widerwillig. »Auch wenn niemand ohne unser Wissen hier im Haus ein Kind verstecken könnte.«

»Es ist nur eine Formalität, Frau Doktor.«

»Dürfte ich dann zuerst Ihren Dienstausweis sehen? Nur als Formalität?«

Sarkastische alte Kuh. Mrs. Thwaite hatte recht, dachte Hardman, während er seinen Ausweis hervorkramte. Er beschloss, sich bei der Durchsuchung des Hauses nun doch sehr viel Zeit zu lassen, und sei es auch nur, um diese Frau zu verärgern.

Annie Stott ging dem Wachtmeister voraus und Paul Cunningham gab das Schlusslicht. Hardman durchsuchte alle Räume im Erdgeschoss, öffnete Schränke und bückte sich, um unter die Tische zu schauen. Annie wurde mit jeder Minute zusehends ungehaltener.

»Was ist da drin?«, fragte er und wies auf eine Tür in der Diele, die hinter der Treppe gelegen war. Dann ging er hinüber und rüttelte am Türgriff.

»Ich glaube, dort hat Sir Henry seinen Wein gelagert.«

Paul hatte mit dieser Behauptung zwar durchaus recht, aber was er nicht sagte, war, dass Annie in dem Raum auch ihren Kurzwellensender aufbewahrte.

»Öffnen Sie bitte.«

»Tut mir leid, Herr Wachtmeister, aber wir haben für diese Tür keinen Schlüssel.«

»Ich möchte die Tür nicht einbrechen müssen.«

»Ich denke, das würde Sir Henry auch nicht wollen«, blaffte die Frau. »Mein Bruder hat es Ihnen schon gesagt. Sir Henry hat uns keinen Schlüssel für diese Tür hinterlassen.«

Paul Cunningham spürte, wie ihm ein Schweißrinnsal das Rückgrat hinunterlief. Er fragte sich, ob er als ehrlicher Hausbesitzer - bzw. Mieter - nicht ein wenig Empörung ob dieser Behandlung an den Tag legen sollte, aber bevor er sich diese Frage beantworten konnte, rüttelte der Wachtmeister noch einmal am Türgriff, machte sich eine Notiz in seinem Büchlein und stapfte dann hinter Annie die Treppe hinauf.

Oben führte er dieselbe langatmige Prozedur durch, erst in Annies Schlafzimmer und dann in Pauls. Seine beiden Begleiter waren mittlerweile sehr still geworden, denn der eigentliche Test stand nun unmittelbar bevor, und sie wollten sich auf keinen Fall durch ein Zittern in ihren Stimmen verraten, mochte es auch noch so winzig sein. Hardman schob diesen Test unwissentlich auf unerträgliche Weise immer weiter hinaus, indem er zunächst das Bad und dann die Toilette inspizierte.

»Was befindet sich in diesem Zimmer hier?«, fragte er, nachdem er mit den beiden genannten Räumen endlich fertig geworden war.

»Das ist Evans Zimmer. Er liegt krank im Bett. Und schläft«, sagte Annie mit fester Stimme. »Sie müssen doch bestimmt nicht –«

»Pflicht ist Pflicht, Frau Doktor. Meine Anweisungen lauten, dass ich –«

»Also gut. Wenn Sie müssen, dann müssen Sie eben. Aber Sie dürfen ihn auf keinen Fall wecken oder sonst irgendwie stören. Ich habe ihm ein leichtes Schlafmittel verabreicht.«

Wachtmeister Hardman betrat den Raum auf Zehenspitzen. Im Innern war es mittlerweile recht warm, und es lag ein Geruch nach Kampferöl in der Luft. Das dämmrige Licht, das durch die Vorhänge sickerte, zeigte einen rotblonden Jungen, der mit fiebrig geröteten Wangen und einem Tuch um den Hals im Bett lag und röchelnd atmete. Der Wachtmeister betrachtete die Gestalt eine Zeitlang, berührte sanft das schweißnasse Haar auf der Stirn, flüsterte: »Armer kleiner Bursche!« und trat dann wieder auf den Flur hinaus.

»Ich hoffe, es geht ihm bald wieder besser, Frau Doktor. Hübsches kleines Kerlchen.«

»Er hat im Moment hohes Fieber, wir müssen unbedingt dafür sorgen, dass er seine Ruhe hat.«

Nervös vor Erleichterung entfuhr es Paul: »Was soll denn das Ganze eigentlich? Ich dachte, Sie hätten gesagt, es sei ein vermisstes *Mädchen*, nach dem Sie suchen?«

Annie unterbrach ihn scharf. »Weißt du denn nicht mehr, Paul? In den Nachrichten haben sie gesagt, die Entführer könnten versuchen, das Aussehen des Kindes zu verändern.«

»Ah, ja, das haben sie gesagt. Aber –«

»Machen Sie sich da mal keine Gedanken. Das Kind entspricht der Beschreibung, die Mr. und Mrs. Thwaite mir von Ihrem Neffen gegeben haben. Aber so ist es eben – ich muss meinen Vorgesetzten einen Bericht vorlegen, dass ich jedes Haus in der Nachbarschaft untersucht habe.«

»Sie gehen sehr korrekt vor, Herr Wachtmeister«, beruhigte Annie ihn.

»›Bedächtig-solide bestimmt!‹«, zitierte Paul eine Kurzgeschichte von Rudyard Kipling, wenn auch sotto voce.

»Gibt es im hinteren Bereich auch noch irgendwelche Räume?«, fragte Hardman.

»Eine Abstellkammer und noch ein Gästezimmer.«

»Da sollte ich meine Nase besser auch noch hineinstecken.«

Das Abstellzimmer war bis obenhin mit Gerümpel gefüllt. Hardman verbrachte ein wenig Zeit damit, die Dinge hierhin und dorthin zu schieben, und dann gingen sie in das Zimmer, in dem Lucy normalerweise eingeschlossen war.

»Eine Art Kinderzimmer, was? Oh ja, ich erinnere mich, Sir Henry hatte früher immer mal wieder seine Enkel zu Besuch. Von einer schönen Aussicht kann man da ja nicht gerade reden.« Der Wachtmeister schaute aus dem Fenster und drehte sich dann um. »Sie haben mir gar nicht erzählt, dass noch jemand in diesem Haus wohnt.«

»Aber nein, es gibt keinen weiteren Bewohner. Nur wir drei«, protestierte Annie.

»Aber jemand hat dort in diesem Bett geschlafen.«

Annie starrte das ungemachte Bett an, die zerwühlten Laken, und war außerstande, auch nur ein einziges Wort zu sagen. Plötzlich fühlte sich Paul als Herr der Lage.

»Na sowas, du hast ja ganz vergessen, das Bett zu machen, Annie.« Er wandte sich an den Wachtmeister. »Evan hat dieses Zimmer in den vergangenen Tagen als eine Art Spielzimmer benutzt. Wir haben dann immer dafür gesorgt, dass er sich für den Rest des Nachmittags hier ins Bett gelegt hat, bis er dann gestern wieder krank geworden ist.«

Erneut wurde Hardman von einem animalischen Instinkt erfasst, der ihm sagte, dass hier irgendetwas nicht stimmte, aber er konnte nichts wirklich Verdächtiges entdecken. Ratlos nahm er ein Blatt Papier in die Hand, das auf dem Tisch lag. »Der Kleine schreibt also ein Buch, was? Was Kinder heutzutage alles so treiben! ›*Kapitel eins. Wie Cinders geschnappt wurde*‹«, las er laut vor.

»Tut mir leid. Ich dachte, ich hätte Evan rufen hören.« Annie Stott rannte aus dem Zimmer.

»Und wer ist jetzt diese Cinders?«, fragte Hardman.

»Evan hat den Bericht über die Entführung in den Nachrichten gehört und hat angefangen, eine Geschichte darüber zu schreiben. Keine Ahnung, warum er die Heldin ›Cinders‹ genannt hat. Kinder können manchmal richtig herzlos sein«, sagte Paul kaltblütig und musste das nahezu unwiderstehliche Bedürfnis unterdrücken, dem Wachtmeister das Blatt aus der Hand zu reißen. Wie sich herausstellte, wäre ein solches Vorgehen ebenso unnötig wie unklug gewesen, denn im nächsten Moment legte Hardman das Blatt wieder auf den Tisch, ohne weiterzulesen. »Also gut, Sir, ich bin Ihnen sehr verbunden. Tut mir leid, Sie belästigt zu haben. Jetzt sollte ich wohl mal weiter. Lassen Sie mich wissen, falls es irgendetwas gibt, was ich für den armen kleinen Kerl tun kann. Ich wünsche Ihnen noch einen schönen Tag.«

»Das ist ja so gerade eben nochmal gut gegangen«, sagte Paul ein paar Minuten später zu Annie, nachdem er ihr von dem Vorfall erzählt hatte. Er verspürte immer noch ein gewisses Hochgefühl, weil er die Nerven behalten hatte, als Annie die ihren verloren hatte. Das schien in seinen Augen den Schnitzer wieder wettzumachen, den er sich geleistet hatte, als er in Panik geraten war und Evan im Schneesturm allein gelassen hatte. Zum ersten Mal schien Annie ihn mit so etwas wie Respekt zu behandeln.

»Das hast du gut gemacht«, sagte sie. »Was ist mit dieser Geschichte, die sie da geschrieben hat?«

»Oh, die habe ich verbrannt. Hab' mich ziemlich schlecht dabei gefühlt. Wie lange haben wir dieses elendige Kind denn noch am Hals?«

»Das hängt ganz von Petrows nächstem Schritt ab.«

»Also *er* macht den nächsten Schritt, ja?«

Die Frau antwortete nicht. Sie hatte gestern Abend über den Kurzwellensender mit Petrow kommuniziert – mehr wusste Paul nicht.

»Wenn wir nur mit Sicherheit wüssten, was mit Evan passiert ist«, sagte sie. »Naja, er kann uns jedenfalls nicht verraten haben, denn sonst wären wir jetzt schon im Gefängnis.«

»Weißt du, was ich glaube? Evan ist durchaus in London angekommen, und Petrow tut nur so, als sei das nicht der Fall.«

Annie betrachtete das Faungesicht ihres Komplizen. »Warum um alles in der Welt sollte er so etwas tun?«

»Keine Ahnung. Um uns zappeln zu lassen, vielleicht. Er genießt solche Spielchen – Macht, Intrige, Betrug. Er genießt sie um ihrer selbst willen, meine ich.«

»Ach Quatsch«, entgegnete Annie, doch ihre Stimme klang, als wäre sie von ihrer Antwort nicht unbedingt hundertprozentig überzeugt.

»Vertraust du ihm etwa?«

»Natürlich tue ich das.«

»Dann bist du ganz schön blöd. Wenn dieser Plan, den er ausgeheckt hat, fehlschlägt, dann ist dir doch wohl klar, was er tun wird? Er wird sich aus dem Staub machen und wir dürfen das Ganze ausbaden.«

Der Gesichtsausdruck der Frau verhärtete sich. »Ich verstehe. Du schlägst also vor, dass *wir* uns aus dem Staub machen sollten, bevor es so weit kommt?«

»Wenn du auch nur ein Fünkchen Verstand hättest, würdest du das sofort tun. Ich kann es nicht tun – er hat mich vollkommen in der Hand, wie du ja nur zu gut weißt. Aber natürlich wirst du das Ganze durchziehen – Parteidisziplin und all dieser Scheiß. Es muss schön sein, wenn man von dem Gefühl durchdrungen ist, dass nichts anderes zählt als der Sieg der kommunistischen Sache.«

»Es gibt viele andere Dinge, die wichtig sind, Paul. Du redest, als wären wir keine menschlichen Wesen. Wir wissen einfach nur, was das Wichtigste ist. Und handeln entsprechend.«

Es war etwas Weicheres, nahezu Gefälliges in ihrem Gesichtsausdruck, das Paul als noch viel verstörender empfand als ihre übliche Gleichgültigkeit oder Feindseligkeit. Er merkte, wie er innerlich vor ihr zurückzuckte, als hätte sie ihm gerade sexuelle Avancen gemacht. »Das Problem mit euch Kommunisten ist, dass eure Wertmaßstäbe euch dazu ermutigen, Lügen zu erzählen – uns anderen, euch gegenseitig – wann immer es euch gerade zweckdienlich erscheint.«

»Glaubst du denn, kapitalistische Politiker würde niemals lügen?«

»Darum geht es doch gar nicht. Eure Überzeugung, dass es keine Wahrheit gibt außer der Wahrheit der Zweckmäßigkeit, bedeutet im Endeffekt, dass ihr niemandem trauen könnt. Und Menschen, die niemandem trauen, haben sich selbst dazu verdammt, zur Hölle zu fahren. Diese ganzen öden Slogans, die ihr euch ausdenkt – die Solidarität der

Massen und dieses andere leere Gerede – dienen doch nur dazu, die Wahrheit zu vertuschen. Sie sind nichts als eine Fassade aus Papier, die euch daran hindert, echten Kontakt zu anderen Menschen herzustellen. Das könnt ihr gar nicht, weil ihr ja immer misstrauisch bleiben müsst und immer bereit seid, im Interesse der Menschheit andere menschliche Individuen zu verurteilen oder zu zerstören. Ihr lebt in der Hölle, auch wenn ihr euch dessen nicht bewusst seid. Die Hölle ist die Einsamkeit. Ihr betet den heiligen Zweck an, betet ihn so unterwürfig an, dass ihr sofort bereitwillig lostrottet, wenn euer Gott euch sagt, ihr sollt für ihn in die Hölle gehen.«

»Du hättest Quäker werden sollen«, sagte Annie. Doch ihre Worte klangen nicht aggressiv. »Du und dein spießbürgerlicher Romantizismus, Paul.«

»Da fängst du schon wieder an. Wenn du einem Argument nichts entgegenzusetzen hast, tust du es einfach ab, indem du deinem Gegenüber ein sinnentleertes Schlagwort an den Kopf wirfst.«

»Nach dem, was ich dir über meine Kindheit erzählt habe, redest du immer noch so, als wäre ich nie mit der Realität in Berührung gekommen? Wir erkennen die Realität, indem wir nach ihr handeln, und nicht, indem wir herumsitzen und aus respektvollem Abstand darüber nachdenken und Theorien aufstellen.«

»Aber –«

»Du gehörst doch selbst einer Arbeitsgruppe an. Da müsstest du doch wissen, dass ich als Parteimitglied und Vertrauensperson automatisch eine enge, aktive Beziehung zu anderen Menschen habe. Wir sitzen alle in einem Boot und arbeiten gemeinsam daran, die Welt zu einem besseren Ort –«

»Oh mein Gott! Damit Kinder nicht mehr frierend und hungrig zur Schule gehen müssen, wie du das erlebt hast, und nicht mehr so schrecklich von älteren Kindern gehänselt werden – aus diesem Grund empfindest du es als gerechtfertigt, dieses Kind da oben die Hölle durchmachen zu lassen.«

»Du tust es doch auch.«

»Ich wurde dazu gezwungen. Du hast es aus freiem Willen getan – falls ich dieses dreckige Wort einer Deterministin gegenüber benutzen darf.«

»Du hättest dich weigern können.«

»Ich hätte mich weigern *müssen*. Du brauchst mich nicht daran zu erinnern, dass ich gekniffen habe, Annie. Warum müssen Frauen bloß bei jeder Gelegenheit ihre Krallen ausfahren?«

»Du könntest dein Gewissen beruhigen, mein lieber Paul«, sagte sie nun wieder auf ihre übliche giftige Art, »indem du dem Kind hier und da ein wenig Gesellschaft leistest. Falls du der Meinung bist, dass deine Gegenwart die Hölle ein wenig abschwächt, von der du behauptest, dass sie sie gerade durchmacht.«

Nach einem Moment des Schweigens sagte Paul: »Also gut.« Es klang fast wie eine Drohung. Er stürzte aus dem Raum, kehrte kurze Zeit später jedoch schon wieder zurück. »Sie schläft immer noch. Und atmet schrecklich schwer. Du hast es doch wohl mit diesem Schlafmittel nicht übertrieben, hoffe ich.«

»Natürlich nicht …«

Es dauerte tatsächlich bis nach zwei Uhr nachmittags, bis

Lucy vollends aufwachte. Sie hatte schlimme Kopfschmerzen und wurde von der Erinnerung an einen scheußlichen Albtraum geplagt. Sie erinnerte sich noch, dass die Wahnsinnige ihr Orangensaft zu trinken gegeben hatte, und danach an nichts mehr als an die Wesen aus ihrem Albtraum, die wirres Zeug geredet, sie verspottet und verfolgt hatten, während sie selbst durch endlose Straßen gelaufen war, um ihren Vater zu finden, der, als sie ihn endlich gefunden hatte, sich zu allem Überfluss selbst in eines dieser Wesen verwandelte. Das Entsetzen über diesen fürchterlichen Verrat stand ihr immer noch lebhaft vor Augen. Lucy vergrub den Kopf im Kissen und begann zu weinen. Sie wusste, dass sie ihren Vater nie wiedersehen würde. Die Abenteuerphantasien, aus denen sie bisher noch ein wenig Kraft geschöpft hatte, hatten sich vollständig in Luft aufgelöst. Es war nichts mehr davon übrig. Sie blieb vollkommen allein zurück. Allein, vollkommen allein.

Nach einer Weile hörte sie, wie eine neue Stimme sagte: »Hallo, Lucy!« Das elektrische Deckenlicht war eingeschaltet. Sie fuhr im Bett hoch und rieb sich die Augen, nicht sicher, ob dies nicht der Beginn eines weiteren fürchterlichen Albtraums war.

»Wie geht es dir?«

»Mir ist so schrecklich heiß!«

»Dann schalten wir die Heizung aus.«

Lucy sah, dass sie sich in dem Zimmer an der Vorderseite des Hauses befand und nicht in ihrem eigenen. Ein Mann betrachtete sie. Ein Mann mit ziemlich langen Haaren und einem kleinen, knopfähnlichen Mund. Der Mund öffnete sich und sagte: »Du hast ja geweint, mein liebes Kind. Du brauchst doch nicht zu weinen.«

»Ich konnte nicht anders«, antwortete sie kläglich.

»Es gibt Shepherd's Pie und Dosenpfirsiche zum Mittagessen. Kriegst du das runter, du armes kleines krankes Kind?«

Lucy schenkte ihm ein zaghaftes Lächeln. Es gefiel ihr, wie er mit ihr sprach.

»Ich denke schon. Habe ich lange geschlafen?«

»Mehrere Stunden.«

»Aber ich schlafe *nie* nach dem Frühstück. Und ich habe ganz scheußliche Kopfschmerzen.«

»Pech. Es wird bald vorbeigehen.«

»Wird es das? Wer sind Sie?«

»Ich heiße Paul.«

»Sind Sie der Irrenwärter dieser verrückten Frau?«

Der Mann kicherte. Es klang nett. Lucy fiel auf, dass er lange Wimpern hatte. Wenn seine Augen nicht gerade fröhlich tanzten, hatten sie etwas seltsam Melancholisches.

»Tante Annies Wärter? Tja, wo du's sagst, könnte man das tatsächlich so bezeichnen. Aber sag ihr das nicht. Die Kuh stand auf, und dann stand der Wärter auf, um die Kuh zu warten.«

Lucy fing an zu lachen, auch wenn sie gar nicht wusste, warum.

»Sie klingen genauso verrückt wie sie. Oh, was ist dieses stinkige Zeugs an meinem Hals? Und da auf meiner Brust ist auch noch was.«

»Das war Tante A. Die hat wohl gedacht, du hättest Bronchitis oder sowas. Ich denke, die können wir dir jetzt wieder abnehmen. Aber nur, wenn du versprichst, das Fenster nicht zu öffnen. Die kalte Luft wäre gefährlich, nachdem man dich mit Wärmowickeln und Kupferöl eingewickelt hat.«

»Sie reden doch aber jetzt Unsinn! Es heißt Wärmewickel und Kampferöl, Sie Dummkopf!«

»So heißt es in der Tat. Und? Kein geöffnetes Fenster, versprochen?«

»Versprochen.«

Paul nahm ihr die Wickel wieder ab und warf sie in eine Ecke. »Hier, zieh diesen Pullover an. Ich hole dir das Mittagessen.«

Der Mann blieb eine Weile bei ihr sitzen, während sie aß. Er schien nett zu sein, dachte Lucy, aber andererseits konnte er nicht wirklich nett sein, wenn er dabei half, sie gefangen zu halten. Außerdem war da etwas an der Art, wie er sie ansah, das bei ihr ein vages Unbehagen auslöste.

Paul dachte gerade, was sie doch für einen hübschen Jungen abgab, mit diesem wohlgeformten Kopf und den leuchtenden grauen Augen.

»Können wir nicht die Vorhänge öffnen?«, fragte sie schließlich.

»Klar, warum nicht?«

Lucy schaute aus dem Fenster in die weite schneeige Landschaft. »Ich wünschte, wir könnten Schlitten fahren gehen«, sagte sie wehmütig.

»Vielleicht machen wir das ja irgendwann.«

»Oh, wann denn? Morgen? Sonst könnte es vielleicht alles wegschmelzen, bevor wir –« Lucys Stimme begann zu zittern, und sie konnte nicht weiterreden, weil sie gerade daran denken musste, wie ihr Vater ihr versprochen hatte, mit ihr Schlitten fahren zu gehen.

»Du wirst doch nicht etwa wieder anfangen zu weinen?«

Die sich ankündigenden Tränen versiegten sofort wieder,

so entrüstet war sie über seinen Tonfall. »Das ist unfair. Sie können schließlich nicht erwarten, dass ich hier glücklich bin.«

»Aber man kümmert sich doch hier sehr gut um dich, oder?«, fragte Paul, wandte jedoch gleichzeitig den Blick ab.

»Ich will zurück zu meinem Vater und zu Elena. Ich weiß nicht, warum Sie mich hierbehalten.«

»Das wirst du auch bald, hoffe ich – zu ihnen zurückgehen.«

Lucy sah ihn unverwandt an und versuchte einzuschätzen, wie ehrlich er das meinte. »Schwören Sie das? Hand aufs Herz!«

Paul schluckte schwer. »Hand aufs Herz!«

»Ich habe heute Morgen ganz furchtbar geträumt. Ich habe geträumt, ich würde überall nach Papa suchen und könnte ihn nicht finden.«

»Komm schon, Lucy, Kopf hoch. Sollen wir eine Partie Dame spielen?«

»Ich würde lieber ein Bad nehmen. Ich stinke.«

»In Ordnung.«

Er brachte sie ins Badezimmer und ließ Wasser ein. Als sie fertig war, wartete er draußen. Er schnüffelte theatralisch die Luft über ihrem Kopf. »Jetzt riechst du gut, Lucy.«

»Muss ich den ganzen Tag in diesem anderen Zimmer eingesperrt sein?« Sie waren jetzt wieder zurück in dem Raum, der sich an der Vorderseite des Hauses befand. »Es ist so langweilig dort. Ich kann gar nichts sehen, wenn ich aus dem Fenster gucke.«

»Ich muss Annie fragen. Ich sehe eigentlich keinen Grund, warum wir dich nicht ein bisschen durchs Haus laufen lassen sollten.« Jetzt, da Evan nicht mehr hier war. »Aber – weißt du, was ›auf Bewährung‹ bedeutet?«

»Das ist eine Bedingung, unter der Leute aus dem Gefängnis kommen.«

»Ja, genau. Wirst du *versprechen*, dass du nicht versuchen wirst zu fliehen? Du würdest ohnehin nicht weit kommen, die Straßen sind alle noch vollkommen verschneit. Versprichst du es mir? Ehrenwort? Dann wärst du sozusagen auf Bewährung!«

Bei einem Jungen hätte diese Methode möglicherweise funktioniert. Lucy sah ihn unschuldig und mit weit aufgerissenen Augen an. »Natürlich verspreche ich das. Ehrenwort!« Sie war bereits Frau genug, um nicht das Geringste auf diese Art von »Ehre« zu geben, und es war ihr vage bewusst, dass Paul eine Schwachstelle innerhalb dieser Gefängnismauern war und dass es sich lohnte, auf diese Schwachstelle einzuwirken.

»Na gut. Dann schaue ich mal, was Annie dazu sagt.«

»Aber ich dachte – wollen Sie damit sagen, dass sie nicht wirklich verrückt ist?«

Die dicken, knopfartigen Lippen des Mannes verzogen sich zu einem Schmollmund. »Nicht die ganze Zeit jedenfalls. Man muss ihr jedoch ihren Willen lassen.« Er dachte gerade, dass sie irgendwann entscheiden mussten, ganz gleich, ob der Erpressungsversuch gelang oder nicht, was sie mit diesem Kind anfangen sollten, und dass es daher gar keine schlechte Idee wäre, es auf seine Seite zu ziehen. Er hatte den Gedanken verdrängt – wie er es mit allen unerfreulichen Dingen tat –, dass Petrow möglicherweise plante, dem Mädchen für immer den Mund zu stopfen.

Er strich ihr über die stoppeligen Haare. »Mach dir keine Sorgen. Ich werde auf dich aufpassen, Lucy.«

Sie zog automatisch den Kopf weg – sie mochte es nicht, von wildfremden Leuten gestreichelt zu werden – erinnerte sich dann jedoch, dass sie sich bei ihm einschmeicheln musste, und drückte seine Hand. »Kann ich hier in diesem Zimmer bleiben?«, fragte sie.

»Aber all deine Bücher und übrigen Sachen sind doch in dem anderen Zimmer.«

»Könnten Sie mir nicht etwas holen, womit ich spielen könnte? Ich schreibe gerade –« Lucy verstummte.

»Oh, diese Geschichte, die du angefangen hast. Es tut mir schrecklich leid, aber Annie hat sie heute früh gefunden und zerrissen.«

»Zerrissen? *Warum?*« Ein quengelnder Ton hatte sich in Lucys Stimme geschlichen.

»Sie macht manchmal sehr seltsame Dinge. Mach dir nichts draus. Du kannst doch eine neue Geschichte schreiben.«

»Aber sie hat kein Recht dazu, meine –«

»Und ich sorge dann dafür, dass sie die neue Geschichte nicht in ihre langen, hässlichen Krallen bekommt.«

Lucy war nicht besänftigt. »Ich nehme an, sie hat sie zerrissen, weil sie von einem Mädchen handelte, das entführt wurde. Das war richtig gemein von ihr.«

»Jetzt nörgele nicht rum, junge Dame. Ihr Weibsbilder müsst euch immerzu beschweren. Also, was soll ich dir holen?«

»Dieses Buch von Arthur Ransome, das neben dem Bett liegt, bitte.«

»Alles klar, Kumpel. Wie steht's jetzt mit den Kopfschmerzen?«

»Sind weg, vielen Dank, Kumpel.«

So weit, so gut, dachte Lucy. Paul hatte ihr das Buch gebracht und sich dann zurückgezogen. Ein ziemlicher Waschlappen, befand sie, auch wenn er sehr viel freundlicher zu ihr gewesen war als diese verrückte Frau. Obwohl die Frau ja anscheinend gar nicht verrückt war – jedenfalls nicht die ganze Zeit. Lucy vergewisserte sich, dass Paul die Tür nicht abgeschlossen hatte. Aber sie konnte hören, wie sich die beiden unten stritten, und entschied sich dagegen, einen Fluchtversuch nach draußen zu wagen.

Sie schlich durch den Flur zum Kinderzimmer, holte sich das Blatt Papier, das sie unter der Verkleidung der Schublade versteckt hatte, stieg wieder ins Bett und las sich das Ganze noch einmal durch. *Zweites Kapitel: Wo bin ich?* Dann schob sie sich das zusammengefaltete Papier unter den Pullover und dachte nach.

Es mussten doch ab und zu andere Leute zu diesem Haus kommen. Der Mann, der die Milch brachte, zum Beispiel. Dieser Jim. Wenn jemand kommt, werde ich ihn sehen – solange man mir erlaubt, in diesem Zimmer zu bleiben. Es wird nichts nützen, mich durch die Fensterscheibe mit ihm zu unterhalten – er würde das, was ich sage, nicht hören können. Und wenn ich schreie, würde die Frau das hören und sofort mit dieser scheußlichen Spritze herbeigestürzt kommen. Wenn es aber möglich wäre, das Fenster zu öffnen –

Sie stellte sich auf das Bett und versuchte es. Die untere Hälfte war nicht zu bewegen, aber mit viel Kraft gelang es ihr, die obere Hälfte ein wenig herunterzuziehen, wenn auch nur wenige Zentimeter. Doch sie konnte ihren Mund nicht nahe genug an die Öffnung heranbringen, um hindurchzusprechen und draußen noch gehört zu werden. Und wenn sie nur Grimassen schnitt und gestikulierte, würde die Person draußen denken, sie wollte sie foppen oder wäre nicht ganz bei Trost. In Buckinghamshire suchte bestimmt niemand nach Lucy Wragby.

Sie werden hier noch nicht einmal von mir gehört haben. Also würde es auch nichts nützen, wenn ich eine Botschaft schreibe, wie zum Beispiel: »*Hilfe! SOS. Ich bin Lucy Wragby. Ich bin entführt worden. Holt die Polizei!*« und wenn ich diese Botschaft dann aus dem Fenster werfe. Die Person draußen würde glauben, ich wollte nur ein Spiel spielen.

Lucy wusste nur zu gut, welche Schwierigkeiten die Erwachsenen damit hatten, den Unterschied zwischen ernst gemeinten und scherzhaften Bemerkungen zu erkennen. Dann hatte sie eine Idee. Wie wäre es, wenn sie auf die Rückseite des Blatts schreiben würde, dass der Finder es sofort an Professor Alfred Wragby, F.R.S., Das Gästehaus, Downcombe schicken sollte. Und dann würde sie noch schreiben: »Belohnung: fünf Pfund. Es ist ein wissenschaftliches Experiment.«

Begeistert von dieser verheißungsvollen Idee nahm sie den Bleistift zur Hand und schrieb genau diese Worte in riesigen Großbuchstaben auf die Rückseite des Blatts Papier, auf dem ihre Geschichte stand. Mit ein wenig Glück könnte es ihr gelingen, ein Papierflugzeug durch den Spalt in der oberen Fensterhälfte zu werfen. Lucy faltete sorgfältig ein Flugzeug aus dem Blatt Papier. Aber wo konnte sie es verstecken, damit ihre Entführer es nicht fanden, bevor jemand auftauchte, dem sie es zuwerfen konnte?

Nach einer Weile des Nachdenkens schob sie das Flugzeug

behutsam hinter die gerahmte Photographie des Mannes mit Hut und Robe, die an der Wand gegenüber hing.

Nun hieß es also nur noch, geduldig darauf zu warten, dass auch jemand auftauchte. Jetzt, da sie einen Plan hatte, verging die Zeit noch viel langsamer als vorher. Dort draußen gab es nichts zu sehen außer der verschneiten Landschaft, die sie mittlerweile unendlich langweilig fand. Vom Bauernhof her war das Muhen von Kühen zu hören. Sie nahm das Buch zur Hand, aber die darin geschilderten Abenteuer einer schrecklich einfallsreichen Horde von Kindern vermochten sie nicht lange zu fesseln. Ich wette, diese Kinder hätten im echten Leben ziemlich dumm aus der Wäsche geschaut, dachte Lucy, wenn sie in so ein Abenteuer geraten wären, wie ich es gerade erlebe. Da würde es ihnen aber auch gar nichts nützen, dass sie so toll segeln und ihre eigenen Mahlzeiten kochen können.

Sie beobachtete den Schatten eines Baumes, der sich bläulich über den Schnee legte, und versuchte ihn mit purer Willenskraft dazu zu bewegen, sich schneller zu verlängern. Beeil dich, Zeit! Oder nein, lieber doch nicht, denn dann würde es bald dunkel werden, und die Person, der ich mein Papierflugzeug zuwerfe, würde es nicht finden können - weißes Papier in weißem Schnee unter dem Fenster - und ich würde bis morgen warten müssen.

Aber was für eine Person? Plötzlich kam ihr ein schrecklicher Gedanke. Was, wenn es der Mann vom Bauernhof oder ein vollkommen Fremder war? Woher sollte sie wissen, dass diese Person auch auf ihrer Seite sein würde? Es könnte sich um einen Komplizen ihrer Entführer handeln. Der Mann vom Bauernhof, dieser Jim - wenn er nicht Bescheid wusste, warum sollte Annie sie dann dazu gezwungen haben, ihm heute früh durch das Fenster zuzuwinken? War das heute Morgen gewesen? Es kam ihr so vor, als wäre es eine Woche her.

Aber Moment mal. Annie hatte sie hier in dieses Bett gebracht und sie gezwungen, Jim zuzuwinken, und er hatte etwas zu ihr hochgerufen, etwas darüber, dass sie krank sei. Aber natürlich hatte sie in seinen Augen wie ein Junge ausgesehen. Wie ein kranker Junge. Die senfgesichtige Hexe hatte diesem Jim wahrscheinlich gesagt, dass sie – Evan – irgendeine ansteckende Krankheit hatte, wie die Masern oder Lepra, damit sie einen Vorwand hatte, ihn oder irgendeinen der anderen Leute auf dem Bauernhof daran zu hindern, sie zu besuchen. Also konnte Jim unmöglich mit ihnen unter einer Decke stecken.

Lucy war von dieser eleganten Schlussfolgerung, die sie da gerade gezogen hatte, so begeistert, dass sie fast das knirschende Geräusch der Schritte im Schnee überhört hätte, die sich vom Bauernhof her näherten.

Sie sprang aus dem Bett, holte das Papierflugzeug hinter dem Bild hervor, strich eine Flügelhälfte glatt, die zerknittert war, und stellte sich so nah wie möglich ans Fenster auf das Bett.

Es war tatsächlich Jim, der da gerade kam. Er trug einen Korb, in dem einige sehr große Orangen lagen. Lucy klopfte leise ans Fenster, weil sie Angst hatte, zu viel Lärm zu machen. Dennoch sah sie sich gezwungen, noch etwas lauter zu klopfen. Jim schaute hoch und winkte. Sie legte sich die den Finger auf die Lippen und sagte »Sschsch!«, was er bestimmt nicht hören konnte. Bevor er zu ihr hochrufen konnte, was vielleicht dazu geführt hätte, dass die anderen beiden aus dem Haus gestürzt kamen, warf Lucy das Papierflugzeug durch den Spalt in der oberen Fensterhälfte. Es segelte in einem herrlichen Bogen nach unten und fiel ihm genau vor die Füße.

Doch im nächsten Moment verwandelte sich der Triumph in eine Katastrophe. Jim hob das Flugzeug zwar auf, doch dann warf es sofort wieder zu ihr zurück. Ein lustiges Spiel mit dem Kind. Der kleine Evan war ja ein netter Kerl, der verstand Spaß.

Das Papierflugzeug prallte gegen die Fensterscheibe, strudelte dann nach unten wie ein abgeschossener Vogel und landete ein paar Zentimeter von der Hauswand entfernt im Schnee.

Lucy versuchte verzweifelt, ihm durch das Fenster Zeichen zu geben, zeigte mit ihrem Finger immer wieder nach unten und führte ihm dann eine Pantomime vor, indem sie ein imaginäres Papierflugzeug auseinanderfaltete und so tat, als würde sie es lesen. Jim grinste zu ihr hoch und sah verwirrt aus. Genau in diesem Moment hörte Lucy Schritte unten in der Diele, die sich der Haustür näherten. Sie musste um jeden Preis verhindern, dass die betreffende Person nach draußen ging und das Papierflugzeug entdeckte. Sie schrie, so laut sie konnte: »Hilfe! Hilfe!«

Die Schritte änderten sofort die Richtung und kamen die Treppe hinaufgestampft. Annie Stott stürmte ins Zimmer, schlug Lucy eine Hand vor der Mund und zog sie vom Fenster fort.

»Wie kannst du es wagen, einen solchen Lärm zu machen? Was bist du doch für ein böses Kind!«

»Es tut mir leid«, sagte Lucy, als sie wieder reden konnte.

»Ich hatte einen schlimmen Traum. Ich habe geträumt, das Haus würde brennen.«

Annie ging zur Tür und rief nach unten. »Paul! Komm sofort hoch, bitte.«

Jim klopfte an die Haustüre.

»Paul, sieh zu, dass dieses Kind still ist. Sie hat behauptet, sie hätte einen Albtraum gehabt. Hast du dieses Fenster geöffnet, Kind?«

»Mir war so heiß. Und dann bin ich eingeschlafen und hatte einen ganz scheußlichen Traum.«

»Schließ das Fenster, Paul, und bleib hier. Halte sie vom Fenster fern.«

Annie Stott eilte nach unten, von einer gewaltigen Wut erfüllt.

»Was wollen Sie?«, blaffte sie Jim an. »Was war hier los? Haben Sie mit Evan geredet?«

Wie die meisten Leute vom Land konnte Jim sowohl widerspenstig als auch verschlagen sein, auch wenn sein Verstand nicht immer besonders schnell arbeitete. Er wollte auf keinen Fall, dass der kleine Bursche mit dieser sauertöpfischen Tante Ärger bekam, mit der er geschlagen war. Am besten war es, überhaupt nichts davon zu erzählen, dass der Junge ein Papierflugzeug aus dem Fenster geworfen hatte.

»Nichts war hier los. Jedenfalls nichts, wovon ich wüsste. Ich habe nur dem kleinen Evan zugewinkt. Dann sind Sie gekommen und haben mich angekreischt.«

»Der Junge ist im Fieberdelirium, er muss unbedingt Ruhe haben.«

»Tut mir leid, das zu hören. Bert Hardman hat mich gebeten, diese Orangen hier für Evan hochzubringen.«

»Hardman?«

»Unser Dorfpolizist.«

»Ach ja, der ist heute früh hier gewesen. Das ist sehr nett, vielen Dank.«

Annie Stott sah sich argwöhnisch um, doch Jim hatte sich zwischen sie und das Papierflugzeug gestellt. Sobald sie mit dem Korb im Haus verschwunden war, bückte er sich, hob das Flugzeug auf, stopfte es in eine seiner Manteltaschen – und vergaß es sofort wieder.

Lucy hatte keine Möglichkeit, in Erfahrung zu bringen, ob ihre Nachricht angekommen war oder ob sie immer noch am Fuß der Mauer lag, denn sie wurde sofort zurück in das Kinderzimmer auf der Rückseite des Hauses gebracht.

Kapitel 8

DIE WANZE

30. DEZEMBER

Wenn man ein Gummiband zu lange dehnt, verliert es die Spannung. Im Gästehaus herrschte an jenem Sonntagmorgen eine Atmosphäre nervöser Erschöpfung. Alle wirkten schlaff und kraftlos. Elena kam zwar zum Frühstück herunter, aß jedoch so gut wie nichts. Sie saß mit versteinertem Gesicht da und hielt die Augen niedergeschlagen, als wollte sie vermeiden, den Stuhl anzuschauen, auf dem Lucy immer gesessen hatte. Ihr Ehemann war fürsorglich um sie bemüht, doch sie zeigte kaum eine Reaktion. Er war allerdings auch nicht bei der Sache, denn er wartete die ganze Zeit darauf, dass das Telefon klingelte. Warum hatten die Entführer ihn seit gestern nicht mehr angerufen? Der Vormittag zog sich in die Länge, und sie meldeten und meldeten sich nicht. Sie hatten gesagt, sie würden ihm neue Anweisungen geben, aber es kamen keine. Das zehrte umso mehr an Wragbys Nerven, als er sich schon insgeheim zurechtgelegt hatte, wie er reagieren würde, sobald man sich mit ihm in Verbindung setzte.

Der Wind hatte sich nachts gelegt, und ein starker Frost hatte die Straßen, auf denen der Schnee gestern ein wenig zu schmelzen begonnen hatte, in Eisflächen verwandelt. Um 10:50 Uhr machten sich der Admiral und seine Frau auf den

Weg in die Dorfkirche. Unterwegs rutschten sie immer wieder aus und mussten sich gegenseitig wie zwei Betrunkene stützen.

Lance Atterson saß im Wohnzimmer und zupfte auf seiner Gitarre herum, während Cherrys dicker kleiner Körper im Rhythmus zuckte, ohne dass sie es merkte, wie bei einem schlafenden Hund. Justin Leake las ein Taschenbuch mit grellbuntem Cover, obwohl er im Grunde genommen das Buch nur geöffnet in der Hand hielt und nie auch nur eine einzige Seite umzublättern schien. Genauso gut hätte nicht er das Buch, sondern das Buch ihn lesen können, dachte Nigel. Er wünschte, er selbst könnte diesen Mann lesen, doch er war einfach nicht zu entziffern. Es bestand kaum ein Zweifel daran, was für ein Spiel er hier spielte, aber spielte er vielleicht zur gleichen Zeit noch ein zweites, verdecktes Spiel?

Hauptkommissar Sparkes hatte Nigel am gestrigen Abend noch angerufen.

»Die Kollegen aus Surrey haben endlich geliefert«, sagte er. »Sir James Allenby war zwar nicht zu Hause – er musste plötzlich nach Stockholm reisen –, aber sie haben die Haushälterin befragt.« In Sparkes Stimme schwang eine amüsierte Note mit. »Ihre Cherry dort im Gästehaus – es scheint ganz so, als hieße sie wirklich Miss Smith. Miss Frobisher-Smith, um genau zu sein. Sie ist Sir James' Mündel. Sechzehn Jahre und zehn Monate alt.«

»Schön, damit wäre das geklärt. Werden Sie die Sache noch ein wenig auf sich beruhen lassen?«

»Auf jeden Fall. Wenn Cherry gegen unseren Freund aussagt, werde ich etwas unternehmen müssen – oder auch umgekehrt. Aber vorher nicht.«

»Dann wollen Sie dieses Vergehen erst einmal stillschweigend dulden?«

»Ganz genau.«

»Noch nichts Neues von Lucy?«

»Nichts. Wir haben fast alle in Frage kommenden Gebäude in dieser Gegend durchkämmt. Das macht mich wirklich fertig.«

»Was ist mit dem Telefonanruf, den Wragby aus London erhielt?«

»Der kam aus einer Wohnung, deren Mieter sich gerade im Ausland aufhält. Wir haben die Person noch nicht ausfindig machen können. Möglicherweise ein verdeckt arbeitendes Parteimitglied. Ich wünschte, Sie könnten den Kontakt auf unserer Seite aus der Reserve locken.«

»Sie meinen den Informanten hier im Gästehaus? Ich glaube, ich weiß, wer es ist.«

»Ach ja? Das wissen Sie also?«

»Ja.« Nigel sagte ihm den Namen. Es folgte ein langes Schweigen. »Oha. Das ist ja ganz was Neues«, sagte Sparkes schließlich.

Nigel und Clare hatten sich bis Mitternacht unterhalten. Er war in ihr Zimmer gegangen, das an seines angrenzte, und hatte sich auf ihr Bett gesetzt. »Du bist schöner denn je, Clare, mein Liebling«, sagte er und bewunderte die magnolienweiße Haut ihres Gesichts und ihrer Schultern und die glänzenden schwarzen Haare, die sie wie dunkle Kaskaden umhüllten.

»Möchtest du mit mir schlafen?« Sie sah zu ihm hoch. »Nein, du willst etwas ganz anderes von mir. Ich soll irgendetwas für dich tun. Sag mir, was es ist.«

»Das hat man davon, wenn man mit einer Hellseherin zusammenlebt. Ich kann keinen einzigen geheimen Gedanken mehr haben.«

»Du weißt genau, dass du es mit niemand anderem aushalten würdest, mein Liebling«, antwortete sie weder besitzergreifend noch besorgt, sondern mit jener liebevollen Abgeklärtheit, die er immer schon so charmant an ihr gefunden hatte.

»Du könntest nein sagen. Ich würde dir keine Vorwürfe machen. Es ist eine ziemlich hässliche Aufgabe.«

»Nun gut, schieß los.«

»Ein bisschen so, als würde ich dir ein Messer geben, dich bitten, es in jemandes Wunde zu stechen und dann auch noch umzudrehen.«

»Ja?«

»Und darüber hinaus könnte es sein, dass die betreffende Person eine solche Behandlung gar nicht verdient hat und vollkommen unschuldig ist.«

Clares Augen waren auf sein besorgtes Gesicht geheftet. Dann sagte sie mit ihrer hellen, klaren Stimme: »Du meinst Elena Wragby.«

»Wieder einmal beweist du dich als Hellseherin.«

»Nein, wir kennen uns eben einfach sehr gut, Liebling. Und außerdem bin ich nicht auf den Kopf gefallen.«

»Und es ist ein wunderschöner Kopf. Mit einem wunderschönen Körper darunter. Zieh deinen Morgenrock an. Ich möchte mich auf unser Problem konzentrieren können.«

Nigel schilderte ihr sein Anliegen. Dabei hielt er ihre Hand fest, während ihre Finger über die seinen strichen. Das Problem lag in der Identität des Komplizen, den die Kidnapper hier im Haus haben mussten. Man hatte sie vor der Falle im Hauptpostamt gewarnt. Wie? Entweder über das Telefon von Downcombe aus oder indem man auf irgendeine Weise in Belcaster mit ihnen in Kontakt getreten war. Vom Gästehaus war an jenem Morgen nur ein einziger verdächtiger Anruf getätigt worden, nämlich der von Mrs. Ffrench-Sullivan. Bei diesem Anruf hatte sie jedoch ein Telegramm durchgegeben. So etwas tut man nur, wenn man nicht sicher ist, ob der Empfänger auch zu Hause ist. Falls ihre Freundin, Mrs. Hollins, tatsächlich mit den Kidnappern unter einer Decke steckte, wäre sie sicherlich zu Hause geblieben und hätte auf eine etwaige Nachricht aus dem Gästehaus gewartet.

»Weder der Admiral noch seine Frau haben an jenem Vormittag das Haus verlassen. Leake, Lance Atterson und Cherry sind nach Belcaster gefahren. Falls sie nicht allesamt in die Sache verwickelt sind – was ich nicht glaube – entlasten sie sich für den größten Teil der Zeit, die sie dort verbracht haben, gegenseitig. Natürlich ist es möglich, dass einer von ihnen den Kidnappern ein Warnzeichen gegeben hat, das die anderen beiden nicht bemerkt haben. Aber unsere Person X muss es für mehr als wahrscheinlich gehalten haben, dass die Polizei jeden, der nach Belcaster fährt, beschatten würde. Ich denke nicht, dass er oder sie es riskiert hätte, dort in Kontakt mit den Kidnappern zu treten. Und vergiss nicht: Diese Person hätte nur Wragbys vage Andeutungen weitergeben können. Wragby sagte lediglich, dass er kämpfen werde. Er gab nicht den geringsten Hinweis darauf, dass er plante, die Informationen zu fälschen, die er im Postamt hinterlassen würde. Aber die Kidnapper wussten, dass die Informationen nicht echt waren, ohne sie überhaupt gesehen zu haben.«

»Und deshalb bleibt nur noch Elena übrig?«

»Elena hat nach dem Frühstück irgendwelche Freunde angerufen, aus der Telefonzelle im Dorf. Unglücklicherweise haben wir erst kurze Zeit später angefangen, die Anrufe zu überwachen, die von dort aus getätigt werden. Nichts hätte sie daran hindern können, einen weiteren Telefonanruf zu tätigen, und es gibt auch keine Beweise dafür, dass sie dies nicht getan hat. Aber der wichtigste Punkt ist folgender: Wragby hat ihr genau erzählt, welchen Plan er und die Polizei gefasst haben. Sie war die einzige Person hier, außer mir selbst, der die Details bekannt waren.«

»Ich verstehe«, sagte Clare nach einem kurzen Moment des Schweigens. »Ich verstehe – aber ich glaube es nicht. Sie liebt Lucy. Da bin ich mir ganz sicher. Nichts könnte sie dazu bewegen – nein, es ist absolut unmöglich. Und ich dachte, die Behörden hätten sie komplett durchleuchtet?«

»Das haben sie auch. Ich habe mich mit der Abteilung für Innere Sicherheit in Verbindung gesetzt, und die Leute dort werden ihre stärksten Lupen hervorholen und den Prozess noch einmal von vorn beginnen. Aber das wird seine Zeit brauchen. Und Zeit ist genau das, was wir nicht haben. Es könnte bereits zu spät sein«, fügte Nigel niedergeschlagen hinzu.

»Du musst daran glauben, dass Lucy noch am Leben ist.«

»Oder das Handtuch werfen, ich weiß. Ich bewundere Elena. Ich mag sie. Aber wir können unmöglich wissen, welche Mittel die Gegenseite eventuell hat, um Druck auf sie auszuüben ... Sag mir noch einmal, was passiert ist, als du ihr die schlechten Nachrichten überbracht hast.«

Clare erzählte es ihm.

»Kommt es dir nicht so vor, als hätte sie die Szene ein bisschen zu dramatisch gespielt? Du hast an ihre Tür geklopft und bist eingetreten. Noch bevor du ihr irgendetwas erzählt hast, hat sie bereits vermutet, dass Lucy etwas zugestoßen ist. Sie sah verzweifelt aus. Wenn sie sich tatsächlich solche Sorgen wegen der Abwesenheit des Kindes gemacht hätte, wäre sie da nicht nach unten gekommen und hätte gefragt, ob Lucy zurückgekehrt ist, oder wäre selbst nach draußen gegangen, um nach ihr zu suchen? Ihr Verhalten war das einer Person, die wusste, was geschehen ist, die darüber zutiefst erschüttert ist und die der Wahrheit nicht ins Gesicht sehen konnte. Sie hat versucht, ihre Verstörtheit zu erklären, indem sie dir erzählt hat, sie würde sich selbst bittere Vorwürfe machen, weil sie Lucy mit ein paar Briefen zum Briefkasten geschickt hatte. Das war clever. Und es war darüber hinaus auch echt. Ich zweifle keine Sekunde daran, dass ihr Gewissen sie deswegen entsetzlich geplagt hat. Sie ist kein böser Mensch.«

Clare riss weit ihre Augen auf, die so dunkel und samtig waren wie Stiefmütterchen. »Ich verstehe. Das ist in der Tat eine sehr intelligente Form der Irreführung. Aber du sagst auch, dass sie kein böser Mensch ist. Was um alles in der Welt könnte also eine anständige Frau dazu veranlassen, ein Kind, das sie liebt, für eine Sache zu opfern, die sie hasst?«

»Genau das sollst du herausfinden, meine Liebe.«

»*Ich?* Aber, guter Gott –«

»Wenn ich mich irre, irre ich mich. Dann streue ich Asche auf mein Haupt. Falls Elena unschuldig ist, wird dies ihren Schmerz nur noch verschärfen, und diese Vorstellung ist mir zutiefst zuwider. Aber Lucy ist wichtiger als die Gefühle ihrer Stiefmutter.«

Nach einem langen Schweigen sagte Clare schließlich: »Wie möchtest du, dass ich vorgehe?«

Noch am selben Nachmittag ging Clare mit ihrem Skizzenblock und Kohlestiften zum Zimmer der Wragbys hoch. Elena war von ihrem Mann dazu überredet worden, für Clare Modell zu sitzen.

»Es ist sehr nett von Ihnen, dass Sie mich Ihr –«

»Aber nein, ich fühle mich geehrt. Alfred sagt, es wäre – wie war nochmal das Wort? – therapeutisch«, unterbrach Elena sie mit einem traurigen, bitteren Lächeln. Sie setzte sich gemäß Clares Anweisungen auf einen Stuhl in der Nähe des Fensters und nahm ohne zu zögern eine ruhende Haltung ein – eine Haltung, die in einem krassen Widerspruch zu der Angespanntheit in ihrem Gesicht und dem nervösen Zucken stand, das gelegentlich die Haut an ihren Schläfen durchfuhr. Clare verbrachte ein oder zwei Minuten damit, dieses stolze, vom Schicksal verwüstete Gesicht zu betrachten, tastete in Gedanken nach der Knochenstruktur, die sich darunter verbarg und versuchte, ihren Kopf von allem anderen zu befreien, bevor sie den Stift in die Hand nahm. Mit dem instinktiven Respekt einer Künstlerin für die Arbeit einer anderen Künstlerin blieb Elena während dieser genauen Musterung vollkommen still und bewegungslos sitzen. Als der Stift den ersten kühnen Bogen über das Papier zog, fragte sie: »Beginnen Sie Ihre Portraitbüsten immer mit solchen Skizzen, meine Liebe?«

»Nein. Ich ziehe es vor, sofort mit Ton zu modellieren, aber ich habe keinen dabei. Heben Sie Ihr Kinn bitte ein wenig. Ja, genau so ... Sie haben in Ihrem Heimatland bestimmt für sehr viele Maler Modell gesessen.«

»Oh ja. In meiner Jugend. Damals war ich schön. Mein erster Ehemann hat mich sehr oft gemalt.«

»Sie haben die Art von Gesicht, das mit zunehmendem Alter immer schöner wird. Erzählen Sie mir von ihm.«

»Oh, er war ein wilder Bursche. Aber sehr talentiert. Sehr mutig. Als Künstler hat er sehr unter dem Regime gelitten.«

»Sozialistischer Realismus?«

»Ja. Er hat immer schrecklich unbesonnene Dinge gesagt. Ich hatte andauernd Angst, seine Worte könnten den Parteifunktionären zu Ohren kommen. Natürlich war er damals noch sehr jung – fünf Jahre jünger als ich. Am Ende haben sie ihn umgebracht. Er ist in meinen Armen gestorben, in einem verbarrikadierten Haus. Er war sehr wütend, sterben zu müssen, der arme Mann. Wissen Sie, was er im Sterben zu mir gesagt hat? ›Ausgerechnet jetzt, wo ich allmählich das Malen beherrsche. All diese Bilder – jetzt werde ich sie nie mehr malen.‹ Ich hätte nie gedacht, dass ich einmal den Tag erleben würde, an dem ich ihn um seinen Tod beneiden würde.«

Oh Gott!, dachte Clare. Ich kann mit dieser Sache unmöglich weitermachen. Verdammter Judas. Verdammt seist du, Nigel. Sie riss das Blatt aus dem Skizzenblock, knüllte es zusammen, warf es auf die Erde und begann von Neuem.

»Vermissen Sie die Bühne?«, fragte sie ein wenig später.

Elena zuckte mit den Schultern. »Das ist alles Vergangenheit.«

»›Treib deinen Karren und deinen Pflug über die Knochen der Toten.‹«

»Das kenne ich nicht.«

»William Blake. Eines der Sprichwörter der Hölle.«

»Sprichwörter der Hölle? Die sollten mir doch eigentlich vertraut sein. Ich glaube, ich gehöre zu den Menschen, die das Verderben in sich tragen wie eine Krankheit. Keimträger - oder? Nennt man die nicht so?«

»So dürfen Sie nicht denken. Sie haben auch vielen Menschen Freude und Liebe und neue Erkenntnisse gebracht.«

»Ich danke Ihnen, meine Liebe.« Eine Träne rollte Elenas Wange herab. Ihre nächsten Worte schienen aus ihr herauszubrechen, vollkommen unkontrolliert, wie ein Schwall Blut. »Aber nein, nicht meinem ... nicht meinem Kind. Ich hätte all das gerne aufgegeben - die Blumen, den Applaus, wissen Sie? - wenn ich dafür eine gute Mutter hätte sein können. Und jetzt sagen sie, ich könne nie wieder eine Mutter sein. Niemals wieder.«

»Sie denken an das Kind, das Sie verloren haben?«, fragte Clare behutsam.

Elena riss den Kopf herum. Ihre Augen sahen aus, als würde darin gerade ein wunderschöner Traum sterben, ein Traum, der zusehends verblasste und schließlich aufhörte zu sein. »Mein Kind? Oh ja. Das war sehr traurig. Aber auch das liegt in der Vergangenheit. Nein, ich denke an Lucy. Auch sie habe ich im Stich gelassen.«

Die Qual, die das Gesicht dieser Frau erfüllte, war so entsetzlich und unverhüllt, dass Clare den Blick abwenden musste. »Wählen zu müssen«, murmelte Elena. »Habe ich das Falsche getan? Ich konnte nicht anders. Es ist wie ein Krebsgeschwür, das mich auffrisst ... Es tut mir so unendlich leid. Ich weiß nicht mehr, was ich sage. Sie hatten nie ein Kind, Clare?«

»Nein.«

»Sie sind eine kreative Künstlerin. Sie erschaffen Dinge. Ich habe sie nur weitergegeben, sie interpretiert. Die Arbeit Ihrer Hände, das sind Ihre Kinder, und *die* kann Ihnen niemand wegnehmen.«

Clare schwieg. Sie hatte das Gefühl, als hätten Elena und sie an der Schwelle einer Offenbarung gestanden, nur, um im nächsten Moment davor zurückzuschrecken.

»Es ist schon seltsam«, fuhr Elena fort, »dass die Kinder, die unseren Körpern entspringen, eine solche Macht über uns haben. Ihre Arbeit, die Kinder Ihres Verstands und Ihrer Hände ... Sie haben genauso viel erduldet wie ich, um sie zu erschaffen, und noch sehr viel mehr dazu getan, aber wenn Sie eines erschaffen haben, dann ist Ihnen nicht mehr wichtig, was damit geschieht. Ist das nicht so? Sie haben sich davon losgemacht, als wäre es das Kind eines Fremden?«

»Nun, auf gewisse Weise ist es das ja auch.«

»Es kann Ihnen nicht fortgenommen werden, weil es Ihnen niemals gehört hat.«

»Auch das ist wahr, auf gewisse Weise.«

Elena starrte Clare eindringlich in die Augen. »Aber wenn Sie einen Mann sähen, der mit erhobenem Hammer in der Hand dasteht, um eines Ihrer Werke in winzige Bruchstücke zu zerschlagen, was würden Sie tun? Ihn anflehen, dass er sein Leben verschont?«

»Ich würde ihm zuvorkommen und ihm eins mit meinem Klüpfel verpassen.«

Elena seufzte schwer. Sie schwiegen einige Minuten lang, während Clare mit ihrer Zeichnung fortfuhr und zutiefst bedrückt den Moment vor sich herschob, in dem sie das tun musste, was Nigel von ihr verlangt hatte. Gleichzeitig wurde sie sich mehr und mehr bewusst, dass ihr Widerstreben gegen diesen Auftrag ihr Geschick als Künstlerin beeinträchtigte. Schließlich war es Elena selbst, die ihr die Initiative aus der Hand nahm.

»Oh, verdammt nochmal!« Clare riss das Blatt aus dem Notizblock. Bevor sie es wegwerfen konnte, sagte Elena: »Darf ich das mal sehen?«

»Es ist nicht gut. Aber ja, wenn Sie möchten.«

Elena betrachtete die Zeichnung. »Nein«, sagte sie schließlich. »Es ist interessant, womöglich sogar raffiniert, aber vielleicht sind Sie heute nicht ganz in Form? Sie sind in Gedanken nicht bei der Sache, kann das sein? Warum ist das so?«

Jetzt, da sich die Dinge zuspitzten, musste Clare feststellen, dass sie weder machiavellistisch noch ambivalent sein konnte. Sie musste ihre wahren Absichten bekennen. »Elena, ich muss Ihnen etwas gestehen. Ich bin zum Teil unter Vorspiegelung falscher Tatsachen hier. Nigel glaubt, Sie wären in irgendeiner Form an Lucys Entführung beteiligt.«

Elena starrte sie an und schüttelte ungläubig den Kopf. Dann schnellte sie von ihrem Stuhl hoch und baute sich mit eindrucksvoller Empörung vor Clare auf.

»*Nein!* Das geht zu weit. Haben Sie den Verstand verloren?«

»Ich hoffe, dass Nigel sich irrt. Ehrlich gesagt, glaube ich, dass er sich irren muss«, sagte Clare wahrheitsgemäß.

»Er hat Sie geschickt, um mich auszuspionieren?« Elenas Augen waren hart wie Achat.

»Es geht nicht ums Spionieren. Ich bin ganz offen zu Ihnen. Jemand in diesem Haus hat die Kidnapper über den Plan Ihres Mannes informiert, sie auszutricksen und ihnen im Postamt eine Falle zu stellen. Nur Sie und Nigel und die Polizei wussten von diesem Plan«, sagte Clare niedergeschlagen.

»Und warum kommt Ihr Mr. Strangeways nicht und sagt mir diese Anschuldigungen selbst ins Gesicht?«, rief Elena.

»Er dachte, Sie könnten vielleicht mit mir etwas offener reden als mit Leuten in einer offiziellen Position, wie etwa mit ihm oder dem Hauptkommissar.«

»Offener reden? Worüber?«

Clare schaute aus dem Fenster auf die mit Schneeblüten bedeckten Bäume.

»Nun - hat zum Beispiel irgendjemand hier Druck auf Sie ausgeübt und Sie gezwungen, ihm die Details des Plans zu offenbaren, den Ihr Mann im Umgang mit den Kidnappern gefasst hatte?«

»Ganz gewiss nicht. Falls jemand das versucht hätte, hätte ich dies sofort der Polizei mitgeteilt.« Elena wirkte verwirrt. »Das ist doch alles verrückt. Warum, warum sollte ich den Leuten helfen, die die arme kleine Lucy entführt haben? Ich liebte dieses Kind. Konnten Sie das nicht *sehen?*«

»Doch, Elena.«

»Und selbst wenn ich das nicht getan hätte - ich liebe Alfred. Wie könnte ich ihm da ein solches Leid zufügen?«

Clare kehrte dem Fenster den Rücken, um sich dem schwierigsten Moment von allen zu stellen. »Ich bin mir sicher, dass es für all das eine Erklärung gibt. Aber Nigel denkt, Sie müssen gewusst haben, dass Lucy gekidnappt werden würde. Als ich kurz danach hier zu Ihnen hochkam, noch bevor ich Ihnen tatsächlich davon erzählt hatte, waren Sie bereits vollkommen überreizt, obwohl Lucy noch gar nicht so lange vermisst wurde. Und Sie sind auch nicht nach unten gekommen, um nach ihr zu fragen. Also verstehen Sie, dass –«

»Ja, ja, Sie müssen mir nicht alles bis in die kleinste Kleinigkeit erklären. Das ist die reinste Polizei-Logik. Verstehen diese Leute denn nicht, dass eine Frau – eine Mutter – Vorahnungen haben kann, wenn es um ihr Kind geht? Guter Gott, Sie sind doch selbst eine Frau. Können Sie sich eine solche seelische Verfassung nicht vorstellen? Ich habe *gefühlt*, dass etwas Schreckliches passiert ist, aber mein Verstand hat mir gesagt, ich solle kein Dummkopf sein und wie eine von diesen besitzergreifenden Müttern hinter Lucy herrennen, nur, weil sie sich etwas verspätet hat.«

Elena war grandios, sowohl in ihrer Empörung als auch in ihrem Kummer. Beides war nicht gespielt, davon war Clare überzeugt. Keine Schauspielerin der Welt wäre in der Lage, einen solch entsetzlichen Konflikt zu simulieren, einen Konflikt, der sie im Innersten zerriss. Niemals wieder, so schwor sich Clare, würde sie Nigels Drecksarbeit für ihn tun.

Es folgte ein erschöpftes Schweigen, in dem die Emotionen der beiden Frauen in der Luft zu flattern schienen wie Stofffetzen an einem Stacheldraht. Clare stand schon im Begriff, sich zurückzuziehen, als sie von draußen die Geräusche einer Auseinandersetzung hörte. Sie ging zum Fenster hinüber, an Elena vorbei, die sich auf ihrem Stuhl zusammengekauert hatte.

Nigel, der sich im Erdgeschoss befand, hörte die streitenden Stimmen ebenfalls. Er eilte nach draußen, lief ums Haus herum und sah gerade noch, wie Lance Atterson einen Schneeball in Justin Leakes Kragen stopfte. »Da hast du's, du miese kleine Wanze!«, brüllte Atterson. »Du gehst mir wahnsinnig auf die Nerven! Warum kriechst du nicht in irgendeine Ecke und verreckst! Geht es nicht in deinen erbärmlichen kleinen Kopf hinein, dass Cherry dabei nicht mitmacht?«

»Ganz genau! Das mache ich nicht!«, rief die Genannte, die während dieser Worte hinter einem Busch am Rand der Auffahrt auftauchte. »Bombardieren wir den Schweinehund.«

Cherry und Lance bewarfen den bedauernswerten Justin aus nächster Nähe mit Schneebällen. Als dieser bemerkte, dass Nigel zusah, versuchte er zunächst, so zu tun, als wäre das Ganze ein lustiger Spaß und warf ein paar Schneebälle zurück, doch bald schon begann er, seine Peiniger zu verfluchen. Er versuchte, an ihnen vorbei ins Haus zu rennen, doch Lance stellte ihm ein Bein und setzte ihm dann einen Fuß auf die Brust. Justin Leake jaulte auf, packte Lances Fuß, riss seinen Gegner zu Boden und bohrte ihm den Daumen ins Auge. Cherry warf sich auf Leake, während dieser sich aufzurappeln versuchte, zog ihn an den Haaren und kratzte ihm mit den Fingernägeln über die Wangen.

»Warum unterbinden Sie das nicht, Mr. Strangeways?«, rief die Frau des Admirals aus dem Fenster des Salons. »Ein derart skandalöses Verhalten habe ich noch nie –«

»Machen Sie sich da mal keine Sorgen«, rief Nigel zurück. »Das sind Amateure, die werden sich schon nichts Schlimmes antun.« Währenddessen lief er im Eiltempo ins Haus zurück, denn er war bei einem ganz bestimmten Wort, das Lance benutzt hatte, wie von der Tarantel gestochen zusammengefahren. Ohne anzuklopfen, stürmte er in das Zimmer der Wragbys. Die beiden Frauen starrten ihn sprachlos vor

Erstaunen an, während er durch den Raum lief und die elektrischen Lampen über dem Doppelbett, das Deckenlicht und die Steckdosen in der Wandtäfelung einer genauen Betrachtung unterzog.

»Was um alles in der Welt tust du da, Nigel?«, fragte Clare. Und Elena, die zwischen Wut und Fassungslosigkeit hin und her schwankte, sagte mit zitternder Stimme: »Ich glaube, der Mann hat den Verstand verloren.«

»Tut mir leid, ich hoffe, es macht Ihnen nichts aus«, nuschelte Nigel, während er die Tür des Kleiderschranks aufriss, Elenas Kleider zur Seite schob und die Schrankrückwand untersuchte. Dann kroch er – zu Clares wachsender Bestürzung – auf allen vieren unter den Frisiertisch, sah nach oben, packte das Bett, hob es auf einer Seite in die Höhe, starrte auch hier auf die Unterseite und ließ es wieder sinken. Schließlich schob er eine Kommode von der Wand weg, kniete sich auch hier auf den Boden und stieß dann ein befriedigtes Brummen aus.

»Das soll mir eine Lehre sein, Mrs. Wragby. Ich bitte Sie inständig um Verzeihung.«

»Das will ich meinen, nachdem Sie in dieser unglaublichen Manier in mein Zimmer eingebrochen sind. Würden Sie mir bitte erklären –«

»Man hat Sie verwanzt.«

»Verwanzt? Was reden Sie da, um alles in der Welt?«

»Sehen Sie hier: Jemand hat ein Loch in die Wandtäfelung gebohrt. Sehen Sie's? Und da liegen noch ein paar Sägespäne. Der Betreffende hat unordentlich gearbeitet. Er hätte diese Sägespäne unbedingt aufkehren müssen. Das Mikrophon befand sich außer Sichtweite, weil es hinter der Kommode versteckt war, und das Kabel verlief durch dieses Loch in der Wand zu – wem gehört das Zimmer nebenan?«

»Mr. Leake«, antwortete Elena.

»Ah, der unartige Mr. Leake. Also war die Stimme, die Mrs. Ffrench-Sullivan an jenem Vormittag in seinem Schlafzimmer gehört hat, die Ihre.«

»*Meine*? Aber ich war nie – an welchem Vormittag?«

»Letzten Freitag. Ihr Mann hatte Ihnen gerade gesagt, wie er mit den Forderungen der Kidnapper umgehen wollte, sobald diese sich mit ihm in Verbindung setzten. Sie waren bestürzt und haben Einwände erhoben. Leake saß in seinem Zimmer und hat alles mitgehört. Drei Stunden später muss er die Kidnapper in Belcaster gewarnt haben. Danach wagte er nicht, die Wanze noch länger an Ort und Stelle zu lassen.«

Elenas prächtige Augen leuchteten vor Aufregung und Erleichterung. »Gott sei Dank wissen wir das jetzt. Werden Sie ihn jetzt verhaften?«

»Nein, noch nicht. Das können wir uns nicht leisten.«

»Aber er muss doch wissen, wo Lucy ist.«

»Das bezweifle ich. Und selbst wenn er es wüsste, wird er es uns nicht sagen.«

»Aber die Polizei könnte es aus ihm herausbekommen.«

»Es ist der Polizei nicht erlaubt, festgenommene Personen zu foltern. Wenn Sparkes in Leakes Zimmer ein entsprechendes Gerät fände, würde das helfen, aber Leake war sicher klug genug, es verschwinden zu lassen. Nein, wir dürfen über diese Entdeckung niemandem gegenüber auch nur ein einziges Wort verlieren. Wenn Leake mitbekommt, dass wir über die Wanze Bescheid wissen, wird er nicht noch einmal versuchen, die Kidnapper zu kontaktieren. Aber wir wollen, dass er genau das tut – er ist unsere einzige Verbindung zu ihnen. Von jetzt an wird man ihn noch genauer beobachten als ohnehin schon.«

»Mir ist gerade ein Gedanke gekommen, Nigel«, sagte Clare. »Es werden doch alle Telefonanrufe vom Gästehaus und von Downcombe aus überwacht – richtig?«

»Richtig.«

»Und keiner von uns kann diesen Ort verlassen, ohne dass man ihm folgt?«

»Richtig.«

»Aber angenommen, einer dieser Journalisten wäre nicht echt – ich überlege, wie es Mr. Leake gelungen sein könnte, den Kidnappern seine Nachricht zu übermitteln –«

»Das ist eine gute Idee, aber Sparkes hat ihre Ausweise und Bescheinigungen sehr sorgfältig überprüfen und sich ihre Identität bei ihren jeweiligen Zeitungen bestätigen lassen. Und jetzt muss ich dringend Sparkes anrufen.« An der Tür drehte sich Nigel noch einmal um. »Mrs. Wragby, versprechen Sie mir, dass Sie über diese Entdeckung kein Sterbenswort verlauten lassen werden?«

»Aber meinem Mann kann ich doch sicher davon erzählen?«

»Es wäre mir lieber, wenn Sie das nicht täten.«

»Also gut.«

»Und wenn Sie mit Justin Leake sprechen, verhalten Sie sich bitte ganz natürlich. Er darf auf keinen Fall vermuten, dass –«

»Ich verstehe schon. Sie können sich auf mich verlassen.« Elena lächelte charmant. »Ich habe als Schauspielerin schließlich gelernt, eine Maske zu tragen.«

»Das, was man in Schottland ein ›falsches Gesicht‹ nennt«, warf Clare ein. »Ich glaube, es würde mir jetzt sehr viel besser gelingen, Ihr wahres Gesicht zu zeichnen, Elena. Könnten Sie es ertragen, noch einmal für mich Modell zu sitzen?«

Nachdem Nigel mit dem Hauptkommissar telefoniert hatte, gab dieser dem Beamten in Zivil, der sich im Gästehaus aufhielt, den Befehl, Justin Leakes Zimmer zu durchsuchen. Doch das konnte erst später während des Abendessens geschehen, denn nur dann konnte sich der Beamte sicher sein, dass er bei seiner Suche nicht überrascht wurde.

Als Nigel den Salon betrat, fand er dort nur drei der Gäste vor.

»Und, Schneeballschlacht beendet?«, fragte er Cherry, die sich vor das Kaminfeuer gekauert hatte und ihre Hände wärmte. »Wie geht es dem Opfer?«

»Ach, dem geht's gut, nehme ich an. Er und Lance haben sich einfach nur ein bisschen geprügelt. Jetzt haben sie sich beide hingelegt.«

»Ein absolut skandalöses Verhalten – wenn erwachsene Menschen sich so verhalten, und noch dazu an einem Sonntag«, sagte die Frau des Admirals.

»Naja, sonst gibt es ja hier sonntags nichts, was man unternehmen könnte.«

Der Admiral schaute von seinem Buch über fernöstliche Philosophie auf. »Also treiben Sie die Doktrin der Gewaltlosigkeit nicht bis zum Äußersten, Cherry?«

»Naja, ich würde nicht unbedingt so weit gehen, Leake umzubringen. Jedenfalls nicht wirklich.«

»Würden Sie einen Skorpion töten, wenn Sie einen auf Ihrem Kopfkissen finden würden?«, fragte Nigel.

»Igitt! Nein! Ich würde wegrennen.«

»Aber Sie rennen nicht vor Mr. Leake weg«, sagte die Frau des Admirals. »Sie drei kleben ja zusammen wie Pech und Schwefel.«

»Eine merkwürdige Redewendung«, bemerkte ihr Gatte verträumt. »Ich war schon immer der Ansicht, dass diese Anspielung auf die Elemente der Hölle allenfalls für Freundschaften böswilliger Menschen taugt.«

»He, ich bin kein böswilliger Mensch!«

»Nein, nein, meine Liebe, natürlich nicht. Sie haben mich missverstanden. Was ich sagen wollte, war, wenn man das Leben für heilig erachtet, wie diese Menschen hier –« Er deutete auf das Buch, das er gerade las, doch Cherry unterbrach ihn.

»Heilig? Warum sollte es heilig sein? Ich finde, das Leben ist eine einzige Quälerei, und eine verdammt langweilige noch dazu. Ich hasse es. Wozu dient das Ganze denn überhaupt?« Ihre Stimme wurde lauter. »Man wird geboren, man macht stupide alles mit, was zum Leben dazugehört, und dann stirbt man. Man isst, man scheißt. Was für ein Humbug. Das ist doch alles Verschwendung.«

»›Der Welten bestes Schicksal ist jenes, nie geboren worden zu sein, doch ist der Mensch geboren erst, so ist's das nächstbeste Schicksal, sofort zu sterben und nicht mehr zu sein‹«, zitierte Nigel Sophokles. »Würden Sie das auf Lucy anwenden?«

»Wie meinen Sie das?«

»Würden Sie sagen, es wäre das Beste für sie, wenn ihre Kidnapper sie töten würden?«

»Sie wissen, dass ich das nicht so meine. Dieses Kind ist ein Engel.«

»Aber genau darum geht es doch, Cherry«, sagte der Admiral. »Man mag zwar keinerlei Vorteile darin erkennen können, dass man selbst lebendig ist, aber man fühlt – man *weiß*, ohne den geringsten Zweifel –, wie wertvoll es ist, dass Lucy am Leben ist.«

»Ja. Aber fühlt sie das selbst? Hat sie selbst dieses Gefühl, in diesem Moment, über sich selbst?« Cherrys Stimme zitterte. Mrs. Ffrench-Sullivan mischte sich ein, mit einer Schärfe, wie sie für Menschen typisch ist, die eine Atmosphäre, zu der sie selbst keinen Zugang finden, sofort zerstören müssen.

»Mein Kind, das Problem mit Ihnen ist, dass Sie sich zu wenig körperlich betätigen. Das macht Sie krank.«

Cherry warf ihr einen Blick zu. »Ich wurde dazu erzogen, anderen Leuten gegenüber niemals persönlich zu werden.«

»Mrs. Ffrench-Sullivan hat recht«, sagte Nigel. »Sie gehen jetzt mit mir spazieren!«

Drei Minuten später gingen sie den Zufahrtsweg hinunter. Am Tor wandte Nigel sich nach rechts, den Hügel hinauf. »Sie würden sicher lieber hier entlanggehen«, meinte er.

»Ach ja? Würde ich das? Es ist mir verdammt egal, wo wir langgehen.«

»Sie könnten im Dorf einem dieser Journalisten begegnen und erkannt werden.«

Cherry blieb ruckartig stehen und fing an, mit der Spitze einer ihrer kniehohen schwarzen Stiefel im Schnee zu scharren. Sie warf ihm einen kurzen Blick zu, schaute jedoch sofort wieder weg.

»Ich bin nicht –«

»Doch, sind Sie. Seien Sie nicht albern. Und um Gottes

willen, bleiben Sie nicht stehen, sonst erfrieren wir noch. Sie möchten nicht, dass Ihr Vormund erfährt, dass Sie mit Atterson durchgebrannt sind und auch nicht, wo Sie sich gerade aufhalten.«

Cherry stapfte schweigend weiter neben ihm her.

»Sir James hat von Ihrer Affäre mit Atterson Wind bekommen. Er weiß, dass der Kerl es auf Ihr Geld abgesehen hat. Ich nehme an, Sie dürfen Ihr Erbe antreten, sobald Sie einundzwanzig sind, und momentan bekommen Sie von Ihrem Vormund nur eine gewisse Summe als Unterhalt. Er könnte Sie bestrafen, indem er Ihnen das Geld kürzt. Aber wovor er wirklich Angst hat, ist, dass Sie Atterson heiraten könnten. Liege ich so weit richtig?«

»Ja«, antwortete sie mürrisch.

»Er möchte einen öffentlichen Skandal vermeiden, also beauftragt er jemanden, Sie ausfindig zu machen und von dem indiskutablen Mr. Atterson zu trennen. Genau für diesen Punkt interessiere ich mich. Oh, sehen Sie mal! Ein Hase! Sehen Sie ihn?«

Nigel wies auf ein Paar langer Ohren, deren Besitzer über die schneebedeckte Kuppe eines Hügels zu ihrer Linken hoppelte. Sie blieben einen Moment lang stehen und sahen zu. Cherrys in einem Fellhandschuh steckende Hand stahl sich in seine. »Ich habe noch nie einen Hasen gesehen, außer als Kadaver in einer Metzgerei. Er ist wunderschön. Was werden Sie unsretwegen unternehmen?«

»Falls Sie sich tatsächlich an einen Schuft wie Atterson binden wollen, ist das Ihre Sache. Die Person, an der ich interessiert bin, ist Justin Leake. Was führt er im Schilde?«

»Fragen Sie ihn doch selbst.«

»Ich frage Sie. Und wenn Sie mir jetzt nicht alles über ihn erzählen, werde ich mich noch heute Abend mit Ihrem Vormund in Verbindung setzen. Leake hat versucht, Sie zu erpressen, habe ich recht?«

Cherry sah zu ihm hoch, und ein durchtriebenes Lächeln breitete sich auf ihrem Gesicht aus. »Kein Kommentar.«

Er packte ihre mit Babyspeck gepolsterten Schultern und schüttelte sie, bis sie das Gefühl hatte, ihr würden sämtliche Zähne ausfallen. »Kommen Sie mir nicht damit«, sagte er und ließ sie schließlich los. »Leake erpresst Sie. Erzählen Sie von da aus weiter.«

»Das hat mir gerade gut gefallen.« Sie grinste ihn schamlos an. »Ja. Er stellt sich das so vor, dass ich ihm monatlich eine gewisse Summe bezahle, bis ich mein Erbe antrete, und dass ich ihm dann einen Großteil davon übertrage. Und ich soll eine Erklärung unterschreiben, über mich und Lance, die er dann meinem Vormund zeigen würde, falls ich ihn wegen der monatlichen Zahlungen betrügen sollte.«

»Aber Sie haben sich geweigert?«

»Das können Sie laut sagen, dass ich mich geweigert habe, verdammt nochmal.«

»Es würde Ihnen nichts ausmachen, wenn Leake Ihrem Vormund gegenüber alles ausplaudert?«

»Warum sollte es? James kann mir nichts tun.«

»Außer Sie und Lance auseinanderzubringen.«

»Oh, das würde mir nichts ausmachen.« Cherrys Stimme klang tonloser und kindlicher denn je. »Wissen Sie, ich habe eigentlich die Schnauze voll von Lance. Naja, anfangs, als er mit mir angebandelt hat, da fand ich das klasse. Aber jetzt stehe ich einfach nicht mehr auf ihn. Er ist nicht schlecht im

Bett, das muss ich ihm lassen, aber dieser Angeberei von ihm, die nervt echt. Er ist ein totaler Heuchler.«

Nigel schaute zu diesem Mädchen herunter, das da neben ihm wie ein dicker, wolliger Hund durch den Schnee trottete. »Das war bestimmt ein recht desillusionierender Moment für unseren Mr. Leake, als er entdecken musste, dass Sie gegen seine teuflischen Pläne immun sind.«

Cherry kicherte. »Das Lustigste war, wie schockiert er war – ich schwöre, das war er wirklich – als er herausfand, dass es mir vollkommen egal ist, was er meinem Vormund erzählt. Stellen Sie sich das mal vor: ein schockierter Erpresser! Aber das ist so ein alter Spießer, der ist einfach nicht mehr auf dem Laufenden. Sie hätten sein Gesicht sehen sollen, als ich zu ihm gesagt habe: ›In meiner Generation wechseln die Leute alle andauernd den Partner‹ – das stimmt nicht ganz, ehrlich gesagt, da habe ich ihn ein bisschen auf den Arm genommen – ›und wenn Sie glauben, ich würde mir jetzt Sorgen machen, dass nun alle vermuten, dass ich keine Jungfrau mehr bin oder so, von wegen, der Ruf einer Dame sei für den Rest ihres Lebens zerstört, nur wegen des Hauchs eines Skandals, dieser ganze vorsintflutliche Scheiß, dann irren Sie sich gewaltig. Sie hätten auf der Arche bleiben sollen, mein armer Leake‹, habe ich gesagt. ›Ihre Denkweise ist genauso lächerlich wie Ihre Kleidung.‹ Also ehrlich, der ist doch das Letzte!«

Nigel unterbrach das fröhliche Geplapper des Mädchens. »Wann hat er die Karten auf den Tisch gelegt? Er hat zunächst nur Andeutungen gemacht, habe ich recht?«

»Oh ja. Damit wollte er uns wohl weichklopfen und uns Angst einjagen. Die Daumenschrauben hat er dann an dem

Tag angelegt – oder es zumindest versucht, meine ich –, an dem Lucy entführt wurde.«

»Erzählen Sie mir jetzt die Wahrheit! Hat er zu irgendeinem Zeitpunkt versucht, Druck auf Sie auszuüben, abgesehen davon, dass er Sie dazu zwingen wollte, ein Dokument zu unterschreiben und ihm Geld in den Rachen zu werfen?«

»Oh nein.«

»Er hat keinerlei Andeutungen gemacht, was Sie für ihn tun könnten? ›Wir können das mit dem Geld vergessen, falls Sie mir hiermit helfen‹ – oder so etwas in der Richtung?«

»Nein. Ganz ehrlich.«

Nigel runzelte nachdenklich die Stirn. Inwieweit konnte er sich auf die Aussage dieser merkwürdigen jungen Frau verlassen? »Wir sollten besser umkehren«, sagte er schließlich brüsk.

»Also gut. Glauben Sie mir nicht?«

»Es wäre mir lieber, wenn ich Ihnen nicht glauben müsste. Es verkompliziert die Dinge.«

Cherry zog einen ihrer Handschuhe aus, steckte ihre nackte Hand in Nigels Manteltasche und verschränkte ihre Finger mit seinen.

»Wollen Sie jetzt *mich* verführen?«, fragte er.

»Das würde ich gern.«

»Nun, das wird Ihnen nicht gelingen. Sagen Sie mir doch, Cherry, wenn Sie Leake so schrecklich langweilig finden und auch so hoffnungslos unerpressbar sind – warum verbringen Sie dann trotzdem so viel Zeit in seiner Gesellschaft, Sie und Atterson?«

Die Finger das Mädchens versteiften sich, und sie versuchte, ihre Hand seinem Griff zu entziehen, doch er hielt sie fest.

»Es steht mir nicht zu, das zu erzählen. Das ist nicht mein Geheimnis«, sagte sie schließlich mit gesenktem Kopf.

»Soll ich Atterson fragen?«

»Oh nein! ... Naja, ich kann es Ihnen genauso gut auch erzählen. Als Leake klar wurde, dass er kein Geld aus mir herausbekommen würde, hat er angefangen, Lance in die Mangel zu nehmen. Er hat Beweise, dass Lance mit Gras gehandelt hat – für Joints, wissen Sie –, aber auch mit Schnee. Von dem Heroin wusste ich nichts, ganz ehrlich.«

»Und Leake dachte, wenn Sie schon das Geld nicht rausrücken, um Ihren eigenen Ruf zu wahren, dann vielleicht, um Atterson zu schützen? Ein hartnäckiger Bursche, dieser Leake.«

»Ja.«

»Aber dieser Ansatz ist auch gescheitert? Weil Sie Atterson leid sind?«

Cherry sah aus, als wäre ihr nicht ganz wohl bei der Sache. Ihr dicker kleiner Körper wand sich. »Naja, so einfach ist das nicht. Wir haben ihn ein wenig zappeln lassen, ich weiß, aber – ach, das würden Sie sowieso nicht verstehen.«

»Es ist Ihnen klargeworden, dass Atterson ein oberflächlicher, nichtsnutziger Typ ist, aber Sie möchten trotzdem nicht, dass man ihn wegen Drogenhandel belangt?«

Cherry nickte schweigend.

»So eine Art verdrehte Loyalität? Sie wären bereit, ihn loszukaufen, weil es Ihr Gewissen beruhigen würde, wenn Sie ihm dann den Laufpass geben?«

»Ja, wahrscheinlich schon. Ich weiß, dass er ein Scheißkerl

ist. Aber er ist auch irgendwie mitleiderregend, tief innen drin.«

»Oh Gott«, murmelte Nigel für sich. »When will they ever learn?« – und fing dann zu Cherrys großer Überraschung an, ebendieses Lied zu singen, während sie sich dem Tor der Auffahrt näherten.

Kapitel 9

BELAGERUNG IM CAFÉ

30. DEZEMBER–1. JANUAR

Professor Wragby wachte am Montagvormittag um kurz nach sieben Uhr auf. Im Raum war es dunkel. Sein Blick ging automatisch zur Tür von Lucys Schlafzimmer, als hätte sie einen Albtraum gehabt und nach ihm gerufen. Er lächelte schief, als ihm bewusst wurde, dass er trotz allem während der letzten beiden Nächte fast seine normale Menge an Schlaf bekommen hatte. Als Nächstes ging er im Kopf ein mathematisches Problem durch, so wie ein Pianist zum Aufwärmen der Finger ein paar Tonleitern spielt, um sich dann schließlich mit dem sehr viel schwerwiegenderen Problem auseinanderzusetzen.

Warum hatte er keine Anweisungen erhalten? Die Kidnapper hatten doch noch vor zwei Tagen behauptet, dass sie ihm welche geben würden! Vielleicht hatten sie ja Angst, noch einmal das Telefon zu benutzen.

Aber es schien naheliegender, dass sie den Versuch, sein Wissen für sich zu gewinnen, aufgegeben hatten. Und das hätten sie nur dann getan, wenn sie ihre ›Verhandlungsmasse‹ verloren hätten – wenn Lucy tot wäre.

Wragbys Herz begann zu schmerzen, mit der qualvollen, pulsierenden Beharrlichkeit eines vereiterten Zahns. Was, wenn sie ihre Drohung, Lucy etwas anzutun, wahrgemacht hatten, dabei zu weit gegangen waren und sie getötet hatten? Er erinnerte sich daran, wie er ihr einmal einen hochtrabenden Vortrag darüber gehalten hatte, dass man den Tatsachen ins Auge sehen müsse. Jetzt sollte er sich darin wohl besser selbst Unterricht erteilen. Er war sich nur allzu schmerzlich des Umstands bewusst, dass die intellektuellen Ansprüche und die Disziplin, die seine Arbeit erforderten, ihn viel zu oft davon abgehalten hatten, Zeit mit Lucy zu verbringen und ihr das Maß an väterlicher Aufmerksamkeit zu schenken, das ihr zustand. Doch das war die Art von nutzloser Reue, wie man sie empfindet, wenn man einer geliebten, aber bereits verstorbenen Person gegenüber versagt hat.

Es war nur ein schwacher Trost, dass er gar keine andere Wahl gehabt hatte, als seine Arbeit ins Zentrum seines Lebens zu stellen - aber das war keine Entschuldigung dafür, dass er die Menschen, die ihm nahestanden, vernachlässigt hatte. Sieh den Tatsachen ins Auge!

Elena, die neben ihm lag, regte sich im Schlaf. Er musste sich unbedingt mehr anstrengen, um ihr in dieser entsetzlichen Tortur eine Stütze zu sein. Sie hatte in ihrem Leben schon so viele fürchterliche Dinge erlebt - sehr viel Schlimmeres, als ihm in der Vergangenheit jemals widerfahren war - und sie hatte keinen Beruf mehr, der sie hätte ablenken können. Noch im Schlaf hatte sie die Hand ausgestreckt und nach der seinen gegriffen. Er erinnerte sich an das erste Mal, als er Elena gesehen hatte, und daran, wie sein Herz einen Schlag ausgesetzt hatte, als er erkannte, wie groß ihre Ähnlichkeit mit seiner ersten Frau war. Was konnte er für sie tun? Sie hatte gestern Abend ein wenig zuversichtlicher gewirkt, aber später war sie dann wieder in jenes stumme Elend versunken, das er nicht zu durchdringen vermochte. Der einzig wirkliche Kontakt, den sie momentan zueinander hatten, war körperlicher Natur.

Das Gefühl der Hilflosigkeit, das Wragby erfasst hatte, wurde von ihrer gegenwärtigen Situation noch verstärkt: eingeschneit im Gästehaus, in dem es kaum etwas zu tun gab, außer zu essen, mit den anderen Gästen zu reden – bei denen es sich ohnehin um einen ziemlich seltsamen Haufen handelte – und über tief verschneite Wege zu stapfen. Sie lebten in einem Schwebezustand am Rand der Hölle ...

Als Jims Frau ihm um sieben Uhr an diesem Vormittag ein Paket mit Butterbroten in die Manteltasche schob, berührte sie mit der Hand ein zusammengeknülltes Stück Papier. Sie zog es heraus.

»Was ist denn das, Jim? Hat dir jemand einen Liebesbrief geschickt?«

»Keine Ahnung. Oh, das war dieser Junge oben im Smugglers' Cottage, der hat mir dieses Ding zugeworfen. Aus dem Fenster. Das ist ein Papierflugzeug, siehst du?«

»Da ist was drauf geschrieben. ›Zweites Kapitel. Wo bin ich?‹«

»Da wird Evan wohl eine Geschichte geschrieben haben, wie's aussieht.«

»Ein Papierflugzeug! Gib her!«, brüllte ihr kleiner Sohn Ernie.

Jim faltete das Blatt so zusammen, wie es die Knicke im Papier nahelegten, und warf es Ernie zu, der es wieder zurückschleuderte. Das Flugzeug traf seine ältere Schwester Sue, die in diesem Moment die Küche betrat.

»Jetzt lasst das doch sein, bitte!«, sagte Jims Frau. »Euer Vater muss jetzt hoch zum Hof. Gebt ihm einen Kuss, ihr zwei.«

Das Papierflugzeug blieb dort, wo es gelandet war, auf der Erde liegen. Die beiden Kinder aßen ihren Haferbrei, schauten aus dem Fenster und sahen, wie es erneut zu schneien begann in dem kleinen Dorf namens Eggarswell, während ihr Vater in seinem großen Armeemantel und mit der roten Wollmütze auf dem Kopf zur Arbeit stapfte …

Justin Leake drehte sich im Bett um und zuckte vor Schmerz zusammen, als er die blauen Flecken spürte, die Lance Atterson ihm verpasst hatte. Dann sah er auf die Uhr und schaltete das Transistorradio ein, um den örtlichen Wetterbericht zu hören. Dieser war nicht besonders vielversprechend. Kein Wetterumschwung. Zwar war es den Schneepflügen gelungen, die Londoner Straße zwischen Belcaster und Longport freizuräumen, doch weiter westlich wurde sie immer noch von einer drei Meter hohen Schneewehe versperrt. Die Frage, ob es sich angesichts der jüngsten Entwicklungen noch lohnte hierzubleiben, war müßig, denn abgesehen von der polizeilichen Überwachung, war es rein physisch unmöglich, das Tal zu verlassen. Justin Leake, durch und durch ein Stadtmensch, verfluchte die ungeschliffene Grobheit der Natur – und diese verdammte kleine Hure namens Cherry. Dann huschten seine Gedanken wie eine Spinne, die ihr Netz inspiziert, zu einem anderen Teil seines Plans …

Nigel Strangeways setzte sich in seinem Bett auf und dachte nach. Man hatte in Justin Leakes Zimmer gestern Abend nichts Verdächtiges finden können. Nun ja, er wäre wohl kaum so dumm, irgendwelche Beweise herumliegen zu lassen, damit die Polizei sie ihm unter die Nase reiben konnte. Nigel dachte eine Weile über den Besuch nach, den er gestern Abend noch dem Schuppen abgestattet hatte, der im hinteren Teil des Gartens gelegen war und in dem der Inhaber des Gästehauses eine Hobelbank und einiges an Werkzeug aufbewahrte. Dann wandten sich seine Gedanken Lance Atterson zu. Vielleicht hätte er seine Aufmerksamkeit stärker auf dieses absurde und unsympathische Individuum richten sollen: Jemand, der mit Drogen handelte, wäre leichte Beute für die Gegenseite. Atterson hätte die feindlichen Agenten an jenem Morgen in Belcaster warnen können. Aber woher hätte er die entsprechenden Informationen haben sollen? Man hätte einen Draht, der aus Wragbys Zimmer in Leakes Zimmer führte, durchaus weiterführen können, unter der Tür und dem Teppich im Flur bis zu Attersons Zimmer - aber das wäre Leake doch sicher aufgefallen. Und wessen Stimme hätte die Frau des Admirals dann an jenem Morgen in Leakes Zimmer gehört, wenn nicht Elenas Stimme, die von der Wanze übertragen wurde? Und falls Leake, wie er behauptete, tatsächlich Radio gehört hatte, und der Draht in Attersons Zimmer führte, dann musste Cherry gewusst haben, dass dort ein Lautsprecher gestanden hatte, und dieses Wissen verschwiegen haben, um ihren Liebhaber zu decken ...

Lucy saß in dem Kinderzimmer im rückwärtigen Teil des Smugglers' Cottage und versuchte zu frühstücken. Es war neun Uhr. Sie konnte unmöglich sicher sein, welcher Tag heute war, glaubte aber, dass es Montag war. Onkel Paul hatte ihr gestern ein wenig Gesellschaft geleistet. Sie hatten sich unterhalten und Dame gespielt, wobei er für einen Erwachsenen erstaunlich schnell die Beherrschung verloren hatte. Den Rest des Tages hatte Lucy allein verbracht. Es erschien ihr nicht besonders sinnvoll, die Geschichte von Cinders jetzt noch weiterzuschreiben. Die Trostlosigkeit ihres wirklichen Lebens erstickte ihre Phantasie, sodass sie sich unmöglich noch weitere Abenteuer ausdenken konnte, in die Cinders verwickelt werden könnte. Lucy machte sich so gut wie keine Hoffnung, dass das Papierflugzeug, das sie gestern – vor zwei Tagen, vor zwei Wochen? – aus dem Fenster geworfen hatte, seinen Bestimmungsort erreichen würde.

Wenn also niemand kommen würde, um sie zu retten, musste sie eben selbst fliehen. Sie hatte gestern viel darüber nachgedacht. Weil sie nicht auf den Kopf gefallen war, wusste sie, dass sie ein Paar Stiefel und einen Anorak oder irgendeinen anderen Mantel finden musste, den sie über ihre Jungenkleidung ziehen konnte, sonst würde sie draußen im Schnee erfrieren. Der Bauernhof war nur etwa hundert Meter entfernt, aber es war möglich, dass dessen Bewohner mit ihren Entführern unter einer Decke steckten. Sie konnte es nicht riskieren, dort um Hilfe zu bitten, und das bedeutete, dass sie sich im Dunkeln aus dem Cottage schleichen und an dem Bauernhof vorbeilaufen musste. Und selbst wenn ihr das gelang, konnte es gut sein, dass das nächstgelegene Dorf meilenweit entfernt war.

Doch letzte Nacht, nach dem Abendessen, hatte Lucys Problem sich von selbst gelöst. Als Onkel Paul ihr Tablett mitnahm, wartete sie vergeblich auf das Geräusch, das entstand, wenn er die Tür von außen abschloss. Also schlich sie zur Tür, öffnete sie und blieb oben an der Treppe stehen. Jetzt wäre die Gelegenheit, das Erdgeschoss zu erkunden und den schnellsten Weg zur Flucht nach draußen zu finden, damit sie Bescheid wusste, wenn sie dann angemessen dafür ausgerüstet war. Möglicherweise würde sie dort unten sogar ihren eigenen Anorak und ihre Gummistiefel finden. Aber bevor sie einen einzigen Schritt machen konnte, hörte sie die Stimme der Frau, dieser Annie, wie sie sagte: »Er kommt selbst«, und Onkel Pauls Antwort: »Wie zum Teufel will er das denn anstellen? Will er fliegen?«

Lucy schlüpfte in ihr Zimmer zurück. Es war ein wundervoller Moment. Ihr Papa würde kommen – sie hatte nicht den geringsten Zweifel, wer mit »er« gemeint war –, um sie zu retten. Vielleicht hatte man Lösegeld von ihm verlangt. Lucy hoffte, dass er sich das würde leisten können. Aber er würde endlich kommen. Sie zog sich aus, ging ins Bett und war schon sehr bald mit einem Lächeln im Gesicht eingeschlafen.

Jetzt, am nächsten Morgen, konnte sie kaum ihr Frühstück essen, weil sie so schrecklich aufgeregt war. Der Schnee draußen lag so hoch wie eh und je. Aber Papa würde kommen, um sie zu holen, und sie würden schließlich doch stundenlang, nein, tagelang Zeit haben, um Schlitten fahren zu gehen …

Eine halbe Meile entfernt verließ Jims Frau ihr Haus in Eggarswell, um einkaufen zu gehen, nachdem sie ihren Kindern die strenge Anweisung gegeben hatte, unter keinen Umständen dem Ölofen zu nahe zu kommen. Kaum war sie fort, da hob Ernie das Papierflugzeug auf und bat seine Schwester, ihm vorzulesen, was darauf geschrieben stand. Sie strich das Papier glatt und tat wie geheißen. Dann drehte sie das Blatt zufällig um und sah, dass auch auf der Rückseite etwas stand.

»He, Ernie, hier steht, man soll das an Professor Wragby, F. R. S. schicken.«

»Was ist F. R. S.?«

»Keine Ahnung. Hier steht die Adresse und alles. Unten in Downcombe.«

»Na und? Das hat doch mit uns nichts zu tun.«

»Hier steht, es sei ein wissenschaftliches Experiment.«

»Du liebe Güte! Hat das vielleicht jemand aus dem Weltall runtergeworfen?«

»Hier steht, es gebe eine Belohnung. Fünf Pfund.«

»Nein! Im Ernst?«

»Und? Sollen wir?«

»Das ist bestimmt ein Aprilscherz, Sue.«

»Aprilscherz? So'n Quatsch. Wir haben Dezember.«

»Mama hat gesagt, wir sollen nicht rausgehen.«

»Fünf Pfund, Ernie. Denk mal drüber nach. Du könntest diese Spielzeugpistole kaufen, die wir in Longport gesehen haben.«

»Und Milliarden von Kaugummipäckchen. Also los, klau eine von Mamas Briefmarken, wenn du dich traust!«

Sue öffnete eine Schublade, holte einen Briefumschlag heraus und schrieb die angegebene Adresse darauf. Dann faltete sie das Papierflugzeug zusammen, steckte es hinein und klebte den Umschlag zu.

»Mannomann! Mama wird dir bestimmt Prügel verpassen, weil du ihr eine Briefmarke geklaut hast«, sagte Ernie voller Bewunderung.

»Ist mir egal. Ich lauf rasch los und bringe das zur Post. Bin sofort wieder zurück …«

Der Postbote erreichte das Gästehaus an diesem Montagvormittag erst um 10:50 Uhr. Wragby hatte bereits die Möglichkeit erwogen, dass die Kidnapper versuchen könnten, ihn per Post zu kontaktieren. Schließlich konnten sie sich denken, dass die Polizei jegliche telefonische Kontaktaufnahme mithören würde. Und falls sie ihm einen Brief schrieben, war es durchaus möglich, dass sie dabei als Empfänger einen Namen benutzten, den er mit sich selbst in Verbindung bringen, der jedoch bei der Polizei keinerlei Verdacht erregen würde. Als er jetzt an dem Tisch in der Eingangshalle vorbeikam, entdeckte er einen Umschlag, der an einen seiner ehemaligen Kollegen im Institut adressiert war – einen Kollegen, der mittlerweile verstorben war. Nachdem Wragby sich vergewissert hatte, dass er allein war, öffnete er den Brief. Darin forderte man ihn auf, zum *Café Bellevue* an der Straße von Belcaster nach Longport zu gehen und dort auf weitere Anweisungen zu warten. Es war auch eine Karte mit einer Wegbeschreibung beigefügt worden. Nicht, dass er eine solche gebraucht hätte – er kannte das Café. Es war ein Rastplatz für Lastwagenfahrer, nur ein paar hundert Meter von der Kreuzung entfernt, an der eine Straße aus dem Tal steil den Hügel hinaufführte und oben auf die Londoner Schnellstraße traf. Der Brief teilte ihm weiterhin mit, dies sei seine – und Lucys – letzte Chance.

Er ging in den Salon und warf das zusammengeknüllte Blatt Papier ins Kaminfeuer, wobei ihn Mrs. Ffrench-Sullivan, wie er merkte, neugierig beobachtete. Ein Windstoß blies den süßlichen Geruch nach Holzrauch ins Zimmer. Draußen schneite es wieder, zwar nicht heftig, aber stetig. Vor dem Hintergrund der Bäume, die hinter der Rasenfläche aufragten, tanzten die Flocken lustig hin und her.

»Keine Neuigkeiten, nehme ich an?«, fragte die Frau des Admirals in einem Tonfall, als stünde sie an einem Krankenbett.

»Ich fürchte nein«, antwortete er kurz. Die Frau wollte zweifellos ihr Mitgefühl zum Ausdruck bringen, aber er hasste es, wie ein Kranker behandelt zu werden.

»Sie dürfen nicht die Hoffnung verlieren«, fuhr sie unbeirrt fort.

»Ich werde es versuchen, Madam.«

»Wie geht es Mrs. Wragby heute?«

»Sie hatte während der Nacht einen schlimmen Migräneanfall. Ich habe ihr Bettruhe verordnet.«

»Ich habe noch etwas Paracetamol, falls –«

»Nein. Ich gehe nach Belcaster und hole in der dortigen Apotheke ein spezielles Medikament ab, das sie immer benutzt, für den Fall, dass die Migräne zurückkehrt.«

Alfred Wragby verließ den Raum. Mrs. Ffrench-Sullivan sah ihm beleidigt nach. »Der Mann mag ja ein berühmter Wissenschaftler sein, und er tut uns allen bestimmt auch schrecklich leid, aber Manieren hat er keine!«, bemerkte sie zu sich selbst.

Wragby ging in die kleine Schreibstube und schrieb mit seiner klaren, energischen Handschrift gewisse Fakten auf, von denen er wünschte, dass sie bekannt wurden, falls die Dinge schiefgingen. Den Umschlag adressierte er an den Leiter seines Instituts und steckte ihn in einen zweiten Umschlag, den er an seine Anwälte adressierte, mit einem Begleitschreiben, in dem er darum bat, das beigefügte Dokument im Fall seines Todes oder Verschwindens weiterzuleiten.

Danach blieb er noch einen Moment lang sitzen. Jetzt, da sich ihm endlich die Möglichkeit zu handeln bot, funktionierte sein Verstand wieder mit der ihm üblichen Klarheit und Geschwindigkeit. Fast fühlte er sich beflügelt.

Das *Café Bellevue* war kaum zwei Meilen von Downcombe entfernt. Das Beste wäre, wenn er zu Fuß dorthin ginge, denn er musste unbedingt verhindern, dass die Polizei ihm folgte, und es bestand die Gefahr, dass man sein Auto wiedererkennen würde. Die Frau des Admirals würde den anderen zweifellos erzählen, dass er die Absicht bekundet hatte, nach Belcaster zu gehen und ein spezielles Medikament für seine Frau zu holen. Er würde Zeit gewinnen, wenn die Polizei zunächst in dieser Richtung nach ihm suchte, sobald man ihn vermisste. Aber Wragby war sich nicht sicher, in welchem Ausmaß er selbst unter Beobachtung stand. Würde man ihm erlauben, Downcombe ohne Begleitung zu verlassen, sei es nun mit dem Auto oder zu Fuß?

»Ich bin es leid, hier herumzusitzen«, sagte er zu Nigel, sobald er ihn gefunden hatte. »Spricht etwas dagegen, dass ich nach Belcaster fahre? Ich möchte ein Medikament für Elena abholen.«

»Geben Sie es Sparkes telefonisch durch. Er wird es mitbringen, wenn er heute Nachmittag hierherkommt. Tut mir leid.«

So viel also dazu. Wragby erhob keinen Einspruch. Die Polizei konnte es sich nicht leisten, ihn ebenfalls zu verlieren. Hier war er gut beschützt, aber auf der Straße nach Belcaster konnte einem einsamen Autofahrer alles Mögliche passieren.

Wragby bemerkte, dass die blassblauen Augen seines Gesprächspartners unverwandt auf sein Gesicht geheftet waren.

»Seltsam, dass Sie noch nichts von den Kidnappern gehört haben. Ich hätte gedacht, dass sie Ihnen jetzt, da sie den Versuch einer telefonischen Kontaktaufnahme offenbar aufgegeben haben, einen Brief schreiben würden.«

»Vielleicht wollen sie mich ja persönlich aufsuchen.«

»Sie haben keinen Brief von ihnen erhalten?«

»Nein«, antwortete der Professor mürrisch. »Und wenn ich das hätte, dann hätte die Polizei ihn sicherlich als Erste gelesen.«

Er ging auf sein Zimmer. Ohne Makeup, mit weißen Haaren und verwüstetem Gesicht, sah Elena wie eine alte Frau aus.

»Gibt es nichts Neues?«

»Nichts.«

Sie ging apathisch in Lucys Zimmer hinüber, hob die Puppe von der Kommode hoch und setzte sie wieder hin. Wragby folgte ihr und zog sie in seine Arme.

»Was ist los?«, fragte er. »Was hast du, mein Herz? Irgendetwas steht zwischen uns.«

»Erstaunt dich das?«, fragte sie scharf und löste sich aus seiner Umarmung.

»Nicht doch, mein Herz, du gibst dir doch nicht noch immer die Schuld an Lucys Entführung?«

»*Du* tust das, Alfred, im tiefsten Innern deines Herzens.«

»Das ist nicht wahr. Du bist überreizt. Du –«

»Ich bin eine abscheuliche, niederträchtige Kreatur und

ich hasse mich!«, brach es aus ihr heraus. »Lucy, deine Arbeit, deine erste Frau – sie alle bedeuten dir mehr als ich. Ich bin eifersüchtig.«

»Du redest wirr, mein Liebes. Habe ich dir nicht immer wieder gezeigt, wie sehr ich –«

»Es tut mir leid.« Sie lächelte schwach. »Wir sollten uns in Lucys Zimmer nicht anbrüllen. Weiß du noch, wie sehr sie es immer hasste, wenn wir uns stritten?«

»Rede nicht so, als wäre sie tot.«

»Aber du glaubst es doch. Nicht wahr, Alfred?«

»Ich werde es bald wissen – so oder so«, hörte er sich plötzlich grimmig sagen.

Elena trat einen Schritt zurück und sah ihm forschend ins Gesicht. »Ich verstehe«, sagte sie schließlich. »Haben sie …? Wirst du vorsichtig sein?« Sie warf sich in seine Arme und strich ihm mit ihren langen Fingern über die Schläfen.

»Würdest du mich verachten, Elena, wenn ich ihnen gäbe, was sie haben wollen?«

»Ich würde dich niemals verachten, mein Liebling.« Sie sah ihn mit einem rätselhaften Ausdruck an. »Wir müssen alle tun, was wir tun müssen – für das, was wir am meisten lieben …«

Professor Wragby wurde erst beim Abendessen vermisst. Er hatte sich zwei Stunden vorher, unmittelbar nach Einbruch der Dämmerung aus dem Haus geschlichen. Dabei war er nicht über den Zufahrtsweg gegangen, sondern hatte eine Hintertür benutzt und dann die Koppel hinter dem Haus überquert. Der Schnee hatte seine Fußstapfen schon bald wieder aufgefüllt. Er hatte keine Waffe dabei, abgesehen von einem schweren Schraubenschlüssel, den er sich in die Manteltasche gesteckt hatte – und der tödlichen Kapsel, die er an demselben Ort versteckt hielt, an dem er sie auch während seiner gefährlichen Sondereinsätze im Zweiten Weltkrieg versteckt gehalten hatte. Er hatte keine Ahnung, was ihn im *Café Bellevue* erwartete. Er würde es einfach auf sich »zukommen lassen«, wie seine jüngeren Kollegen im Institut es gern formulierten. Er stapfte mit gleichmäßigen Schritten den Hügel hinauf. Die Schneeflocken fielen mittlerweile nur noch vereinzelt, und der verschneite Weg breitete sich in der Dunkelheit vor ihm aus wie ein weißes Band. Zum ersten Mal seit Lucys Entführung fühlte er sich als Herr der Lage. Es hing nun alles von ihm selbst ab, und er hatte seine Entscheidung getroffen. Es gab keine Komplikationen mehr.

In weniger als einer Stunde hatte er die Hügelkuppe erreicht, wo der Weg auf die Hauptstraße traf. Hier oben blies ein starker Wind, der den Schnee in dichten, nebligen Wolken über die Straße fegte. Dahinter entdeckte er ein paar Lichter. Mehrere Fernlastzüge parkten neben dem Café. Ihre Nummernschilder verschwanden unter einer derart dicken Schneeschicht, dass sie kaum noch lesbar waren. Als er die Tür öffnete, schlug ihm eine Welle aus Hitze und Musik aus der Jukebox entgegen.

»Noch ein Sturm-Findelkind«, rief jemand fröhlich. Nahezu alle Tische waren mit Gruppen von Lastwagenfahrern besetzt. Nur in einer Ecke saßen zwei Kinder und tranken Coca-Cola aus Strohhalmen, während ihre gehetzt wirkenden Eltern sich flüsternd unterhielten. Wragby ging zur Theke und bestellte sich einen Kaffee und ein paar Sandwiches. Der Wirt musste laut rufen, um den Lärm der Jukebox zu übertönen: »Wir haben so gut wie nichts mehr zu essen anzubieten, Sir. Die Straße ist schon wieder gesperrt – eine halbe Meile westlich von hier. Sind Sie aus London?«

Wragby nickte und sah sich um, während er seinen Kaffee schlürfte. In der Luft hing dichter Zigarettenrauch, und im Raum herrschte eine Atmosphäre der Resignation, freudigen Erregung und ungewohnten Kumpelhaftigkeit – eine Mischung, mit der die Briten, und insbesondere die britische Arbeiterklasse, jeder gemeinschaftlichen Krise begegneten. An einem der Tische in der Nähe der Tür saßen drei Schlägertypen, unrasierte, mürrische Kerle, die inmitten des Rauchs und Lärms eine düstere kleine Enklave bildeten. Einer von ihnen stand auf, um eine Münze in die Jukebox zu werfen. Ein zweiter ging unauffällig nach draußen, kehrte jedoch nach kurzer Zeit wieder zurück und nickte einem großen, bärenhaften Mann zu, der eine wollene Schirmmütze und einen langen Mantel trug und allein an einem Tisch nicht weit von der Theke saß. Dieser Mann fing Wragbys Blick auf und winkte ihn zu sich. Wragby ging zu seinem Tisch hinüber und setzte sich.

»Guten Abend, Professor« – es war dieselbe Stimme, die Wragby bereits am Telefon gehört hatte – »ich habe Sie schon erwartet. Sind Sie mit dem Auto gekommen?«

»Zu Fuß.«

»Großartig! Sehr weise von Ihnen. Ich nehme an, Sie haben niemanden über diesen kleinen Ausflug informiert?«

»Nein, niemanden. Wie heißen Sie?«

»Sie können mich Petrow nennen. Ich sollte gleich zu Beginn klarstellen, dass wir Sie erschießen werden, falls Sie uns hier eine weitere Falle gestellt haben. Danach werden wir uns den Weg aus diesem Café freischießen und uns auf den Weg machen, um Ihre hübsche kleine Tochter zu liquidieren.«

»Sie würden nicht weit kommen. Die Straßen sind wieder gesperrt.«

»Na und? Das ist nur vorübergehend. Die Schneepflüge –« Petrow unterbrach sich, und sein Blick verdüsterte sich. »Das ist mir gleich. Solange die Straße nach London noch befahrbar ist –« Was auch immer er sonst noch sagte, wurde von einem gewaltigen Lärm aus der Jukebox übertönt. Wragby jubilierte innerlich: Petrows Ausrutscher legte nahe, dass Lucy, wie Nigel vermutet hatte, nicht in London, sondern irgendwo hier im Westen war, vielleicht ja auch ganz in der Nähe.

»Wenn es natürlich so weiterschneit«, sagte er, »wird über kurz oder lang auch die Straße nach London wieder versperrt sein. Die Natur scheint gegen Sie anzukämpfen, Petrow. Es ist eine absurde Situation, wenn man mal darüber nachdenkt – sowohl Kidnapper als auch Polizei sitzen fest und können nichts unternehmen. Eine echte Pattsituation.«

»Sie sind ein seltsamer Mann, Professor. Ich wundere mich, dass Sie in einem solchen Moment das Bedürfnis nach einer philosophischen Diskussion verspüren.«

Wragby zuckte mit den Schultern und sah sich den Mann, der ihm da gegenübersaß, genauer an. Unglaublich mächtiger Körper, hängende Schultern unter einem rundlichen Kopf, kleine Augen, dicke, haarige Handgelenke. Ein formidabler Gegner. Von den Schlägertypen, die er mitgebracht hatte, ganz zu schweigen. Wragby juckte es in den Fingern, den fetten Hals dieses Gorillas zu packen und den Mann zu Brei zu schlagen. Aber das würde warten müssen. Stattdessen sagte er: »Warum ziehen Sie nicht Ihren Mantel aus? Es ist höllisch heiß hier drin.«

»Mein lieber Sir«, antwortete die polternde Stimme. »Ich habe einen Revolver in der Manteltasche – deshalb.«

Die Familie, die in der Ecke gesessen hatte, kam nun direkt an ihrem Tisch vorbei. Eines der Kinder quengelte. »Wir müssen zurück in Richtung London. Lasst uns schauen, ob wir nicht im nächsten Ort ein Hotelzimmer finden«, verkündete der Vater der Familie so laut, dass der ganze Raum es hören konnte.

»Viel Glück, Kumpel!«, rief einer der Lastwagenfahrer. »Wir kommen dann und graben euch aus – schickt uns einfach eine Nachricht mit einer Brieftaube!«

»Was zum Teufel treibt der für einen Unsinn, in so einem Wetter mit kleinen Kindern durch die Gegend zu fahren!«

»Reisen Sie ins sonnige Torquay!«

Die dichte Rauchwolke im Raum bebte in dem kalten Luftzug, der entstand, als sich die Tür öffnete und wieder schloss.

»Also gut, reden wir übers Geschäft«, sagte Petrow. »Hier haben Sie Stift und Papier. Schreiben Sie's auf, Professor.«

Wragby rührte keinen Finger. Petrow kniff die Augen zusammen.

»Was soll das? Haben Sie sich jetzt plötzlich umentschieden? Sie haben unsere Zeit schon genug verschwendet. Ich will hier nicht die ganze Nacht rumsitzen. Werden Sie mir die Information geben oder nicht?«

»Ja«, sagte Wragby. »Aber jetzt noch nicht.«

»Sie werden sie mir jetzt geben, oder Ihre geliebte kleine Tochter wird einen äußerst unschönen Tod erleiden.«

Wragby legte den Kopf in die Hände und sagte mit gebrochener Stimme: »Sie haben sie bereits umgebracht. Ich weiß es.«

My baby's just the bestest baby rock, rock, rock, olly, olly, hoo, hi!, plärrte die Stimme aus der Jukebox.

»Das ist nicht wahr.«

Wragby hob den Kopf und starrte Petrow mit düsterem Blick in die Augen.

»Beweisen Sie es.«

»Beweisen? Aber, mein lieber Sir –«

»Es ist ganz einfach. Bringen Sie mich an den Ort, an dem Sie sie gefangen halten, lassen Sie das Kind frei, und dann werde ich Ihnen die Information geben.«

»Das kommt überhaupt nicht in Frage. Sie haben nicht das Recht, hier die Bedingungen zu stellen, mein Freund – jetzt nicht mehr.«

»Ich habe meine Bedingungen genannt. Sie können sie annehmen oder ablehnen.«

»Und wenn ich ablehne?«

»Dann bekommen Sie nicht, was Sie haben wollen – und Ihre Leute verzeihen keine Fehlschläge.«

»Jetzt wollen *Sie* also *mich* bedrohen?« Petrow lachte vergnügt. »Nun, dann bekomme ich eben keine Informationen. Und werde Lucy meinen Freunden dort drüben übergeben.« Er nickte zu der Gruppe neben der Tür hinüber. »Das sind ziemlich raue Kerle. Unkultiviert. Der ältere, der mit dem weißen Gesicht – der war im Gefängnis, weil er seiner Freundin die Brustwarzen mit einer Laubsäge abgetrennt hat. Und später hat er nochmal gesessen, weil er ein fünfjähriges Kind vergewaltigt hat. Die anderen beiden machen für Geld alles, wissen Sie, aber *er*, er tut es aus – naja – aus Liebe. Sie verstehen, was ich meine?«

»Ach, hören Sie doch auf, Schreckgespenster an die Wand zu malen. Wenn Lucy noch leben würde, dann würde das vielleicht noch einen gewissen Zweck erfüllen, aber –«

»Ich sage Ihnen doch, sie lebt! Schließlich haben Sie ihre Stimme am Telefon gehört.«

»Das ist zwei Tage her. Und außerdem war es eine Tonbandaufnahme.«

Petrow spitzte die Lippen und runzelte die Stirn. Wragby sah sich im Vorteil und fuhr fort: »Das war doch nur ein Trick, der uns davon überzeugen sollte, dass Sie sie in London gefangen halten. Und auch kein besonders subtiler. Daraus lässt sich nur schlussfolgern, dass sie irgendwo hier in der Nähe ist, tot oder lebendig. Da die Polizei jedes einzelne Haus in einem Radius von etwa fünfundzwanzig Meilen durchsucht hat, muss ich davon ausgehen, dass sie tot und begraben ist. Es ist an Ihnen, mir zu beweisen, dass meine Vermutung nicht zutrifft.« Der Besitzer des Cafés kam an ihren Tisch und wischte flüchtig mit seinem Lappen darüber.

»Noch zwei Tassen Kaffee, bitte.«

»Aber gerne doch, Sir. Schon seltsam, dass Sie beiden Herren sich in so einem abgelegenen Café wie diesem hier treffen. Ein Zufall, könnte man sagen, was?«

»Könnte man.«

»Zwei Freunde aus London, die sich durch Zufall hier am Ende der Welt wiedersehen«, wiederholte der Wirt genüsslich. »Tja, die Welt ist klein.«

Der Mann trottete davon, kehrte mit zwei übervollen Tassen Kaffee zurück und verschwand dann wieder.

»Übrigens – wie sind *Sie* denn eigentlich hierhergekommen?«, fragte Wragby.

»Meine Freunde dort sind im Lieferwagen hergekommen. Ich bin ihnen mit meinem Auto gefolgt.«

Es entstand ein längeres Schweigen zwischen den beiden Männern. Schließlich öffnete sich die Tür des Cafés und ließ einen mit Schneeflocken durchsetzten Windstoß herein, zusammen mit der Familie, die erst vor kurzem das Café verlassen hatte. Das Kind, das eben nur gequengelt hatte, heulte jetzt lautstark: »Ich will nach Hause!«

»Wollen wir das nicht alle?«, rief ein Witzbold an einem Tisch in ihrer Nähe. »Roll on, Summer!«

Der Familienvater verkündete, es habe sich auf der Straße nach London nur etwa hundert Meter vom Café entfernt eine Schneewehe gebildet, durch die es mit dem Auto kein Durchkommen gegeben habe.

Wragby lehnte sich vor und sagte zu seinem Gegenüber: »Was habe ich Ihnen gesagt? Eine Pattsituation! Sie können nicht wegfahren, die Polizei kann nicht herkommen. Könnte Tage dauern. Ich habe mir sagen lassen, dass der Tod durch Verhungern extrem unangenehm ist. Ihnen ist doch klar, dass dem Besitzer dieses Cafés schon in Kürze die Lebensmittel ausgehen werden?«

»Herrgott, was für ein elendes Land! Haben die hier denn kein Telefon?«

»Übers Telefon kann man kein Essen schicken. Aber da fällt mir was ein.« Wragby stand auf und ging mit raschen Schritten durch die Tür neben der Theke. Petrow folgte ihm so leichtfüßig wie eine Katze, wenn auch eine, die etwas zu groß geraten war. Im Flur hinter der Tür holte er Wragby ein. »Wenn Sie das Telefon auch nur anrühren, erschieße ich Sie.«

»Ich suche nach der Toilette, nicht nach dem Telefon. Seien Sie doch nicht so nervös.« Der gewaltige Petrow starrte ihn misstrauisch an. »Und wenn Sie glauben, ich würde dort durchs Fenster klettern und weglaufen, dann sind Sie sogar noch dümmer, als ich dachte«, fuhr Wragby fort. »Ich brauche Sie schließlich, um mich zu Lucy zu bringen.«

Alfred Wragby wurde plötzlich von einer unglaublichen Euphorie ergriffen. Seine Liebe zum Handeln, seine kindlich-knabenhafte Wesensart, die ihm auch Jahre der beschwerlichen intellektuellen Arbeit nicht hatten austreiben können, sowie das Wissen, dass sein ebenso formidabler wie abscheulicher Gegner gerade nicht wusste, wo er dran war – all das zusammen hatte ihn in eine erstaunlich beschwingte Stimmung versetzt.

»Sind wir uns über meine Bedingungen einig?«, fragte er, als sie wieder an dem kleinen Tisch saßen.

Petrows Blick war so klar wie Eis. »Ich werde Sie zu Ihrer Tochter bringen, sobald wir aus diesem elenden Loch herauskommen.«

»Und dann werden Sie sie freilassen?«

»Wenn Sie mir die Information gegeben haben.«

»Bevor ich sie Ihnen gebe.«

»Aber, aber, Professor, so geht das nicht. Ich lasse Ihre Tochter gehen, und dann weigern Sie sich, Ihren Teil der Abmachung einzuhalten.«

»Seien Sie nicht albern. Wie könnte ich mich weigern, wenn mich diese hässlichen Freunde von Ihnen, die dort drüben sitzen, in die Mangel nehmen?«

»Mein lieber Sir, wenn wir geglaubt hätten, dass körperliche Gewalt bei Ihnen fruchtet, hätten wir *Sie* entführt und nicht Ihre Tochter.«

»Wo ist sie?«

Petrow lachte heiter. »Ich bin kein Kind, das sich übertölpeln lässt. Ich werde Sie zu ihr bringen.« Er hielt inne. »Sie werden sie im ersten Moment vielleicht nicht wiedererkennen ...«

Die Gespräche im Café versiegten nach und nach. Auch die Jukebox war endlich verstummt. Die anwesenden Männer hatten sich auf die Bänke, Stühle und auf den Boden gelegt und versuchten zu schlafen. Nur über der Theke leuchtete noch eine einzige Glühbirne und ließ die nackten Pin-up-Girls erkennen, die an der Wand dahinter hingen. Überall wurde geschnarcht, gegrunzt und sich unruhig im Schlaf hin und her gewälzt. Die Luft wurde immer schlechter. Wragby saß hellwach auf seinem harten Stuhl und spürte, wie die dunklen Stunden vorüberzogen, so langsam wie das Vorrücken eines Gletschers. Petrow letzter Satz kam ihm immer wieder in den Sinn, und jedes Mal hatte er das Gefühl, als würde alles Blut aus seinem Körper schwinden und ihn kraftlos und kalt zurücklassen. Falls man Lucy entstellt hatte, wäre er dafür verantwortlich, weil er sich zunächst geweigert hatte, mit den Kidnappern zu kooperieren. Er quälte sich selbst, indem er sich vorstellte, wie man das Kind gequält hatte. Petrow saß neben ihm und schlief. Wragby könnte den Revolver aus Petrows Manteltasche ziehen und ihn erschießen – und auch die Schlägertypen am Eingang – aber das wäre ebenso kurzsichtig wie egoistisch, denn Petrow war der Einzige, der ihn zu Lucy führen konnte ...

Als das Licht, das durch die gardinenlosen Fenster fiel, immer stärker zu werden begann, regte es sich im Innern des Cafés. Wenig später gingen ein paar Lastwagenfahrer nach draußen, um die Motoren ihrer Fahrzeuge warmlaufen zu lassen. Der weißgesichtige Psychopath warf eine Münze in die Jukebox, zuckte zu der daraus erklingenden Musik mit seinen Gliedmaßen und fletschte die Zähne. Der Wirt brachte für diejenigen, die das Bedürfnis hatten, sich zu waschen, mehrere Kessel Wasser zum Kochen. Der Geruch nach menschlichen Körpern und abgestandenem Kaffee hing in der Luft. Die anderen beiden Strolche, die in Petrows Diensten standen, gingen zum Wirt, verlangten etwas zu essen und wollten nicht glauben, dass er nicht irgendwo noch einen geheimen Vorrat hatte. Das Ganze hätte unerquicklich werden können, wenn nicht Petrow an die Seite des Wirts getreten wäre und die beiden Männer aufgefordert hätte, sich zurückzuziehen – ohne sich dabei in irgendeiner Form anmerken zu lassen, dass er sie kannte.

Nach einer Viertelstunde kamen die Lastwagenfahrer wieder ins Innere gestapft und bliesen sich in die kalten Hände. In östlicher Richtung war die Straße immer noch versperrt, aber eine halbe Meile in Richtung Westen waren die Schneepflüge emsig damit beschäftigt, die dort befindliche Schneewehe wegzuräumen. Als Petrows Männer dies hörten, ging einer von ihnen ebenfalls nach draußen, um den Motor des Lieferwagens warmlaufen zu lassen. Die übrigen Personen, die noch im Café versammelt waren und die bis dahin große Ähnlichkeit mit einer Gruppe schmutziger, niedergeschlagener Flüchtlinge gehabt hatten, wurden plötzlich geschäftig.

»Wir werden bald aufbrechen können«, sagte Wragby.

»Sollten Sie nicht besser ebenfalls nach draußen gehen und Ihren Motor warmlaufen lassen?«

»Nur Geduld, mein lieber Sir.« Petrow klopfte ihm kameradschaftlich auf den Rücken.

Wragby konnte an nichts anderes mehr denken als daran, Lucy wiederzusehen und sie tröstend in die Arme zu nehmen.

Und dann ging plötzlich alles schief. Nur etwa eine halbe Stunde später - auch wenn es sich für Wragby so anfühlte wie ein halbes Leben - hörte man draußen Stimmen, die Tür wurde aufgestoßen, und eine Truppe von Soldaten marschierte ins Innere. Manche von ihnen trugen Schaufeln, andere Kisten mit Lebensmitteln. Und unmittelbar hinter ihnen betrat ein Polizist den Raum.

Wragby nutzte die lärmende Geschäftigkeit, die bei der Begrüßung der neu Eingetroffenen entstanden war, duckte sich hinter die Theke weg und schloss sich dann auf der Toilette ein. Er wusste, dass die Polizei über sein Verschwinden aus dem Gästehaus in Kenntnis gesetzt worden sein musste, und dass jeder Polizist im Besitz einer Beschreibung von ihm sein würde. Wenn man ihn jetzt entdeckte, würde er jede Aussicht darauf verlieren, Lucy zu finden. Es würde langwierige Erklärungen geben, in deren Verlauf Petrow entweder entkommen oder verhaftet werden würde, und falls man ihn verhaftete, würde er gewiss nicht reden.

Petrow hingegen glaubte, man habe ihm eine Falle gestellt. Soldaten, Polizei, und dann huschte auch noch der für all das verantwortliche Professor davon, bevor Petrow ihn zum Schweigen bringen konnte. Er riss den Kopf herum und sah zu den drei Schlägertypen am Eingang hinüber. Diese standen ratlos und in einer eng zusammengedrängten Gruppe da, wie Schafe, die von einem knurrenden Schäferhund eingekreist wurden. Sie wussten nicht, was das für ein Auftrag war, für den Petrow sie eingestellt hatte, aber es war ihnen klar, dass es nichts Legales sein konnte, und ihr Instinkt sagte ihnen, dass es das Beste sei, sich von der Polizei möglichst fernzuhalten. Sie drängelten sich hastig zur Tür hinaus, wobei sie mit dem Korporal zusammenstießen, der die gerade eingetroffene Truppe von Soldaten befehligte und der ihnen daraufhin Verwünschungen an den Kopf warf.

Das war für den weißgesichtigen Psychopathen der Tropfen, der das Fass zum Überlaufen brachte. Er zückte ein Rasiermesser und zog es dem Korporal von der Schläfe bis zum Kinn übers Gesicht. Mehrere Mitglieder der Truppe stürzten nach draußen, als sie den Lärm der Auseinandersetzung hörten. Sie sahen, wie sich ihr Befehlshaber auf der Erde wälzte, sahen, wie sein Blut den Schnee scharlachrot färbte, und entdeckten dann drei Männer, die die Flucht ergriffen. Die Soldaten jagten ihnen hinterher und zerrten sie aus dem Lieferwagen, in den sie gerade einsteigen wollten. Als sie dann mit einer Rasierklinge, einem Totschläger und einer Fahrradkette attackiert wurden, wehrten sie sich mit ihren Schaufeln, Fäusten und Stiefeln. Weitere Soldaten stürmten nach draußen, um ihren Kameraden zu Hilfe zu eilen. Der Polizist trug den verwundeten Korporal ins Café und leistete erste Hilfe. Dieses Chaos nutzte Petrow, um in den hinteren Bereich des Cafés zu schlüpfen und nach Wragby zu suchen.

Weil er den Professor nun unmöglich von hier fortschaffen konnte, musste er ihn hier und jetzt zum Schweigen bringen. Es wäre unklug, den Revolver zu benutzen. Der Mann musste erwürgt werden, so geräuschlos wie irgend möglich. Petrow huschte leichtfüßig durch die einzelnen Räume, spähte in die schäbige Küche und den Vorratsraum – beide waren menschenleer. Er warf einen Blick zur Hintertür hinaus: Von dort aus führten keine Fußspuren fort. Petrow drehte sich um, lächelte und rüttelte an dem Türknauf der Toilette. »Ich bin's, Petrow. Wir können jetzt gehen! Beeilen Sie sich.«

Wragby trat heraus und wurde im nächsten Moment von zwei unglaublich kräftigen Händen an der Kehle gepackt.

Wie so oft hatte die Gewalt auch hier etwas Absurdes: zwei hochgewachsene Männer, die in einem engen Flur mit verzweifelter Anstrengung hin und her wogten und gegen die Wände stießen und dabei auch noch vollkommen unvereinbare, einander entgegengesetzte Absichten verfolgten. Der eine war davon überzeugt, dass sein Feind ihn in eine Falle gelockt hatte, aus der er sich nur durch einen Mord befreien konnte, während der andere wusste, dass er seinen Gegner auf gar keinen Fall töten durfte, weil er seine Tochter sonst niemals finden würde.

Wragby war von dem Angriff vollkommen überrumpelt worden und hatte darüber hinaus unterschätzt, über welche Kraft sein Gegner verfügte. Wenn er nur die Finger des anderen von seiner Kehle herunterbekäme, könnte er nach Luft schnappen und ihm vielleicht die Lage erklären. Er verschränkte die Hände über dem Kopf und ließ sie mit aller Kraft auf die haarigen Handgelenke seines Gegners herabsausen. Ohne jede Wirkung. Er zog das Knie hoch, aber Petrow hatte sich ein wenig seitlich zu ihm gestellt. Dann warf er sich mit einer letzten krampfhaften Anstrengung rückwärts und schleuderte Petrow in einer Art Salto über seinen

Kopf. Die Finger lösten sich, und Wragby rang nach Luft. Aber bevor er etwas sagen konnte, hatte sich Petrow, dessen Bewegungen so geschmeidig und unaufhaltsam waren wie die eines Motorkolbens im Zylinder, in dem engen Flur erneut auf ihn gestürzt.

Und jetzt vergaß Wragby seine eben gefasste Absicht, vergaß den Schraubenschlüssel in seiner Tasche, vergaß selbst Lucy, während er von einem blanken Hass auf diesen Mann erfasst wurde. Er verpasste ihm einen Aufwärtshaken, sodass Petrows rundlicher Kopf nach hinten geschleudert wurde, und rammte ihm dann seine Faust so fest er konnte in den fetten Bauch. Es fühlte sich an, als würde er den gummiartigen Leib eines Tintenfischs treffen. Petrow torkelte rückwärts und stieß dabei mit den Schultern die entriegelte Hintertür auf.

Jetzt waren sie im Freien, nicht länger von Wänden eingekesselt. Wragby wusste, dass er sich hier nicht mehr ganz so stark im Nachteil befand wie im Innern des Gebäudes, doch gleichzeitig bekam er einen etwas kühleren Kopf, und der Blutdurst ließ nach, von dem er eben noch so vollständig besessen gewesen war. Das ließ ihn einen winzigen Moment lang zögern, und der wurde ihm zum Verhängnis. Er öffnete den Mund, um alles zu erklären, aber Petrow hatte sich längst wieder aus dem Schnee aufgerappelt und krallte nun erneut seine Finger um Wragbys Kehle.

Als der Körper seines Gegners endlich schlaff wurde, zog Petrow ihn in die Toilette. Er war gerade im Begriff, sich zu vergewissern, dass der Mann tot war, als er Schritte hörte, die sich von der Bar aus näherten. Rasch huschte er aus der Toilette, verließ das Café durch die Hintertür, ging direkt vor den Augen eines Soldaten – dem er auch noch freundlich zuwinkte – zu seinem Auto und fuhr weg.

Während er vorsichtig die eisglatte, schmale Spur entlangfuhr, die der Schneepflug auf der Straße freigeräumt hatte, arbeitete er in Gedanken den Bericht aus, den er an seine Vorgesetzten schicken würde. Sie hatten den Plan, den Professor persönlich zu kontaktieren, nicht nur abgesegnet, sondern ihm diesen geradezu aufgezwungen. Und er hatte das Vorhaben dann mit viel Geschick und Wagemut umgesetzt. Er war nicht seine Schuld, dass der Professor die sturköpfige Dummheit besessen hatte, ihm eine zweite Falle stellen zu wollen. Nicht seine Schuld, aber trotzdem ein Fehlschlag. Und seine Vorgesetzten duldeten keine Fehlschläge.

Erst jetzt begann Petrow, der während des Kampfes selbst ziemlich übel zugerichtet worden war, wieder einigermaßen klare Gedanken zu fassen. War es überhaupt eine Falle gewesen? Denn wenn es eine gewesen wäre, hätten es die Soldaten doch gewiss nicht zugelassen, dass jemand einfach so aus dem Café herausspazierte und wegfuhr? Die Soldaten waren, wie ihm jetzt klar wurde, lediglich mit Schaufeln und Kisten voller Lebensmittel bewaffnet gewesen.

Petrow würde seinen Bericht drastisch redigieren müssen. Er würde immer noch behaupten, dass er einer Falle entkommen war und dass es im Zuge dieser Flucht notwendig geworden war, sich den Professor vom Halse zu schaffen: Zu dumm, dass der sturköpfige Kerl später an den Folgen dieses Kampfes gestorben war. Die von Petrow angeheuerten Gangster würden seiner Version der Ereignisse wohl kaum widersprechen können und wussten darüber hinaus auch gar nicht, wer er war.

Jetzt würden sie wieder von vorne anfangen müssen, um das Geheimnis des verstorbenen Professors aufzudecken. Das war bedauerlich, aber bei einer Arbeit wie dieser waren gelegentliche Rückschläge unvermeidlich. Wenn Petrow seinen Vorgesetzten jedoch weiterhin als nützlich erscheinen wollte, musste er seine Spuren verwischen - ein Prozess, der abgesehen von einigen anderen Maßnahmen ganz zweifellos auch die Liquidation des Kindes namens Lucy erforderte ...

In diesem Moment betrat der Wirt des *Café Bellevue* die Toilette und fand dort den Körper eines der beiden Londoner Gentlemen. Er rief um Hilfe. Der Polizist war bereits gegangen, aber zwei der Soldaten halfen ihm, den Körper nach draußen zu tragen. Professor Alfred Wragby - sie erfuhren den Namen des Mannes aus seinem Führerschein - war bewusstlos, aber, wie sich herausstellte, nicht tot. Petrow hatte Wragbys Lebenswillen unterschätzt. Die Soldaten taten vor Ort für ihn, was sie konnten, während der Wirt per Telefon einen Krankenwagen rief. Da sein Verstand recht langsam arbeitete, wurde ihm erst eine halbe Stunde später klar, dass der bewusstlose Mann vor kurzem noch in den Nachrichten erwähnt worden war. Daraufhin rief er sofort die Polizei in Belcaster an.

Kapitel 10

KLEINER JUNGE GEFUNDEN

31. DEZEMBER

Während ihr Vater auf dem Waldweg in Richtung *Café Bellevue* trottete, wartete Lucy auf den richtigen Moment zur Flucht. Ihre schöne Hoffnung auf Rettung war an jenem Nachmittag in tausend Stücke zerschlagen worden. Als Annie Stott den Raum betreten hatte, um ihr das Tablett mit dem Tee zu bringen, hatte Lucy übersprudelnd vor Aufregung gefragt: »Wird er heute kommen?«

»Wird wer kommen?«

»Mein Papa natürlich!«

»Der kommt auf keinen Fall.«

Lucys Lippen begannen zu zittern. »Aber ich habe gehört, wie Sie gesagt haben: ›Er kommt selbst.‹«

»Oh, das ist ein Freund von uns.« Die Frau starrte sie kalt an. »Wie hast du das denn überhaupt hören können?«

»Ich – naja, ich war oben an der Treppe, und –«

»Du bist ein böses Kind. Du darfst dieses Zimmer nicht verlassen, das weißt du ganz genau. Wenn du das noch einmal machst, bekommst du Prügel.«

Es war ein doppelter Rückschlag. Ihr Vater würde nicht kommen, und jetzt würden diese Leute immer darauf achten, dass ihre Zimmertür abgeschlossen war. Lucy war untröstlich und weinte lange. Als sie schließlich vom Weinen erschöpft war, fing sie wieder an, über eine Flucht nachzudenken. Den Heldinnen von Abenteuergeschichten gelang es oft, das Herz eines ihrer Entführer zu erweichen. Doch es hatte keinen Zweck, das bei der verrückten Annie zu versuchen – die war so hart wie die Steinplätzchen, die Lucy einmal gebacken hatte und an denen sie sich bei dem Versuch, sie zu essen, beinahe einen Zahn abgebrochen hätte. Onkel Paul? Er war anders, viel netter zu ihr, aber ihr Instinkt sagte ihr, dass sie ihm nicht trauen konnte. Er hatte etwas Schleimiges, dachte sie – man konnte ihn nicht recht fassen. In einen Moment lächelte und scherzte er, und im nächsten zog er sich in sich selbst zurück, seine Augen wurden kalt und gleichgültig. Er erinnerte Lucy an die Prinzessin mit dem Eissplitter im Herzen.

Manchmal gelang es einem Gefangenen in den Abenteuergeschichten auch, die Gitterstäbe an seinem Fenster durchzusägen oder sich einen Tunnel zu graben. Aber zu so etwas war sie nicht in der Lage. Ihr einziger Fluchtweg führte durch die Tür, und die Tür war verschlossen. Warum bekam man in der Schule nicht mal was Nützliches beigebracht, wie zum Beispiel, wie man ein Schloss knackt? Sie grinste in sich hinein und stellte sich die Bestürzung ihrer Entführer vor, wenn sie entdeckten, dass der Raum, in dem sie sie so sorgfältig eingeschlossen hatten, leer war. Die stinkige Annie würde einen Anfall kriegen. Aber –

Aber – warum eigentlich nicht? Eine weitere, altgediente Fluchtmethode schoss ihr durch den Kopf. Warum um alles in der Welt hast du das nicht eher versucht, du dämliches Schaf, du!, machte sie sich selbst Vorwürfe. Als sie an den

Schnee dort draußen dachte, wie er alles unter sich begrub, tief und kristallklar und eben, entkleidete sie sich rasch, zog ihren Pyjama an und darüber die kurze Jungenhose und den Pullover darüber. Sie würde nicht genug Zeit haben, um sich ein paar Gummistiefel zu suchen, und musste deshalb mit den Wanderschuhen Vorlieb nehmen, die man ihr gegeben hatte, auch wenn sie mindestens eine Größe zu groß für sie waren. Sie sollte sich die Schuhe wohl besser um den Hals hängen und auf Strümpfen die Treppe hinunterlaufen. *Falls* ihre Idee überhaupt funktionierte. Sie wartete, wobei sie vor Hitze fast umkam.

Als Paul eine halbe Stunde später mit Kakao und Keksen das Zimmer betrat, fand er es im Dunkeln vor. Er hatte in letzter Zeit ziemlich viel Alkohol getrunken, um die Schatten zu vertreiben, die ihn verfolgten, und seine Reaktionszeit hatte sich daher ziemlich verlangsamt. Er stellte das Tablett aufs Bett, ertastete einen kleinen Körper unter der Bettdecke (das Kind musste wohl eingeschlafen sein), und suchte dann nach dem Lichtschalter. Während er auf diese Weise beschäftigt war, schlüpfte Lucy hinter der Tür hervor, wo sie sich versteckt hatte, schloss sie leise hinter sich ab und rannte die Treppe hinunter.

Noch bevor sie die Haustür erreichen konnte, war von oben ein panisches Hämmern und Rufen zu hören. Lucy schlüpfte in den nächstgelegenen Zufluchtsort – einen Waschraum –, kurz bevor Annie aus dem Wohnzimmer gestürzt kam. Als Lucy hörte, wie Annie mit polternden Schritten die Treppe hinaufhastete, huschte sie durch die Diele und zur Haustür hinaus, wandte sich nach rechts und rannte so schnell sie konnte durch den Schnee. Zum Anziehen der Schuhe blieb ihr keine Zeit. Sie war erst dreißig Meter weit gekommen, als sie schon das Geräusch der Verfolger hörte.

Du blöder Idiot, sagte sie zu sich selbst. Warum hast du nicht den Zimmerschlüssel mitgenommen, nachdem du abgeschlossen hattest? Dann wäre jetzt nur einer von denen hinter dir her.

Der Weg lag glitzernd vor ihr, der Weg in die Freiheit. Keuchend und wimmernd taumelte Lucy vorwärts. Das Ganze war längst kein Spiel mehr, und es schien nirgendwo eine Möglichkeit zu geben, sich zu verstecken. Die schützende Garage lag weit hinter ihr. Ihre einzige Hoffnung war jetzt der Bauernhof. Falls die Leute dort ebenfalls zu ihren Feinden zählten, war sie verloren. Sie rutschte mit einem ihrer nur mit Strümpfen bedeckten Füße auf der eisharten Furche aus, die der Traktor in den Schnee gegraben hatte, und stürzte die Böschung hinab. Während sie dort vollkommen außer Atem liegen blieb, hastete in der Dunkelheit eine Gestalt an ihr vorüber. Es war Annie, die mit leiser, dringlicher Stimme rief: »Evan! Wo bist du? Komm sofort her!«

Sobald Annie verschwunden war, rappelte Lucy sich auf und stöhnte sofort vor Schmerz – sie hatte sich den Knöchel verrenkt. Hinter sich konnte sie hören, wie Paul die Gegend um die Garage und die Außengebäude des Cottage durchsuchte. Lucy biss die Zähne zusammen und humpelte dem Licht entgegen, das aus einem der Fenster des Bauernhofs fiel. Als sie die Haustür erreichte, konnte sie keine Klingel entdecken. Sie hämmerte an die Tür, die im nächsten Moment von Mr. Thwaite geöffnet wurde.

»Na sowas, Evan, was machst du denn hier, Junge?«

Schluchzend duckte Lucy sich unter seinem Arm hindurch,

lief ins Haus und direkt in die Küche hinein. Das Licht, das dort brannte, kam ihr nach der Dunkelheit draußen gleißend hell vor und blendete sie.

»Ich bin nicht Evan! Helfen Sie mir! Ich –«

»Aber, aber, mein kleiner Kerl«, säuselte die Bauersfrau. »Setz dich ein Weilchen hin. Dir geht es ja gar nicht gut.«

»Sie haben mich gekidnappt! Oh, Sie müssen mir glauben –«

In diesem Moment hörte man ein donnerndes Klopfen an der Tür. Annie Stott hatte gehört, wie das Kind an die Tür geklopft hatte, und war sofort umgekehrt. Lucy war vollkommen gelähmt, wie ein Kaninchen, das von einem Wiesel bedroht wird. Ihre Stimme wollte ihr nicht gehorchen. Also warf sie sich in Mrs. Thwaites Arme und zog den Kopf ein.

»Ah, da ist er ja«, hörte sie Annie sagen. »Evan, du bist sehr, sehr ungezogen. Aber egal, vergessen wir das.« Sie senkte die Stimme. »Das Kind leidet wieder unter Fieberwahn, Mrs. Thwaite.«

»Er hat etwas gesagt, von wegen er sei gekidnappt worden. Du liebe Güte, er glüht ja!«

Das war kaum überraschend, bei dem Gewicht der Kleider, die Lucy trug. Und dann war sie ja auch noch gerannt.

»Ich muss ihn sofort zurück ins Bett bringen. Es tut mir schrecklich leid, dass er Sie belästigt hat.«

»Und oh, das arme Lämmchen, seine Füße, die sind ja patschnass!«, rief Mrs. Thwaite.

»Ah, da bist du ja, Paul. Könntest du Evan bitte zurück ins Haus tragen?«

Lucy trat um sich und rief mit schwacher Stimme um Hilfe, aber Paul hastete mit ihr davon, während Annie zurückblieb und erklärte, das Kind habe hohes Fieber und werde daher von dem Wahnglauben heimgesucht, es sei gekidnappt worden, nachdem es in den Nachrichten die Berichte über Professor Wragbys Tochter gehört hatte. Mr. und Mrs. Thwaite waren wegen des Vorfalls zwar etwas beunruhigt, schöpften jedoch keinerlei Verdacht. Sie hatten sich komplett dadurch täuschen lassen, dass das eine Kind einfach durch das andere ersetzt worden war.

Als sie wieder zurück in ihrem Kinderzimmergefängnis war, weinte Lucy sich die Seele aus dem Leib. Sie hörte kaum, wie Annie sagte: »Ich habe jetzt wirklich jede Geduld mit dir verloren, du schreckliches Kind! Ich werde dir mit diesem Pantoffel hier mal ordentlich den Hintern versohlen!« Ebenso wenig bekam sie mit, wie Paul Annie den Pantoffel entriss und sagte: »Das wirst du nicht tun! Das Kind hat genug durchgemacht. Außerdem lehne ich jegliche Form von körperlicher Züchtigung ab …«

Zu derselben Zeit, in der Lucy ihre Flucht plante, bahnte sich in der Dämmerung ein Schneepflug mit seinem gelben, zwinkernden Zyklopenauge einen Weg über die Hügelkuppe oberhalb von Longport. Der Fahrer gratulierte sich gerade dazu, dass er nur noch eine Meile zu bewältigen hatte. Danach konnte er Feierabend machen und noch kurz auf ein Bier im *Kings Arms* vorbeischauen, bevor er zum Abendessen nach Hause ging.

In der schutzlos den Elementen ausgelieferten Fahrerkabine des Schneepflugs war es bitterkalt. Er beneidete seine Kollegen, die ihm in dem geschlossenen Kastenwagen folgten und nichts weiter zu tun hatten, als ab und zu auszusteigen und sich warmzuhalten, indem sie Einbuchtungen in den Schnee gruben, damit sich die Autos in der Fahrrinne, die er gegraben hatte, aneinander vorbeizwängen konnten.

Die schräg verlaufende Pflugschar hinterließ zu beiden Seiten eine kontinuierliche Bugwelle aus Schnee, eine flüsternde, weiße Kaskade. Unten aus dem Tal glitzerten die Lichter von Longport zu ihnen herauf. Plötzlich hupte der Kastenwagen wie wild. Der Fahrer des Schneepflugs hielt an, sprang aus dem Führerhaus und rannte zurück. Auch die Männer, die im Kastenwagen gesessen hatten, waren ausgestiegen. Sie standen um einen dunklen Gegenstand herum, der in die Wand aus Schnee eingebettet war, an der Stelle, wo der Schneepflug eine Schneise aus der Schneewehe herausgeschält und den Schnee zur Seite geschleudert hatte …

Hauptkommissar Sparkes war zur Teestunde im Gästehaus eingetroffen, hatte Mrs. Wragby ihr Medikament gebracht und sich dann mit Nigel in Klausur begeben. Seine Männer hatten das Haus und das umliegende Gelände nach der Wanze und dem Lautsprecher durchsucht, aber nichts gefunden. Falls Justin Leake beides irgendwo vergraben hatte, waren alle Spuren davon durch den frisch gefallenen Schnee verdeckt worden. Ebenso spurlos schien auch Lucy verschwunden zu sein, soweit die örtliche Polizei dies hatte erkunden können. Es war unvorstellbar, dass ein Kind während all dieser Tage am Leben gehalten worden war, ohne dass die Nachbarn auch nur das geringste Anzeichen davon bemerkt hätten. Und mittlerweile hatte die Polizei jedes einzelne Haus durchsucht.

»Ich fürchte, es sieht ganz danach aus, als müssten wir die

Hoffnung aufgeben, das Kind wiederzufinden«, sagte Sparkes, während seine Wangen sich vor Wut rot färbten. »Ich sage Ihnen, Mr. Strangeways, ich habe während meiner Zeit bei der Polizei schon einige Fehlschläge wegstecken müssen, aber bei keinem habe ich mich so schlecht gefühlt wie bei diesem. Das ist eine ganz üble Geschichte.«

»Ich fürchte, Sie könnten recht haben. Und deshalb hat die Gegenseite auch nicht mehr versucht, sich mit Wragby in Verbindung zu setzen.«

»Ich frage mich, ob das stimmt. Es ist schon oft vorgekommen, dass die Kidnapper auch weiterhin versucht haben, ihren Opfern die Hölle heiß zu machen – denken Sie nur an den Fall Lindbergh –«

»Wenn wir nur wüssten, wie wir unseren Gegnern selbst die Hölle heiß machen können«, sagte Nigel. »Diesem widerlichen Kerl Leake zum Beispiel –«

»Ich habe ihn mir noch einmal vorgeknöpft. Er gibt keinen Fußbreit nach. Er weiß, dass wir wissen, dass er ein Erpresser ist. Wir durchsuchen sein Büro und sein Haus in London. Bisher haben wir noch nicht genug gegen ihn in der Hand, um Anklage zu erheben, trotz Miss Cherrys Aussage. Ich denke nicht, dass diese vor Gericht Bestand hätte. Wie auch immer, ihm Erpressung nachzuweisen, ist eine Sache, aber ihm eine Verschwörung mit feindlichen Agenten nachzuweisen eine ganz andere.«

»Ja, und es ist eher unwahrscheinlich, dass sich jemand, der mit seinen eigenen Erpressungsversuchen einigermaßen Erfolg hat, mit feindlichen Agenten einlassen würde.«

»Es sei denn, sie hätten gedroht, ihn auffliegen zu lassen.«

»Das stimmt. Also gut, was unternehmen wir jetzt?«

»Ich würde gern ein paar noch offene Fragen klären. Zum Beispiel, was Ihre Ideen zu Lance Atterson anbelangt. Und zur Frau des Admirals.«

Nachdem sich die beiden noch einmal kurz beraten hatten, wurden Cherry und Lance zusammen hereingebeten. Sparkes ließ sie auf der anderen Seite des Tischs auf zwei harten Stühlen Platz nehmen, mit reichlich Abstand zwischen ihnen.

»Also, Atterson«, sagte er. »Ich habe schon genug Zeit mit Ihnen vergeudet. Sie sind in einer ziemlich heiklen Lage. Es ist uns bekannt, dass Sie mit Drogen handeln –«

»Das ist eine Lüge! Wer hat Ihnen das erzählt?«

»Diese Information wurde uns zugetragen.«

»Ich stelle mich stur, wenn Sie mich hier fertigmachen wollen, Sie verdammter Bulle!«

»Werden Sie nicht unverschämt, Sie bärtiger Schaumschläger Sie, oder ich zerlege Sie in Ihre Bestandteile!«

»Ach wirklich?«, höhnte Lance. Doch er war blass geworden.

»Ich bin im Augenblick nicht an Ihren dreckigen kleinen Drogengeschäften interessiert – dazu kommen wir später. Sie genießen es, junge Menschen zu zerstören. Schön und gut. Genießen Sie es auch, kleine Kinder zu kidnappen? Wie tief wollen Sie denn noch sinken?«

»Ich habe keine Ahnung, wovon Sie da reden«, stammelte Lance.

»Ist es Ihrer Aufmerksamkeit entgangen, dass ein Kind gekidnappt wurde? Sind Sie ein totaler Schwachkopf oder ist es Ihnen egal?«

»Das hat nichts mit mir zu tun«, entgegnete Lance mürrisch.

»Nehmen wir mal an, ich würde Ihnen auf den Kopf zusagen, dass Sie am letzten Freitagvormittag eine Unterhaltung zwischen Professor Wragby und seiner Frau belauscht und dann den Kidnappern die wesentlichen Punkte dieses Gesprächs zugetragen haben?«

»Nur zu, dann mal los!«

Sparkes ließ seine gewaltige Faust auf den Tisch herabsausen. »Sie geben es also zu?«

Lance fuhr sich mit der Zunge über die Lippen. »Nein.«

»Sie haben eine Wanze in Wragbys Zimmer installiert und ein Verbindungskabel in Ihr eigenes Zimmer gelegt.«

»Das ist kompletter Unsinn.«

»Sie haben kurz vor neun Uhr morgens alles mitgehört.«

»Das habe ich nicht. Dieses Verhör hier geht mir jetzt echt auf die Nerven. Du warst doch bei mir, Cherry. Hast du etwa gesehen, wie ich mein Ohr an irgendein Gerät gepresst habe?«

»Nein. Aber das hätte ich auch gar nicht sehen können. Ich war gar nicht in deinem Zimmer«, sagte Cherry. Ihre Stimme klang tonloser denn je. »Ich war in Justins Zimmer.«

»Du miese kleine Schlampe!«

»Halten Sie die Schnauze!«, brüllte der Hauptkommissar. »Also, Miss Cherry. Ich rede über die Zeitspanne zwischen, sagen wir Viertel vor neun und neun Uhr am letzten Freitagvormittag. Sie befanden sich zu dieser Zeit also nicht in Ihrem Schlafzimmer?«

»Nein, ich war auf dem Weg hinunter zum Frühstücksraum. So um zehn vor neun.«

»Sie waren auf dem Weg?«

»Ja. Unterwegs bin ich Justin Leake begegnet, und er hat mich gebeten, in sein Zimmer zu kommen. Er wollte mit mir über – naja, Sie wissen schon, über was er mit mir reden wollte.«

»Ein weiterer Versuch, Sie und Mr. Atterson zu erpressen?«

»Ja. Er hatte es sehr eilig damit, dass ich irgendein Dokument unterzeichnete.«

»Und wie lange blieben Sie dort?«

»Zehn Minuten vielleicht.«

»Also befanden Sie sich zu dem fraglichen Zeitpunkt nicht in Ihrem eigenen Zimmer. Atterson hätte die Wragbys belauschen können, ohne dass Sie es mitbekommen hätten«, sagte Sparkes triumphierend.

Das Mädchen nahm sich mit ihrer Antwort Zeit. »Nein, ich glaube nicht. Ich kenne mich mit diesen versteckten Mikrophonen nicht aus, aber ich nehme an, dazu braucht man einiges an Ausrüstung. Naja, wir haben nur einen einzigen Koffer dabei, und den habe ich ausgepackt. Dabei habe ich keinerlei Wanzen oder Kabel oder so etwas gesehen.«

Und damit hatte es sich. Sparkes konnte Cherry nicht dazu bewegen, ihre Aussage zu ändern, und das Personal des Gästehauses bestätigte später, dass sie und Lance mit nur einem Gepäckstück und einer Gitarre angereist waren. Lance hätte sich die Ausrüstung natürlich auch nach ihrer Ankunft besorgen können – von einem Agenten in Belcaster zum Beispiel. Aber es war dennoch letztendlich eine Sackgasse, denn Cherry schwor, dass Lance nicht den geringsten Versuch gemacht hatte, sie um Viertel vor neun aus dem Zimmer zu scheuchen. Und außerdem: Woher hätte er wissen sollen, dass die Wragbys ihr weiteres Vorgehen genau zu diesem Zeitpunkt besprechen würden?

»Sie sind sehr still geworden«, sagte Sparkes, nachdem sie das Paar hatten gehen lassen.

»Mir ist schlecht. Von meinen eigenen Gedanken. Das kommt davon, wenn man in ein Loch starrt, in dem sich die Hölle auftut.« Nigel unterbrach sich abrupt und murmelte dann: »Warum? Warum? Warum?«

Sparkes sah ihn scharf an. »Ein Loch?«

»Ein kleines Loch.«

»Ah ... Nun. Wir sollten wohl noch die übrigen offenen Fragen klären.«

»Ich schlage vor, den Admiral und seine Frau gleichzeitig zu befragen. Würde es Ihnen etwas ausmachen, wenn ich das übernehme?«

»Nur zu. Ich bin sicher, dass Sie wesentlich taktvoller vorgehen werden, als ich es tun würde«, sagte Sparkes mit einem ironischen Funkeln in den Augen.

Wie sich herausstellte, war Takt jedoch gar nicht vonnöten, sondern vielmehr Geduld. Mrs. Ffrench-Sullivan war redseliger als jemals zuvor. Sie ließ durchblicken – auch wenn sie es nicht geradeheraus sagte – wie begrüßenswert sie und der Admiral es fanden, dass die Ermittlungen in diesem Fall in den Händen eines Gentlemans lagen (an dieser Stelle zwinkerte der Hauptkommissar Nigel heimlich zu). Dann ging sie dazu über, in aller Ausführlichkeit ihrer Empörung über den Zustand der Nation Luft zu machen – eine Nation, in der man es zuließ, dass die Kommunisten ungehindert ihre Ränke schmiedeten. Das war alles die Schuld der früheren Labour-Regierung und dieses fürchterlichen Priesters, dieses John Collins. Nigel sah sich außerstande, ihrer Redeflut Einhalt zu gebieten. Endlich unterbrach sie der Admiral behutsam:

»Ich glaube, die Herren wollen uns ein paar Fragen stellen, Muriel, mein Liebes.« Nigel nutzte die darauffolgende Pause so schnell er konnte.

»Ja. Ich möchte Sie bitten, uns ein wenig mehr über Mr. Justin Leake zu erzählen.«

»Ein verabscheuenswürdiger Mann.«

»Und über seinen Versuch, Sie zu erpressen.«

»Ich habe ihm eine ordentliche Abfuhr erteilt, das können Sie mir glauben.«

»Dürfte ich da noch ein paar Details erfahren? Oder, wenn Sie es vorziehen würden, unter vier Augen zu reden –« Nigel schaute kurz zum Admiral hinüber.

»Oh nein. Mein Mann weiß mittlerweile über alles Bescheid.« Das Blut stieg ihr in die zu stark gepuderten Wangen, sodass sie eine unvorteilhafte dunkelviolette Farbe annahmen. Aber ihre Augen leuchteten hell und hatten einen Moment lang fast etwas Mädchenhaftes.

»Ja«, sagte der Admiral. »Diese Geschichte mit dem Ladendiebstahl. Das ist letztendlich alles meine Schuld. Ich war nicht da, war draußen auf dem Mittelmeer. War mit lauter anderen Dingen beschäftigt – wie zum Beispiel mit dem Geleitschutz für Konvois, wissen Sie – und dachte nicht daran, dass zu Hause die Preise immer weiter in die Höhe stiegen. Ich hätte den Unterhalt meiner Frau erhöhen müssen.«

»Nun«, sagte Nigel nach einer verständnisvollen Pause. »Mittlerweile ist ja längst Gras über die Sache gewachsen. Justin Leake hat gedroht, das Ganze Ihrem Mann zu erzählen?«

»Ja. Er wurde ziemlich beleidigend –«

»Es sei denn?«, unterbrach Nigel sie entschieden.

»Es sei denn?«

»Was hat er von Ihnen verlangt, damit er seinen Mund hält?«

»Oh, ich verstehe. Das war absurd, Sie werden es kaum glauben. Er wollte, dass ich meinen Mann dazu überrede, irgendwelche Skandale für ihn auszugraben. Als ob Tom sich zu so etwas hergeben würde!«

Der Admiral hüstelte und sah Nigel mit Unschuldsmiene an, während seine Augen schelmisch funkelten. »Tja. So eine Art Klatschspalte, wissen Sie? Eine Schlammschlacht des Landadels, sozusagen.«

»Erstaunlich«, bemerkte Nigel, als hätte er das alles noch nie zuvor gehört. »Was für ein unverschämter Bursche, Sie als Kundschafter für Erpressungen benutzen zu wollen. Sie haben weise gehandelt, Madam, als Sie Ihren Gatten informiert haben.«

»Und mutig«, sagte dieser, während er seine Frau anlächelte. »Es hat sie ein bisschen Überwindung gekostet, das muss man schon sagen.«

»Nur noch eine weitere kleine Frage, Mrs. Ffrench-Sullivan. Hat Leake Druck auf Sie ausgeübt, noch irgendetwas anderes zu tun – nicht offen vielleicht, nur so als Andeutung?«

»Ich verstehe nicht ganz –«

»Hat er jemals durchblicken lassen, dass er gerne Informationen über die Wragbys hätte, alles, was Sie sammeln könnten, ganz gleich was – oder über irgendeinen der anderen Gäste?«

»Oh nein, da war nichts dergleichen, das kann ich Ihnen versichern.«

»Wir haben uns ein wenig Sorgen gemacht, wegen des Telegramms, das Sie Ihrer Freundin in Belcaster geschickt haben.«

»Aber da ging es tatsächlich um den Nerz«, warf der Admiral ein.

»Warum haben Sie ihr ein Telegramm geschickt, statt sie direkt anzurufen?«

Mrs. French-Sullivan wirkte leicht entrüstet. »Das ist doch gewiss meine eigene Sache, Mr. Strangeways. Aber es macht mir nichts aus, das zu erzählen, oder vielmehr, es macht mir nichts aus, es *Ihnen* zu erzählen. Susie Hollins war für zwei Tage verreist – ich kannte die genaue Adresse ihres Aufenthaltsortes nicht – und ich wollte die Angelegenheit nicht übers Telefon mit ihrer Verkäuferin besprechen müssen. Dieses Mädchen ist ein fürchterliches Klatschmaul.«

Sparkes sah Nigel an und seine Lippen formten lautlos die Worte: »Da wären Sie nie draufgekommen, was?« …

Das Ergebnis des darauffolgenden Verhörs von Justin Leake war kaum zufriedenstellender als Sparkes erster Versuch, diesen Mann weichzuklopfen. Der Kommissar konnte ihn weder einschüchtern noch ihn zu weiteren Eingeständnissen bewegen, außer, dass er sich am Freitag vor dem Frühstück auf seinem Zimmer ein wenig mit Cherry unterhalten hatte.

»Sie haben einen weiteren Versuch unternommen, die Daumenschrauben anzuziehen.«

»Habe ich das?«

»Jetzt spielen Sie hier nicht den Schlaumeier!«, brüllte der Hauptkommissar und ließ erneut seine Faust auf den Tisch herabsausen. »Cherrys Vormund hat Sie engagiert, um sie zu finden und daran zu hindern, Atterson zu heiraten. Sie haben das Mädchen gefunden, wollten jedoch dann erstmal schauen, wie viel Sie für sich selbst vom Kuchen abschneiden können. Sie haben versucht, Cherry dazu zu zwingen, ein Dokument zu unterzeichnen. Sie wollten sich von ihr dafür bezahlen lassen, dass Sie sie nicht an Ihren Auftraggeber verraten, und sie sollte sich darüber hinaus verpflichten, in Zukunft, sobald sie volljährig ist, noch sehr viel mehr zu bezahlen.«

»Das ist Ihre Interpretation«, entgegnete Leake seelenruhig. »In Wahrheit habe ich versucht, sie dazu zu überreden, Atterson zu verlassen. Ich habe ihr gesagt, dass ich über die ganze Geschichte Stillschweigen bewahren würde, falls sie das tut.«

»Ohne dass sie auch nur einen Pfennig Geld dafür bezahlt? Halten Sie mich für einen Vollidioten, Leake?«

»Soll ich diese Frage wirklich beantworten?«

Sparkes gelang es nur mit großer Mühe, nicht völlig die Beherrschung zu verlieren. »Ihre Geschichte klingt vollkommen anders als die, die Cherry erzählt. Warum sollte sie die Unwahrheit sagen?«

»Ich nehme an, weil sie mich nicht leiden kann. Weil es ihr nicht passt, dass ich sie ausfindig gemacht habe und weil sie mir daher so viel Dreck an den Kopf werfen möchte, wie sie nur kann«, antwortete der farblose Mann. »Es ist Ihnen sicher klar, dass das Mädchen eine pathologische Lügnerin ist. Ich kann mir nicht vorstellen, dass eine von ihr getätigte Aussage vor Gericht Bestand hätte.«

Die Dreistigkeit dieses Mannes verschlug Sparkes den Atem. Nigel kam ihm zu Hilfe. »Sie wollen uns also sagen, Mr. Leake, dass Ihre Versuche, sich bei Cherry einzuschmeicheln, durch nichts anderes als den vollkommen selbstlosen Wunsch motiviert waren, die junge Frau vor einem Mitgiftjäger zu retten?«

Leake sah ihn vorsichtig an. »Das könnte man so sagen, ja.«

»Dann sage ich das mal so. Sie waren also bereit, die Vereinbarung zu ignorieren, die Sie mit Cherrys Vormund getroffen hatten?«

»Falls dies notwendig werden sollte. Ich –«

»Und ihm natürlich das Honorar zu erstatten, das er Ihnen bereits gezahlt hat?«

»Oh nein – dieses Honorar hätte ich mir dadurch verdient, dass ich die Heirat verhindere.«

»Ich verstehe. Danke, Mr. Leake. Sie sind«, fuhr Nigel in demselben leidenschaftslosen Ton wie vorher fort, »eine der widerlichsten und verachtenswertesten Personen, denen zu begegnen ich jemals das Missgeschick hatte. Aber Sie haben immerhin einen nützlichen Beitrag zu dem Fall geleistet, in dem Mr. Sparkes gerade ermittelt, also sollten wir Ihnen wohl dankbar sein. Guten Morgen!«

»Sie sollten besser Ihre kugelsichere Weste anziehen«, sagte Sparkes, nachdem der Mann den Raum verlassen hatte. »Haben Sie den Blick gesehen, mit dem er Sie angeschaut hat?«

»Nun, wir wissen jetzt, wer die Kidnapper gewarnt hat. Die Frage ist nur, wie gehen wir damit um?«

Nigel und Sparkes diskutierten diese Frage in aller Ausführlichkeit. Sie waren bereit, entsprechende Maßnahmen zu ergreifen, ohne auf handfeste Beweise zu warten, aber in einer derart heiklen Situation konnte ein einziger Fehltritt alles verderben. Die Vorgehensweise, für die sie sich schließlich entschieden, erforderte es, dass sie sich vorher mit Professor Wragby abstimmten.

Aber Professor Wragby war nirgends zu finden.

Sparkes und sein Sergeant stürzten sich in eine wilde Geschäftigkeit. Das Gästehaus wurde von oben bis unten durchsucht, jeder einzelne Raum und jedes dazugehörige Gebäude. Sämtliche Autos standen noch in der Garage. Sollte es Fußstapfen gegeben haben, so waren diese mittlerweile von dem herabfallenden Schnee verdeckt worden. Es war undenkbar, dass man Wragby direkt vor ihrer Nase gekidnappt hatte, und außerdem gab es auch nicht die geringsten Anzeichen dafür, dass ein Kampf stattgefunden hatte. Der Professor musste also freiwillig aus dem Haus gegangen und verschwunden sein.

Die letzten Personen, die ihn gesehen hatten, waren seine Frau - der er nach dem Tee gesagt hatte, er wolle ein paar Briefe schreiben gehen - und der Polizist in Zivil, der gerade Dienst gehabt und gesehen hatte, wie der Professor durch die Diele zu der kleinen Schreibstube gegangen war. Er hatte sich etwa eine Minute lang mit Mrs. Wragby unterhalten, nachdem ihr Gatte sich zurückgezogen hatte.

Der Professor war möglicherweise durch die zweite Tür, die aus der Schreibstube hinausführte, in den hinteren Bereich des Gästehauses gelangt, während Nigel und Sparkes die anderen Gäste befragt hatten, auch wenn weder der Inhaber des Hotels noch das Personal ihn dort gesehen hatten. Eines wurde jedoch nach all diesen Befragungen klar: Weil der Professor um neun Uhr abends noch immer nicht zurückgekehrt war oder ihnen eine Nachricht gesendet hatte, musste man davon ausgehen, dass die Kidnapper sich auf irgendeine Weise mit ihm in Verbindung gesetzt hatten und dass er zu Fuß losgezogen war, um sich mit ihnen zu treffen. Das Rendezvous konnte jedenfalls nicht weit entfernt von hier stattgefunden haben - ganz gleich, ob er unterwegs von einem Auto aufgelesen worden oder zu einem Haus in der Nachbarschaft gegangen war. Sparkes setzte sämtliche Polizeikräfte der Grafschaft in Alarmbereitschaft, und auf den wenigen Straßen, die nicht ohnehin durch Schneewehen blockiert waren, stellte man Polizeisperren auf.

»Glauben Sie, dass er nun doch klein beigegeben hat?«, fragte Sparkes erschöpft und löste für einen Moment den Blick von den Generalstabskarten, auf denen er die noch frei befahrbaren Straßen markiert hatte.

»Das kann ich nicht glauben«, antwortete Nigel. »Er gehört nicht zu den Leuten, die schnell aufgeben. Wir haben es nicht geschafft, Lucy zu finden, also hat er beschlossen, es selbst zu versuchen. Seine einzige Hoffnung bestand darin, den Agenten der Gegenseite zu treffen und sich mit ihm auf irgendeinen Handel einzulassen.«

»Er hat nichts, womit er handeln könnte, außer der Information, die sie von ihm gefordert haben. Also wird ihm nichts anderes übrigbleiben, als sie ihnen zu geben.«

»Er wird versuchen, sie noch einmal auszutricksen. Er wird sagen: Ich gebe Ihnen, was Sie haben wollen, sobald Sie mir bewiesen haben, dass Lucy lebt und Sie sie freigelassen haben. Dann wird er sie so lange aufhalten, wie er nur irgend kann und sich dann selbst töten. So interpretiere ich die Situation jedenfalls.«

»Das ist mehr oder weniger auch das, was seine Frau zu mir gesagt hat.«

»Ist es das, in der Tat? Glauben Sie, dass seine Frau von seinem Plan wusste, sich aus dem Staub zu machen?«

»Kann ich nicht sagen. Von der Art, wie sie reagiert hat, würde ich es bezweifeln. Aber sie ist eine Schauspielerin. Und sie hat meinen Sergeanten für eine ganze Weile in ein Gespräch verwickelt - er meinte, sie hätte sich vorher noch nie mit ihm unterhalten - genau in dem Moment, in dem Wragby in die Schreibstube gegangen ist.«

»Dieses Kind, dessen Leiche man in der Schneewehe gefunden hat -«

»Hat nichts mit unserem Fall zu tun. Das war ein Junge, das habe ich Ihnen doch erzählt.«

»Wurde er ermordet?«

»Keine sichtbaren Verletzungen. Man wird mich anrufen, falls man bei der Obduktion etwas finden sollte.« Sparkes Stimme war rau vor Erschöpfung. »Hören Sie sich die Abendnachrichten an, da werden Sie alles erfahren. Jetzt muss ich los und den Geiern irgendetwas zum Fraß vorwerfen.«

»Sie werden die Journalisten von Elena Wragby fernhalten müssen, wenn Sie ihnen erzählen, dass der Professor verschwunden ist.«

»Sie ist in ihrem Zimmer, und einer meiner Leute hält vor ihrer Tür Wache«, sagte Sparkes. »Da kommt niemand rein. Oder raus«, fügte er grimmig hinzu.

Aber Elena Wragby kam heraus. Nachdem Nigel sich mit dem Wachtposten vor Elenas Tür abgesprochen hatte, schickte er Clare kurz vor der Sendung der Regionalnachrichten nach oben, damit sie Elena zu ihnen herunterholte. Er wusste, dass sich die übrigen Gäste alle im Salon versammeln würden, um die Nachrichten zu hören, und er wollte ihre Reaktionen beobachten – insbesondere die einer ganz bestimmten Person. Er hatte sich in Gedanken eine Theorie zurechtgelegt, die er nur auf diese Weise testen konnte. Eine Theorie, für die nichts sprach außer einer kalten Logik, vor der er selbst zurückschreckte.

Die anderen Gäste, die sich halbherzig unterhalten hatten, verstummten, als die beiden Frauen den Raum betraten. Sie wussten, dass der Professor verschwunden war. Doch sie wussten nicht, was sie davon halten sollten. War er zur Gegenseite übergelaufen? Hatte er nach der fürchterlichen Belastung der letzten Tage den Verstand verloren und war in die eisige Nacht hinausgeirrt?

Der Admiral nahm Elena an der Hand und geleitete sie behutsam zu dem Sessel am Kaminfeuer hinüber, der dem seiner Frau gegenüberstand. Elenas Bewegungen waren wie immer von einer großen Würde gekennzeichnet, doch ihre Gliedmaßen wirkten steif, als hätte sie gerade eine körperliche Tortur durchgemacht, und in ihren unergründlichen Augen lag ein abwesender Ausdruck.

Die anderen schauten immer wieder heimlich zu ihr hinüber, verschämt und neugierig, so wie man vielleicht den Leichnam eines Märtyrers betrachten würde, der vor kurzem verstorben war. Mrs. Ffrench-Sullivan war die Einzige, die nur ein Mal zu Elena hinüberschaute. Dann wandte sie den Blick ab und begann, mit dem Schürhaken im Feuer herumzustochern, während sich ihr Mund zu einem selbstgefälligen Lächeln verzog, als wollte sie sagen: »Ich hab's ja gewusst. Auf Ausländer kann man sich eben nicht verlassen. Glaubt mir – die Frau ist auf irgendeine Weise in die Geschichte verwickelt!«

Justin Leake saß an einem Tisch abseits der anderen und war damit beschäftigt gewesen, eine Patience zu legen – eine Beschäftigung, die er nun wieder aufnahm. Mit raschen Handgriffen stapelte er die Karten übereinander, aber sein wachsamer und misstrauischer Gesichtsausdruck legte nahe, dass seine Aufmerksamkeit auf etwas ganz anderes gerichtet war. Lance Atterson, der vor Langeweile halbtot zu sein schien, kraulte die Hauskatze des Hotels hinter den Ohren. Schließlich war es Cherry, die das unerträgliche Schweigen brach. Sie ging zu Elena hinüber, setzte sich zu ihren Füßen auf die Erde und sagte:

»Es tut mir so schrecklich leid. Ich bin mir ganz sicher, dass er wohlbehalten wieder zurückkehren wird. Machen Sie sich keine Sorgen, Mrs. Wragby.«

»Danke, meine Liebe.«

Der Admiral sah auf seine Uhr, drehte den Lautstärkeregler des im Hintergrund murmelnden Radios hoch und ging zu seinem Stuhl zurück. Nigel, der neben dem Radio stand, sah, wie Clares Finger sich zu Fäusten ballten. Seine eigene Anspannung hatte sich auf sie übertragen. Die anderen traten ein wenig näher heran oder lehnten sich vor, als sei die Stimme des Nachrichtensprechers das Orakel von Delphi.

»Professor Alfred Wragby, Fellow of the Royal Society, dessen Tochter seit Donnerstag voriger Woche vermisst wird und die vermutlich gekidnappt wurde, ist nun selbst verschwunden. Als er zuletzt gesehen wurde, trug er –« Die angenehm sonore Stimme fuhr fort, eine ausführliche Beschreibung des Professors zu verlesen, und dann erfolgte ein Aufruf an die Bevölkerung, dass jeder, der ihn sehe, sich sofort melden solle. Die Polizei gehe davon aus, dass er möglicherweise sein Gedächtnis verloren haben könnte ... Man hatte die Bekanntmachung so vorsichtig und unverbindlich gehalten, wie nur irgend möglich. Nur die Handvoll Menschen in Großbritannien, die wussten, worum es bei Professor Wragbys Forschung ging, würden begreifen, dass sein Verschwinden einen schweren Rückschlag für das Land bedeuten könnte.

Der Sprecher ließ ein vornehm höfliches Hüsteln hören und entschuldigte sich. Man hörte das Rascheln von Papier. Dann begann er von Neuem zu sprechen.

»Ein Schneepflug, der heute Abend in der Nähe von Longport eine Straße freiräumte, hat dabei den Leichnam eines Kindes entdeckt.«

Elena Wragby rang nach Luft, als hätte sie jemand ins Herz getreten.

»Der Leichnam des Kindes, bei dem es sich um einen Jungen von etwa acht Jahren handelt, hatte offenbar seit mehreren Tagen in der Schneewehe gelegen. Es gibt keinerlei Anzeichen von Gewalt. Man geht davon aus, dass der Junge in einem Schneesturm gestorben ist, während er versuchte, zum Bahnhof von Longport zu gelangen. In der Nähe des Leichnams fand man eine Segeltuchtasche, und der Junge hatte eine Rückfahrkarte nach London in der Hosentasche. Seine Identität liegt zur Stunde noch im Dunkeln, denn in diesem Teil des Landes wurde der Polizei kein Junge als vermisst gemeldet.«

Elena, die ein wenig aufgeatmet hatte, als das Geschlecht des Kindes genannt worden war, wirkte nun plötzlich wieder sehr angespannt.

»Kurioserweise hat man an der Kleidung des Jungen keinerlei Namensschilder oder andere Kennzeichnungen gefunden. Der einzige Hinweis auf seine Identität ist ein silbernes Medaillon, etwa in der Größe einer Erkennungsmarke, die der Junge unter seiner Kleidung trug. Auf einer Seite des Medaillons ist ein Phönix eingraviert, der sich aus der Asche erhebt. Auf der anderen Seite steht eine Inschrift –«

Die Stimme des Nachrichtensprechers wurde von dem fürchterlichsten Geräusch unterbrochen, das Nigel jemals gehört hatte. Elenas Gesicht war aschfahl geworden und ihre Augen starrten das Radio an, als wäre es die Stimme der Verdammnis.

Ein zittriger Schrei entfuhr ihren blutleeren Lippen – ein Schrei, der umso entsetzlicher war, weil er nicht laut war und dennoch den ganzen Raum erfüllte. Er zeugte von einer höllischen Qual und sein Echo wurde in Wellen von den Wänden zurückgeworfen, noch lange, nachdem Elena von ihrem Sessel hochgefahren und dann ohnmächtig zu Boden gestürzt war. »Iwan!«

Kapitel 11

GESTÄNDNIS

31. DEZEMBER

Nigel trug Elena Wragby nach oben und legte sie aufs Bett. Clare kümmerte sich um sie, während sich der Polizist in Zivil erneut vor die Tür stellte, um Wache zu halten.

Elena unternahm noch einen letzten Versuch, das Gesicht zu wahren. »Es tut mir so leid, dass ich Ihnen solche Mühe bereite«, flüsterte sie und sah zu Nigel hoch. »Die Erleichterung, dass es nicht Lucy war –«

»Nein, Elena«, unterbrach er sie sanft. »Dazu ist es jetzt zu spät. Iwan war Ihr Sohn, nicht wahr?«

»Ja«, murmelte sie endlich und brach dann in ein trockenes Schluchzen aus, das kein Ende zu nehmen schien und das ihren ganzen Körper in krampfartigen Zuckungen schüttelte, als stünde sie unter Strom. Clare hielt ihre Hand und versuchte, ihr den wenigen Trost zu spenden, den menschlicher Kontakt zu spenden vermochte. Auch sie weinte, wenn auch lautlos.

Es musste Elena gewesen sein, dachte Nigel. Da war zum einen die Art, wie sie die Nachricht von Lucys Verschwinden aufgenommen hatte, und dann noch der Umstand, dass alle anderen Quellen, aus denen die Kidnapper ihre Informationen hätten beziehen können, praktisch eliminiert worden waren. Aber vor allem war da das Loch in der Wandtäfelung, durch das sie ihn für eine Weile hatte täuschen können. Als Elena klargeworden war, welch schwerer Verdacht auf sie gefallen war, hatte sie sich aus der Werkstatt des Hotelbesitzers einen Handbohrer geliehen und dieses Loch gebohrt. Sie war eine einfallsreiche Person, die auch unter der stärksten Belastung noch die Nerven behielt. So hatte sie etwa der Versuchung widerstanden, das Loch selbst zu »finden« und es Nigel zu zeigen. Sie hatte gewartet, bis ihm die Idee mit der Wanze ganz von selbst gekommen war. Aber nachdem klargeworden war, dass es Cherrys Stimme gewesen war und nicht Elenas, die Mrs. Ffrench-Sullivan in Leakes Zimmer gehört hatte, war ihr der Einfall mit der imaginären Wanze zum Verhängnis geworden: Niemand sonst hätte ein denkbares Motiv haben können, dieses Loch zu bohren. Es war ohnehin nur eine verzweifelte und in ihrer Wirkung zeitlich begrenzte Notlösung gewesen. Sie musste ihre Entlarvung ein wenig hinausschieben, damit ihre Auftraggeber Zeit gewannen.

Dort lag schluchzend eine Frau auf dem Bett, die bei der Entführung ihrer eigenen Stieftochter behilflich gewesen war und sehr wahrscheinlich das Leben ihres Mannes ruiniert hatte. Und doch konnte Nigel keinerlei Abscheu oder Hass oder Verachtung für sie empfinden. Elena war – wie die Heldin einer griechischen Tragödie – in einem schicksalhaften Dilemma gefangen gewesen, sie war das Opfer unpersönlicher Mächte geworden, die ihre ureigensten Instinkte zu eigenen Zwecken ausgenutzt und diese Frau im Zuge dessen zerstört hatten. Nigel hatte nicht den geringsten Zweifel, dass man Iwan auf irgendeine Weise dazu benutzt hatte, einen unmenschlichen Druck auf Elena auszuüben, genau auf die gleiche Weise, wie man Lucy dazu benutzt hatte, ihren Vater zum Handeln zu zwingen.

Endlich hörte das Schluchzen auf. Elena richtete sich auf, von Clares Arm gestützt, und nippte an dem Glas mit Brandy, das Nigel für sie hatte holen lassen.

»Sie verachten mich jetzt bestimmt«, waren ihre ersten Worte.

Nigel betrachtete dieses einst so schöne Gesicht, das jetzt derart verhärmt und gequält aussah, dass es fast nicht mehr zu erkennen war. »Nein, Elena, ich verachte Sie nicht. Ich kann mir denken, was passiert ist. Sie müssen uns alles erzählen. Aber als Erstes: Wissen Sie, wohin man Lucy gebracht hat?«

»Oh, wenn ich es nur wüsste, ich würde es Ihnen sofort sagen! Glauben Sie mir?«

»Ja. Sie können nicht einmal eine Vermutung anstellen? Ob man sie nach London oder irgendwo hier in die Nähe gebracht hat?«

»Nein. Es tut mir leid. Oh Gott, warum habe ich diesen Menschen vertraut?«, rief Elena leidenschaftlich.

»Weil Sie keine andere Wahl hatten. Um der Chance willen, mit Iwan wiedervereint zu werden.«

»Ja«, sagte sie eifrig. »Sie verstehen mich. Vielleicht wäre es anders gewesen, wenn ich noch ein eigenes Kind hätte bekommen können. Ich habe versucht, Lucy zu lieben. Ich habe sie geliebt. Aber sie war nicht mein eigenes Kind. Mein Leben ist vorbei. Wenn ich nur Lucy für Alfred zurückbekommen könnte – aber ich fürchte, dass auch sie tot ist. Und ich bin dafür verantwortlich.«

Plötzlich war ein entferntes Scheppern zu hören. Die Kirchenglocken läuteten, um das neue Jahr zu begrüßen. Das haben wir jetzt grad noch gebraucht, dachte Nigel bitter.

»Erzählen Sie mir, wie alles angefangen hat«, sagte er.

»Sie haben sich im vergangenen September mit mir in Verbindung gesetzt. Ich dachte, ich hätte all das hinter mir gelassen, als ich in dieses Land geflohen bin. Ich hätte es besser wissen müssen.«

»Man hat Ihnen erzählt, dass Iwan doch noch am Leben sei?«, fragte Clare.

»Ja.«

»Und Sie haben diesen Leuten geglaubt?«

»Zunächst nicht, oh nein. Ich habe ihnen nicht vertraut, ich bin schließlich nicht dumm und hatte genug Erfahrung mit ihren Methoden gesammelt. Selbst als sie mir von dem Medaillon erzählt haben – das war ein Familienerbstück meines Mannes, er hieß ebenfalls Iwan – und von dem Muttermal am Körper des Kindes, selbst dann habe ich ihnen noch nicht geglaubt. Auch wenn ich es gerne getan hätte. Ich wollte ihnen unbedingt glauben. Können Sie das verstehen?«

»Oh ja«, sagte Clare.

»Ich dachte, sie hätten all diese Dinge herausgefunden, nachdem sie den Mann erschossen hatten, der Iwan über die Grenze tragen sollte. Es lag damals tiefer Schnee. Ich habe versucht, zu meinem Kind zurückzulaufen, aber meine Freunde haben mich aufgehalten. Sie haben mir gesagt, mein Sohn sei tot. Dadurch sollte ich mich besser fühlen, weil ich ihn nicht holen gegangen bin. Er lag vollkommen still da, dort im Schnee, im Niemandsland. Wahrscheinlich war er von dem Sturz betäubt. Mein kleiner Iwan! Und jetzt ist er tot. In einer Schneewehe!«

Elena blieben die Wörter im Halse stecken, und sie starrte blind auf das entsetzliche Bild in ihren Gedanken.

»Aber schließlich hat man Sie doch überzeugt?«, versuchte Nigel sie zum Weiterreden zu bewegen.

»Ja. Die Grenzposten, die auf uns geschossen hatten, haben das Kind später aufgehoben und festgestellt, dass es noch am Leben war. Einer der Posten brachte es dann auf einen Bauernhof, wo man es wärmte und fütterte. Zufällig war der Bauer ein heimlicher Sympathisant unserer Sache. Wir hatten uns auf seinem Hof versteckt, an dem Tag, bevor wir die Grenze überqueren wollten. Er und seine Frau haben Iwan fast ein Jahr lang bei sich behalten, aber es war ihnen nicht möglich, Kontakt mit mir aufzunehmen. Nach dem Verlauf eines Jahres entschied das Regime, dass Iwan in ein Waisenhaus musste. Als der Mann, der sich letzten Herbst mit mir in Verbindung gesetzt hat, merkte, dass ich ihm seine Behauptung, Iwan sei noch am Leben, nicht glaubte, sorgte er dafür, dass ich mit diesem herzensguten Bauern Kontakt aufnehmen konnte. Darüber hinaus arrangierte er einen Besuch des Bauern und seiner Frau im Waisenhaus, damit sie sich anhand des Muttermals vergewissern konnten, dass das dortige Kind dasselbe war, das sie bei sich aufgenommen hatten. Daraufhin habe ich ihm endlich geglaubt.«

Es entstand ein langes Schweigen im Raum, während der Wind das scheppernde Läuten der Glocken gegen die Fensterscheibe warf.

»Und jetzt kommen wir zu dem schwierigen Teil«, sagte Clare, während sie Elena die kalten Hände rieb. Diese lächelte schwach, gerührt von Clares Mitgefühl.

»Ja. Bitte vergessen Sie nicht: Ich versuche nicht, mein

Handeln zu entschuldigen. Ich will es nur erklären. Ich habe mir nie verziehen, dass ich Iwan im Stich gelassen habe, aber als ich hörte, dass er noch am Leben war – als ich hörte, dass er, nachdem ich ihn zurückgelassen hatte, seine Kindheit in einem Waisenhaus verbringen musste und dort indoktriniert und zu einem kleinen Automaten herangezogen wurde – da litt ich noch mehr als zuvor. Wissen Sie, als mein Mann während des Aufstands in meinen Armen starb, da hat er mir mit seinen letzten Worten das Wohl des kleinen Iwan ans Herz gelegt. Es war eine heilige Pflicht ... Oh, warum hören diese Glocken nicht endlich auf zu läuten?«

»Sie werden bald verstummen. Sie läuten das neue Jahr ein.«

»Das neue Jahr! Es kann nur noch schlimmer werden als das alte. Sie sollten läuten, um den Tod zu verkünden und nicht das Leben – in dieser verfluchten Welt.« Selbst in ihrer extremen Seelenqual verfiel Elena ganz unbewusst in Theatralik.

»Sie müssen mich verstehen. Alfred und die arme kleine Lucy lagen mir beide sehr am Herzen. Sie haben mir geholfen, meine Seele zu heilen. Aber Iwan war mein erster Mann und die Liebe meines Lebens. So etwas geschieht nur einmal. Für manche vielleicht nie. Aber wenn es geschieht, dann kann sich danach nichts mehr damit vergleichen – jedenfalls nicht für eine Frau. Als ich hörte, dass der kleine Iwan noch lebte, da war nichts anderes mehr von Bedeutung als seine Rettung. Nichts anderes war mehr wichtig, als zu versuchen, ihm die Jahre zurückzugeben, die er verloren hatte, und meine heilige Pflicht seinem Vater gegenüber zu erfüllen.«

»Ja«, seufzte Nigel. »Also hat man Ihnen gesagt, man würde

Ihnen Ihr Kind überlassen, falls Sie tun, was man von Ihnen verlangt. Und weil diese Leute Ihnen die Wahrheit darüber erzählt haben, dass Iwan noch am Leben war, hatten Sie das Gefühl, ihnen auch in dieser Frage vertrauen zu können?«

Elena hielt sich eine Hand vor die Augen. »Ich *musste* ihnen vertrauen. Ich konnte mir die Chance, Iwan zurückzubekommen, nicht entgehen lassen, und sei sie auch noch so klein. Alfreds Formeln – was bedeuten die mir im Vergleich zu meinem eigenen Fleisch und Blut? Diese Wissenschaftler und ihre großartigen Erfindungen! Warum sollte es mir wichtig sein, wer wen übertrifft? Sollen sie sich doch gegenseitig wegen ihrer dreckigen kleinen Geheimnisse bekämpfen – wie man die Menschheit auf die effizienteste Weise auslöschen kann! Ich bin eine Mutter.«

»Ja«, sagte Nigel. »Aber was ist mit Lucy?«

»Es ist Ihr gutes Recht, mir Vorwürfe zu machen. Ich habe mein Herz der kleinen Lucy gegenüber nicht verhärtet. Seit ich diesen Leuten geholfen habe, sie zu entführen, habe ich in einer Hölle gelebt, wie sie sich kein Priester und kein Maler religiöser Motive jemals ausdenken könnte. Aber sie haben mir versprochen, dass ihr kein Leid geschieht. Und auch dieses Mal habe ich ihnen geglaubt. Ich war dumm und schlecht, ja. Aber ich konnte nur einen retten – Lucy oder Iwan. Und da gab es für mich überhaupt keine Wahl.«

»Sobald die Gegenseite das Geheimnis Ihres Mannes erhielt, würde man ihm Lucy zurückgeben, und Sie und Iwan würden –«

»Ich sollte Iwan in London treffen. Dann würde man uns zurück nach Ungarn schmuggeln. Ich konnte an nichts anderes denken als daran, ihn wieder in meine Arme zu schließen.« Elenas Gesicht schien vor Seelenqual in tausend Stücke zu zerspringen. »*Warum* haben sie ihn überhaupt hierhergebracht? Warum? Wenn sie von vornherein vorhatten, mich zu betrügen, warum haben sie ihn dann überhaupt aus Ungarn herausgeholt?«

»Die Antwort liegt auf der Hand, fürchte ich. Um als Doppelgänger für Lucy zu dienen.«

»Doppelgänger? Ich verstehe nicht, was Sie da sagen.«

»Iwan und Lucy sahen sich ähnlich?«

»Ich weiß es nicht. Ich habe ihn all die Jahre nicht gesehen. Nicht einmal eine Photographie.«

»Aber er sah Ihnen ähnlich, nicht wahr?«

»Ja, das tat er. Als er ein Baby war, haben die Leute immer gesagt, er käme ganz nach mir.«

»Und Sie selbst haben die Leute immer an Alfreds erste Ehefrau erinnert?«

»Ja. Aber –«

»Und Lucy kommt ganz nach ihr.«

In Elenas großen, gequälten Augen leuchtete plötzlich ein verständiges Licht auf. »Jetzt begreife ich. Also deshalb sollte ich die Photographie von Alfreds erster Frau verstecken. Damit die Beamten der hiesigen Polizei keinen Hinweis erhalten – damit sie nicht auf die Idee kommen, der Plan könne auf dieser Ähnlichkeit und einem Austausch der beiden Kinder basieren. Sie meinen, man hat Iwan hierhergebracht, damit man ihn später gegen Lucy austauschen konnte?«

»Das ist die einzig logische Schlussfolgerung. Ich denke, die Kidnapper werden ein Haus irgendwo hier in der Gegend gemietet haben – wahrscheinlich nicht weit von Longport entfernt. Sie bringen Iwan dorthin, damit die Nachbarn sehen, dass ein Kind im Haus ist. Welche Haarfarbe hatte er?«

»Rotblond. So wie meines, bevor es weiß wurde.«

»Nachdem sie Lucy gekidnappt hatten, haben sie ihr die Haare gefärbt, ihr Jungenkleider angezogen und sie den Nachbarn gezeigt, sie aber nicht mit ihnen reden lassen. Als dann die Polizei ihre Nachforschungen anstellte, widersprach nichts der Annahme, dass das Kind in diesem Haus dasselbe war, das auch schon vor der Entführung dort gewohnt hatte. Es konnte also keinerlei Verdacht aufkommen.«

»Und als sie Iwan nicht mehr brauchten, haben diese Teufel ihn getötet und ihn in der Schneewehe liegen gelassen?«

»Aber er war unverletzt«, warf Clare ein.

»Diese Leute wissen, wie man jemanden tötet, ohne dass davon Spuren zurückbleiben.«

»Aber er hatte eine Rückfahrkarte nach London in der Tasche«, sagte Nigel. »Falls sie tatsächlich vorgehabt hätten, ihn zu töten, hätte sie nur eine einfache Fahrt gekauft. Nein, ich vermute, dass sie ihn in den Zug nach London setzen wollten und dass auf dem Weg nach Longport irgendetwas schiefgegangen ist. Sie haben ihn natürlich mitten in der Nacht fortgebracht, damit die Nachbarn von seiner Abreise nichts mitbekamen. Vielleicht mussten sie unterwegs irgendwo feststellen, dass die Straße versperrt war, und mussten den Rest des Wegs zu Fuß gehen, und der arme kleine Kerl hat es nicht geschafft.«

»Dann haben sie ihn dennoch ermordet.« Elena verstummte, und ihr Gesicht bekam den steinernen Ausdruck einer Rachegöttin. »Sie haben ihn dort einfach sterben lassen.«

»Es ist ein sanfter Tod«, murmelte Clare. Doch Elena reagierte nicht auf diese Bemerkung. Sie war in ihren eigenen Gedanken versunken.

Das Läuten der Glocken umtobte das Haus wie Geister, die lautstark Einlass forderten.

Nigel wartete einen Moment und begann dann eine Reihe von Fragen zu den Agenten zu stellen, die Elena anfangs kontaktiert hatten. Sie antwortete ohne Widerstreben, konnte jedoch nur Informationen geben, die sich auf ein paar wenige Fakten beschränkten – die anfänglichen Telefonate, zwei Treffen mit einem riesigen, bärenhaften Mann in einem Londoner Teehaus und die Methode, mittels derer sie mit dem Bauern hatte kommunizieren können, der Iwan damals bei sich aufgenommen hatte. Es wurde recht schnell deutlich, dass Elena nur schwache Erinnerungen an diese Vorkommnisse hatte. Sicher hatte sie die Details vergessen wollen, und zudem hatte das Grauen der letzten Woche viele Dinge aus ihrem Gedächtnis verdrängt. Unglücklicherweise hatte es auch die wichtigste Tatsache von allen ausgelöscht.

»Sie mussten ihnen sagen, was Ihr Mann vorhatte – wie er auf ihre Forderungen reagieren wollte. Sie haben also letzten Freitag einen zweiten Anruf von der Telefonzelle aus getätigt, um ihnen zu sagen, dass er plante, im Hauptpostamt gefälschte Informationen zu hinterlegen, und dass die Polizei der Person, die diese abholen sollte, eine Falle stellen würde – richtig?«

»Ja«, antwortete sie nahezu unhörbar.

»Welche Nummer haben Sie angerufen?«

Elena sah ihn voller Verzweiflung an. »Ich fürchte, die habe ich vergessen. Nein, bitte, Sie müssen mir glauben. Ich habe versucht, mich daran zu erinnern, seit ich gehört habe, was sie mit Iwan gemacht haben. Sie haben mir gesagt, ich müsse die Nummer auswendig lernen, aber ich habe ein schlechtes Gedächtnis, also habe ich ihnen nicht gehorcht und die Nummer auf ein Blatt Papier geschrieben. Doch das habe ich verbrannt, nachdem ich den Anruf getätigt hatte.«

»Aber Sie können sich doch sicher noch daran erinnern, ob es eine örtliche Nummer war, oder?«

»Oh ja, es war die Telefonzentrale in Longport, und die Nummer hatte drei Stellen. Eine vier und eine neun, glaube ich – 479 vielleicht? 497? Nein, es hat keinen Zweck.«

»Macht nichts. Es wird Ihnen wieder einfallen. Wer war am anderen Ende?«

»Eine Frau. Ich sollte sagen: ›Hier spricht Millie.‹ Und wenn die Person dann antwortete ›Hallo, wie geht es Ingham?‹ – das ist der Geburtsort meines Mannes – würde ich ihr meine Nachricht mitteilen. Nur ein paar Worte. Falls keine Gefahr bestand und alles in ihrem Sinne verlief, sollte ich sagen: ›Viel besser, danke!‹ Falls mein Mann ihren Bedingungen nicht zustimmen wollte, sollte ich sagen ›Unverändert.‹ Und falls man ihnen eine Falle stellen wollte, sollte ich sagen: ›Nicht so gut, fürchte ich.‹ Oh, wenn ich mich doch nur an die Nummer erinnern könnte!« Elena schlug sich mit den Fäusten gegen die Schläfe, außer sich vor Verzweiflung.

»Bitte machen Sie sich deshalb keine Sorgen«, versuchte Clare sie zu trösten. »Diese Leute hätten Lucy bestimmt nicht in das Haus gebracht, dessen Nummer Sie anrufen sollten. Ich meine, sie konnten sich schließlich nicht darauf verlassen, dass Sie nicht Ihre Meinung ändern und der Polizei die

Telefonnummer geben würden, nachdem Lucy verschwunden war.«

»Jedenfalls sind wir der Sache ein bisschen näher gekommen«, sagte Nigel. »Clare, mein Schatz, würdest du mir bitte meine Generalstabskarte und den Eisenbahnfahrplan holen?«

Nachdem sie mit den gewünschten Dingen zurückgekehrt war, breitete Nigel die Karte auf dem Tisch aus. »Hier ist Longport. Die dortige Telefonzentrale ist für diese Gruppe von Dörfern zuständig.« Er zog mit dem Bleistift einen Kreis um mehrere Ortschaften. »Ihre Kontaktperson befand sich in einem dieser Dörfer oder auch in Longport selbst. Hier hat man Iwans Leichnam gefunden, auf dem Hügel, der nach Longport hinunterführt.« Er zeichnete ein Kreuz auf die Karte. »Es tut mir leid, wenn ich jetzt ein wenig brutal sein muss, Elena.«

»Meine Gefühle sind nicht mehr wichtig. Nichts ist mehr wichtig, außer Lucy zu finden.« Elena starrte die Karte an, als könnte irgendwo aus ihren Farben und Konturen plötzlich eine Vision von Lucy hervorspringen.

»Lucy wurde in ein Haus hier in dieser Gegend gebracht und gegen Iwan ausgetauscht. Ein Haus, dessen nächstgelegener Bahnhof in Longport ist. Der letzte Zug nach London verlässt Longport um, Moment, sehen wir mal nach, um zwölf Minuten nach sechs Uhr abends. Also wenn die Kidnapper nicht gerade über zwei Autos verfügen, können sie Iwan erst am darauffolgenden Abend, also am Freitag, zum Bahnhof gebracht haben. Natürlich ist es durchaus möglich, dass es eine große Bande von ihnen gibt, mit einem ganzen Fuhrpark voller Autos, aber die Ankunft so vieler Personen in einem kleinen Landhaus würde unter den Nachbarn zu Gerede führen. Ich nehme an, dass es nur zwei oder drei von ihnen gibt – zwei vielleicht, die sich als Iwans Eltern ausgegeben haben.«

Clare unterbrach ihn: »Wir können es doch sicher noch ein bisschen mehr eingrenzen, oder? Du hast gesagt, sie würden nicht versuchen, Iwan vor Einbruch der Dunkelheit aus dem Haus zu schmuggeln, richtig? Sie würden sichergehen wollen, dass der Junge den Zug erreicht, und sie wussten, dass einige Straßen blockiert sein könnten. Sie haben Iwan bis etwa eine halbe Meile an den Bahnhof herangebracht. Selbst wenn sie in der Lage gewesen wären, den ganzen Weg mehr oder weniger direkt und ohne Unterbrechung zu fahren, hätten sie, wenn sie nach Einbruch der Dunkelheit aufgebrochen sind und den Bahnhof rechtzeitig – sagen wir gegen sechs Uhr – erreichen wollten, nicht sehr viel mehr als eine Stunde Fahrtzeit zur Verfügung gehabt. Wie viele Meilen pro Stunde kann man wohl in einer hügeligen Gegend mit schneebedeckten Straßen schaffen? Fünfundzwanzig? Allerhöchstens dreißig. Das Haus liegt also in einem Radius von dreißig Meilen um Longport. Das hilft uns nicht besonders viel. Aber denke doch nur an die Bedingungen, die in jener Nacht herrschten. Es ist gut möglich, dass sie aussteigen und eine gute Strecke laufen mussten bis zu der Stelle, an der man Iwan gefunden hat. Das verringert die Entfernung, die sie hätten zurücklegen können.«

»Ja«, sagte Nigel. »Das ist eine sehr einleuchtende Schlussfolgerung. Und ich denke, wir können sogar noch weiter gehen. Wir können morgen herausfinden, welche Straßen am Freitagabend blockiert waren. Aber die Sache ist doch die:

Sie mussten Iwan unbedingt zum Zug bringen, sonst hätten sie zwei Kinder im Haus statt nur einem. Sie konnten unmöglich wissen, wie viele Straßen an jenem Abend durch den Schneesturm versperrt sein würden. Also mussten sie eine Reihe von Umwegen mit einberechnen. Unter diesen Umständen hätten sie es nicht riskieren können, innerhalb der einen Stunde, die ihnen zur Verfügung stand, eine Entfernung von dreißig Meilen zurückzulegen. Doch sie konnten einigermaßen sicher sein, dass sie es schaffen würden, eine Strecke von, sagen wir, zehn Meilen zurückzulegen, auf dem kürzesten Weg.« Nigel zeichnete einen kleinen Kreis auf die Karte. »Ich glaube, Lucy befindet sich irgendwo innerhalb dieses Kreises.« Was er nicht hinzufügte, waren die Worte: »Falls sie noch am Leben ist.«

»Darf ich etwas dazu sagen?«, warf nun Elena ein. »Sie gehen davon aus, dass man Iwan nicht vor Einbruch der Dunkelheit aus dem Haus weggebracht hätte. Aber man könnte ihn auf dem Rücksitz des Autos versteckt haben, unter einer Decke vielleicht. Also könnten sie durchaus früher losgefahren sein.«

»Das ist natürlich nicht auszuschließen. Aber sehen Sie hier, es gibt in einer Entfernung von dreißig Meilen noch zwei weitere Haltepunkte auf der Haupteisenbahnstrecke nach London. Sie haben sich jedoch für Longport entschieden. Longport muss also der ihrem Versteck nächstgelegene Bahnhof gewesen sein. Und das bringt uns wieder zu dem Zehn-Meilen-Radius zurück.«

»Aber Nigel, hat die Polizei denn nicht jedes Haus in diesem Gebiet durchsucht?«, wandte Clare ein.

»Sie haben nach einem Mädchen gesucht, nicht nach einem

Jungen. Wir haben sie zwar gewarnt, dass man Lucys Aussehen verändert haben könnte, aber wir haben zu diesem Zeitpunkt nicht die Möglichkeit in Betracht gezogen, dass man ein gekidnapptes Kind mit einem bereits an Ort und Stelle befindlichen Kind austauschen könnte. Es würde mich nicht überraschen, wenn irgendein Dorfpolizist Lucy während seiner Suche tatsächlich zu Gesicht bekommen hat – möglicherweise war sie betäubt und man hat dem Polizisten gesagt, sie sei krank und dürfe nicht geweckt werden, und der Polizist ist dann davongetrottet, ohne in Frage zu stellen, dass sie der kleine Junge war, den die Nachbarn seit einer Woche in dem Haus haben wohnen sehen.«

»Ich frage mich«, sagte Elena, »ob Alfred vielleicht jetzt in diesem Moment dort ist.«

»Sie meinen, man hat ihn mit einem Auto abgeholt?« Nigels blassblaue Augen betrachteten die Frau unverwandt. »Sie wussten, dass er sich mit den Agenten der Gegenseite treffen würde?«

»Er hat mir nicht viel erzählt. Ich glaube, er hat mir nicht mehr ganz vertraut. Und warum sollte er auch?«, fügte Elena reumütig hinzu. »Er hat nur eine Sache gesagt: Wir sprachen über Lucy – ob sie noch lebt oder bereits tot sei – und er hat gesagt, dass er das bald wisse, so oder so. Oh ja, und dann hat er mich gefragt, ob ich ihn verachten würde, wenn er ihnen gäbe, was sie haben wollen.«

»Im Austausch für Lucy? Würde er das tun?«

»Ich weiß es nicht. Er ist ein guter Mann. Und ein starker Mann. Manchmal kann er ein wenig unmenschlich sein – das liegt vielleicht an der Art von Arbeit, die er leistet. Aber er liebt Lucy sehr. Nein, ich glaube nicht, dass er ihnen irgendetwas geben würde, solange er nicht sicher sein kann, dass Lucy lebt und er sich mit eigenen Augen vergewissern konnte, dass sie auch freigelassen wurde. Danach –« Elena zuckte mit den Schultern.

»Also es besteht die Möglichkeit, dass er sich jetzt in demselben Haus wie Lucy aufhält oder es bald tun wird, falls die Straße dorthin nicht gesperrt ist.«

»Warum sitzen wir dann hier herum und tun nichts als nur zu reden?«, rief Elena aus. Sie begann, im Raum hin und her zu laufen, mit ihren typisch langen, ausgreifenden Schritten, wie ein Tier in einem Käfig. »Die Polizei muss dieses Gebiet noch einmal durchsuchen, und zwar sofort. Oder brauchen Sie erst eine Erlaubnis von irgendeinem Bürokraten in London? Oh, ihr seid alle so schrecklich langsam hier in diesem Land!«

Nigel lächelte schief über die gebieterische Art dieser Frau, die doch jedes Recht zu gebieten verloren hatte. Dennoch war es beeindruckend. Ihre Gestalt schien um mehrere Zentimeter zu wachsen, so wie sie es auch auf der Theaterbühne oft getan haben musste.

»Elena«, sagte er geduldig. »Ich kann nicht einfach auf einen Knopf drücken und damit die ganze Operation in die Wege leiten. Es ist dunkel. Die Straßen sind an allen Ecken und Enden durch Schneewehen versperrt. Ich werde dafür sorgen, dass Sparkes seine Männer morgen früh in Bewegung setzt, sobald es hell geworden ist. Falls Lucy noch am Leben ist, werden sie ihr gewiss jetzt, da der Professor bei ihnen ist, nichts antun. Und er wird versuchen, so viel Zeit wie möglich herauszuschinden. Vielleicht schafft er es, uns eine Nachricht zukommen zu lassen.«

»Aber er befindet sich in tödlicher Gefahr! Bitte! Ich habe ihm schon so viel Leid zugefügt, ich kann es nicht ertragen –«

»Die Gefahr, in der er sich befindet, wäre noch sehr viel schlimmer, wenn wir jetzt einfach planlos drauflos handeln – und das gilt auch für Lucy«, unterbrach Nigel sie entschieden. »Wenn ihre Entführer wüssten, wie dicht wir ihnen auf den Fersen sind, würden sie ihre beiden Gefangenen sofort erschießen und so schnell wie möglich das Weite suchen. Und wenn sie versuchen sollten, Lucy und ihren Vater außer Landes zu schaffen, würden sie nicht weit kommen. Man hat erneut Straßensperren aufgestellt.«

Elena schwieg eine Weile. Dann sagte sie entschlossen: »Also gut. Ich werde versuchen, ein wenig zu schlafen. Morgen früh werden Sie mich zum Hauptkommissar bringen, und ich werde eine Aussage machen. Ah, die Glocken haben endlich aufgehört.«

»Wir haben 1963«, sagte Clare. »Viel Glück für das neue Jahr.«

Elena drehte sich zu ihr um. »Viel Glück für Alfred und Lucy. Meine Liebe, Sie sind sehr freundlich zu mir gewesen. Würden Sie mir noch diesen einen Gefallen tun und noch eine Weile bei mir sitzen bleiben? Ich kann meine eigene Gesellschaft nicht ertragen.«

Sie sagte diese Worte mit einem Pathos, der Clare die Tränen in die Augen trieb. Doch gleichzeitig hatten sie etwas von einem königlichen Befehl.

Nigel verließ die beiden Frauen, sagte dem Polizisten in Zivil, der vor der Tür stand, dass er Elena von nun an als verhaftete Person betrachten müsse, rief dann Sparkes unter dessen

Privatnummer an und gab ihm rasch eine Zusammenfassung von Elenas Geständnis.

»Also wonach wir suchen«, fuhr er fort, »ist ein Haus, wahrscheinlich in einem Radius von zehn Meilen um Longport, in dem ein Junge, der der Beschreibung des Jungen entspricht, den man in der Schneewehe gefunden hat, für einige Zeit vor der Entführung gewohnt hat – ein Junge, der in dieser Nachbarschaft ein Fremder war, mit zwei oder drei Erwachsenen, die sich um ihn gekümmert haben. Auch bei diesen Erwachsenen dürfte es sich um Fremde handeln, die vielleicht ein Cottage über die Feiertage gemietet haben – ein abgelegenes Haus oder auch eine ruhig gelegene Wohnung in Longport selbst. Die Hauptsache ist, dass man – sobald man den Ort gefunden hat – die Bewohner nicht alarmiert.«

»Ich werde sofort jedes einzelne verdammte Mitglied meiner Polizeitruppe aufwecken.«

»Frohes neues Jahr und eine gute Jagd!«

Sparkes verbrachte die nächsten beiden Stunden damit, seine Männer anzurufen und sie aus dem Bett zu scheuchen. Als Erstes rief er in Longport an und arbeitete sich dann von Dorf zu Dorf. Doch seine Mühe war nicht von Erfolg gekrönt. Denn wie es der Zufall wollte, war Bert Hardman, der Dorfpolizist von Eggarswell, an jenem Vormittag mit einer akuten Rippenfellentzündung in das Krankenhaus in Belcaster eingeliefert worden.

Kapitel 12

FLIEG HEIM

1. JANUAR

Trotz seines ausgedehnten Telefonmarathons saß Hauptkommissar Sparkes am Neujahrsmorgen bereits um 8:30 Uhr wieder an seinem Schreibtisch. Und es war nur gut, dass er das tat, denn an jenem Morgen sah es endlich so aus, als würden sie aus der Sackgasse herausfinden, in der sie die gesamte vergangene Woche gesteckt hatten. Sparkes hatte kaum mit der Arbeit begonnen, da wurde ein Telefonanruf des Besitzers des *Café Bellevue* zu ihm durchgestellt. Ein Mann, auf den die Beschreibung Professor Wragbys passte, war in seinem Café angegriffen worden und wurde in diesem Augenblick von einem Krankenwagen ins Krankenhaus von Belcaster gebracht. Es schien keinerlei Zeugen für diese Schlägerei zu geben, aber ein sehr großer Mann aus London, der den Professor bei dessen Ankunft begrüßt und sich eine Weile mit ihm unterhalten hatte, war getürmt, kurz bevor man Wragbys halbtoten Körper entdeckt hatte.

Sparkes ließ sich eine Beschreibung des Mannes geben, bei dem es sich vermutlich um den Agenten handelte, den man geschickt hatte, um mit Wragby Kontakt aufzunehmen. Dann sorgte der Kommissar dafür, dass diese Beschreibung im gesamten Land verbreitet wurde. Die einzige Theorie, die ihm zu dieser Geschichte einfiel, war die, dass der Professor von dem besagten Agenten angegriffen und dann für tot gehalten und zurückgelassen worden war, und zwar nachdem der Professor ihm die geheimen Informationen gegeben hatte. Warum sonst hätte der Mann versuchen sollen, Wragby zu töten, wenn dieser noch nicht alles preisgegeben hatte?

Aber Sparkes hatte jetzt keine Zeit, irgendwelche Theorien aufzustellen. Der Cafébesitzer erzählte ihm von dem Handgemenge zwischen den drei Schlägertypen, die die Nacht im Café verbracht hatten, und der Truppe von Soldaten, die morgens eingetroffen war. Die besagten drei Männer würden in Kürze in Begleitung einer Militäreskorte in der Polizeistation von Belcaster eintreffen.

»Sehen Sie, was Sie aus denen herausbekommen können«, sagte er zu seinem Kriminalinspektor. »Und lassen Sie dabei die Samthandschuhe ruhig in der Schublade. Der Cafébesitzer hat so eine Ahnung, dass die Typen mit dem großen Kerl, nach dem wir suchen, unter einer Decke stecken. Sie können mich im Krankenhaus erreichen, falls sich irgendetwas Handfestes ergibt.«

Als er im Krankenhaus eintraf, war auch der Krankenwagen gerade angekommen, und Wragby wurde bereits untersucht. Sparkes wischte die üblichen Krankenhaus-Verzögerungstaktiken einfach beiseite und begab sich in das Privatzimmer, in dem der Professor lag. Zwei Ärzte und eine Krankenschwester standen bei dem Patienten. Die Krankenschwester sah Sparkes empört an und versuchte, ihn aus dem Raum zu drängen, aber genauso gut hätte sie versuchen können, eine der Steinfiguren von der Osterinsel herunterzuschieben. Der Oberarzt sagte:

»Hallo, Mr. Sparkes, Sie sind aber früh auf den Beinen. Interessieren Sie sich für meinen Patienten? Wer ist es?«

Sparkes sagte es ihm. Der Arzt stieß einen leisen Pfiff aus.

»Wie geht es ihm?«

»Ich denke, er wird es schaffen. Kräftige Konstitution. Und die braucht er auch. Sieht aus, als hätte er mit einem Gorilla gekämpft. Wir haben zunächst den Schock behandelt und wollten gerade einen Luftröhrenschnitt vornehmen.«

»Wann kann er reden, Doktor?«

»Jetzt noch nicht. Sehen Sie ihn sich doch an.«

Auf Wragbys leichenblassem Gesicht stachen die Sommersprossen hervor, als hätte er die Masern. Sein Atem klang wie Schmirgelpapier.

»Wir werden Ihnen Bescheid geben, sobald –«

»Tut mir leid. Ich gehe hier nicht weg.«

»Jetzt hören Sie mal, ich bin hier zuständig. Meine Aufgabe ist es, das Leben dieses Mannes zu retten.«

Sparkes zog den Arzt aus dem Raum und führte mit ihm eine geflüsterte Unterhaltung. »Es ist möglich, dass Wragby einem feindlichen Agenten ein hochwichtiges Geheimnis mitgeteilt hat. Oder auch nicht. Und er könnte wissen, wo sich seine gekidnappte Tochter befindet. Ich muss das sofort herausfinden. Jede Minute zählt.«

Aber es vergingen viele Minuten, so langsam wie Stunden, während Sparkes sich an die Wand lehnte und den bewusstlosen Mann anstarrte, als könnte er diesen allein durch seine Willenskraft dazu bewegen, seine Geheimnisse preiszugeben.

Endlich flatterten Wragbys Augenlider und öffneten sich. Sparkes trat vor. Der Arzt legte ihm eine Hand auf den Arm.

»Er darf nicht sprechen. Sie können ihm ein paar Fragen stellen und ihn bitten zu nicken oder den Kopf zu schütteln. Aber warten Sie, bis ich Ihnen Bescheid gebe.«

Die beiden Ärzte beschäftigten sich emsig mit dem Patienten, während Sparkes danebenstand und vor Ungeduld kochte.

»Versuchen Sie nicht zu sprechen, mein Lieber«, sagte der zweite Arzt. Es war eine ganz unnötige Anweisung, denn Wragby, auch wenn er verzweifelt versuchte, etwas zu sagen, brachte kein einziges Wort hervor, das als solches zu erkennen gewesen wäre.

Nach einem Wink des Oberarztes trat Sparkes endlich zu dem Patienten ans Bett. »Professor Wragby, erkennen Sie mich – Hauptkommissar Sparkes? Nein, sagen Sie nichts! Nicken Sie nur oder schütteln Sie den Kopf. Ich muss Ihnen ein paar Fragen stellen. Verstehen Sie, was ich sage?«

Der Patient nickte.

Sparkes beschrieb den großen Mann, der aus dem Café verschwunden war. »Ist er der feindliche Agent, mit dem Sie sich getroffen haben?«

Der Patient nickte erneut.

»Haben Sie ihm die Information gegeben, die er bekommen wollte?«

Wragby schüttelte trotz seiner großen Schwäche so heftig den Kopf, dass der Arzt sich dazwischendrängte und mit einem Finger den Puls des Professors überprüfte. »Überanstrengen Sie sich nicht, mein Freund. Also gut, Herr Hauptkommissar, fahren Sie fort.«

»Dieser Agent hat Sie mit einem Brief kontaktiert, um dieses Treffen zu arrangieren?«

Der Patient nickte.

»Wusste Ihre Frau, dass Sie sich entschlossen hatten, zu dem Treffen zu gehen?«

Der Patient schüttelte den Kopf.

»Sie hatten den Plan, mit ihm zu verhandeln? Falls er Sie dorthin brachte, wo man Lucy gefangen hielt, und sie dann freiließ, würden Sie ihm die Information geben?«

Ein gequälter Ausdruck breitete sich auf Wragbys Gesicht aus. Er versuchte, etwas zu sagen, brachte jedoch nur ein geflüstertes Krächzen heraus.

»Moment. Ich sehe, dass ich Sie beunruhigt habe. Wäre es besser, wenn ich es anders formuliere? Sah Ihr Plan so aus, dass Sie sich einverstanden erklären wollten, ihm die Informationen zu geben, wenn er Sie zu Lucy bringen und diese freilassen sollte, dass Sie sich dann jedoch weigern würden, die Information preiszugeben?«

Wragby nickte.

»Guter Mann! Nur noch eine Frage. Haben Sie während Ihrer Unterhaltung mit diesem Agenten auch nur die leiseste Ahnung davon bekommen, wo Lucy zu finden ist?«

Wragby nickte erneut. Aber sein Gesichtsausdruck war unendlich traurig.

»Wo? Ach, tut mir leid! In London?«

Kopfschütteln.

»In dieser Grafschaft?«

Wragby zuckte kaum merklich mit den Schultern.

»Irgendwo westlich von hier?«, fragte Sparkes aufs Geratewohl.

Wragby nickte. Der Arzt, der seinen Patienten eingehend beobachtet hatte, trat nun erneut dazwischen. »Es reicht. Er kann nicht mehr. Ich rufe Sie an, sobald er in der Lage ist zu reden, Mr. Sparkes.«

Der arme Mann, dachte der Hauptkommissar, während er zum Ausgang des Krankenhauses ging. Da war er so nah dran, sein kleines Mädchen zu finden, und wurde dann doch daran gehindert. Trotzdem – seine Aussage bestätigte Strangeways Theorie, dass Lucy irgendwo in der Gegend von Longport festgehalten wurde.

Als er wieder in der Polizeistation eintraf, bekam er eine weitere Bestätigung dieser Theorie. Einer der Soldaten, der die drei Gangster eskortiert hatte, gab zu Protokoll, dass er einen sehr großen Mann gesehen habe, auf den die Beschreibung des Cafébesitzers zutraf, wie dieser in ein Auto einstieg und auf der Hauptstraße in Richtung Westen davonfuhr. Das war die Straße, die durch Longport führte. Der Soldat hatte zwar das Nummernschild des Autos nicht erkennen können, aber es handelte sich um einen Morris Oxford, schwarz oder dunkelbraun, soweit dies unter dem Schmutz und Schnee zu erkennen gewesen war. Sofort wurden die Streifenwagen in Kenntnis gesetzt. Das Netz zog sich zu.

Sparkes' Inspektor berichtete ihm, dass die drei Männer, die sie in Gewahrsam hatten, zunächst jegliche Aussage verweigert hätten. Endlich hatte man einem von ihnen das Geständnis abgerungen, dass sie am Samstag von einem Mann namens Peters rekrutiert worden waren. Sie sollten am gestrigen Tag mit ihrem Lieferwagen von London zu dem Café fahren, um dort einen kleinen Auftrag auszuführen. Worum es sich bei diesem Auftrag handelte, würden sie später erfahren. Nein, sie hatten diesen Peters noch nie zuvor gesehen – ein anderer Kontakt von ihnen hatte den Mann angeschleppt.

Sparkes hatte eine ziemlich gute Vorstellung davon, zu welchem Zweck man diese Männer engagiert hatte: damit dieser »Peters« sie als Schläger einsetzen konnte und um Lucy – tot oder lebendig – in ihrem Lieferwagen aus dem Gebiet herauszuschaffen, in dem sie sich gerade befand, weil den Kidnappern dort mittlerweile garantiert der Boden unter den Füßen zu heiß geworden war.

»Also gut«, sagte er zu seinem Inspektor. »Erheben Sie gegen die Kerle Anklage wegen vorsätzlicher Körperverletzung – oder irgendwas anderes, was Ihnen gerade einfällt, egal was – die haben's bestimmt getan. Fingerabdrücke. Holen Sie sich von Scotland Yard deren Vorstrafenregister. Ich werde sie mir später selbst nochmal vorknöpfen.«

Doch ein Problem war noch immer nicht geklärt: Wie konnte es sein, dass kein einziger Polizist in Longport oder den umliegenden Dörfern während seiner Suche auf den Pseudo-Iwan getroffen war oder von dem echten Iwan gehört hatte, der vorher in demselben Haus gewohnt hatte? Dann fiel Sparkes der Kollege aus Eggarswell ein, Bert Hardman, der außer Dienst war und im Krankenhaus lag. Eggarswell war nur wenige Meilen von Longport entfernt – ein kleines, abgelegenes Dorf in einer ziemlich wilden Gegend. Hardman war nicht gerade die hellste Kerze auf dem Kuchen, aber –

Sparkes griff nach dem Telefonhörer und verlangte, mit der Oberschwester persönlich zu sprechen. Nein, antwortete diese Achtung gebietende Person, eine Befragung des Patienten stehe völlig außer Frage. Bert Hardman befinde sich im Delirium und in akuter Lebensgefahr.

Sparkes legte den Hörer wieder auf und zog ob dieser neuerlichen Niederlage ein düsteres Gesicht. Fast sofort schellte das Telefon.

»Sparkes hier.«

»Strangeways. Ich habe herausgefunden, wo sie ist. Lucy. Falls sie immer noch dort ist.«

»Guter Gott! Sind Sie - ist es in Eggarswell?«

»Nie davon gehört. Ich habe eine Beschreibung des Hauses und der Aussicht aus den vorderen Fenstern.«

»Was zum Teufel sagen Sie da? Wie haben Sie -«

»Lucy hat es geschrieben. Ist heute früh hier angekommen. Man könnte sagen, sie hat es hierher fliegen lassen. Poststempel von Longport. Muss eines der Dörfer in der unmittelbaren Nachbarschaft sein - ein kleines Dorf. Der Brief wurde eingesammelt, nach Longport gebracht und hierher geschickt.«

»Aber jetzt hören Sie mal, Strangeways -«

»Keine Zeit zu quatschen, alter Junge. Das verschwendet Zeit. Ich fahre sofort zu Ihnen.« Nigel klang geradezu manisch. »Sorgen Sie dafür, dass eine Einsatztruppe bereitsteht. Finden Sie jemanden, der diese Gegend kennt. Wir suchen nach einem abgelegenen Cottage am Hang eines Hügels, mit einem Bauernhof ganz in der Nähe. Fenster im gotischen Stil, eine weite Aussicht von den vorderen Fenstern und vom Haus aus links gesehen in mittlerer Entfernung ein kegelförmiger Hügel mit einer Baumgruppe auf der Spitze. Das sollte nicht schwer zu finden sein. Ach ja, und noch was: In einem der Schlafzimmer befindet sich die Photographie eines bärtigen Herren in Universitätsornat. Bis gleich.«

Nigel legte auf, bevor Sparkes Gelegenheit hatte, ihm zu erzählen, dass man den Professor gefunden hatte ...

Der Postbote war im Gästehaus eingetroffen, während sie noch beim Frühstück saßen. Der Hotelbesitzer verteilte die Briefe an die anderen Gäste, ließ die Post für Wragby jedoch noch eine halbe Stunde auf dem Tisch in der Diele liegen. Clare und Elena frühstückten zusammen auf Elenas Zimmer. Nigel, der einen Anruf vom Hauptkommissar erwartete, sagte einem der Bediensteten, wo er zu finden sei, und ging zur Garage hinüber. Während der Nacht waren erneut große Mengen von Schnee gegen die Garagentore geweht worden, und auch im Hof lag der Schnee fast einen halben Meter tief. Je eher sie Elena nach Belcaster bringen konnten, desto besser. Nigel suchte sich eine Schneeschippe und machte sich daran, den Schnee vor den Garagentoren wegzuschaufeln. Das Zeug war steif, aber gleichzeitig brüchig wie Puderzucker, sodass er es mit der Schippe in großen Klumpen fortschaffen konnte. Als er es endlich geschafft hatte, die Tore zu öffnen, startete er den Motor seines Citroëns und ließ ihn eine Weile laufen, bevor er rückwärts aus der Garage fuhr. Vom Hof aus führte der Fahrweg aufwärts, und da sein Auto Vorderradantrieb hatte, bekamen die hinteren Reifen auf der eisigen Oberfläche keine Bodenhaftung. Das Auto rutschte seitwärts, und der Motor wurde abgewürgt. Nigel startete ihn erneut, fuhr in den Hof zurück und verbrachte weitere zehn Minuten damit, zwei Spuren auf der Hofeinfahrt freizuschaufeln. Dann fuhr er zum zweiten Mal rückwärts aus dem Hof, und diesmal schob der Motor das Auto den Abhang hinauf, bis er es oben wenden und dort zur Abfahrt bereit parken konnte.

Als er zurück ins Gästehaus kam, entdeckte er auf dem Tisch in der Diele die an Wragby gerichteten Briefe. Einer von ihnen war mit jenen kindlichen Großbuchstaben an den Professor adressiert worden, die Nigel mit anonymen Briefen assoziierte. Da schrieb ihm wohl irgendein Spinner, um ihn zu beschimpfen, weil er sich nicht besser um seine Tochter gekümmert hatte. Die Tragödien anderer Menschen riefen doch immer wieder die abscheulichsten Reaktionen hervor, seien es nun irgendwelche Drohbriefverfasser oder neurotische oder übereifrige Wichtigtuer.

Nigel hätte den Brief am liebsten sofort vernichtet, aber er beherrschte sich gerade noch und brachte ihn zusammen mit dem Rest der Post nach oben. Elena war bereits angekleidet. Sie hatte es sogar geschafft, etwas zum Frühstück zu essen. Nigel schickte den Beamten in Zivil nach unten, damit dieser ebenfalls frühstücken konnte. Clare warf Nigel einen besorgten Blick zu.

»Ich habe noch nichts von Sparkes gehört«, sagte er. »Elena, hier sind ein paar Briefe für Ihren Mann. Diesen hier öffne ich am besten selbst.«

Sie nickte apathisch.

Nigel starrte auf den Papierbogen. Er las:

Der Finder soll dieses Blatt bitte sofort an Professor Alfred Wragby, F. R. S., Das Gästehaus, Downcombe schicken. Belohnung: fünf Pfund. Es ist ein wissenschaftliches Experiment.

Nigel drehte das Blatt um. Dann las er mit wachsender Anspannung die Zeilen, die auf der Rückseite standen.

»Wer ist Cinders?«

»Nanu? Das ist ein alter Spitzname von Lucy«, antwortete Elena.

»Das dachte ich mir. Es ist gar kein schlechter Scherz! Seht nur!«

Die beiden Frauen stellten sich neben ihn, schauten ihm über die Schulter und lasen mit.

ZWEITES KAPITEL. WO BIN ICH?

Am nächsten Morgen kam die Wahnsinnige, die Cinders Tante Annie nennen musste, und nahm sie in einen Raum mit, der an der Vorderseite des Hauses lag. Sie ließ Cinders, die sie aus irgendeinem verrückten Grund Evan nannte, aus dem Fenster schauen. Unten stand ein Mann namens Jim. Er hatte etwas Milch gebracht. Es gab noch einen anderen Mann, aber Cinders konnte ihm nur von oben auf den Kopf sehen, denn er stand im Türrahmen der Haustür. »Ich nehme an, er wohnt in diesem Haus und ist Annies Irrenarzt«, dachte Cinders. Jim winkte ihr zu und sie winkte zurück. Er hatte Gummistiefel und einen alten Armeemantel an und auch eine rote Wollmütze mit einem Bommel oben drauf. »Wag es bloß nicht, um Hilfe zu rufen«, zischte die Wahnsinnige, »oder ich werde diese Innjickzionsspritze in dich hineinstechen.« Also ließ Cinders das bleiben. Sie hasste es, gepikst zu werden, weil sie als kleines Kind einmal schrecklich krank gewesen war.

Das Pannerama aus dem Fenster war wirklich specktakuler. Überall lagen schneebedeckte Hügel wie gefrorene Wellen in einem unruhigen Meer. Ein Hügel auf der linken Seite erregte ganz besonders ihre Aufmerksamkeit: Er war kegelförmig, mit einer Gruppe von vier oder fünf Bäumen auf der Spitze. Das Haus, in dem sie sich befand, stand am Rand eines Abhangs, jedenfalls senkte sich der Boden zum Tal hinunter. Cinders aufmerksamer Blick bemerkte einen Bauernhof mit mehreren Gebäuden, der recht nah zu ihrer Rechten lag, ich nehme an, da kam auch die Milch her. Außer dem

Hof war kein anderes Gebäude in Sicht. Das Fenster, aus dem sie schaute, hatte eine Art Bogen über der oberen Hälfte und ein weißes Holzgitter, das die Aussicht in vier Teile schnitt. Mehr konnte Cinders nicht sehen, weil die Wahnsinnige den Vorhang wieder schloss und ihr mit einem hässlichen Fluch befahl, sich von dannen zu schären und in ihr eigenes Zimmer zurückzukehren. Cinders schärte sich von dannen, aber nicht bevor sie noch eine Photegraphi gesehen hatte, die an der Wand hing, von einem bärtigen Mann mit einem Hut und einer Robe, wie sie ihr Vater manchmal trug.

»Sieben von zehn Punkten für Rechtschreibung, zehn von zehn Punkten für den Stil und die Textgestaltung«, sagte Nigel, während er bereits über das weitere Vorgehen nachdachte. »Und hundert Punkte für Einfallsreichtum.«

»Wie um alles in der Welt ist das hierhergelangt?«, fragte Clare.

»Siehst du diese schwachen Faltlinien? Sie hat ein Papierflugzeug daraus gebastelt und es aus dem Fenster geworfen.«

»Aber –«

»Und dann haben es irgendwelche Kinder aufgehoben, nehme ich an – kein Erwachsener würde diesem Blatt Papier auch nur die geringste Aufmerksamkeit schenken – und haben das Versprechen einer Belohnung gelesen und den Brief daher auf die Post gegeben. Unglücklicherweise haben sie vor lauter Aufregung vergessen, ihre eigene Adresse darauf zu schreiben, zu der wir die Belohnung schicken sollen.«

»Aber der Brief hat den Poststempel von Longport«, sagte Clare.

»Schnell!«, rief Elena. »Fahren wir sofort hin!«

Aber Nigel war schon aus dem Zimmer gestürmt und nach unten gelaufen, um Sparkes anzurufen. Während er darauf wartete, dass der Anruf durchgestellt wurde, dachte er über diesen einen Namen nach, der im Brief genannt wurde. »Evan« – so hatten sie Lucy genannt. »Evan«, um vorzutäuschen, dass es weiterhin Iwan war, der im Cottage wohnte. Zweifellos hatte sie auch den Jungen »Evan« genannt.

Fünf Minuten später verließen sie Downcombe und rasten die Straße entlang in Richtung Belcaster. Clare fuhr, Nigel saß neben ihr, und der Beamte in Zivil, den man vom Frühstückstisch fortgezerrt hatte, saß zusammen mit Elena auf dem Rücksitz …

Petrow stapfte die schmale Fahrspur hinauf, die nach Eggarswell führte. Er hatte höllisch schlechte Laune, aber Petrows Launen existierten nicht in einem Vakuum, sie gärten und schwelten vielmehr, bis er jemanden fand, an dem er seine Wut auslassen konnte. Vor zwei Meilen war sein Wagen hinter einer Kurve in eine Schneewehe geraten, und er hatte zehn Minuten damit verschwenden müssen, ihn wieder auszugraben. Die Schneewehe erstreckte sich – wie sich herausgestellt hatte, als er zu Fuß hindurchgegangen war – etwa zwölf Meter die Straße entlang und reichte ihm an einer Stelle bis zu den Oberschenkeln. Er hatte zwar eine Schaufel im Auto, aber ihm fehlte die Zeit, um sich einen Weg hindurch zu bahnen und außerdem könnte selbst auf dieser einsamen Straße ein anderer Autofahrer auftauchen und unangenehme Fragen stellen.

Petrow schaufelte die Vorderräder frei und fuhr rückwärts die Straße entlang. Etwa hundert Meter zurück führte ein

Weg in einen kleinen Wald hinein. Er stieg erneut aus dem Wagen aus und überprüfte den Weg. Unter den Bäumen lag der Schnee weniger hoch. Petrow fuhr rückwärts den Weg entlang und dann auf eine kleine, von den Bäumen abgeschirmte Lichtung, auf der das Auto von der Straße aus nicht zu sehen sein würde.

Dort blieb er ein paar Minuten im Auto sitzen, studierte die Karte und richtete seine Pläne neu aus. Er durfte in Eggarswell nicht gesehen werden. Was gaben die Engländer ihren Dörfern nur für absonderliche Namen! Das bedeutete, dass er etwa eine Viertelmeile vor Erreichen der Ortschaft die Straße verlassen und querfeldein laufen musste. Er durfte es auch nicht riskieren, dass die Leute ihn zu Gesicht bekamen, die in dem Bauernhof in der Nähe des Smugglers' Cottage wohnten, was einen noch weiteren Umweg bedeutete.

Aus einem windgeschüttelten Ast fielen kleine Schneeklümpchen auf das Autodach. Es klang wie Fingerspitzen, die sanft an eine Tür klopfen.

Petrow berechnete die Entfernung und wie viel Zeit vergangen war. Es war jetzt etwa fünfzig Minuten her, dass er den Professor getötet hatte. Gut möglich, dass man zunächst einen der Kerle verdächtigen würde, die er aus London mitgebracht hatte. Niemand hatte versucht, ihn am Verlassen des Cafés zu hindern. Früher oder später würde natürlich einer dieser dämlichen englischen Polizisten anfangen, Fragen über den Mann zu stellen, der sich gestern Abend in dem Café so lange mit dem Professor unterhalten hatte, und man würde eine Beschreibung von ihm veröffentlichen. Aber, so kalkulierte Petrow, es blieben ihm mindestens noch eine oder zwei Stunden, in denen er frei agieren konnte.

Es war sehr ärgerlich, dass er die drei Männer und den Lieferwagen verloren hatte, in dem er den Professor und seine kleine Tochter hatte abtransportieren wollen, tot oder lebendig – je nachdem, ob der Professor bereit war, die Information schnellstens auszuspucken oder nicht. Andererseits gab es ja noch Paul Cunninghams Auto, das dieser wahrscheinlich nicht mehr lange brauchen würde. Petrow würde damit bis zu diesem Wäldchen fahren, Cunningham und Lucy hier abladen und mit Annie weiterfahren. Möglicherweise würden sie genug Zeit haben, die Leichen von Paul und Lucy im Wald zu vergraben, möglicherweise aber auch nicht, aber selbst, wenn man sie nicht vergrub, konnte es mit ein wenig Glück Wochen, wenn nicht gar Monate dauern, bevor man sie fand.

Petrow stieg aus, schloss die Autotüren ab, tätschelte den Revolver in seiner Manteltasche und ging mit einem unmelodischen Pfeifen auf den Lippen seiner Wege …

Annie und Paul saßen im Smugglers' Cottage und erwarteten ihn mit sehr unterschiedlichen Gefühlen. Sie hatten am gestrigen Abend im Radio den Bericht über Wragbys Verschwinden gehört. Daraufhin waren sie bis ein Uhr morgens aufgeblieben und hatten darauf gewartet, dass Petrow entweder mit dem Geheimnis des Professors oder zusammen mit dem Professor selbst eintreffen würde. So hatte jedenfalls der Plan gelautet, den Petrow Annie am Sonntag über den Kurzwellensender mitgeteilt hatte. Allem Anschein nach war etwas schiefgelaufen. Vielleicht war die Straße nach Eggarswell jetzt ebenfalls durch Schneewehen versperrt.

Sie hatten in den Nachrichten auch von der Entdeckung von Evans Leichnam erfahren. Annie hatte sich daraufhin wie eine Furie auf Paul gestürzt und ihn damit in panische Angst versetzt. Sie war heute früh immer noch so aufgebracht, dass sie ihn ohne Unterlass ankeifte.

»Wenn ich auch nur ein Fünkchen Verstand hätte, wäre ich gestern Abend abgehauen«, sagte Paul.

»Verstand! Du bist doch nur deswegen nicht abgehauen, weil du Angst hattest, in einen weiteren Schneesturm zu geraten und darin zu krepieren, so wie der arme kleine Junge, den du einfach hast sterben lassen.«

Paul dachte verdrossen, wie erstaunlich es war, dass sogar die unfraulichste aller Frauen jene für ihr Geschlecht typische und nervenaufreibende Eigenschaft besaß, ein Argument immer und immer wieder vorzubringen. Alles musste unermüdlich aufs Neue aufgesagt werden, wie stetige Wassertropfen, die einen Stein höhlten.

»Du bist wie diese Wasserfoltermethode«, sagte er.

»Wie weit entfernt vom Bahnhof wart ihr denn tatsächlich, als du ihn allein gelassen hast?«

»Das habe ich dir doch schon ein Dutzend Mal gesagt. Und ich habe dir auch gesagt, warum. Es waren nur ein paar hundert Meter. Er muss sich verirrt haben und im Kreis gelaufen sein. Ich habe ihn nicht einfach sterben lassen.«

»Wie du meinst. Du hast ihn verlassen, und er *ist* gestorben, falls diese Formulierung deinem Gewissen eher zusagt.«

»Ach, um Gottes willen, jetzt lass es doch endlich gut sein! Verstehst du denn nicht, was das bedeutet? Das wird dazu führen, dass es hier in der Gegend vor Polizisten bald nur so wimmelt. Wir müssen abhauen, solange wir noch die Chance dazu haben.«

»Wir warten hier, bis Petrow kommt oder anruft.«

»Petrow hat gestern Abend bestimmt auch die Nachrichten im Radio gehört. Er ist garantiert längst auf dem Weg zurück nach London. Deshalb ist er auch nicht hergekommen. Wie jeder gute Kommunist, meine arme kleine Annie, hat er gelernt, dass man zuvorderst seine eigene Haut retten und die untergebenen Genossen zurücklassen sollte, die das Ganze ausbaden dürfen.«

Annie reagierte nicht auf diese Provokation. Sie dachte an das Problem, das es auszubaden galt, genauer gesagt, an das Kind in ihrem Gewahrsam. Sie hatte als Kind selbst eine harte Schule durchgemacht und bewunderte es, wenn jemand Zähigkeit und Mut besaß. Während der letzten beiden Tage - seit Lucys Fluchtversuch - hatte sie begonnen, das kleine Mädchen wegen genau dieser Eigenschaften zu respektieren. Lucy jammerte nur selten, sie hielt sich selbst bei Laune, so gut sie konnte, und machte das Beste aus dem unmenschlichen Leben, das man ihr aufgezwungen hatte.

Auch Paul war Lucy gegenüber einigermaßen positiv eingestellt, aber nur, weil sie ihm keine Schwierigkeiten machte. Im Grunde genommen wollte er sie nur noch loswerden. Falls er das irgendwie schaffen konnte, ohne sich selbst noch mehr in Gefahr zu bringen, würde er das tun. Heute Nacht, sobald Annie eingeschlafen war, würde er sie nach draußen zu seinem Auto schmuggeln, sie in irgendeinem Dorf absetzen, wo sie jemanden aus dem Schlaf klopfen konnte, und dann sofort wegfahren. Weiter dachte er nicht. Es war die instinkthafte, animalische Reaktion eines Mörders, der glaubt, er bräuchte sich nur das Blut von den Händen zu waschen, und dann würde das, was er getan hat, einfach verschwinden, als würde man aus einem bösen Traum erwachen.

Oben in ihrem Zimmer legte Lucy gerade das Springseil zurück in den Schrank. An dem ersten Tag nach ihrem Fluchtversuch war sie noch gezwungen gewesen, mit nur einem Fuß zu hüpfen, aber jetzt ging es dem verrenkten Knöchel sehr viel besser und sie konnte mit beiden Füßen springen. Es war sehr wichtig, hatte ihr Vater ihr einmal gesagt, sich körperlich so fit wie möglich zu halten, wenn man ein Kriegsgefangener war. Dann hatte man eine viel bessere Chance, auch wirklich zu entkommen, wenn sich die Gelegenheit dazu bot. Papa wusste Bescheid. Er war selbst einmal ein Kriegsgefangener gewesen, und es war ihm gelungen zu fliehen. Lucy hatte uneingeschränktes Vertrauen in seine Fähigkeiten. Sie wusste, dass er kommen würde, um sie zu retten. Sie musste einfach nur geduldig warten und sich fit halten, damit sie ihm nicht zur Last fiel, wenn sie beide zusammen wegliefen. Aber die besten Überlebenskünstler unter den Kriegsgefangen, das waren die – das hatte ihr Vater ihr ebenfalls erzählt –, die dafür sorgten, dass auch ihr Verstand beschäftigt blieb. Es nützt niemandem, wenn man einfach nur düster über seine Wehwehchen nachgrübelt. Also nahm sich Lucy, die vom Seilhüpfen noch ganz rot im Gesicht war, ein Blatt Papier und einen Bleistift und begann, alle Tiere aufzuschreiben, die ihr einfielen, angefangen mit dem Buchstaben A. Danach ging sie zu Städten mit dem Buchstaben L über. Sie kaute gerade auf ihrem Bleistift und starrte nachdenklich aus dem Fenster, als etwas sehr Ungewöhnliches geschah.

Auf der senkrecht abfallenden Klippe, deren Oberkante auf gleicher Höhe mit dem Fenster war, tauchte der Kopf eines Mannes auf, dann sein Körper, dann seine Beine. Er war so riesig wie eine Statue. Und er war das erste lebendige

Wesen, das Lucy durch dieses Fenster gesehen hatte. Unten angelangt blieb er einen Moment lang stehen, lief dann an der Böschung entlang um die Ecke des Hauses und verschwand. Bei jedem seiner Schritte flog der Schnee in kleinen Wölkchen auf, und sein trampelnder Gang erinnerte Lucy an einen Bären. Das musste der Freund sein, den Annie erwartete. Es war seltsam, dass er sich dem Haus auf diese umständliche Weise näherte, statt den Weg zu nehmen, der am Bauernhof vorbeiführte. Ich nehme an, er ist ein Gangster, dachte sie, auch wenn er nicht wie einer aussieht, genauso wenig wie Paul oder Annie das tun. Er könnte natürlich auch ein Polizist in Zivil sein, der nach mir sucht. Aber das Auftauchen dieser unförmigen Gestalt hatte sie zu sehr überrascht, als dass sie rechtzeitig ans Fenster hätte klopfen können, um die Aufmerksamkeit des Mannes auf sich zu ziehen.

Petrow klopfte sich den Schnee von den Schuhen und betrat das Haus durch die Vordertür. Das Geräusch von Schritten in der Diele war das Erste, was Paul von Petrows Eintreffen mitbekam. Annie eilte aus dem Raum, um ihn zu begrüßen, während Paul Cunningham auf seinem Stuhl neben dem Kaminfeuer in sich zusammenschrumpfte. Er hatte sich eingeredet, dass Petrow nicht mehr kommen würde, aber die polternde Stimme draußen in der Diele war nicht zu verkennen.

»Na, hier habt ihr euch also eingenistet. Ihr habt's ja schön gemütlich.« Petrow stellte sich so nah wie möglich ans Kaminfeuer, um seine Hose zu trocknen. »Ich habe einen langen Fußmarsch hinter mir und großen Hunger.«

Paul schoss von seinem Stuhl hoch – um Essen zu holen, aber vor allem, um aus diesem Raum zu flüchten, in dem die gewaltige Gestalt alles in den Schatten stellte.

»Nein, nein, setzen Sie sich. Erst reden wir, dann esse ich was.«

»Haben Sie sie?«, fragte Annie eifrig.

»Die Informationen? Nein.«

»Aber – haben Sie Wragby denn nicht mitgebracht?«

»Professor Wragby hat sich zu seinen Vorvätern gesellt.«

»Ich verstehe nicht –«

»Ich musste ihn beseitigen. Er hat schon wieder versucht, mir eine Falle zu stellen. Ich habe ihn erwürgt. Ist Ihnen kalt, Mr. Cunningham?«

»Nein. Warum?«

»Sie zittern.«

Paul begriff, dass Petrow vor Wut außer sich war – trotz seines eiskalten Auftretens – und fing an, noch sehr viel heftiger zu zittern.

Er fuhr sich mit der Zunge über die Lippen und wagte die Frage: »Also müssen wir aufgeben?«

»Halten Sie die Klappe!« Petrow wandte sich an Annie. »Warum habt ihr den Jungen nicht nach London geschickt, wie man euch aufgetragen hatte? Ist er etwa immer noch hier im Haus?«

»Er ist tot. Seine Leiche wurde gestern gefunden. Haben Sie denn gestern Abend keine Nachrichten gehört, Genosse?«

»Ach ja? Erklären Sie das bitte.«

»Cunningham kann Ihnen das in allen Einzelheiten erzählen«, sagte die Frau voller Häme.

»Tatsächlich? Dann lassen Sie mich mal hören. Ist Ihnen zu heiß, Cunningham? Vielleicht sollten Sie sich lieber ein wenig weiter vom Feuer wegsetzen. Sie schwitzen ja.«

»Es war nicht meine Schuld!« Pauls Stimme stieg ins Falsett.

»Das habe ich zu beurteilen. Also los, erzählen Sie.«

Paul erzählte ihm von der Fahrt durch den Schneesturm. In Petrows furchtgebietender Gegenwart klang der Schluss seiner Geschichte selbst in seinen eigenen Ohren beschämender denn je.

»Ich verstehe. Sie haben die Nerven verloren.« Petrows Augen, so klein und gefährlich wie die eines Ebers, bohrten sich in Pauls Gesicht. »Ich habe mir einen gewaltigen Irrtum zuschulden kommen lassen, als ich Sie ausgewählt habe. Dieser Irrtum muss korrigiert werden. Haben Sie das andere Kind auch verloren, Annie?«

»Nein, natürlich nicht. Das Mädchen ist oben. Sie können es seilhüpfen hören.«

Und genau das tat Lucy. Sie hatte sich ihre Schuhe angezogen und hüpfte, so laut sie konnte, für den Fall, dass der Besucher tatsächlich ein Polizist sein sollte, der nach ihr suchte. Laut zu rufen, wagte sie nicht, denn sie erinnerte sich nur zu gut an die Injektionsspritze.

»Ich hoffe, ihr habt ihre Gesellschaft genossen«, sagte Petrow. »Denn dazu werdet ihr bald keine Gelegenheit mehr haben.«

»Sie nehmen sie mit sich fort?«, fragte die Frau verunsichert.

»Wir werden alle von hier fortgehen, zu ganz unterschiedlichen Zielorten.«

»Das will ich auch hoffen«, murmelte Paul.

»Die Hoffnung, Mr. Cunningham, sprießt ewig in des Menschen Brust, wie es euer Dichter Alexander Pope so schön formuliert hat. Unglücklicherweise zwingt mich jedoch Ihre Stümperei, meine Pläne zu ändern. Dieser tote Junge wird irgendeinen dieser dämlichen Polizisten auf die Idee bringen, dass man das eine Kind mit dem anderen ersetzt haben könnte.«

»Wir haben den Dorfpolizisten hier im Haus gehabt«, sagte Paul unterwürfig, »als er vorbeikam, um nach Lucy zu suchen.«

»Ein zweites Mal werden Sie ihn nicht täuschen können, mein lieber Freund - nicht, nachdem die Beschreibung des toten Jungen veröffentlicht wurde.«

»Um den brauchen wir uns für eine Weile keine Sorgen zu machen«, warf Annie ein. »Jim - das ist der Mann vom Bauernhof - hat mir erzählt, dass der Dorfpolizist im Krankenhaus ist und in Lebensgefahr schwebt.«

»Aha. Was führt ihr hier in dieser Gegend doch alle für ein bewegtes Leben.«

»Ist der Professor wirklich tot?«, entfuhr es ihr.

»Oh ja, das ist er. Wenn ich jemanden töte, dann wird er nicht wieder lebendig.« Petrow grinste über seinen eigenen Scherz. In Pauls Augen sah es wie das Grinsen eines Krokodils aus. »Wie auch immer. *Sie*, Annie, haben keine Fehler gemacht. Die Partei wird es Ihnen nicht vergessen.« Er sah Paul an und schnipste mit den Fingern. »Essen, jetzt sofort! Zack, zack! Und viel schwarzen Kaffee!«

Sobald er mit Annie allein war, setzte er sich und begann ein vertrauliches Gespräch mit ihr. »Falls uns jemand überrascht: Ich bin Evans Vater und gekommen, um ihn nach Hause zu bringen. Also, mein Plan lautet folgendermaßen: Sie packen Ihre Sachen, bauen den Kurzwellensender auseinander und legen alles in den Kofferraum von Cunninghams Auto. Damit fahren wir dann zu viert zu der Stelle, an der ich mein eigenes Auto geparkt habe, in einem Wald etwa zwei Meilen von hier. Wir können es uns nicht leisten, bis zum Einbruch der Dunkelheit zu warten, sondern müssen schon in einer halben Stunde aufbrechen. Schafft es das Auto den Weg zum Dorf hinunter?«

»Ja. Ein Traktor hat eine Fahrspur in den Schnee gegraben.«

»Gut. Danach ist die Straße einigermaßen befahrbar – ich bin für einen Großteil der Strecke daran entlanggelaufen –, bis wir zu der Schneewehe kommen, in der mein Auto steckengeblieben ist. Wir fahren Pauls Auto so tief in die Schneewehe hinein, wie wir können. Dann klettern wir drüber, steigen in mein Auto ein und fahren zur Hauptstraße in Richtung Westen. Ich kenne in Plymouth ein paar Leute. Falls nötig, lassen wir das Auto dort stehen und fahren mit dem Zug weiter.« Er rieb sich energisch die Hände. »Mit ein bisschen Glück können wir es schaffen. Was ist los? Haben Sie einen besseren Plan?«

»Nein. Aber wir können doch nicht – was machen wir mit Lucy und Paul?«

»Ah, das ist ganz einfach. Wir lassen die beiden in Pauls Auto zurück.«

»Aber –«

»Ich dachte zuerst, wir könnten sie im Wald zurücklassen, dort, wo mein Auto steht. Aber als ich zu Fuß hierher unterwegs war, kam ich auf eine bessere Idee. Kurz bevor wir aufbrechen, gönnen wir vier uns einen kleinen Abschiedstrunk. In zwei der vier Getränke werden Sie ein paar Tropfen Betäubungsmittel geben. Wenn wir dann an der Schneewehe ankommen, werden zwei von uns tief und fest schlafen. Sehr gut. Wir fahren das Auto in die Schneewehe, schaufeln, falls notwendig, noch etwas Schnee über den Auspuff und lassen den Motor laufen. Die Abgase werden die beiden rasch endgültig einschläfern. Und es wird schon sehr bald wieder schneien. Das Auto wird schon bald vollständig von Schnee bedeckt sein. Außerdem ist es eine sehr wenig befahrene Straße – ich bin auf meinem Weg hierher niemandem begegnet.«

»Ich verstehe.«

»Das Schöne daran ist, dass es unsere Verfolger total in die Irre führen wird. Verstehen Sie? Das vermisste Kind wird tot in einem Auto gefunden, zusammen mit dem Kidnapper, der versucht hat, es aus dieser Gegend fortzubringen. Und darüber hinaus hat er auch noch einen auseinandergebauten Kurzwellensender im Kofferraum. Die Polizei findet einen Verbrecher. Danach werden sie nicht mehr so dringend nach seinen Komplizen suchen ... Sie haben noch Zweifel, Genossin?«

Annie wurde rot und senkte den Blick. »Ist es tatsächlich notwendig, sie zu – sie zu liquidieren?«

»Warum sollte Ihnen das etwas ausmachen?« Petrow nickte zur Küche hinüber. »Dieses Stück Scheiße da drinnen – wem wird *der* schon fehlen? Seine Feigheit und Dummheit haben meinen Plan ruiniert. Haben Sie sich etwa in ihn verliebt?«

»Seien Sie nicht albern. Es ist Lucy, um die ich mir Gedanken mache. Warum müssen wir *sie* töten?«

»Was schlagen Sie denn vor, was wir mit ihr tun sollen? Sie eingeschlossen in ihrem Zimmer zurücklassen, damit sie dort verhungert? Oder sollen wir sie mitnehmen und höflich irgendeinem Polizisten überreichen? Das Kind weiß zu viel. Sie wussten von vornherein, dass das Kind entbehrlich war.«

Wie und wann es geschehen war, würde Annie niemals wissen. Sie gehörte weder zu den Frauen, die sich etwas auf ihr weibliches Empfindungsvermögen oder ihre Intuition einbildeten, noch besaß sie genug von diesen Eigenschaften, um überhaupt stolz darauf sein zu können. Aber sie spürte, dass in Petrows Worten etwas Falsches mitschwang. Ihr wurde plötzlich klar, dass er Gefallen am Töten fand und dass er es genießen würde, ein kleines Mädchen umzubringen. Und sie begann, sich auch hinsichtlich des Todes des Professors zu fragen: Wenn alles davon abhing, ihn am Leben zu halten, solange er sein Geheimnis nicht preisgegeben hatte – war es da nicht sehr seltsam, dass Petrow ihn getötet hatte? Sie sah zu, wie er das Essen, das Paul ihm gebracht hatte, wie ein Tier hinunterschlang. Er hatte behauptet, der Professor hätte ihm bei diesem Treffen eine Falle gestellt. Dabei hatte es sich wahrscheinlich um Polizisten gehandelt oder möglicherweise auch um Soldaten – war es da denkbar, dass Petrow Wragby hatte erwürgen müssen, um entkommen zu können – gewiss doch eine recht langsame Art des Tötens, wenn jede Sekunde zählte und Petrow einen Revolver hatte?

Annie fragte Petrow, wie denn die Falle ausgesehen habe, die man ihm gestellt hatte. Die Antwort, die er ihr mit vollem Mund gab, genügte, um ihren Verdacht zu bestätigen. Er prahlte sogar ein wenig mit dem Kampf, von dem immer noch ein paar Spuren an seinem Körper zurückgeblieben waren. Er will Lucy töten, dachte sie, weil sich die Wut und Gewalt dieser Auseinandersetzung in ihm aufgestaut haben, und er sie irgendwo loswerden muss. Sein Handeln ist durch persönliche Rachsucht motiviert. Petrow ist nicht vertrauenswürdig. Man kann sich nicht auf ihn verlassen.

In den politischen Kreisen, in denen Annie sich bewegte, war Unzuverlässigkeit eine Todsünde. Der Umstand, dass man sich nicht auf Petrow verlassen konnte, entband sie ihrer Ansicht nach von dem unbedingten Gehorsam, den sie normalerweise den Anweisungen eines übergeordneten Parteimitglieds schuldete.

»Ich muss den Kurzwellensender auseinanderbauen«, sagte sie abrupt. Dann schlich sie sich leise nach oben, ging in Lucys Zimmer und legte einen Finger auf die Lippen. »Wir brechen bald auf. Zieh so viele Kleider an, wie du nur kannst. Bevor wir fahren, werden wir einen kleinen Abschiedstrunk mit unserem Freund nehmen, der gerade angekommen ist.«

»Ich habe ihn gesehen, als –«

»Pssst! Tu so, als würdest du trinken und spuck es dann irgendwo aus. Und dann, kurz nachdem wir losgefahren sind, tu so, als würdest du schlafen.«

»Oh, ich fahre mit Ihnen?«

»Ja. Und wach nicht auf, bis – bis das Auto angehalten hat und wir fortgegangen sind.«

»Aber ich –«

»Versprich es mir, Lucy! Wenn du nicht ganz genau das tust, was ich dir sage, wird es sehr gefährlich für dich werden.«

»Also gut, ich verspreche es.«

»Gutes Kind.« Annie bückte sich und drückte ihr unbeholfen einen Kuss auf den Scheitel.

Als sie herunterkam, wartete Petrow am Fuß der Treppe. »Was haben Sie da oben gemacht?«, fragte er misstrauisch.

»Ich war auf dem Klo. Der Sender ist in der kleinen Kammer da hinten. Ich werde nicht lange brauchen.«

»Betätigen Sie nie die Klospülung?« Petrow ging ein oder zwei Schritte die Treppe hinauf.

»Jetzt hören Sie mal, ich hab's eilig. Wir müssen bald los. Sollten Sie Paul nicht besser auffordern, den Motor warmlaufen zu lassen?«

»Da haben Sie wahrscheinlich recht.«

»Und lassen Sie ihn nicht aus den Augen, sonst fährt er noch ohne uns los.«

»Vertrauen Sie mir, Genossin Stott«, antwortete er fröhlich ...

Eine halbe Stunde, bevor Lucy die Gestalt eines Mannes im Schnee vor ihrem Fenster auftauchen sah, saßen Nigel und seine Begleiter in Hauptkommissar Sparkes Büro in Belcaster.

Elena Wragby, die nicht wusste, wie viel Sparkes seit dem Frühstück schon unternommen hatte, reagierte auf Sparkes Bedächtigkeit mit unverhohlener Ungeduld. »Haben Sie das Haus gefunden?«

»Ja. Wir haben auch Ihren Mann gefunden.«

Elenas Wangen wurden bleich. »Oh. Da bin ich froh. Ist er hier?«

»Er ist im hiesigen Krankenhaus. Lebensgefährlich verletzt. Aber die Ärzte denken, dass er es schaffen wird.«

»Gott sei Dank. Darf ich ihn besuchen? Nein, das muss warten. Wir müssen erst Lucy retten.«

»Ich darf Sie daran erinnern, Mrs. Wragby, dass Sie verhaftet sind. Sie sind hier, um eine Aussage zu machen.«

»Ja doch, ja. Das mache ich nachher. Jetzt gibt es Wichtigeres.«

Sparkes war insgeheim beeindruckt von der gebieterischen Art dieser weißhaarigen Frau, doch er entgegnete steif: »Das lassen Sie mal besser mich beurteilen, Madam.«

Sie schlug sich mit der Faust aufs Knie. »Oh, ihr Briten mit eurer endlosen Leidenschaft für Gesetzestreue! Ist Ihnen denn nicht klar, dass Lucy in schrecklicher Gefahr ist?«

»*Sie* haben sie doch überhaupt erst in diese Gefahr gebracht«, donnerte Sparkes. »Und Sie sind ebenfalls für den ernsten Gesundheitszustand Ihres Mannes verantwortlich. Er wurde von dem feindlichen Agenten, mit dem er sich getroffen hat, angegriffen und fast umgebracht.«

Elena vergrub den Kopf in ihren Händen. »Wo ist dieser Mann jetzt - dieser Agent?«, murmelte sie mit erstickter Stimme.

»Er wurde zuletzt gesehen, wie er in Richtung Westen davonfuhr, auf der Straße nach Longport. Das Haus, in dem Ihre Stieftochter gefangen gehalten wird, befindet sich ein paar Meilen weiter südlich, am Hang eines Hügels oberhalb des Ortes Eggarswell.«

»Er ist dorthin gefahren, um sie töten. Ich weiß es. Ich spüre es hier.«

Elena schlug sich mit einer Geste aufs Herz, die sowohl theatralisch als auch zutiefst ehrlich gemeint war.

»Das ist durchaus möglich.«

»*Warum* sitzen Sie dann noch hier und tun nichts?«, rief sie. »Ist es, weil Sie wissen, dass sie bereits tot ist?«

»Beruhigen Sie sich, Madam. Wir haben alles unter Kontrolle. Ich werde in ein paar Minuten persönlich dort hinfahren.«

»Und ich werde mit Ihnen kommen.«

»Ich fürchte, das ist nicht möglich.«

Nigel fing einen flehentlichen Blick von Elena auf und schaltete sich in das Gespräch ein. »Einen Moment noch, Mr. Sparkes. Haben Sie das Haus umstellt?«

»Noch nicht. Aber das Dorf wird observiert.«

Der Hauptkommissar zeigte mit einem Bleistift auf die Karte, die auf seinem Schreibtisch ausgebreitet lag. »Hier ist das Dorf. Das Haus – es heißt Smugglers' Cottage – ist hier oben. Dort ist der Bauernhof, den Lucy erwähnt hat. Wenn der Mann, der Professor Wragby angegriffen hat, versucht, zu dem Cottage zu gelangen, wird er diese Straße hier entlangkommen und von einem Streifenwagen abgefangen werden, der am Dorfrand wartet.«

»Und was ist, wenn er aussteigt und querfeldein geht?«

»Ich kann unmöglich jede Eventualität abdecken. Mir steht schließlich keine ganze Armee zur Verfügung«, sagte Sparkes beleidigt. »Der Sergeant, der in dem Streifenwagen sitzt, hat einen seiner Männer auf Thwaites Bauernhof positioniert, damit dieser das Cottage im Auge behält.«

»Das ist gut«, sagte Nigel. »Das Letzte, was wir wollen, ist, dass die Kidnapper merken, dass wir sie gefunden haben, bevor wir einen Zugriff wagen können. Die Sache ist nur die: Dieser Mr. X ist ein Killer. Wenn er im Cottage eintrifft und merkt, dass er dort umzingelt ist, wird sein erster Impuls sein, Lucy zu töten und sich dann zusammen mit den anderen einen Weg freizuschießen.«

»Er würde nicht weit kommen.«

»Wahrscheinlich nicht. Aber –«

»Hören Sie. Um von Eggarswell zu einer der beiden Hauptstraßen zu gelangen, muss man entweder nach Norden oder nach Süden fahren. Sobald ich im Dorf bin, werde ich veranlassen, dass sich die Schneepflüge auf diesen beiden Straßen an die Arbeit machen, kurz vor ihrer Einmündung in die Hauptstraße. Hier und hier.«

»Um für die Flüchtigen einen Weg freizuräumen?«

»Um den Schnee *auf* die Straße zu schieben – künstliche Schneewehen. Das ist eine bessere Straßensperre, als sie ein paar Streifenwagen fertigbrächten, und die Männer in den Streifenwagen sind nicht bewaffnet.«

»Wer hat behauptet, die Polizei sei nicht einfallsreich? Aber das Problem ist: Wie kommen wir in das Smugglers' Cottage hinein und schaffen es, Mr. X und seine Komplizen festzunehmen, bevor sie ihre Geisel töten? Wir brauchen eine Überraschungstaktik.«

»Das ist unmöglich.«

»O nein, das ist es nicht. Es gibt eine Person, die sie nicht verdächtigen würden.«

»Ich kann Ihnen nicht folgen.«

»Ich verstehe«, sagte Elena. »Sie meinen mich?«

»Ja.«

»Mrs. Wragby ist verhaftet. Das kommt überhaupt nicht in Frage.«

»Zum Teufel mit den Formalitäten, mein lieber Freund! Lassen wir sie allein zu dem Cottage hochlaufen und dadurch die Aufmerksamkeit dieser Leute ablenken – lange genug, damit wir unsere Vorkehrungen treffen und dann das Haus stürmen können.«

»Nun, das wäre vielleicht eine Idee«, sagte Sparkes skeptisch. »Aber wie soll Mrs. Wragby ihr Eintreffen dort erklären, ohne Verdacht zu erwecken?«

»Ich werde ihnen zeigen, was Lucy geschrieben hat - ihnen sagen, der Brief hätte mich heute Morgen erreicht, und dass ich dann direkt hergekommen sei. Ich werde so tun, als stünde ich immer noch auf ihrer Seite und sei gekommen, um sie zu warnen.«

»Ich denke, Sie sollten ihr erlauben, das zu tun, Mr. Sparkes«, sagte Clare. »Sie möchte es wenigstens ein bisschen wiedergutmachen, verstehen Sie das denn nicht?«

Sparkes dachte einen Moment lang nach und erhob sich dann entschlossen. »Also gut«, sagte er.

Kapitel 13

VEREITELT

1. JANUAR

Clare Massinger saß am Steuer des Citroëns und folgte den beiden Polizeifahrzeugen, in denen bewaffnete Beamte saßen. Auf dem Rücksitz saß Elena und zerkaute sich die Fingernägel, während Sergeant Deacon neben ihr saß und jedes Mal ein stummes Stoßgebet gen Himmel sandte, wenn Clare auf der verschneiten Straße mit einem haarsträubenden, aber kontrollierten Schleudermanöver eine Kurve nahm. Neben Clare saß Nigel und studierte eine Landkarte. Sie waren nun nur noch vier Meilen von Eggarswell entfernt. Der Plan sah vor, von Süden aus in das Dorf hineinzufahren - also von der entgegengesetzten Seite als der, aus der Petrow gekommen sein musste. Während sie die gewundene Küstenstraße entlangrasten, konnten sie zu ihrer Linken das Meer sehen. Die Polizeifahrzeuge vor ihnen hielten für einen Moment an, während Sparkes dem Fahrer eines gelben Schneepflugs Anweisungen gab. Dann verließen sie die Küstenstraße und fuhren Richtung Norden auf der kleinen Landstraße, die nach Eggarswell führte. Als die drei Autos vorübergefahren waren, machte sich der Schneepflug daran, eine Straßensperre zu bauen.

Nigel studierte die Karte. Smugglers' Cottage, um das er

mit roter Tinte einen Kreis gezogen hatte, lag etwa auf halber Höhe des an die Ortschaft angrenzenden Hügels, wie man aus den in die Karte eingetragenen Höhenlinien erkennen konnte. Ein gewundener, auf der Karte als gestrichelte Linie markierter Weg verband das Cottage und den angrenzenden Bauernhof mit dem Dorf. Nigel versuchte anhand der Höhenlinien auszurechnen, wie weit sie den Weg hinauffahren konnten, ohne vom Cottage aus gesehen zu werden. Drei- oder vierhundert Meter höchstens, so schätzte er. Das reichte nicht.

»Wie hat der Hauptkommissar dieses Haus so schnell gefunden?«, fragte er, während er sich zu dem Sergeanten umdrehte.

»Das war ganz leicht, Sir. Ich bin in Eggarswell geboren. Und da habe ich das Cottage sofort aus der Beschreibung erkannt, die Sie telefonisch durchgegeben haben. Diese spitz zulaufenden Fenster im ersten Stock, die das kleine Mädchen erwähnt hat. Und dann noch der kegelförmige Hügel mit der Baumgruppe auf der Spitze! Da war mir alles klar. Den kegelförmigen Hügel werden wir übrigens gleich umfahren. Mein Gott!«, rief er im nächsten Moment aus, als das Auto an einer Stelle, wo der Schnee etwas höher lag, seitwärts rutschte und ins Schleudern geriet.

Clare trat das Gaspedal bis zum Anschlag durch, und im nächsten Moment hatte sich das Auto hindurchgebissen und fuhr wieder geradeaus.

»Wem gehört das Haus?«

»Einem Herrn aus Oxford. Er benutzt es nicht mehr oft, glaube ich. Vielleicht noch ein oder zwei Wochen im Sommer. Ansonsten überlässt er es seinen Freunden oder vermietet es. Ist ziemlich einsam da oben. Wär' nichts für mich, da verbringe ich meine Ferien lieber woanders. Früher wurde das Haus von Schmugglern benutzt, so erzählt man sich, vielleicht vor zweihundert Jahren oder so. Die haben das Zeug damals vom Meer aus mit Leiterwagen dorthin gebracht und im Keller gelagert, bis die Luft rein war und sie es weiterverkaufen konnten. Daher auch der Name.«

»Das Cottage hatte dafür eine strategisch günstige Lage, nehme ich an.«

»Das stimmt, Sir. Man hat von dort ein sehr gutes Schussfeld, auch wenn ich von keiner Schlacht weiß, die dort stattgefunden hat.«

»Könnte man das Haus über den dahinter liegenden Hügel erreichen?«

»Zu Fuß, ja. Hängt ganz davon ab, wie hoch der Schnee liegt. Der Hauptkommissar wird ein paar Leute dort entlang schicken, falls das möglich ist, nur für den Fall, dass die Kidnapper versuchen sollten, über den Hügel zu entkommen. Sie wären verdammt blöd, wenn sie das versuchen würden – oh, bitte entschuldigen Sie, Madam.«

»Oh, beeilen Sie sich! Bitte beeilen Sie sich!«, murmelte Elena und flocht ihre langen Finger ineinander. Sie hatten den kegelförmigen Hügel hinter sich gelassen und fuhren nun durch eine karge, raue Landschaft, die zu ihrer Linken immer wieder von schneebedecktem Gestrüpp, kleinen Wäldchen und Brombeersträuchern durchbrochen wurde, während sich auf der anderen Seite Weideland ausbreitete, dessen Hänge allmählich immer steiler wurden.

»Das ist Tom Blodgetts Schornstein. Jetzt ist es nur noch eine Meile. O Gott!«

Clare hatte, nachdem sie um eine Kurve gefahren war, etwa dreißig Meter voraus einen Polizeiwagen gesehen, der angehalten hatte. Wenn sie jetzt scharf auf die Bremse trat, würde sie unweigerlich ins Schleudern geraten oder mit dem Fahrzeug zusammenprallen. Die Straße war so schmal, dass man hier unmöglich aneinander vorbeifahren konnte. Sie schaltete in Rennwagenfahrer-Manier einen Gang herunter, ohne die Kupplung zu treten, ließ das Gaspedal los und trat ganz sanft auf die Bremse. Der Citroën verlangsamte sich, als sei er in eine Wand aus Federn gefahren. Clare schaltete erneut herunter und kam etwa anderthalb Meter hinter dem Polizeiwagen zum Stehen, aus dem in diesem Moment hastig mehrere Polizisten ausstiegen.

Nigel stieg ebenfalls aus und rannte nach vorn. Vor dem Auto des Hauptkommissars war die Straße durch einen großen Lieferwagen blockiert, mit dessen Fahrer Sparkes gerade eine hitzige Auseinandersetzung führte.

»Für wen zum Teufel halten Sie sich? Den Rennfahrer Stirling Moss?«, brüllte der Fahrer durch das geöffnete Fenster.

»Komm mir bloß nicht so, Freundchen. Aus dem Weg! Wir sind in einer äußerst dringenden Angelegenheit unterwegs.«

»Erwarten Sie von mir, dass ich diese verdammte Karre hier eine ganze Meile rückwärts setze? Benutzen Sie doch mal Ihren dämlichen Holzkopf!«

»Genau das werden Sie tun, mein Junge. Nachdem wir das Ding durchsucht haben. Öffnen Sie die Hecktür. Und zwar plötzlich!«

Der Fahrer stieg murrend aus und schloss die hintere Tür des Lieferwagens auf. Sparkes kletterte hinein.

»Wonach suchen Sie? Diebesgut?«

»Genau das!«, brüllte Sparkes aus dem Innern.

»Das ist Verleumdung!«, bemerkte der Fahrer des Lieferwagens mit einer Begeisterung, die in dieser Situation nicht gerade angebracht war. »Warten Sie's nur ab, Sie werden von meinem Boss ganz schön was zu hören bekommen!«

»Alles klar«, sagte Sparkes und sprang aus dem Wagen. »Und jetzt setzen Sie dieses verdammte Ding zurück, damit wir vorbeifahren können.«

»Was für ein Scheiß«, murmelte der Mann und kletterte in seine Fahrerkabine.

Es handelte sich um einen jener hohen Lieferwagen, bei denen der Fahrer keine Sicht nach hinten hatte, es sei denn, er öffnete die Tür und verrenkte den Kopf nach hinten. Der Fahrer, mit dem sie es hier zu tun hatten, brauchte eine halbe Ewigkeit. Zunächst gab er wie ein Wahnsinniger Gas, sodass die sich rasend schnell drehenden Hinterräder keinen Halt fanden. Das Einzige, was er damit erreichte, war, dass der Schnee unter den Rädern noch sehr viel härter und glatter wurde. Es bedurfte acht Polizisten, die mit aller Kraft schoben, damit der schwere Lieferwagen von der eisigen Fläche herunterkam. Dann setzte der Fahrer den Wagen etwa dreißig Meter zurück, so langsam wie eine sterbende Schnecke, bis er an eine Stelle kam, wo die Straße eine weitere scharfe Kurve machte. Und an dieser Kurve – sei es nun aus Wut oder wegen der ungünstigen Straßenverhältnisse – hielt der Fahrer einen zu weiten Abstand von dem Graben auf seiner linken Seite, wodurch er den Graben auf seiner rechten Seite aus den Augen verlor. Im nächsten Moment landete eines seiner Hinterräder im Graben, es war ein hässliches Knirschen zu hören, und der Wagen kippte zur Seite. Seine uralte Achse war gebrochen. Die Straße nach Eggarswell war jetzt unwiderruflich blockiert ...

Petrow stand in der Garage des Smugglers' Cottage und kochte vor Wut, während Paul Cunningham versuchte, sein Auto zu starten. Er hatte das Gepäck vor fünf Minuten in den Kofferraum gelegt. Aber der Anlasser drehte und drehte und drehte sich, ohne dass der Motor auch nur einen einzigen Funken als Lebenszeichen von sich gab. Er ließ nicht einmal ein bescheidenes Hüsteln hören.

»Wann sind Sie mit diesem verdammten Schrotthaufen zum letzten Mal gefahren?«, fragte Petrow zornig.

»Oh, erst vor ein oder zwei Tagen. Da war noch alles in Ordnung.«

»Hatten Sie nicht die Anweisung, den Motor *jeden Tag* warmlaufen zu lassen?«

Seine Worte wurden von einem weiteren scheppernden Ausbruch des Anlassers übertönt. Er schob Paul beiseite und setzte sich selbst auf den Fahrersitz. »Sie haben das Ding absaufen lassen, Sie dämlicher Idiot!«

»Dann starten Sie die Scheißkarre doch selbst«, brummte Paul verdrießlich.

»Wagen Sie es nur ja nicht, so mit mir zu sprechen. Öffnen Sie gefälligst die Motorhaube. Sie werden die Zündkerzen reinigen müssen.«

»Das kann ich nicht. Ich weiß nicht, wie das geht«, stotterte Paul.

»Sie scheinen aber auch gar nichts zu können, außer Ihre Jungs zu vögeln.«

»Jetzt hören Sie mal! Ich –«

»Halten Sie die Klappe und sagen Sie mir, wo Ihr Werkzeugkasten ist. Ich nehme an, Sie besitzen einen Steckschlüssel, oder haben Sie den auch verloren, so wie Ihren Kopf?«

Paul reichte ihm den Werkzeugkasten und öffnete die Motorhaube. Petrow beugte sich über den Motor und machte sich daran, die Zündkabel zu lösen. Paul nahm heimlich einen großen Schraubenschlüssel aus dem Werkzeugkasten. Noch niemals zuvor in seinem Leben hatte er einen Menschen so gehasst wie diesen grausamen Riesen. Er suchte sich eine Stelle an dem dicken Genick des Mannes aus, die er mit dem ersten Schlag treffen wollte und hob den Schraubenschlüssel.

Im nächsten Moment wurde er gegen die Garagenwand geschleudert. Eine der gewaltigen Pranken packte ihn am Kragen und die andere schlug ihm dreimal mit brutaler Wucht ins Gesicht, sodass einer seiner Wangenknochen brach. Paul sank an der Wand entlang zu Boden und krümmte sich wimmernd vor Schmerzen.

Petrow machte sich nicht mal die Mühe, ihn im Auge zu behalten. Geschickt begann er, die Zündkerzen herauszuschrauben und sie zu reinigen. Er tat dies mit ruhigen, geradezu gemütlichen Bewegungen, als hätte er den ganzen Vormittag Zeit, pfiff bei der Arbeit durch die Zähne und trat ab und zu ans Garagentor, um vorsichtig hinauszuschauen. Auf dem Weg, der zum Cottage hinaufführte, war niemand zu sehen. Ein Mann fuhr auf einem Traktor vom Bauernhof ins Dorf hinunter. Von der Dachrinne der Garage hingen zahllose Eiszapfen herunter, wie die Zähne eines riesigen, zerbrochenen Kamms.

In nur fünf Minuten hatte Petrow die Zündkerzen wieder eingesetzt. Er betätigte den Anlasser. Der Motor stotterte und sprang dann an. Petrow gab ihm ein paar Minuten Zeit, um warmzulaufen. Die Tankuhr zeigte an, dass der Tank zu drei Vierteln voll war. Er schaltete den Motor aus und stieg aus dem Wagen. Dann sah er erst nach den Schneeketten an den Hinterreifen, die festzusitzen schienen, und anschließend nach Paul Cunningham, der immer noch an die Wand gelehnt auf dem Boden hockte und sich die verletzte Wange hielt. Petrow überlegte, ob er den Mann schon jetzt und hier kaltmachen sollte, öffnete dann jedoch die hintere Autotür und schleuderte ihn stattdessen auf den Rücksitz.

»Sie bleiben hier. Wir kommen gleich.«

Der vollkommen eingeschüchterte junge Mann lächelte schief und nickte. Petrow nahm den Zündschlüssel mit und ging zurück ins Cottage …

»Die Straße ist vollständig blockiert. Da gibt es kein Durchkommen«, sagte Nigel, als er zum Citroën zurückkehrte.

»Und was zum Teufel machen wir jetzt?«, fragte Clare.

»Sparkes' Männer werden den Rest des Wegs laufen müssen. Und wir sollten das wohl besser auch tun. Obwohl, einen Moment mal.« Er wandte sich an den Sergeanten. »Sie kennen dieses Fleckchen Erde doch wie Ihre Westentasche. Könnten wir es querfeldein schaffen?«

»Zu Fuß? Nun ja, Sir, aber –«

»Nein, mit dem Auto. Durch dieses Gatter dort. Könnten wir das Feld überqueren und dann hinter der blockierten Stelle wieder auf die Straße zurückfahren?«

»Das würde dieses Ding nie schaffen.«

»Dieses Auto«, sagte Clare, »kann überall entlangfahren, außer über einen Fluss oder ein Haus.«

Die Augen des Sergeanten leuchteten. »Wir müssten nicht nur eins sondern gleich mehrere Felder überqueren, denke ich, und auch Toms Hofgelände.«

»Also gut, steigen Sie ein«, sagte Nigel. »He, Sparkes!«, rief er dann. Der Hauptkommissar kam die Straße entlang zu ihnen zurückgelaufen. »Wir wollen es durch dieses Gatter versuchen. Könnten Sie es für uns öffnen, bitte?«

»Sie müssen verrückt sein.«

»Die Schneestürme haben eine Menge Schnee von den Hängen herab auf die Straße geweht. Auf den Feldern liegt er möglicherweise nicht so besonders hoch.«

Sparkes stieß das Gatter auf. Clare griff unter das Armaturenbrett und schaltete den Hebel, der die Karosserie des Autos anhob, in die oberste Stufe. Dann wartete sie eine Minute, während der Citroën seine Passagiere so weit nach oben hob, bis es ihnen so vorkam, als säßen sie in einer Elefantensänfte, und rumpelte schließlich über den Graben, der an dieser Stelle nicht sehr tief war, zu dem Feld hinüber.

»Wartet, ich komme mit euch!« Sparkes brüllte seinen Männern die Straße hinauf seine Anweisungen zu. Ein Teil sollte zu Fuß zum Dorf laufen, den anderen befahl er, ihr Auto zurückzusetzen und dem Citroën zu folgen.

Nigels Sergeant, der jetzt neben Clare saß, besaß entweder ein hervorragendes Gedächtnis oder den Röntgenblick. »Folgen Sie dem Weg, Miss«, sagte er.

»Welchem Weg?«

»Der geht diagonal übers Feld. Zu dem Gatter da hinten am anderen Ende.«

Sie rumpelten und holperten im ersten Gang über die Weide. Ja, dort war ein Gatter. Sparkes, der hinten saß, sprang aus dem Wagen und öffnete es.

»Jetzt können Sie schon Toms Bauernhof sehen. Hinter der nächsten Hecke dort. Fahren Sie auf die Stelle der Hecke zu, die genau unterhalb des Schornsteins liegt. Da ist noch ein Gatter.«

Sparkes sah sich um, bevor er wieder in den Wagen sprang, und stellte fest, dass das Polizeiauto, das ihnen gefolgt war, in der Mitte des Feldes steckengeblieben war. Es war zwar in ihrer Spur gefahren, aber da es wesentlich tiefer lag, war es von einer kleinen, mit Schnee gefüllten Mulde aufgehalten worden, durch die der Citroën sich hindurchgekämpft hatte.

»Wenn ihr das Auto nicht freibekommt, folgt uns zu Fuß!«, rief er der Besatzung zu.

Sobald Clare die Lücke in der Hecke erreicht hatte, öffnete Sparkes das zweite Gatter, und sie fuhr hindurch. Das Auto wurde durchgerüttelt, als hätte es Schüttelfrost, während es über die Hofeinfahrt und die vom Schnee bedeckten Karrenfurchen und Hufspuren fuhr, die durch den Frost so hart wie Eisen geworden waren.

»Biegen Sie bei der Scheune da drüben um die Ecke, Miss. Und bleiben Sie möglichst am Rand des Hofs, den benutzt Tom nämlich als Misthaufen. Dann kommen Sie auf die Hofauffahrt, und fünfzig Meter weiter treffen wir dann wieder auf die Straße.«

Als sie an der Scheune vorbeifuhren, scheuchten sie scharenweise Hühner und Gänse auf und trieben darüber hinaus auch noch fünf Ferkel vor sich her. Ein greiser, rotgesichtiger Mann brüllte ihnen hinterher, brachte vor Schock und Wut jedoch kein einziges zusammenhängendes Wort heraus. Der Mann machte ein Gesicht, als wollte er das Auto am liebsten mit seiner Heugabel aufspießen und es in den stinkenden Misthaufen schleudern.

Endlich entrangen sich seinem weit aufgerissenen Mund die Worte: »Was zum Teufel macht ihr hier? Runter von meinem Land!«

Der Sergeant steckte den Kopf aus dem Fenster. »Guten Morgen, Tom! Tut uns leid, dass wir dich gestört haben. Mussten eine Abkürzung nehmen. Wir sind in einer polizeilichen Angelegenheit unterwegs.«

»Na, da brat mir doch einer 'nen Storch! Der kleine Charlie Deacon, oder? Dich hab' ich ja ewig nicht gesehen.« Der Bauer senkte die Heugabel und kam zum Auto hinüber. »Wer ist denn die junge Dame?«

»Meine Chauffeuse. Und Hauptkommissar Sparkes ist auf dem Rücksitz. Eine Menge wichtiger Leute.«

Der Bauer blieb vor der Motorhaube stehen und bemühte sich sichtlich, das Rätsel dieser merkwürdigen Heimsuchung zu entschlüsseln.

»Wir haben es eilig, Tom. Keine Zeit für einen Plausch. Fahren Sie weiter, Miss.«

Clare legte den ersten Gang ein und kroch auf den regungslos dastehenden alten Bauern zu, der im letzten Moment zur Seite trat, mitten in den Misthaufen hinein. Während sie an ihm vorüberfuhren, steckte der sichtlich euphorisierte Sergeant erneut den Kopf aus dem Fenster und rief: »Bis später, Tom! Wir müssen los, um Smugglers' Cottage hochgehen zu lassen.«

»Das ergibt doch überhaupt keinen Sinn«, sagte der Bauer

ein paar Minuten später zu seiner Frau. »Der kleine Charlie hatte gar keine Kanonen in seinem Auto.« Aber zu diesem Zeitpunkt war der Citroën bereits in Eggarswell angelangt.

»Wo ist der verdammte Streifenwagen?«, fragte Sparkes.

»Am anderen Ende des Dorfes, Sir. Sie haben Enticott gesagt, er solle dort warten.«

Vor dem Dorfladen stand ein riesiger Traktor, der leise vor sich hin tuckerte. Als sie näherkamen, verließ der Fahrer des Traktors gerade das Geschäft – ein Mann, der Gummistiefel, einen alten Armeemantel und eine rote Strickmütze mit Bommel trug.

»Stopp!«, befahl Nigel.

Clare vollführte eine lange, kerzengerade Rutschpartie und brachte den schliddernden Citroën nur wenige Zentimeter vor dem Traktor zum Stehen. Der Sergeant wurde leichenblass und wandte den Blick ab.

»Sind Sie Jim?«, fragte Nigel, während er aus dem Auto sprang.

»Ja, der bin ich.«

»Wir brauchen Ihren Traktor.«

»Das kann schon sein. Aber Sie kriegen ihn nicht«, sagte Jim und betrachtete misstrauisch diesen dünnen, hochgewachsenen Mann, der ganz offenbar den Verstand verloren hatte.

Nun stieg auch der Sergeant aus und hatte dem Traktorfahrer bald alles erklärt, während Sparkes die Dorfstraße hinuntereilte, um seinen Streifenwagen zu suchen. Ja, Jim war der Mann, den Lucy beschrieben hatte. Er arbeitete auf Thwaites Hof. Nein, er hatte das Kind, das im Smugglers' Cottage wohnte, während der letzten ein oder zwei Tage nicht mehr gesehen. Nigel wurde das Herz schwer. Er erzählte Jim rasch, wie man Lucy für den Jungen namens »Evan« ausgetauscht hatte. Jim berichtete, dieser angebliche Junge sei vor ein paar Tagen in das Haus seines Arbeitgebers gerannt gekommen und dann von seinem »Onkel« und seiner »Tante« wieder zurückgeholt worden. Die beiden hatten behauptet, er befände sich im Fieberwahn.

»Dann waren Sie das also, der das Papierflugzeug aufgehoben hat, das Lucy aus dem Fenster geworfen hat?«

»Das ist richtig.«

»Und Sie haben es auch auf die Post gegeben?«

»Nein, Mister. Ich hab's in die Hosentasche gestopft und prompt vergessen. Meine Kinder haben damit gespielt, wie mir jetzt wieder einfällt. Sie müssen die Nachricht gelesen und es zur Post gebracht haben, ohne mir oder ihrer Mutter etwas davon zu erzählen.«

»Ihre Kinder werden dafür eine ordentliche Belohnung erhalten.«

Mittlerweile hatten sämtliche Frauen und Kinder des Dorfes ihre Häuser verlassen und standen vor der Tür. Sie mussten irgendwie mitbekommen haben, dass etwas Bedeutsames im Gange war. Dass sich seit zwei Stunden ein Streifenwagen im Ort befand, in dem lauter grimmige, schweigsame Männer saßen, war schon sensationell genug. Jetzt wurden sie auch noch Zeugen, wie ein grobschlächtiger Mann in dunklem Mantel und Filzhut die Straße hinunterlief.

Die Gerüchte bekamen Flügel, schwirrten durch das Dorf und nahmen immer groteskere Gestalt an: Jim war verhaftet worden, weil er seinen Arbeitgeber ermordet hatte, man hatte den Gutsherren dabei erwischt, wie er eine Orgie mit vier wunderschönen russischen Spioninnen feierte, und so weiter und so weiter.

»Sparkes, Jim nimmt uns auf seinem Traktor mit hoch zum Bauernhof«, sagte Nigel.

Der Hauptkommissar, der vollkommen außer Atem war, starrte ihn an. Dann begriff er. »Gute Idee. Das einzige Fahrzeug, das sie nicht misstrauisch machen wird, wenn sie nach etwaigen Besuchern Ausschau halten.«

Jim kletterte auf den Fahrersitz. Nigel schwang sich auf die Ladefläche. Sparkes rasselte eine Reihe von Anweisungen für seinen Sergeanten herunter, sagte ihm, was er zu tun habe, sobald Verstärkung eintraf, und kletterte ebenfalls auf den Traktor. Dann hielt er Elena Wragby seine Hand hin und zog sie zu sich hoch auf die schmale Ladefläche am hinteren Ende des Traktors, die bereits mit eisernen Haken, einer Seilwinde, zwei Öllampen, mehreren Milchbehältern und verschiedensten anderen Geräten beladen war.

»Hier gibt's nur noch Stehplätze«, bemerkte der Hauptkommissar.

Nigel schaute zu Clare hinunter. »Bleib du hier. Wir sind bald zurück«, rief er über den laut pochenden Motor hinweg.

Ihr Mund formte die Worte: »Viel Glück! Sei vorsichtig, Liebling.« Dabei hatte ihr Gesicht jenen so charmanten und geheimnistuerischen Ausdruck, den Nigel nur zu gut kannte. Er zweifelte sehr daran, dass sie tatenlos hier auf ihre Rückkehr warten würde, aber er hatte keine Zeit, mit ihr zu diskutieren.

Der große Traktor rollte die Straße hinunter, gefolgt, wie es schien, vom gesamten Dorf von Eggarswell, dessen Bevölkerung sich auf ganze 532 Personen belief.

»Der Geleitschutz ist ein wenig unpraktisch«, sagte Nigel.

Sparkes bedachte die Menge mit einer Geste, die so aussah, als wollte er ein paar Fliegen verscheuchen, und bekam vereinzelte Beifallsrufe zur Antwort.

»Versuchen Sie es doch stattdessen mit einer kleinen Rede.«

»Ach was.«

Hundert Meter weiter wurde die Prozession von der Besatzung des Streifenwagens aufgehalten. Die Polizisten ließen den Traktor passieren und scheuchten die Einwohner von Eggarswell zurück in ihre Häuser. Unmittelbar hinter dem Ortsausgang bog Jim scharf rechts in den Weg ein, der zum Bauernhof hinaufführte.

Im Auto und im Dorf waren sie geschützt gewesen, doch hier, hoch oben auf der gewaltigen Maschine, spürten sie, wie ihnen der Nordostwind ins Gesicht biss und an ihnen zerrte wie ein wildes Tier. Der Traktor torkelte langsam den Hügel hinauf, während sich seine gewaltigen Räder durch die Eisflächen wühlten, die den Weg an einigen Stellen überzogen. Manchmal, wenn er mit einem Rad in eine der tiefen, steinharten Rillen rutschte, schlingerte er auch seitwärts wie ein kleines Boot, das von einer Welle getroffen wurde.

Nigel verankerte einen Fuß fest zwischen zwei Eisenaufbauten und legte seinen Arm um Elena, um sie zu stützen. Er konnte spüren, wie sie am ganzen Körper zitterte. Ihr Gesicht war weiß und starr, und sie umklammerte seine Hand so fest, dass sich ihre Ringe in seine Haut bohrten. »Wenn sie nur noch lebt«, murmelte sie immer wieder wie ein Gebet.

Als sie etwa die Hälfte des Weges zurückgelegt hatten, sagte Nigel: »Ab hier sollten wir uns, so gut es geht, unsichtbar machen. Hoffen wir, dass das klappt.«

Nach und nach tauchte das Dach des Cottage über der düsteren Silhouette des Hügels auf. Die Passagiere duckten sich so tief sie konnten hinter die robuste Gestalt ihres Fahrers. Falls irgendjemand Ausschau hielt, würde sich ihm der vertraute Anblick von Jim bieten, wie dieser auf seinem Traktor zum Bauernhof zurückkehrte.

Jim bog rechts in den Hof ein und blieb hinter einem der Nebengebäude stehen, wo sie vom Smugglers' Cottage aus nicht gesehen werden konnten. Sie kletterten von der Ladefläche und eilten in das Bauernhaus, wo sie der Polizist begrüßte, der den Auftrag hatte, das Cottage unter Beobachtung zu halten.

»Hat sich irgendwas getan?«, fragte Sparkes.

»Nein, Sir. Aber Sie sind gerade noch rechtzeitig gekommen. Ein großer Kerl – ich nehme an, er ist der Mann, dessen Beschreibung Sie verbreiten ließen – kam vor etwa fünfzehn oder zwanzig Minuten mit einem anderen Mann aus dem Haus. Die beiden sind in die Garage gegangen. Vielleicht haben sie Schwierigkeiten, das Auto zu starten. Der große Kerl ist eben erst ins Haus zurückgegangen. Der andere muss immer noch im Auto oder in der Garage sein.«

»Gut. Dann wissen wir ja jetzt über zwei von ihnen Bescheid. Haben Sie irgendwelche anderen Personen gesehen?«

»Nein, Sir.«

»Von dem Kind keine Spur?«

»Ich fürchte nein, Sir.«

»Alles klar. Dann gehen Sie zurück auf Ihren Posten.«

Der Wachtmeister rannte nach oben.

Sparkes wandte sich an Nigel. »Sieht so aus, als hätten sie noch keinen Verdacht geschöpft. Bevor meine Leute hier eintreffen, können wir nichts unternehmen. Das wird vielleicht in zehn Minuten sein. Wir wissen nicht, wie viele von ihnen sich in dem Cottage aufhalten. Wir wissen nur, dass sie jeden Moment versuchen werden, die Flucht zu ergreifen. Falls das Kind noch lebt –«

»Das Kind *lebt* noch. Von dieser Annahme müssen wir unbedingt ausgehen.«

»Richtig. Sie werden versuchen, das Kind mitzunehmen. Sie werden zwar nicht weit kommen, aber ich kann es nicht riskieren, dass Lucy in ein Feuergefecht gerät. Andererseits – wenn sie uns jetzt kommen sähen, würde ich ebenso sehr um ihr Leben fürchten.« Er wandte sich an Elena. »Mrs. Wragby, es kommt nun ganz allein auf Sie an. Versuchen Sie, die Leute so lange es eben geht in ein Gespräch zu verwickeln. Und versuchen Sie, sie von den Fenstern fernzuhalten. Wir werden nachkommen, sobald wir –«

»Machen Sie sich keine Gedanken. Ich verstehe schon.«

Sparkes zögerte einen Moment, schüttelte seiner Gefangenen dann die Hand, wünschte ihr viel Glück und ließ sie frei.

Von einem der Schlafzimmerfenster sahen sie zu, wie Elena mit festen Schritten den Weg hinaufging und an die Tür des Cottage klopfte ...

»Schauen Sie nach, wer da ist«, befahl Petrow an Annie gewandt. »Ich darf nicht gesehen werden.« Er hatte die Frauengestalt nicht bemerkt, die am Wohnzimmerfenster vorbeigekommen war. Annie hatte sie zwar gesehen, war jedoch davon ausgegangen, dass es sich um eine Besucherin aus dem Dorf handelte, die sich nach »Evans« Gesundheitszustand erkundigen wollte. Als sie die Tür öffnete und die Besucherin sagte:

»Guten Morgen, ich bin gekommen, um zu fragen, wie –« unterbrach Annie sie daher mit überschwänglicher Freundlichkeit und sagte: »Oh, das ist aber nett von Ihnen. Evan geht es schon viel besser. Sein Vater ist gekommen, um ihn mit zurück nach London zu nehmen. Wir wollten gerade losfahren. Ich fürchte, ich muss Sie bitten –«

Annie verstummte, denn das blasse Gesicht der Besucherin war in einem derart furchteinflößenden, grimmigen Ausdruck erstarrt, dass es Annie so vorkam, als stünde sie Medusa gegenüber.

»Iwans Vater? Iwans Vater ist schon seit vielen Jahren tot. Ich bin Iwans Mutter.«

Annie starrte die Frau vollkommen verwirrt an. Petrow hatte ihr nie gesagt, wo genau der Junge eigentlich herkam. Aber jetzt erkannte sie die Stimme. Diese Frau hatte sie vom Gästehaus angerufen. Es war Mrs. Wragby.

Sie versuchte, die Tür zu schließen, doch Elena schob sie beiseite und betrat die Diele. »Ich bin wegen Lucy hier. Wo ist sie?«

Annies Gesicht verfärbte sich zu einem noch kränklicheren Gelb. Bevor sie etwas sagen konnte, riss Elena die Tür zum Wohnzimmer auf und legte einen Auftritt aufs Parkett, der großartiger und dramatischer war als alles, was sie jemals auf der Bühne vollbracht hatte.

»Sie sind es also tatsächlich«, sagte sie zu Petrow.

»Wie zum Teufel sind Sie hierhergekommen, Mrs. Wragby?«

Elena ging zur Fensterbank – Gott sei Dank gibt es hier nur das eine Fenster, dachte sie – und setzte sich. »Ich bin ins Dorf gefahren, habe mich nach diesem Haus erkundigt und bin zu Fuß hier hoch gelaufen.«

»Und woher wussten Sie über dieses Haus Bescheid?« Petrows Stimme war ein seidiges Knurren.

Elena erzählte von der Botschaft, die Lucy aus dem Haus geschmuggelt hatte. »Der Brief erreichte mich heute Morgen. Er war an meinen Mann adressiert. Ich habe ihn geöffnet.«

»*Sie* haben ihn geöffnet?«

»Mein Mann konnte dies wohl kaum tun, da er sich im Krankenhaus befindet.«

»Im Krankenhaus?«

»Es ist Ihnen nicht ganz gelungen, ihn zu töten«, sagte Elena mit kalter, nüchterner Stimme. Sie warf Petrow einen verächtlichen Blick zu. »Sie brauchen gar nicht so besorgt zu gucken. Er ist immer noch bewusstlos. Er hat der Polizei nichts erzählt. Ich begreife nicht, warum Sie es für nötig hielten, ihn zu töten, nachdem er Ihnen die Information gegeben hatte.«

Petrows kleine Wildschweinaugen betrachteten sie prüfend. »Das geht Sie nichts an«, sagte er schließlich. »Zweifellos haben Sie die Polizei über Lucys Brief informiert?«

»Die Polizei informiert? Ich?« Elenas Stimme klang müde und verärgert, aber sie machte nicht den Fehler, empört zu klingen. »Wofür halten Sie mich, um alles in der Welt? Ich stecke viel zu tief in dieser Sache drin, um zur Polizei zu gehen.«

»Und wie haben Sie dann allein hierhergefunden?«

»Der Umschlag hatte einen Poststempel aus Longport. Ich erinnerte mich daran, ein Haus, das zu Lucys Beschreibung passte, während eines Urlaubs gesehen zu haben, den mein Mann und ich letztes Jahr in dieser Gegend verbrachten.«

»Nun gut, fahren Sie fort.«

»Man erlaubte mir heute früh, nach Belcaster zu fahren. Ich habe gesagt, ich wolle meinen Mann im Krankenhaus besuchen. Dort hat man mir jedoch nicht erlaubt, ihn zu sehen – es ging ihm zu schlecht. Dann bin ich hierhergefahren.«

»Und die Polizei ist Ihnen garantiert gefolgt. Das war dumm von Ihnen. Dumm oder noch etwas viel Schlimmeres.«

»Ich habe sehr genau darauf geachtet, dass mir kein Polizeiwagen gefolgt ist. Ich habe noch von früher Übung darin, Leute abzuschütteln, die mich beschatten wollen.«

»Als Sie die Volksregierung verraten haben.«

Elena zuckte mit den Schultern. »Ich habe mittlerweile genug dafür bezahlt, meinen Sie nicht?«

»Gut möglich, dass Sie noch mehr bezahlen müssen. Und ich möchte immer noch wissen, warum Sie hierhergekommen sind. Und antworten Sie rasch. Wir müssen los.«

Elena streckte die Hand nach ihrer Handtasche aus, die neben ihr auf der Fensterbank lag. Mit einer Schnelligkeit, die man einem so schweren Mann gar nicht zugetraut hätte, machte Petrow einen gewaltigen Satz, riss ihr die Tasche aus der Hand, öffnete sie und schüttete den Inhalt auf den Fußboden aus.

»Kein Revolver. Was sind Sie doch für ein nervöser Mensch, mein armer Petrow«, sagte Elena mitleidig. »Vielleicht sollten Sie Ihren Mantel ausziehen. Sie schwitzen wie ein Schwein, wie man hier so schön sagt.«

»Ich habe Ihnen eine Frage gestellt.«

»Warum ich hierhergekommen bin? Um *Ihnen* zwei Fragen zu stellen. Erstens: Wo ist Lucy? Lebt sie noch?« Bei den letzten sechs Wörtern hob Elena ihre herrliche, weittragende Stimme. Die im oberen Stockwerk befindliche Lucy hörte sie und erkannte die Stimme ihrer Stiefmutter. Doch während der letzten Woche hatte sie gelernt, vorsichtig zu sein. Sie unterdrückte den Impuls, laut zu rufen, und griff stattdessen nach ihrem Springseil.

»Lucy?«, brabbelte Annie, die der Unterhaltung wie hypnotisiert gelauscht hatte. »Oh, die ist nicht mehr hier. Wir haben sie letzte Nacht an einen anderen Ort gebracht. Sie hat versucht wegzulaufen, und da dachten wir –«

»Ruhe!«, sagte Petrow.

Von irgendwoher über ihnen war das dumpfe Poltern springender Füße zu hören.

»Das beantwortet meine erste Frage«, sagte Elena. Ihr teilnahmsloses Gesicht gab nicht das Geringste von der unbändigen Freude preis, die in diesem Moment ihr Herz durchflutete. Lucy ist hier und sie lebt. Aber ich muss es irgendwie schaffen, sie auch am Leben zu halten. Zeit. Ich muss versuchen, Zeit zu gewinnen. Sie wagte es nicht, einen Blick aus dem Fenster zu werfen, um nachzusehen, ob die Polizei anrückte. »Meine zweite Frage lautet: Warum haben Sie Iwan getötet?«

»Ich habe Iwan nicht getötet.«

Elena bedachte ihn mit einem Blick, der jeden anderen Menschen als Petrow hätte erzittern lassen. »Fügen Sie Ihren anderen verabscheuungswürdigen Eigenschaften nicht auch noch Unehrlichkeit hinzu.«

»Annie, wir müssen in fünf Minuten los. Sie wollten uns doch noch einen Abschiedstrunk bereiten. Bringen Sie auch einen für Mrs. Wragby mit.« Als die Frau aus dem Zimmer gegangen war, wandte er sich an Elena. »Iwans Tod war ein Fehler. Ich bedauere ihn sehr.«

»Sie bedauern ihn!«, sagte sie in einem vernichtenden Tonfall.

»Ja. Ein dämlicher junger Mann, der Annie bei dieser Geschichte hier zur Hand gegangen ist, hat ihn zum Bahnhof gebracht. Es gab einen Schneesturm, wie es scheint, und das Auto blieb in einer Schneewehe stecken, ziemlich nah an Longport. Und dieser junge Idiot hat den Kopf verloren und Iwan gesagt, er soll den Rest des Wegs zu Fuß gehen.«

Elenas Gesicht war so weiß und hart wie Marmor. Es gab keinerlei Hinweise darauf, was sie fühlte.

»Wir haben eine Vereinbarung getroffen«, sagte sie ruhig. »Im Gegenzug für meine Hilfe wollten Sie mir Iwan geben und uns sicher zurück in unser Heimatland geleiten. Ich sehe, dass ich ein Narr war, einem Mann wie Ihnen zu vertrauen.« Sie fügte zwei Wörter auf Ungarisch hinzu, die in Petrows Augen ein wütendes Funkeln hervorriefen.

»Ich hatte die volle Absicht, die Vereinbarung einzuhalten«, protestierte er wütend.

»Aber sie wurde nicht eingehalten. Warum sollte ich diese Geschichte glauben, die Sie mir da erzählen? Sie sind unfähig, die Wahrheit zu sagen. Sie haben in Ihrem Leben so viele Lügen erzählt, dass Sie vergessen haben, wie die Wahrheit aussieht. Sie tun mir leid.«

»Und was ist mit den Lügen, die Sie Ihrem Mann erzählt haben? Sie wagen es, von Lügen zu sprechen – eine Frau, die ihren eigenen Ehemann und seine kleine Tochter verraten hat?«

»Ich bin nicht stolz darauf.« Elenas Stimme klang nun gebrochen und flehentlich. »Es gibt für mich nichts mehr, für das es sich zu leben lohnt. Deshalb biete ich jetzt *Ihnen* einen

Handel an. Lassen Sie Lucy gehen, und Sie können mit mir alles machen, was Sie wollen. Töten Sie mich, machen Sie mich zu Ihrer Mätresse, es ist ganz gleich.«

»Na, na, na. Warum sollte ich mir so eine dürre, verschrumpelte Alte wie Sie ins Bett holen wollen?«

»Vielleicht nicht. Aber Sie lieben es zu töten, nicht wahr? Nicht wahr, Petrow? Vielleicht haben Sie ja noch nie zuvor eine *Frau* getötet. Das würde Ihnen bestimmt sehr großen Spaß machen. Und Sie hätten von mir nichts mehr zu befürchten.«

Diese Worte, die Elena in dem eindringlichsten Ton vortrug, der ihr zur Verfügung stand, brachten Petrow aus dem Gleichgewicht. Sie machten dieses Zusammentreffen viel zu sehr zu einer Art Wunschvorstellung – und das war eine Situation, mit der er nicht fertig wurde. Natürlich musste diese Frau beseitigt werden, aber dass sie ihn noch dazu ermutigte, genau das zu tun, führte einen Moment lang dazu, dass er sich äußerst unbehaglich fühlte. Seine erste Reaktion war, sofort zu glauben, sie könne womöglich noch ein Ass im Ärmel haben, mit dem sie ihn ausstechen wollte. Er trat ans Fenster und schob sie zur Seite. Nein, der Bauernhof zu seiner Rechten lag so still und ruhig da wie eh und je.

Annie betrat den Raum mit einem Tablett voller Getränke. Brandy, Sodawasser, ein Glas Limonade. Sie tauschte einen wortlosen Blick mit Petrow aus und nickte dabei kaum merklich, womit sie Petrow bestätigte, dass sie in die Limonade und eines der Brandy-Gläser Betäubungsmittel gegeben hatte. »Wo ist Paul?«, fragte sie dann.

»Er wartet draußen.«

Petrow reichte Elena das Glas mit Brandy, auf das Annie gedeutet hatte. Sein Verstand arbeitete jetzt wieder im üblich schnellen Tempo, und er hatte seine animalische Gerissenheit zurückgewonnen. Sollte sie doch den mit Betäubungsmittel versetzten Brandy trinken. Sie würden schon einen Platz im Auto für sie finden. Sie hatte ihn aufgefordert, sie zu töten. Also gut, sie sollte denselben Tod sterben, den er für Paul und Lucy geplant hatte.

»Prost!«, sagte er und hob sein Glas. »Kommen Sie schon, Mrs. Wragby, trinken Sie! Es ist Ihnen bestimmt kalt, und wir haben es eilig.«

»Ich trinke nicht mit Schweinen. Ich habe Ihnen einen Handel angeboten. Akzeptieren Sie ihn?«

Petrow starrte sie wütend an. »Holen Sie das Kind«, befahl er Annie.

Die bewaffneten Polizisten aus den steckengebliebenen Fahrzeugen waren fünf Minuten vorher in Eggarswell eingetroffen. Charlie Deacon, dem Sparkes aufgetragen hatte, auf sie zu warten, hatte zwei von ihnen auf einem Umweg losgeschickt, damit sie Smugglers' Cottage von der Rückseite erreichten und jeden Fluchtversuch in diese Richtung vereiteln konnten. Den Rest hatte er den Hügel hinaufgeführt – sechs bewaffnete Männer, die nach der einen Meile, die sie gerannt waren, atemlos keuchten. Unterwegs war er immer rechts vom Fahrtweg geblieben und hatte genau darauf geachtet, dass das Bauernhaus die ganze Zeit zwischen ihnen und dem Cottage blieb. Von den Eskapaden aus seinen Kindertagen erinnerte er sich noch an jede Bodenwelle und jede Lücke in jeder Hecke. Nahezu lautlos trabte der Trupp in einer Reihe durch das Hoftor und betrat das Haus durch eine Seitentür.

»Der Hauptkommissar ist oben«, sagte Mr. Thwaite. »Ich bringe euch hin.«

»Alle ordnungsgemäß eingetroffen«, meldete Charlie. »Ich habe zwei von ihnen hintenrum geschickt. Sie sollten in etwa drei oder vier Minuten in Position sein.«

»Gut gemacht, Junge! Ich will die zwei besten Gewehrschützen hier oben haben. Halford und Bright. Wenn der große Kerl fliehen will, sollen sie ihn abknallen.«

Charlie rannte die Treppe hinunter und holte die beiden Männer nach oben.

»Wen haben wir denn da!«, sagte Sparkes, der immer noch aus dem Fenster spähte. »Da kommt grad einer der Burschen aus der Garage. Das ist der zweite Mann, würde ich meinen. Scheint etwas wacklig auf den Beinen zu sein.«

Die Gestalt von Paul Cunningham verschwand durch die Vordertür.

»Also gut«, sagte Sparkes. »Der Rest kommt mit mir.« Er rannte nach unten, dicht gefolgt von Nigel und Charlie. »Wir greifen an«, sagte er zu den vier Männern. »Ich hoffe, Charlies Burschen sind in Position. Will jemand von euch eine Medaille?«

Die Polizisten grinsten unsicher.

»Gut möglich, dass ihr heute eine bekommt. Dort drüben in dem Cottage befindet sich ein Killer. Könnte sein, dass es mehr als einen gibt. Wir müssen diese Leute überwältigen, bevor jemand dem Mädchen etwas antun kann. Das Cottage hat auf dieser Seite keine Fenster. Also wenn sich nicht grad einer von denen den Hals verrenkt, um aus einem der vorderen Fenster zur Seite zu schauen, werden sie uns erst bemerken, wenn wir schon fast drin sind. Wir werden aus dem Hof ausrücken, den Weg überqueren und auf der Grasböschung links davon weiterlaufen. Auf diese Weise haben wir schon bald die Garage zwischen uns und dem Haus. Sobald wir dort eintreffen – *falls* wir dort eintreffen – werden wir einen gemütlichen kleinen Plausch über unsere nächsten Schritte abhalten. Und jetzt zieht das Zeug hier an.«

Sparkes reichte seinen Männern vier Milchmänner-Kittel, die er sich von Mr. Thwaite ausgeliehen hatte. »Dadurch fallt ihr in dem weißen Schnee nicht so auf. Versteckt eure Waffen unter den Kitteln.« Er trat einen Schritt zurück, um den Effekt zu bewundern. »Du liebe Güte, ihr seid ja ein Anblick für die Götter. Man wird euch für eine Delegation von Cricket-Schiedsrichtern halten!«

Die Männer lachten. Charlie protestierte:

»Was ist mit mir, Sir?«

»Sie können hier einen Erste-Hilfe-Posten errichten.«

Die Männer lachten erneut.

»Und haben Sie denn selbst keinen weißen Kittel, Sir?«

»Mach dir keine Sorgen, Charlie, mein Junge! Ich werde diese Schiedsrichter hier von hinten anführen. Los geht's!«

Annie Stott schob Lucy in den Raum. Es dauerte einen Moment, bis Elena sie erkannte, und Lucy konnte Elena nicht erkennen, weil diese mit dem Rücken zum Fenster saß und Lucy von dem leuchtend weißen Schnee dahinter geblendet wurde.

»Hallo, mein Schatz«, sagte Elena sanft. »Was um alles in der Welt haben sie mit dir gemacht?«

Lucy riss weit die Augen auf. Dann rannte sie in Elenas Arme.

»Ich *wusste*, dass ihr mich finden würdet! Bist du gekommen, um mich freizukaufen? Wo ist Papa?«

»Er ist im Krankenhaus. Mach dir keine Sorgen, er hatte einen Unfall, aber es wird ihm bald wieder gutgehen. Es tut ihm leid, dass er nicht mitkommen konnte.«

»Wenn er wieder gesund ist, können wir alle zusammen Schlitten fahren gehen, ja?«

»Ja, mein Schatz«, sagte Elena, während ein schmerzlicher Ausdruck über ihr Gesicht huschte.

»Werden meine Haare wieder nachwachsen?«

»Natürlich werden sie das. Und sie werden auch ihre natürliche Farbe wieder zurückgewinnen!«

Lucy strahlte sie an. »Du bist eine tolle Mutter, Elena.«

Elena vergrub einen Moment lang ihr Gesicht in der Schulter des Kindes. Oh Gott, warum kommen sie nicht endlich? Ich halte das hier nicht mehr lange aus.

Lucy drehte sich in ihrer Umarmung um. »Wer ist der Mann da?«

»Zeig nicht auf ihn, mein Schatz. Er ist ein Freund dieser Dame hier.«

»Tante Annies Freund. Sie hat gesagt, dass er kommen würde. Aber ich verstehe nicht –«

»Also das ist Lucy«, sagte Petrow, kam zu ihnen herüber und legte dem Kind eine Hand auf das schmale Genick. »Ein hübsches kleines Mädchen. Also, Lucy, wir werden jetzt aufbrechen. Hier ist ein leckeres Glas Limonade. Trink schnell aus, und dann fahren wir los.«

Lucy nahm das Glas, erinnerte sich jedoch daran, was Annie ihr gesagt hatte. Annie saß angespannt da und wagte kaum zu atmen. Sie fühlte sich hilflos und verwirrt. Sie wusste nicht, was Petrow vorhatte. Wollte er Mrs. Wragby denselben Tod erleiden lassen wie Paul und Lucy oder würde er ihr Angebot annehmen? Eine bange Ahnung ergriff sie. Und auch das Gefühl, gescheitert zu sein. Die Mission, die sie so stolz angenommen und so effizient ausgeführt hatte, ging in einem unwirklichen Nebel unter, der sich während der letzten Tage immer mehr verdichtet hatte und nun jegliche Sicht auf die Zukunft versperrte.

Sie sah, wie Lucy so tat, als würde sie trinken und dann zu einer Topfpflanze hinüberlief, die in einer Ecke stand. Sie musste Petrow ablenken, während Lucy das Getränk wegschüttete. Es wäre eine so sinnlose Verschwendung, wenn dieses mutige Kind jetzt noch sterben müsste. Der einzige Zweck, dem das noch dienen würde, wäre Petrows alles beherrschende Leidenschaft für das Töten. Annie stand auf und stellte sich zwischen Petrow und Lucy, um ihm das Blickfeld zu versperren. Doch dann hielt sie plötzlich inne und fragte sich, ob es nicht vielleicht besser wäre, wenn Petrow das Kind zum Austrinken zwingen würde. Auf diese Weise würde Lucy schlafen, wenn Petrow sie tötete, und nichts davon mitbekommen.

Elena Wragby saß still, passiv und in sich gekehrt da, als würde sie beten, dachte Annie, oder auf etwas warten. Aber das Geschehen wurde ihr plötzlich aus der Hand genommen.

»Hast du denn deine Limonade noch immer nicht ausgetrunken?«, schnauzte Petrow und ging zu dem Kind hinüber.

In diesem Moment wurde die Tür aufgerissen und Paul Cunningham stolperte in den Raum. Er war vor wenigen

Minuten aus dem Auto ausgestiegen. Wenn man vom Cottage aus dem Fenster schaute, versperrten die Gebäude des Bauernhofs den Blick auf die dahinterliegenden Felder und somit auch auf die Polizisten, die sich von Eggarswell aus genähert hatten, doch die Garage, die etwa dreißig Meter weiter rechts stand, bot einen anderen Blickwinkel. Und so kam es, dass Paul, als er durch das Fenster der Garage schaute, gerade noch das hintere Ende der Reihe von Polizisten sah, die den Bauernhof durch das Hoftor betraten. Ihre Mützen und die Mündungen ihrer Gewehre ragten über die Hecke hinaus.

Für ein oder zwei Minuten war Paul gelähmt vor Verzweiflung und Unentschlossenheit. Jetzt war alles aus. Schande, Skandal, lange Gefängnisstrafe. Die Strafe könnte vielleicht etwas kürzer ausfallen, wenn er jetzt zum Bauernhof hinüberlief und der Polizei alles erzählte. Aber Petrow könnte ihn fortgehen sehen, und vor Petrow hatte er sehr viel mehr Angst als vor der Polizei. Er fürchtete ihn, hasste ihn, aber auf eine perverse Weise fühlte er sich auch an ihn gebunden, so wie ein Jugendlicher sich an einen strengen Vater gebunden fühlt, der unendlich viel stärker und einfallsreicher ist als er selbst. Die Verachtung, die Petrow für ihn empfand, schmerzte ihn ähnlich stark wie sein gebrochener Wangenknochen. Aber diese Verachtung würde sich in Dankbarkeit, wenn nicht gar in Bewunderung verwandeln, wenn er zu Petrow hielt, wenn er ins Haus ging und ihm sagte, was er gesehen hatte, so wie das ein loyaler Sohn tun würde. Vielleicht würde Petrow mit seiner skrupellosen Gerissenheit es ja selbst jetzt noch schaffen, sich aus dieser Falle freizukämpfen und Paul mitzunehmen. Er ließ den Motor des Wagens laufen und stolperte hastig durch den Schnee ins Haus.

»Ich habe Ihnen doch gesagt, Sie sollen im Auto bleiben«, brüllte Petrow.

»Polizei! Ich habe gesehen, wie sie in den Bauernhof gegangen sind. Der Motor läuft. Sie haben Gewehre«, keuchte Paul.

Petrow wirbelte zu Elena herum, stürmte auf sie zu und baute sich so bedrohlich vor ihr auf wie ein Felsen, der jeden Moment herabstürzen wird. »Du miese, verräterische Hexe!« Dann zog er den Revolver aus der Manteltasche und packte Lucy am Genick. Er würde zur Garage hinüberlaufen, das Kind als Schutzschild zwischen sich und die bewaffneten Polizisten halten und sich mit dem Auto aus dem Staub machen.

»Wagen Sie es nicht, das Kind anzurühren!« Elena sprang auf, aber er stieß sie zurück auf die Fensterbank.

»Hintertür!«, sagte Paul. »Vorne ist kein Durchkommen.«

Elena stürzte auf Petrow zu, aber er warf sich herum, sodass das Kind zwischen ihnen war. »Aus dem Weg oder ich erschieße euch beide!«

Er ging rückwärts in den Flur, durchquerte die Spülküche und tastete mit der Hand, mit der er den Revolver hielt, nach dem Türgriff hinter sich. Elena stürzte hinter ihm her wie eine Tigerin. In dem Moment, in dem er die Hintertür öffnete, entriss sie ihm Lucy. »Lauf!«, schrie sie. Dann warf sie sich zwischen Lucy und Petrow, der bereits auf der Türschwelle stand.

Petrow schoss ihr eine Kugel in den Körper. Mit letzter Kraft schlug sie ihm die Tür vor der Nase zu und schloss hinter ihm ab, sodass er nicht mehr ins Haus zurückkehren konnte.

Nigel, der im Bauernhof am Fenster des Schlafzimmers

stand, hörte den Schuss und stürmte die Treppe hinunter und in den Hof hinaus. Dort stand der Traktor mit laufendem Motor, und Jim saß auf dem eisernen Sattel. »Warten Sie hier!«, rief Nigel und rannte zu der niedrigen Hecke zwischen Hof und Bauernhaus. Sparkes und seine Männer hatten den Hof gerade erst verlassen und liefen auf dem Grasstreifen zur Linken des Wegs entlang. Die beiden Männer, die Charlie losgeschickt hatte, stolperten in diesem Moment den Hang hinter dem Cottage hinunter und waren noch etwa fünfzig Meter vom Haus entfernt.

Petrow schlich sich durch den tunnelartigen Gang hinter dem Haus und war daher für die sich von der Hügelkuppe nähernden Männer unsichtbar. Als er die Garage erreicht hatte, schlüpfte er hinein, bevor die im Bauernhof stationierten Gewehrschützen reagieren und einen Schuss absetzen konnten. Sparkes, der mit seinen Männern von der Vorderseite anrückte, begann zu rennen, aber er war immer noch zwanzig Meter von der Garagentür entfernt, als das Auto daraus hervorschoss, auf dem Weg kurz ins Rutschen geriet und dann an Fahrt aufnahm.

Die Männer von Sparkes' Polizeitrupp versuchten verzweifelt, die Waffen, die sie bei sich trugen, unter den Milchmänner-Kitteln hervorzuholen, aber während sie noch herumhantierten, war Petrow schon an ihnen vorbeigerast. Sparkes sprang noch aufs Trittbrett, wurde jedoch sofort rückwärts in den Schnee geschleudert. Seine Männer schossen auf das sich immer weiter entfernende Auto, und einem der Gewehrschützen aus dem Bauernhof gelang es, die Windschutzscheibe zu zerschmettern, doch der Fahrer schien unverletzt.

Nigel hatte gesehen, wie das Auto aus der Garage gerast war. Er winkte und brüllte Jim zu: »Fahren Sie los! Blockieren Sie den Weg!«

Doch dazu kam Jim nicht mehr rechtzeitig. Er hatte zu aufgeregt Gas gegeben und den Motor abgewürgt. Es gelang ihm jedoch sofort, den Traktor wieder zu starten. Während er aus dem Hof hinaus und in Richtung Zufahrtsweg rollte, hörte er das Knallen von Gewehrschüssen und konnte von seinem hohen Sitz aus über die Hecke hinweg das Dach eines Autos sehen, das etwa zehn Meter entfernt von ihm den Hügel hinunterraste. Er gab Gas. Der Traktor traf das Auto genau in der Mitte und schleuderte es seitwärts auf den Randstreifen. Seine Schwungkraft trieb ihn noch ein paar Meter vorwärts, sodass er das zerschmetterte Auto erneut rammte und mit den Vorderreifen auf das Wrack hinauffuhr. Dann kam der Traktor endlich zum Stehen, wie ein gewaltiges rotblaues Schlachtross, das seinen Gegner in Grund und Boden getrampelt hatte.

»Den Mistkerl habe ich aber ordentlich gerammt«, sagte Jim befriedigt. Das war die Schmerzen wert, die ihm sein verstauchtes Handgelenk und die Schrammen und blauen Flecken bereiteten, die er bei dem Zusammenstoß davongetragen hatte, als er verzweifelt das Lenkrad umklammert hatte, damit er nicht aus seinem Sitz geschleudert wurde.

Als Sparkes und Nigel herbeigerannt kamen, bot sich ihnen ein entsetzlicher Anblick. Unter dem gewaltigen Gewicht des Traktors, das auf dem vom ersten Zusammenprall bereits stark beschädigten Auto lastete, begann dieses, in sich zusammenzubrechen, wobei es den Fahrer ganz langsam zerquetschte. Durch das zerfetzte Metall und zerbrochene Glas konnten sie Petrows gequältes Gesicht sehen und ihn wie ein in der Falle sitzendes Tier schreien hören.

Es gab nichts, was sie hätten tun können. Es war ganz und gar unmöglich, den Traktor von dem Wrack herunterzufahren, dazu hatte er sich zu sehr darin verkantet.

Einer der Polizisten kam vom Cottage her zu ihnen heruntergerannt. »Dem Kind geht es gut, Sir. Mrs. Wragby ist tot. Sie hat versucht, den Kerl daran zu hindern, das Kind mitzunehmen, und da hat er sie erschossen. Wir haben zwei weitere Personen verhaftet.«

»Gott sei Dank!«, hörten sie plötzlich Clares Stimme hinter sich. Sie war auf dem Weg vom Dorf zu Fuß hinaufgestiegen, was in dem Durcheinander niemand bemerkt hatte. Falls Petrow die Flucht gelungen wäre, hätte er sie in seiner berserkerhaften Hetzfahrt wahrscheinlich niedergemäht.

»Geh zu Lucy!«, sagte Nigel nur.

Petrow hatte endlich zu schreien aufgehört. Es kam ihnen vor, als bliebe davon ein Loch in der Luft zurück. Alles war wieder still, so still wie der Schnee, der sie von allen Seiten umgab und sich bis in weite Ferne erstreckte. Erst nach und nach füllte die Stille das zerklüftete Loch, das Petrows Schreie hinterlassen hatten.

Als Clare sich dem Cottage näherte, traten in Begleitung von zwei Polizisten ein Mann und eine Frau heraus, denen man Handschellen angelegt hatte. Sie bewegten sich wie Marionetten und ihre Gesichter waren leer.

Im Wohnzimmer saß ein weiterer Polizist, hatte Lucy auf den Schoß genommen und versuchte, sie zu trösten. Andere Polizisten kamen vom Bauernhof mit einem großen Brett, um Elenas Leichnam darauf fortzutragen.

Als sie Elena sah, fing Lucy wieder zu weinen an. Clare nahm sie dem Polizisten ab.

»Er hat versucht, mich zu erschießen«, schluchzte Lucy.

»Das ist jetzt alles vorbei, Liebes. Du bist jetzt in Sicherheit. Nigel und ich werden dich zu deinem Papa zurückbringen. Er wird so stolz auf dich sein – wenn er hört, was für ein tapferes Mädchen du gewesen bist. Das war eine ganz großartige Idee, dass du diese Geschichte über Cinders geschrieben und aus dem Blatt Papier ein Flugzeug gemacht hast.«

»Ja, ich fand die Idee auch ziemlich toll, aber ich hätte nie gedacht, dass der Brief auch ankommen würde.« Lucy gab jetzt nur noch ab und zu einen kurzen, erstickten Schluchzer von sich.

»Das ist er aber. Ich werde dir später mal erzählen, wie das kam. Es gibt einen sehr netten Sergeanten namens Charlie, der früher mal in dem Dorf da unten gelebt hat, und er hat dieses Haus hier aus deiner Beschreibung wiedererkannt. Also haben wir uns allesamt in ein paar Autos gequetscht und sind in einem Höllentempo hierher gerast, durch Schneewehen und über Felder und Bauernhöfe –«

»Ehrlich? Das habt ihr alles gemacht?« Lucys Augen begannen zu leuchten.

»Ja, das haben wir. Jedenfalls über zwei Felder und durch einen Bauernhof. Wir haben lauter Enten und Hühner und Schweine aufgescheucht. Es war ein großer Spaß.«

»Und Elena ist mit euch gekommen?«

»Ja. Sie war es, die dich am Ende auch gerettet hat.«

Lucy schwieg einen Moment lang und versuchte, sich in Gedanken über etwas klar zu werden. Zwei Männer kamen am Fenster vorbei, doch der Leichnam, den sie trugen, befand sich unterhalb des Fenstersimses und war daher nicht sichtbar.

»Waren das echte Spione?«, fragte Lucy.

»Oh ja. Sie haben dich gekidnappt, weil sie dich für ein wichtiges wissenschaftliches Geheimnis austauschen wollten, das dein Vater kennt.«

»Aha. Aber er hat ihnen das Geheimnis nicht gegeben.«

»Nein.«

»Dieser riesige Mann – war das der Chefspion?«

»Ja. Dein Papa hat mit ihm gekämpft. Deshalb ist er auch im Krankenhaus. Er hat toll gekämpft, aber Petrow war stärker.«

»Armer Papa.«

Clare schätzte, dass nun der richtige Moment gekommen war. »Du musst eine Weile besonders nett und liebevoll zu ihm sein.«

»Und Elena auch.«

»Du wirst ihm auch die Liebe geben müssen, die Elena ihm gegeben hätte, Liebes.«

Lucy nahm Clares Hand, wappnete sich und fragte: »Wollen Sie damit sagen, dass Elena tot ist?«

»Ja. Petrow hat sie erschossen. Sie ist gestorben, um dich zu retten.« Clare fuhr rasch fort: »Er wollte versuchen, dich mitzunehmen, aber Elena hat ihn aufgehalten. Sie –«

»Ich weiß. Sie hat mich von ihm fortgerissen und mir gesagt, ich soll weglaufen, und ich bin hier in dieses Zimmer gerannt. Es gab einen schrecklichen Knall.« Lucy schluckte schwer.

»Elena war eine echte Heldin. Vergiss das nie. Es machte ihr nichts aus zu sterben, weil sie wusste, dass du in Sicherheit sein würdest.«

Lucy schwieg, während sie diese Worte verdaute. Dann fing sie an zu zittern. »Wird er wiederkommen?«

»Petrow? Nein, keine Angst! Er hat versucht, mit dem Auto zu fliehen, und dein Jim hat ihn mit dem Traktor überfahren. Davor gab es noch eine ziemliche Schlacht. Du hast bestimmt die Gewehrschüsse gehört.«

»Ja, das habe ich ... Also hat Jim ihn getötet?«

»Ja. Der Traktor hat das Auto zerquetscht, und Petrow saß noch drinnen.«

»Gut!«, sagte Lucy. Ihre grauen Augen funkelten. »Er hat ihn zu Brei zerdrückt.«

»Brei ist das richtige Wort.« Clare war erleichtert, dass ihr Instinkt sie nicht getrogen hatte. Lucy war ein Kind mit jener ahnungslosen Begeisterung für die schaurigen Details, wie sie für Kinder typisch war. Bald würde ihr die vergangene Woche mit etwas Glück wie ein Märchen vorkommen – ein Märchen, in dem der böse Riese ein qualvolles und wohlverdientes Ende gefunden hatte.

»Können wir bald gehen und Papa besuchen?«, fragte Lucy.

»Komm, wir gehen jetzt sofort.«

ENDE